天狼星书系
SIRIUS SERIES

自然的灵异，悬疑的惊悚;
逻辑的力量，理性的光芒。

天狼星书系
SIRIUS SERIES

改写

朱首末——著

GAIXIE

法律出版社 | LAW PRESS · CHINA

本书内容纯属虚构，如有雷同，纯属巧合。书中涉及的全部基因学、病毒学、遗传学等专业领域知识也存在演绎成分，不可用作现实参考。

目录 CONTENTS

第一章 基因

麻省理工学院克雷斯吉礼堂内的灯光温和地变暗了一度，原本嘈杂的人声立时沉寂下来，一切都仿佛在说明：本次世界基因学峰会中最重要的演讲马上就要开始了。

舞台上的华裔男子身姿挺拔，头发修剪得十分整齐，向后轻轻背起，浅蓝色衬衣，深灰色西裤，衬衣最顶端的纽扣敞开着，露出内里一截白色 T 恤的领口，干净简单。他鼻梁很高，鼻骨似乎比一般人略大一些，一副无框眼镜架在上面，刚好衬托出瘦削的脸庞，镜片后的双目炯炯有神，瞳孔又黑又亮。

男子看上去也就 30 岁上下，但自有一种沉稳的气质，说话的语速适中，一口流利的英文，虽然身处美国，却没有美语中啰唆的玩笑和口头禅，反而偏重英式发音，显得十分正统，甚至在很多人看来还有些古板。他没有演讲稿，做的 PPT 也只有寥寥几页，每一页上仅有标题，偶尔配合着一两个即便是完全没有基因学知识的人也能看懂的简易图表。但这丝毫没有影响他侃侃而谈，显然他对自己的讲演早已成竹在胸，嘴角始终挂着自信且恰到好处的微笑。

“……准确来讲，我们今天所谈的基因剪刀技术的正式名称为‘基因编辑技术’。现在我想人尽皆知，脱氧核糖核酸（DNA）是重要的遗传物质，它呈螺旋互绕的双链结构，我们在显微镜下看到的 DNA 螺旋，是自然界最美妙的存在，任何艺术品都远不及这种缔造生命的密码具有摄人心魄的美感。而在DNA链条上，一个具有某种功能的片段就是基因。简单来说，基因编辑技术就是人为断开DNA链条，按照我们的需要，对链条上的某段基因进行改动，然后再将DNA链条重新连上，就像它的名字一样，犹如一把锋利的剪刀般‘精准’和‘利索’，这是目前基因改写的主要工具。我们利用基因剪刀，在基因序列上将病毒剪除，就好像从一块染坏的花布上将不和谐的印记裁剪掉，再缝补上新的。它的出现已让基因编辑技术实现准确而简单的操作，把基因改写的门槛大幅降低……”

男子神采奕奕，在场的任何人都不难从他专注、热忱的讲解中深深感受到这个年轻人实实在在热爱着自己的专业，并对其倾注了大量的智慧和心血，似乎他迄今为止所取得的成就是那么必然，甚至可以带给身边人以鼓舞。

苏左想起这场演讲的标题用醒目的字体做成了宣传板，立于礼堂大门外最显眼的位置：

"On the Prospects and Application of CRISPR"

MIT Genetic Engineering Institute

Dr.Cheng Xiao

“论基因剪刀技术的前景与应用”

麻省理工学院基因工程研究所 萧程博士

“果然是个危险的技术，如果用于犯罪，后果不堪设想。”苏左还是第一次如此真切地听到有关基因学方面的知识，不禁暗暗心惊，按住腰部的手又不自觉地加重了力道。虽然有衣物遮挡，但那里坚硬的凸起和钢铁的质感还是令她腰背挺直，眼睛警惕地向四周张望着。苏左知道，此时舞台下方的每个角落都有自己的同伴在严阵以待，他们有的打扮成礼堂安保人员的模样，有的则身穿便装混迹在观众席中，但同伴们几乎都是同样的姿态，身体僵硬，神色紧张。

台上精彩的演讲还在继续，男子的声音抑扬顿挫，和内容一样具有感染力。

“从科技发展的角度来说，基因剪刀技术只是基因改写工程的小小开端，我们不仅在用于基因改写的工具的性能和应用上还有很大的想象空间，甚至对于基因改写程度的探索还根本没有起步。我可以很负责任地告诉大家，从远期来看，基因改写将实现人类自己编写生命天书的时代，甚至不止人类自身，自然界中一切拥有基因的存在都可能得到改写，从而开启一个以我们现在的认知水平完全无法想象的全新世界！”

那个人一定会来！

越听台上的男子讲下去，苏左越相信这一推断。

台上的男子叫萧程，是位杰出的华裔青年科学家。作为国内最知名的基因工程学专家戴林钟老教授的关门弟子，萧程年纪轻轻，便已锋芒尽显，拥有多次成功改写动物基因的经历。特别是他针对某些与人类有着亲缘特质的动物，通过基因剪刀技术，成功做到了在这些动物身上将试图改变基因的有害病毒剪除替换，这使“异种移植”这一高精尖课题取得了重大突破。萧程用他的才华和实验告诉世界：将动物器官提供给那些需要器官移植的人类患者不再遥不可及，或许在不久的将来就可以实现。并且从三年前开始，萧程在麻省理工学院的研究已经做到了成功剪除实验鼠体内的癌症基因，大有冲刺诺贝尔奖的潜力和可能！毫不夸张地说，萧程是目前全球基因工程领域最年轻有为、前途无量的科学家之一，而更令人欣喜的是，他还是个华人，并且真正的科研背景并不是出自美国名校，而是来自中国的高等教育。

在参与此次跨国追捕行动之前，苏左压根儿没想过自己有一天会跟萧程这样的科学家扯上什么关系，在她现有的认知里，这些每天窝在实验室搞科学的家伙，要么是完全与自己生活在不同世界的天才，要么是根本不可理喻的怪才。

苏左是三天前领命出发的，任务是与美国 FBI 通力合作，抓捕一名在原京市变态杀人后潜逃至美国的嫌疑犯。

案发至今已一个多月，最初是原京市公安局接到报案，一家医院的三名女护士在一夜之间全部失踪，音讯全无。几天以后，警方在市郊的荒野中发现了她们的尸体。被发现时三人的尸体均全身赤裸，凶手不仅逐一性侵了被害者，还用匕首在每一个被害人的肢体上连续戳刺达数十刀，并且在她们的颈动脉处反复切割，最后甚至还变态地挖走了她们的眼球，作案手法可谓极其凶残。最令人头疼的是，被害人的尸体被发现时均整齐地排列在枯草堆下，三人的衣物和随身物品也都整齐地叠放在一边，除了被害人尸体本身惨不忍睹以外，现场被打扫得十分整洁，技术人员几乎没能在现场采集到任何有价值的物证线索。

警方心理专家分析，凶手拥有非常典型的极端人格，一方面在作案时丧心病狂，另一方面又在作案后对现场的处理上冷静谨慎，推断凶手并不是精神病患，反而具备相当高的智商和一定的反侦查技能。而对被害人的社会关系排查也是毫无结果。三名被害人平日里工作繁忙，生活圈子非常稳定，私生活也都比较简单，只有其中一名女护士有一位已经到了谈婚论嫁程度的未婚夫，其余两人甚至连男朋友都没交过，三名护士在医生和病人间的口碑也都不错，没听说有什么仇家，基本可以排除报复杀人。但这也说明，三名护士很可能只是凶手临时选定的残害目标，凶手本身与被害人平日里或许没有任何交集，这无疑为排查带来了巨大考验，凶手究竟是在什么时间、以什么样的方式挟持了三位被害人，根本无人知晓。没有证据、没有目击者、没有犯罪嫌疑人范围，想要在这样的情况下锁定罪犯，无异于痴人说梦。

就在苏左带领的重案组几乎无从下手的时候，转折却戏剧性地出现了。

苏左先是提出翻查旧案宗，重点排查那种有类似作案情节的案卷，看案件是不是连环凶手所为。连环凶手的作案时间间隔往往会相差几个月，甚至几年，如果“护士案”不是孤案，或许能找到突破口，毕竟作案越多，凶手可能露出的马脚也越多。但遗憾的是，好几天的案宗翻下来，重案组未能如愿,原京市在近十年都未曾出现过与本次作案手法类似的凶杀案。无奈之下,重案组只好将案件概况以匿名方式放到网上,重点覆盖原京市以外的各大城市,甚至海外华人密集的地区,看是否能够吸引到知情人士的注意。没想到很快,一条留言便引起了苏左的极大关注。

留言详细说明了很多年前美国的亚利桑那州曾发生过一起类似的案件,凶手杀害了一名年轻的医院女护工,抛尸在树林中,并对尸体戳刺了几十刀,还取走了死者的眼球。但这名凶手在现场留下了大量的作案痕迹,警方很快便根据线索和物证逮捕了嫌疑人,最终发现被害人是凶手的妻子临终住院时请的护理人员,还负责在凶手外出时到他家里帮忙看护凶手年幼的儿子。警方还在凶手家中发现了被害人的眼球,被浸泡在特殊的化学溶液中,就摆在客厅的壁炉上,仿佛在盯着屋内所发生的一切,看上去毛骨悚然。

苏左立刻与这个留言的人联系,留言者的 IP 地址在美国波士顿。留言者似乎也无意逃避,积极地在网络上与苏左互动,并建议重案组着重调查一下当年那名凶手的儿子。因为虽然当年的案件发生在美国,凶手是土生土长的白人,但凶手已故的妻子却是一名华裔女子,也就是说凶手的儿子是个中美混血儿,他的母亲还有很多亲朋好友居住在中国,他完全具备回到中国生活,以及在中国实施犯罪的条件!

这绝对是一条不容忽视的线索!

重案组迅速锁定了这个中国姓名为乔伊森的犯罪嫌疑人,并且惊喜地在他的出租公寓中发现了三对浸泡在化学溶液中的眼球,经鉴定正是属于护士被杀案的三名被害者。至此,"护士案"在这名神秘网友的点拨下不到一天时间就顺利告破了。

但令苏左不甘心的是,凶手乔伊森并没有落网,诸多证据指明:他早已潜逃了。经海关出入境记录证实,他潜逃的目的地正是美国,但在美国暂无确切住址。一时间案子再次陷入瓶颈。

苏左没有放弃,她认为乔伊森性格孤僻,不善与人交流,那么他唯一与外界沟通的方式便只有网络，相信网络是他获取知识和消息的唯一来源。于是苏左将重点放在疑犯的IP追踪上，很快便发现乔伊森公寓网线IP的浏览记录中，似乎关注遗传基因方面的信息非常多，尤其是犯案后的一个多月以来，嫌犯所浏览的网页中大部分都有“犯罪基因”“暴力基因”“行为遗传学”等标签，而他潜逃前似乎又将关注点转移到了“基因编辑”领域，浏览的最后一个网页正是萧程今日的演讲预告！

于是苏左立刻请求联合美国FBI，并作出大胆推测：乔伊森或许是意识到自身可能存在某种来自父亲的“基因缺陷”，试图依赖遗传基因理论为自己的犯罪行为做出解释，甚至很可能梦想着通过一位权威基因学家的手来改变自己有缺陷的基因！

显而易见，萧程，就是他选定的目标。

舞台上，萧程的演讲依然牢牢吸引着台下观众的注意力，并且正在向着最具争议的方面渗透，场内气氛稍显紧张。

只听萧程严肃地说：“基因编辑技术存在的使命是要应用于人体。甚至可以说，整个基因工程学存在的初衷就是为了让我们更加了解人类自身，并实现全人类的自我完善。科学发展本身虽然没有任何社会性可言，但如果付诸应用，就将受到社会发展阶段的限制。简单来讲就是：并不是每一种科学成果都符合人们现行的道德标准。所以在现阶段，为了使基因编辑技术与现行道德达成平衡关系，我们需要将这个道德鸿沟缩窄到一点：什么样的人的基因才有资格被改写？”

“……正如我刚才反复强调过的，基因工作者现阶段的目标应该是帮助和救治那些存在基因缺陷的遗传病患者，我们并不想成为造物者，就像即使我们可以做到为人类的基因加上一对翅膀，我们却不会，也不应该那样去做一样。可即便是这样，在患者人体上改写基因也依然面临着太多太多的道德考问，现行法律更明令禁止在人体上使用基因编辑技术。但一项新的、有价值的科学发现，不应该仅仅因为人类道德的纠结而被埋没，甚至止步不前。其实恰恰在这一点上，人类的智慧得到了光辉的证实，因为古往今来最常见的情况反而是，科学发展无数次挑战着人们的道德极限，却最终一次次将其冲破，使得道德界限不断得到新的修正和提升，而我相信基因编辑技术，正拥有这种力量！”

萧程的演讲似乎在此告一段落，他依然笔挺地站在台上，脸上看不出任何释然或放松的神情。此刻他心知肚明，自己给听众留下了一道非常残酷的判断题，这种问题，随便思考一下就会倍感严肃。

一阵如雷贯耳的掌声后，观众席中突然冒出一个身穿连帽衫的年轻人，他手捧着一大束鲜花向舞台中央跑去，看起来很像是主办方安排好的学生粉丝。年轻人头戴宽檐的黑色棒球帽，使人看不出他的发型和发色，手中的鲜花被他怀抱在胸前，挡住了大半边脸颊。登上讲台后，他走路的步伐明显有所加快，眼看已经逼近萧程身前。

“不好！有情况！”苏左率先反应过来，冲着对讲机里大喊一声，并干练地掏出一直紧按在腰间的配枪，健步如飞地奔向舞台。

“不许动！”

几乎是同时，穿帽衫的年轻人和苏左均说出这三个字。

苏左黑洞洞的枪口此时距离年轻人不过两米之遥，可依然晚了一步。

“嘿，嘿，冷静……”只见刚刚还泰然自若的萧程此时如同人偶般举着双手，焦急地阻止着苏左，让她不要再靠近。或许是顶在太阳穴上的枪口令他的脖子正在以一种不适的姿态支撑，萧程轻微地耸了耸肩，满脸不情愿的表情。

此时场内的警察已将舞台围成了一个牢固的圆圈。

“乔伊森，你跑不了了！”苏左冲躲在萧程身后的年轻人喝道。

“谁说我要跑了？”年轻人此时已扔掉鲜花，露出一张毫无血色的脸庞，浅棕色的双眼中流露出怪异的神色，“我只是来找萧博士帮个忙。”

说话间，他突然双目充血，好像承受了天大的委屈般叫着：“你们知道什么？！我不是有意的，我身体里面有我爸爸的‘犯罪基因’，是它们诱发我去像我爸爸一样杀人，我是病人！我要求萧博士为我作证，并且承诺对我进行基因治疗！”

说完，他把手中的枪又向萧程的太阳穴顶了顶，“萧博士，对不起了，委屈一会儿，你这么值钱，他们一定会答应的。”

萧程在他的威胁下丝毫不敢挪动，不断用眼神示意着似乎随时准备扑上来的苏左不要轻举妄动。

“你以为我们都不懂吗？”苏左仿佛也不再打算向前，而是换上一副嘲弄和不屑的口吻，紧握配枪的手却丝毫没有放松，“你说的犯罪基因不过是MAOA，你可以问问萧博士，目前科学界到底有没有实验数据能够表明这种基因具有遗传性？我告诉你，MAOA我们一半的人都有，你想靠基因治疗为自己脱罪，别做梦了！”

听到苏左的话，乔伊森思考了几秒，眼神越来越怪异，竟霎时泪流满面地哀号起来：“可是我真的没想杀人，我总梦到我爸爸要我杀了那个女人，虽然那个女人很凶，但我不敢，他就当着我的面杀了她，还挖出她的眼睛，要我每天盯着她看，说什么时候我也敢去杀掉那些虐待病人的女人，就不会再有人敢欺负我了……我感觉爸爸的基因在我身上复活了，不断引诱着我去杀掉更多的人。”

由于情绪波动过大，顶在萧程太阳穴上的枪口此时也随着乔伊森的哭喊声开始微微颤抖。

苏左暗忖，嫌犯看上去早已情绪不稳，挟持的举动已让他接近崩溃的边缘，当下的局面意味着能够一枪击退嫌犯的机会随时可能出现，但也有可能嫌犯在没有预计的瞬间彻底失控，从而威胁人质的生命安全。苏左与身边的美国探员交换着眼色，似乎没人能做出更妥善的决定。

就在大家踌躇之际，萧程却猛然毫无征兆地蹲下身，手中不知什么时候已多了一样尖尖的东西，反身飞速向着乔伊森的颈动脉扎去。

乔伊森立刻惊觉颈间一阵冰凉，神色大变，拿着枪的手也迅速再次朝萧程的太阳穴指来。

突然，从苏左的枪中传出“砰”的一声巨响，乔伊森原本拿着枪的手臂登时一片血红，苏左还没等乔伊森反应过来，已上前牢牢锁住了他另一只未受伤的手臂。

“你这个人渣！你爸爸当年杀人是为了给你妈妈报仇，没强奸被害人，你却一次杀害了三个无辜的护士，还强奸了她们！就算 MAOA 能遗传，到你身上也是变得更差了！你简直让人恶心！”

面对苏左的怒斥，乔伊森却没来得及再做出任何回应，就两眼一闭，昏死过去。

见到这种情况，苏左惊愕地瞪向萧程：“你把他怎么了？”

萧程冷静地站在一旁，无辜地撇撇嘴，手里举着一根细长的针管：“镇静剂而已。”

这时 FBI 的几个警员走上前来，将昏睡中的乔伊森押下了讲台。

台下的观众们已经井然有序地在美国警方的紧急措施下安全疏散，没过两分钟，空空如也的礼堂内就只剩下苏左和萧程两个人。

“你怎么随身带着那种东西？”苏左用一种怀疑的目光打量着他并指了指萧程依然握在手里的针管。

“我想到他会来。”萧程轻描淡写地回答，“他很精明，知道只有在大庭广众之下强迫我和警方答应他的要求，才可能有一线生机。今天，可以说是他最好的机会。”他说这番话时并未注视苏左，而是从电脑包里拿出一套消毒器具，仔细擦拭过手中长长的针管，然后翘着手指，将针管轻捏着放入一个犹如警方使用的证物袋般的封口袋子里，一点一点地将袋子封紧，又拿出一个小塑料盒，将针管平平整整地放到里面并满意地听到盒盖“叭”地扣紧的声音后，才如释重负地吐出一口气，“好了，可以扔掉了。”

苏左莫名其妙地看着这一连串动作，“你每次用完针管都要这样处理吗？”在她看来，萧程对于一根小针管的处理堪比警方收集案发现场的物证般仔细。

萧程好像根本没想到有人会这样问，反而十分惊讶地正色道：“医疗垃圾是危险的病毒传播源，稍不注意就会为无辜者带来疾病。”

这副小心的样子夸张得令人想笑，不知该怎么回应，苏左只好干眨了两下眼睛。她本想追问萧程何以知道这个案件，但随即便发现是自己反应迟钝了，于是难掩惊讶地向对方确认道："那个在网上留言的人就是你？！"

萧程有些尴尬地用一只手轻搓着鼻尖，有点儿不好意思地说："我也没想到，重案组的组长原来是名女性。不过，关于基因的问题，你知道得还蛮多的，功课做得不错，果然是精英警探。"

"你说 MAOA？"苏左心领神会，不以为意地解释起来，"我也是在看到嫌犯浏览的基因学网页后才了解到的，我想他极度怀疑自己的父亲之所以存在严重的暴力倾向，是因为携带了 MAOA 基因，并且假想自己也是 MAOA 携带者，不断对自己进行心理暗示，再加上童年时残酷的经历，最终导致心理扭曲而犯罪。不过，据说 MAOA 的确是一种'暴力基因'，许多诸如谋杀、殴打等暴力型重罪犯体内都存在 MAOA。"

萧程对苏左的话不置可否，一谈论到学术相关的话题，他立刻又恢复了严肃的神态："的确曾有科学论著和一些数据说明 MAOA 的低水平代谢和神经元细胞膜的功能障碍可能是极端暴力犯罪行为的病因，但这并不代表含有 MAOA 基因的人就一定会犯罪。你刚才也提到过，可能超过一半的人都携带有 MAOA 基因，但他们中的 99.5% 都能成功遏制住自己敲碎别人脑袋的冲动，所以，我并不喜欢将 MAOA 定性为暴力基因。而且严格来讲，MAOA 是否具有遗传性，以及表现特别严重的 MAOA 异常究竟算不算一种疾病，都还没有定论。不过保险起见，我还是建议警方给乔伊森做一个基因测序，毕竟父子两代都做出变态杀人行径是比较罕见的，有研究价值，也算为今后的基因犯罪收集数据。"

苏左闻言赞同地点了点头，她也正是如此打算的。

"那个……"萧程突然指了指苏左的手，欲言又止。

苏左不明所以，自己手中只有配枪，她很娴熟地把枪在手心里掂了掂，疑惑地问："怎么了？"

"大学教室和讲堂里不能带枪。"萧程十分严谨地回答，"而且枪这种东西，用完了是不是应该立刻放回枪套里？”说着还不忘将手指在空中一划，做出物归原位的动作。

苏左再次看了看手中的配枪，觉得自己就像个在被家长说教的小孩儿，于是不服气地反驳道：“我是警察啊，而且别忘了，刚刚可是我这把枪救了你！”

萧程却好像并没有感到苏左的不满，眼睛始终盯在苏左手中的枪上，眉头皱得快拧成了疙瘩。

“唉……”苏左只好无奈地将枪放回到枪套里，故意在萧程面前将动作做得很明显，然后洒脱地冲萧程伸出一只手说：“行了，这次多谢了！”

萧程看起来松了口气，这回倒是很大方地也伸出一只手握上来。苏左感到这只手触感细腻，手指划过掌心的力道也十分轻柔，反映出这只手的主人对它拥有恰到好处的操控力。

“你的演讲，非常棒。”苏左由衷地称赞道。

萧程微微一笑，似乎类似的赞扬听得太多，已经不以为意，他反而诚恳地说：“我想我们还会见面的。”

苏左很快便明白了萧程的意思，也笑道：“是呀，基因犯罪，我们所有刑侦人员都应该在这方面好好补补课了，你来当我们的老师吧，你这样的人才，为什么不想回国发展呢？”

萧程没想到会被问及这个问题，突然毫无防备地沉默下来，良久后才轻声回答：“国内，有我不能回去的理由。”

第二章 病毒

下午 5 点 09 分，飞机终于在经过了短暂的滑行后，传来一阵与登机口衔接时才有的颠簸。郭旻不耐烦地又看了一眼手表，秒针刚好划过 12 的位置，已经 5 点 10 分了。

答应了妻子会在 6 点前赶回家吃晚饭，可正是下班高峰时段，照现在的情况，显然是赶不及了。

走出机舱直奔出租车候车站，郭旻一秒钟都不愿多耽误，只有一件随身行李的他，快步穿行在往来的人流中，走着走着，他还不忘从外套兜里摸出一副口罩戴起来。

“您是刚从国外回来吧？咱们这里空气不好，一般从国外刚回来的人都受不了，是得戴副口罩。”出租车司机见拉到了客，笑呵呵地按下计价器，从后视镜中望着郭旻，一副攀谈的口吻。

“不是，我感冒了，不想传染。”因为戴着口罩的关系，郭旻的声音听起来闷闷的。

“像您这样自觉的人可真不多，现在大多数人戴口罩恐怕除了防雾霾，反倒是怕被别人传染呢！”司机微笑着回应道。

郭旻闻言也不禁干笑了两声。

喉咙的确很难受，头也依然疼得厉害。这种症状已经是第二天了，正是感冒最难扛的阶段。他决定明天向公司先请个假，反正这次出差要办的事都很顺利，公司那边已经收到了对方公司的回函，接下来的运作不需要非由自己来主持。

推开家门，妻子蒋小夕立刻迎上来，不由分说就献上了一个热吻。虽然隔着口罩，郭旻还是能真切地感受到那对熟悉的双唇。

“当心，别碰到肚子！”郭旻小心翼翼地将妻子推开，急切地说，“而且我还在感冒呢。”

“没关系啦，宝宝才不会那么脆弱。”蒋小夕骄傲地摸着圆滚滚的腹部，仰着脸故意嗔怪道，“医生说，现在宝宝已经基本长成了，不会像怀孕初期那么容易被病毒感染。你看你，自从我怀孕，倒是养成了戴口罩的好习惯。”

“可是把感冒传染给你也不行呀，还有几周就到预产期了，我要你以最好的状态‘备战’。”

说完两人都甜蜜一笑。

35 周，漫长的孕育过程眼看就要结束了。夫妻俩的内心既期待又忐忑。

“快来吃饭吧，菜都凉了。”蒋小夕亲昵地拉着郭旻来到饭桌前，似乎一刻也不想松手。

桌上摆放着郭旻平日里最喜欢吃的四菜一汤。

“好丰盛呀！”虽然长途飞行加上身体不适，郭旻此刻并不是很有食欲，但还是对妻子投以满意的笑容。

蒋小夕得意地拿起筷子，夹起一块儿排骨递到丈夫面前。

摘掉口罩，郭旻还是不免担忧地望了望妻子的肚子，提议道：“不如我们分餐来吃？”

蒋小夕拧着眉，不满地噘起嘴巴，显然是嫌丈夫太啰唆了。

郭旻挠了挠头，似乎也觉得自己未免小题大做，干脆将口罩甩到一边，用力咬下妻子举着的排骨，边吃边自我安慰：“也许不是会传染的那种感冒，连个喷嚏都没打过……”

几周后的深夜，郭旻在睡梦中被妻子推醒。

只听蒋小夕的声音有气无力地传来："老公，我肚子疼……"

郭旻一骨碌从床上爬起，他知道这是孩子要出生了，于是匆匆给自己和妻子收拾了一下，直奔妇产医院疾驰而去。

产房内一片灯火通明。一名看起来颇为干练的女医生和两名年轻的助产士此刻正围在产床前，目不转睛地紧盯着监测设备。

"杨医生，产妇的情况越来越不对劲儿了！"看上去年龄较小的助产士率先沉不住气，焦急地说。

被称作杨医生的女人也是面色凝重，虽然并未回应，却双眉紧锁，显然正在对眼前的状况加以判断。

这是两个小时前紧急送来的产妇，胎儿已足月，到了随时可能正常临盆的时候，所以起初杨海璐并未在意，只是为产妇做好了一切例行的准备工作，再视产妇的生产进程快慢而定接生方案。可是大约十分钟前，产妇突然出现了紧急状况。

其实确切来讲，是胎儿的情况不容乐观。产妇的宫缩从被送来后并未出现明显增强，这说明距离真正临盆还需要一段时间，可是胎儿的心率却在十分钟前急速下降，产妇的羊水还未破，照正常情况来看，胎儿不应该出现供氧不足的状况，而从 B 超中也并未发现胎儿出现脐带绕颈等可能导致窒息的意外，此时心率骤降，的确十分蹊跷。

除非……

只一秒钟，杨海璐就打消了突然闪现在脑海中的可怕设想。

不会的。在妇产科十多年，从实习医生做到副主任医师，接生了成千上万个婴儿，还从未见过那样的病例。杨海璐反复提醒着自己刚刚的想法是多么不切实际。

"胎儿心率已经降至 60，杨医生，怎么办？"年长一点儿的助产士语气急切地高声询问。

"这也降得太快了……"小助产士这时已完全不知所措，怯生生地看着两位前辈。

“现在做剖腹产恐怕已经来不及了……”杨海璐神色严峻，她强迫自己恢复冷静，果断地说，“我们已经给产妇注射了催产剂，产妇已经在缓慢开指，这种情况只能强行扩大侧切范围，再下产钳了。你们两个都别愣着了，胎儿一分钟也等不了，协助我，动作要快！”

确定了手术方案，杨海璐定了定神，开始动作娴熟地对各类器具进行着操作，并且轻声安慰产妇：“蒋小夕是吧？你不要紧张，请相信我，接下来我需要你的充分配合。”

蒋小夕此刻心中紧张到了极点，腹部的阵痛还并未使她彻底失去思考的能力，刚刚医生和护士们的表现分明是在说“胎儿非常危险”，她知道自己现在最好的选择就是听从医生的安排，争取和孩子一起渡过难关。于是她使劲儿点了点头。

杨海璐依然表情严肃，对产妇又进行了一遍细致的检查。产道已经开了大约六指，比之前预想的情况要好，她在心底暗暗松了口气。以现在的情况和自己的经验，只要操作及时得当，确保胎儿平安降生应该不成问题。

正这样想着，杨海璐探入产道的手却好像碰到了什么，瞬间僵住了。她心中“咯噔”一下，下意识地将手缓缓举到眼前。

“天哪，是头发！怎么这么多头发？！”身边的小助产士突然惊呼起来，杨海璐这才从惊愕中回过神。

只见手套上除了少量猩红色的血迹和黏液，还沾着密密一层乌黑细小的毛状物，杨海璐看到此刻她手中正牢牢地捏着一大撮婴儿毛发！

“这……这足有一个正常新生儿全部的胎毛量了……”年长的助产士此刻也意识到了问题的严重性，“难道……这个胎儿，所有的头发都掉光了？”

杨海璐深知年长助产士的话意味着多么残酷的事实，她二话没说，拿起侧切刀和产钳，一秒钟都不敢再等待。

随着产妇一声撕心裂肺的呼喊，产房中陷入一片死寂。

产房外的走廊上，蒋小夕的丈夫郭旻已经几十次坐下又站起，除了“坐立不安”，此刻实在没有更好的词能来形容他的状态。

终于，从产房内走出一名穿着白大褂的女人。

郭旻立刻迎上前去，女人却如临大敌般下意识地往后退了一步，并举起手示意他不要靠近，似乎刻意要跟他保持距离。

这时郭旻才注意到，此人正是今晚负责给妻子接生的杨医生，只是此刻她戴着硕大的口罩，将口鼻捂得严严实实，只露出布满红血丝的双眼，眼神中好像还多了几分不安和惊恐。

“杨医生，怎么这么久？我爱人呢？他们怎么样？”

“郭先生，”面对郭旻一连串的提问，杨海璐此刻根本没力气解答，她能体会到眼前这个男人的焦急，却只能尽量冷静地说，“您现在最好什么也不要问。”

郭旻脸上浮起万分痛苦的神情，仿佛某种不祥的预感应验了。

“我只想请您告诉我，我妻子她还活着吗？”

“她没什么大碍。”

听到这个回答，郭旻似乎冷静了许多。

“那，我的孩子呢？是不是死了？”

“……不是。”杨海璐犹豫着回答。或许死了就好了。但这一句，她不敢说出来。

“那我什么时候可以见她们？”郭旻不解起来，“既然大人孩子都没事，我要带她们回家。”

杨海璐无声地叹了口气，正色道：“我来就是想要通知您，您恐怕……回不了家了。”

凌晨 4 点，天还没亮，夏末时节的原京市已不再暑气弥重，入夜和破晓时分则格外清冷。路灯撒下一连串昏黄的光束，街上几乎还没有车辆及行人，堪称全省最为宽广笔直的原京大道还懒懒地泛着柏油路在灯照下特有的微光，这个时辰若是猛一望去，竟会让人心中发慌，对未知的黎明充满担忧。

原京大道两旁林立着众多的政府机构办公大楼，其中一栋五层的白色建筑，就是中原省政府的所在地。此刻，位于省政府二楼尽头的一号会议室内正灯火通明，椭圆形的大会议桌前座无虚席，与会者个个面色严肃，偶尔还会传来一两声叹息，会议室的气氛相当凝重。

会议室的大门被推开，走进来的是一名身穿白衬衫配深蓝西裤的男子，看上去35岁左右。众人纷纷看向他，只见他手拿文件，神色凝重。他知道此刻自己的表情已经能说明一切：结果出来了，接下来才是今天开会的重点。

男人径直走到会议桌最显赫的位置跟前。这个座位上正襟危坐着一名身材略有些发福、年龄在50岁上下的男人，很明显，他应该是当前会场里官职最高的人。

“董省长，已经确定了，是‘兹扎’。”刚才拿着文件的男人双手将落款处印有“阳性”两个鲜红色字样的检测报告递到被称作董省长的官员面前。虽然他这句话声音并不大，却立刻引起了现场的一片骚动。

“邵秘书，真的确诊了？”紧挨董省长左手边而坐的一名戴眼镜的中年男人似乎还心存侥幸，大声发问，他的话想必也是在场多数人心中所想，竟使会场再次安静下来。

被叫作邵秘书的正是刚刚手持文件的男子，他全名邵毅平，是中原省分管卫生工作的实权者董明申副省长的秘书。听了对方的提问，他依然保持着先前的忧虑神情，但这次语气却更加肯定：“刘主任，这是从‘国家疾病预防与控制中心危险传染病检测办’送来的报告，也就是您的上级单位，两分钟前才得出的权威结论。”

邵毅平把话说得既轻且慢，但“权威结论”四个字却显然达到了如雷贯耳的效果。

刘主任本就不是质疑这份报告，当听到最后的希望也破灭了，不禁抿起双唇，缓缓伸手推了推眼镜。

邵毅平说完扫视了一下会议室内的众人，经过刚才那番不过两三句的对话，现在会议室里的每一个人神情都不比刘主任轻松。大家都是聪明人，这种情况，已无须更正式的宣布，所谓的“结果”已是显而易见了。

作为副省长的大秘，邵毅平心中最清楚，在座的这些人都是他在突然收到报告后，深更半夜临时致电，紧急召集而来的。他们中除了亲历事件的相关人员，大多是中原省的实权官员，还有一些疾控方面的专家。可以说，现在这间会议室里坐着目前全省在疾病预防与控制方面最有发言权、拥有最高知识水准且最具经验和决策能力的所有人员。而此刻，会议室里犹如深夜的坟场一般沉寂，没人开口说话，因为每个人都在对当下的局面进行小心谨慎地斟酌，任何一句建议都可能导致无法预期的后果，谁也承担不起。

由于病例的特殊性，邵毅平还请来了一位对自己来说有着非常意义的人，当暗示了结论正是“兹扎”后，邵毅平特别留意了一下这个人的反应。只见他显然陷入了深深的思考之中，邵毅平对此毫无怀疑，因为这个人在思考问题时会凝神闭目的老习惯依然没变。

这时，董省长率先开了口。只见他微微向左边侧了下身，表示出一种微妙的尊重，“刘主任，你是传染病方面的专家，就请你先给大家简单介绍一下这个‘兹扎’病毒吧，我想在座的各位对这个病毒应该都是有所耳闻的，但究竟这个病毒怎样传播、具体有什么严重的危害，我们还是需要先准确地认识和了解，才好让大家讨论对策嘛。”

刘主任被点了名，原本凝重的神色稍稍缓和了些，其实他心中早已料到董省长会要自己来做病毒介绍，况且出了严重的传染病，自己这个全省卫计委的主任势必首先脱不了责任，于是他万分惭愧地说：“我需要先向在座的各位道歉，是我们的工作做得不够好、不够到位，没能使民众树立起足够的对‘兹扎’病毒的防范意识，最终还是让这种目前世界上头号可怕的病毒在我省出现了……好在妇产医院给患者接生的女医生对‘兹扎’病毒高度警惕，否则情况会比现在严重得多。”

邵毅平突然插话道：“事实上今天我也将发现了这例‘兹扎’病毒的杨海璐医生请到了现场，大家如果对发现过程有什么疑问，一会儿可以请她为各位做详细介绍。”

众人闻言，都不约而同地向会议桌尾望去，桌子尽头坐着一名看上去颇有医者气质的年轻女子，正是杨海璐。

其实今天到场的众人很多都相互熟识，毕竟同在一个圈子中的高层，即使不太熟络，也能算“脸儿熟”，杨海璐突兀地出现在这里，早已引起众人的注意，邵毅平的话显然使很多人心中的猜测被印证，大家纷纷表现出“果不其然”的样子。

刘主任顺势对杨海璐表扬了几句：“由于‘兹扎’病毒的特异性，我们前期宣传预防工作的重点正是全省大大小小的妇产医院和综合医院的妇产科，能如此快速准确地判断出患者疑似‘兹扎’感染，可见小杨医生不愧为一名合格又优秀的医护工作者。”

杨海璐突然受到关注，显得很镇定，一副谦逊的样子，就像说的并不是她。

“‘兹扎’在世界上统称为‘ZIZA’，是一种非常可怕的传染性病毒。”刘主任开始介绍起来，“‘兹扎’最早在20世纪中叶被发现于中东地区。一开始人们只是发现那里的一种野生猕猴突然出现了不正常的畸形，主要表现为很多新生猕猴几乎没有大脑，这种无脑猕猴生下来就如同僵尸一般，除了呼吸什么都不会，通常因为无法进食而被活活饿死，并且新生无脑猕猴的数量在很短的时间内便呈现出了成倍的增长，基本上一个猴群中如果曾出生过一例无脑猕猴，最多只需三年的时间，这整个猴群只要是新生的猕猴就无一例外，都会是无脑畸形。研究人员经过分析，认为这种现象唯一的解释只可能是：在这种猕猴群中生成了一种具有高度传染性的病毒，而这种病毒最厉害的地方是具有遗传特性，或是会率先摧毁生殖细胞，以至于猕猴群中的成年雄性猕猴一旦感染，所有猴群的下一代都无从幸免。

而最令人头疼的是，成年的猕猴感染这种病毒后，并不会出现过于严重或明显的症状，通常很难被察觉。当地的动物工作者曾对这种猕猴群体加以隔离和保护，但还是没能控制住这种病毒在猕猴群中的蔓延，大概 15 年后，这种猕猴就彻底从地球上灭绝了。很多人猜测这是大自然物种选择的结果，或许这种病毒的出现正是大自然要对这种猕猴优胜劣汰，根据资料显示，这种猕猴的行动力不强，本就已数量濒危，猴群的平均寿命也已经在逐年缩短，灭绝只是早晚的事，所以并未对造成猴群最终灭绝的这种病毒给予过多关注。

“但大约 20 年前，人们最不愿看到的情况发生了：一种具有高度传染性的新型病毒开始威胁人类，而这种病毒跟此类猕猴所感染的病毒竟惊人地相似！这还要追溯到很多年前，在巴勒斯坦南部的一座紧邻沙漠的小镇上，无脑新生婴儿的数量突然剧增。起初这种状况并未引起官方的重视，但后来人们经过观察和统计发现，一个家庭中如果出现过一个无脑婴儿，那么下一胎依然是无脑畸形儿，甚至再下一胎还是，当地最多的一个家庭连续 5 胎都是无脑婴儿！没过多久，拥有两个以上无脑婴儿的家庭已在当地非常普遍，这无疑给当地政府带来了极大的负担，于是开始有学者提出当地人应该是感染了一种罕见的病毒，这种病毒正是此前在猕猴身上出现过的神秘病毒，并且已经由猕猴群体蔓延到了人群之中，因为最初感染了这一病毒的猕猴名为 ZIZA，所以病毒学者们便将这种病毒命名为‘ZIZA’。世界卫生组织对感染了‘ZIZA’病毒的区域进行了大规模的排查和疾控，基本使疫情得到了暂时的缓解和扼制，但并没能寻求到有效的解决方法。不幸的是，很快，兹扎感染的病例便在中东其他一些国家陆续出现，世界卫生组织再次提出紧急应对措施，并携手以色列政府，聚集了当时全球最权威的病毒学专家，夜以继日，终于从患者体内成功分离出了兹扎病毒。至此，人们才算正式与这种神秘又可怕的病毒展开正面交锋。”

“一种病毒竟然不是直接对感染体造成伤害，而是威胁到繁殖领域，这实在太可怕了，如果任由这种病毒蔓延，不管是什么物种，都只会面临灭绝这一条路。”或许是对刘主任绘声绘色的讲解有所触动，一名看上去还比较年轻的与会者不禁发出感慨。

刘主任用力点点头，也深表赞同：“这正是‘兹扎’目前被看作全球头号可怕病毒的原因。让我们做个对比就知道了。我们都知道，HIV 病毒，也就是我们通常所说的艾滋病毒已经是一种令当今医学界深感棘手、普通人十分恐惧的病毒了，它同‘兹扎’一样，会经由怀孕中的母亲传染给子宫内的胎儿，但艾滋病毒存在于血液和人类体液中，理论上只要做到将胎儿隔离在无母体体液的生长环境下，胎儿就有可能不会感染上艾滋病毒。美国已经出现过这种成功隔离的案例，即使夫妻双方都是 HIV 感染者，孩子也可以在医疗介入下健健康康地出生。可是‘兹扎’病毒却远没有这么简单，它不仅会通过循环系统造成传染，比如胎儿通过母体感染到‘兹扎’，则立刻导致脑细胞全面坏死，最可怕的是，它还会直接侵入感染者的生殖细胞，使感染者根本无法创造出健康的受精卵。也就是说，不管男女，只要感染上‘兹扎’，就等于再也无法生育出正常的后代，而他们的后代甚至可能连生育的能力都不具备。动物界的‘兹扎’感染幼体大多在出生不久后就会夭折，人类感染了‘兹扎’的婴儿有些即便存活下来，也基本上如同植物人一般，好一点儿的，勉强可以算作行尸走肉……所以我们可以这样定义：‘兹扎’是至今唯一一种人类可能感染的具备遗传特性的病毒。在座的各位都是医学方面的专家，我想应该明白这种定义的恐怖之处，就像刚才这位同志所说，我们完全有理由认为，‘兹扎’病毒堪称一件灭绝物种的武器，任何生物，只要感染上它，都面临着巨大的灭亡威胁！”

会场中的寂静在这一刻达到了顶峰，当人们被真正震撼时，才能切身体会到，原来“静默”也是有程度之分的。现在会场中的众人都感觉人类犹如一只困兽，置身在黑夜中的苍茫大海，下面是深不见底的汪洋，看似波澜不惊，实则暗潮汹涌，正裹携着致命的危机滚滚袭来。

“并且我们今天看到的‘兹扎’已经不仅仅是致胎儿无脑畸形这么简

单了。”一个女声突然从会议桌尽头响起，听上去铿锵有力，将众人的遐思一下子拽了回来。

说话的正是杨海璐，从她的眼中不难看出恐慌的神色，但她的表情却十分坚毅。“我看过相关的报道说现在一些‘兹扎’感染病患生出的畸形儿连性别也不具备，就是说患者生出的胎儿既无脑，也无性别，说不好听点儿，就是一坨会呼吸的肉。”说到这里，她似乎回忆起了什么恐怖的场景，用一只手按住额头，“就在两个小时前，我亲眼看到了‘兹扎’感染出的这种怪物。”

这是在场所有人第一次真切地听到关于身边出现的这例“兹扎”的具体情况，不禁都屏气凝神，表现出极大关注。可是杨海璐的话却还是出乎了绝大多数人的意料。会场内的众人终于再也无法按捺自己的震惊，纷纷小声嘀咕“怎么会这样？”“没想到情况如此糟糕……”。

“我怀疑，‘兹扎’病毒本身也已经在发生快速的变异。”杨海璐声音有些发颤，却说出了令现场众人更加震惊的话。

“小杨医生说得没错，”刘主任擦拭了一下额头上的汗珠，继续道，“国内这例感染的情况，我们还是第一次听说，着实不太乐观。这例‘兹扎’患儿恐怕的确是感染上了已经变异的‘兹扎’病毒，我也是前两天在最新的医学周刊上读到相关的文章，里面说像这样的‘兹扎’病例是当前世界上最严重且最凶险的。”

“‘兹扎’病毒的出现也不是一年两年了，我国和我省一直预防得很好，怎么一出现就是如此不幸的情况？这位患者是如何感染的呢？”有人适时提出了疑问，正好迎合了众人此时心中所想。

“我先来解释这位同志的第一个疑问吧，为什么‘兹扎’并没有在出现后立刻就造成世界大范围的感染呢？这就要说到‘兹扎’病毒的传染途径了。”刘主任看看董省长，只见董省长也正以一副严肃的表情注视着自己，他心想必须每个方面都尽量说得简单易懂才行，于是继续道，“‘兹扎’病毒在普通人之间的传染有些类似于流感的传播，通常是通过唾液感染的，当然，体液接触的感染率更高。血液注射和母婴之间都是会百分百传播‘兹扎’病毒的。但是‘兹扎’病毒如果真如流感病毒那么容易传染，恐怕人类早就灭绝了。‘兹扎’通过唾液传播是需要一定条件的。一般人之间的正常接触，如面对面交谈、握手，甚至不慎使用了同一个水杯等都不一定会造成传染，只有关系比较亲密的人，并且唾液间交叉得比较频繁的情况下，才存在唾液传播的概率，如频繁地共同进餐、接吻，这样只要其中一方感染了‘兹扎’，另一方幸免于难的可能就微乎其微了。至于目前出现的这例‘兹扎’感染，更多详细的情况恐怕还需要直接接触了患者的同志来给我们介绍。”

刘主任说着再次向桌尾看去，他相信自己刚刚关于“兹扎”的全部说明已经非常详尽，此刻他也十分关心目前这例患者的情况。

“刘主任对‘兹扎’传染途径的解释真是太到位了，我们现在手上的这个病例正属于这种情况。”这次开口的是市妇产医院的院长廖文远，他坐在杨海璐身边的座位，由于之前杨海璐出众的气质和谈吐吸引了众人全部的注意力，直到此刻人们才发现她身旁还有这样一位人物存在。廖文远年龄与董省长相仿，戴着一副金丝边眼睛，说话慢条斯理的，给人感觉有一股娘娘腔。

“最先感染了‘兹扎’的是一名叫郭旻的男性患者，他称自己大约一个月前曾赴以色列出差，回来时便出现了类似感冒的症状，他以为自己就是旅途劳顿感染了风寒，并没有太在意，只是跟单位请了病假，然后一直在家休息。可不幸的是，郭旻的妻子蒋小夕正怀有 35 周的身孕，由于长时间的亲密接触，蒋小夕很快感染上了来自郭旻体内的‘兹扎’病毒，并直接导致腹中的胎儿严重畸变。昨天午夜前后，蒋小夕被紧急送到我院生产。负责接生的值班大夫正是杨海璐医生，她很快便发现了产妇的异常情况，第一时间采取了应对措施，才得以使胎儿顺利出生。可是，没想到胎儿的状况如此非同寻常……”

“难道成年人感染上‘兹扎’后就真的没有任何异常的感觉吗？”

廖文远推了推眼镜，“事发比较突然，但是我们立刻意识到这可能是一宗一家三口全部感染‘兹扎’的病例，于是我们果断将郭旻和蒋小夕进行了防护隔离，新生的畸形婴儿目前也已被安置在隔离保温箱中，暂时无生命危险。通过对郭旻的初步询问我们了解到，他的确没有感觉到特别不同寻常的不适，就是类似于普通上呼吸道感染，出现了头疼、咽喉疼、全身乏力、肌肉和关节痛等症状，并伴有轻微的低烧，但他说症状持续了不到一周就消失了。唯一有一点值得注意的，就是郭旻回忆称，他在发病过程中没有打过喷嚏，这曾令他一度怀疑自己不是患了感冒，而是感染上了什么不干净的病菌。他的直觉倒是挺准的，可他再怎样也想不到自己是感染了‘兹扎’。”

“对，这的确符合成年人感染‘兹扎’的发病特征，即便感觉像感冒，但就是不会打喷嚏。”刘主任再次接过话题，介绍道，“通常‘兹扎’感染会有3—12天的潜伏期，潜伏期过去后，也仅有约五分之一的感染者会出现明显的发病症状，究竟会不会出现发病症状取决于感染者自身的体质，绝大多数成年感染者几乎完全没有感觉。我们这例感染者理论上应该正当壮年，可他的发病症状却十分明显，我推断这恐怕跟他感染到的是经过了高度变异的‘兹扎’病毒有关，这种‘兹扎’病毒破坏力更强，以至于成年人感染了也会表现出严重的身体不适。”

“试想一下，郭旻在一个月前才从以色列回来，那么他的妻子最早也就是当天晚上被感染上病毒的，当时她腹中的胎儿应该还是健康的，毕竟孕期已过了大半，相关的产检都是做过的，孩子不可能本身就是畸形，也就是说，仅仅几周的时间，郭旻感染的这种变异‘兹扎’就令一个健康的胎儿变成了……”廖文远似乎觉得“一坨会呼吸的肉”这种说法不妥，可是一时又找不到更合适的词，竟说到一半尴尬地停在了那里。

不过不需要他说完，众人也能明白他想表达的意思：这种“兹扎”病毒的破坏程度可谓十分骇人！

“对患者一家的遭遇，我深表同情，但这位男性患者体内的病毒又是从何而来呢？”董省长再次发问。

“生长在中东地区的一种红毛狼蛛是目前普遍被医学界认可的‘兹扎’传播媒介，但据我所知，这种红毛狼蛛因为‘兹扎’附体，现在已经基本上灭绝了。除非，患者亲密接触了其他感染了这种变异‘兹扎’的人。”刘主任皱着眉，显然对这问题感到为难。

“可是郭旻说他在以色列期间办的都是公事，与人接触一般都仅止于握握手或是面对面谈话，连一起吃饭都不曾有过，要说是其他人将病毒传染给他的，似乎可能性不大。”这时一位疾控中心的研究人员说道，他是在郭旻一家被隔离后，最先对郭旻进行询问的几个负责人之一。

“这样看来，就有些蹊跷了。难道是患者没有说实话？”廖文远揣摩起来。

坐在省长身边的邵毅平听了他的话后微微皱了皱眉，明显有不同意见。

“是 Cerbalus aravensis。”

这时，一个邵毅平分外熟悉的声音响了起来。这声音听上去有点儿苍老，却洪亮有力，语调中流露出一股不可侵犯的威严。邵毅平心中不禁激动了一下。

刚刚的声音一出，众人立刻安静下来，仿佛约好了一样，都满含敬畏地望向发出声音的老者。董省长也是一副愿闻其详的请教姿态，比之刚才要求刘主任讲解“兹扎”病毒时那种故意表现出来的谦虚，显然真诚万分。

“戴老，今天把您请来参加我们这个连夜召开的紧急会议，实在是因为情况危急。您是遗传基因学方面的专家，碰到‘兹扎’这样特殊的病毒，我们真是迫切地需要您的指导和建议呀！”

董省长话音刚落，就听到杨海璐发出了一声惊呼，用充满敬佩的眼神望着刚刚说话的老者，那眼神分明在说“天哪，原来这位就是中国遗传基因学的领军人物戴林钟教授！”。不过她自知失态，很快便收敛起自己的惊讶，又恢复到了先前稳重的模样。

“戴老，您刚才说的 Cerbalus aravensis，难道就是……以色列蛛王？”邵毅平第一个反应过来戴老言中之意，惊讶地问道。

戴林钟目光平淡地环顾了一下会场中的众人，即使是经过董省长时也并未表现出多大变化，最后将目光落在邵毅平的脸上，赞许地点了下头。

得到肯定后，邵毅平知道解释的工作应由自己来做，于是接着说：“这种蜘蛛的脚可以长达 14 厘米，是目前世界上最大的蜘蛛，最初在以色列的沙漠中被发现，所以被称为以色列蛛王，学名即为刚才戴老所说的 Cerbalus aravensis。戴老的意思是，高度变异的‘兹扎’病毒找到了这种 Cerbalus aravensis 作为新的载体。这种病毒本身具备比原始‘兹扎’更强大的破坏力，它的载体也需要更加强大，这是自然界双重选择的结果。我们也可以这样认为，逐渐变异的‘兹扎’病毒和其不断变换着的传播载体之间达到了某种微妙的平衡。郭旻感染到的‘兹扎’病毒已几乎变异到极致，选择以色列蛛王作为载体，刚好说明了它的凶猛程度。”

“戴老果然博学，经戴老这么一提，我才想起，的确有最新的‘兹扎’研究报告提及过这种以色列蛛王。”刘主任急忙补充说。

“可是郭旻是如何接触到这种可怕的蜘蛛并且感染上病毒的呢？如果他被这种蜘蛛咬伤，他自己不该不知道呀！”刚才发言的研究员大惑不解，显然郭旻并未向他提及在以色列接触了这种巨型蜘蛛。

“这说出来恐怕会令各位感到不适，但蜘蛛传播病毒，并不一定只有咬伤对方这一种途径。”邵毅平语气平静，但很有说服力，“西方的研究人员坚信，普通人在熟睡时因为下颌肌处于放松状态，致使嘴微微张开，一生中会平均吞下 3 到 4 只蜘蛛，并且不只是蜘蛛，很多寄居在房间里的昆虫，都可能在我们熟睡时爬进我们的嘴、耳朵和鼻腔里，蜘蛛只是其中最为常见的一种罢了。”

这番话令现场很多人都咂了咂舌，细想昆虫爬入口腔的感觉，着实叫人直起鸡皮疙瘩。但很快就有人发现了不妥：“可是你刚才说了，以色列蛛王光脚就可能有 14 厘米，那么大一只蜘蛛，睡得再熟也不可能让它爬进嘴里吧……”

邵毅平微微摊开双手，“我说的只是其中一种可能，但我想我们的这位患者，更可能是因为吃下了含有此种蜘蛛的分泌物或虫卵的食物才导致感染的。现在许多高档酒店的房间里都会为客人提供果盘或小点心，如果刚巧郭旻所住的房间中有这种蜘蛛，并且是感染了‘兹扎’的蜘蛛，那么这些食物就变得很不安全了。”

董省长似乎不想继续拘泥于感染方式的讨论，“如此说来，我相信我们目前是没有致使居民从自然环境中感染到‘兹扎’病毒的条件的，否则‘兹扎’早已在我国出现了。换句话说，‘兹扎’在我省目前唯一的传播途径，就是人与人之间的传染。现在既然已经发现了郭旻一家是‘兹扎’病毒感染者，接下来的重点就应该是尽快排查近期与郭旻有过接触的人，看看还有没有其他人感染。”

“我想在这一点上我们是幸运的，”研究员带来了今晚唯一的一个好消息，“通过我们对郭旻的询问发现，这位患者其实在日常生活中有着很强的预防疾病传播的意识，他说自己自从妻子怀孕后，就养成了经常戴口罩的好习惯。最开始主要还是怕在外面受到别人的传染，就算是小感冒，传染给正在怀孕的妻子都非常危险。但后来，他说自己感觉不舒服时也会戴口罩，怕传染给别人。这次，他从以色列回程前身体已经抱恙，所以下飞机后立刻戴上了口罩，在飞机上他身边的座位也是空的，并且除了空姐外不曾与其他人接触过，空姐也只不过是为他送餐，不曾与他亲密接触。而他回家后就请了病假，休假期间除了照顾他妻子，也基本就是在家养病。患者在公司属于中层管理人员，平日里上下班时间也比较自由，并且他们夫妻感情甚好，他觉得妻子怀孕后期很辛苦，所以一个月来基本也没怎么上班，大部分时间都在家陪妻子待产，其间最多是跟妻子出过几次门去超市买菜，但他说只要出现在公众场合，他都戴了口罩，在公司他也有自己独立的办公室，不曾与同事有过很密切的接触。由于‘兹扎’传播具备一定‘难度’，所以我们目前可以乐观地推测，除了他的妻子蒋小夕外，郭旻体内的‘兹扎’病毒应该并未对其他人造成传染。当然，我们依然会对郭旻提到的空姐、出租车司机、同事，以及为蒋小夕接生的医护人员进行病毒排查。”说到这里，研究员不由得向杨海璐这边望来。

“没问题，我们随时可以接受检查。”杨海璐颔首示意，但她心中并不恐惧，她有把握自己和同伴们并未被感染。

“这真是一个振奋人心的消息，”董省长在当晚的会议中首次露出笑容，“如果没有更多感染者，那么我们只要成功隔离郭旻一家，就可以暂时抑制住‘兹扎’在我省的传播。”

董省长的话令在场众人都松了一口气，会场中的气氛一下子缓和了许多。

“可是，您也说了，这种局面是暂时的。”十几秒后，邵毅平担忧的声音传来，他并没有继续说下去，一方面是感觉再次打破好不容易轻松下来的气氛有些残忍，另一方面，他意识到点到为止，给大家一些正视现状的空间或许更能达到自己想要的效果。

的确，在场的人都想得到，郭旻一家不可能被永久隔离，这不仅是出于人道主义考虑，就算政府能出面要求感染者这样做，也难逃过各路媒体的围追堵截，到时候如何向公众解释“兹扎”出现之事？软禁患者则是更加让人头疼的事，他们都太清楚媒体的嗅觉有多灵敏，报道有多偏颇和不留情面。

而且有一就会有二，郭旻的出现已经说明，“兹扎”离这片国土并不遥远，它一旦大规模地登陆，如今想方设法地掩盖则毫无意义。

当所谓的灾难来临，蔓延在大众之间的恐惧或许比灾难本身还令人难以招架。

沉默了一会儿，董省长脸色虽然阴沉，但头脑却很清晰，用一种略带命令的口吻说道：“据我所知，目前全球还没有任何一个国家研制出了能够预防‘兹扎’的疫苗，所以如果我们现阶段想要全面彻底地扼制‘兹扎’传播，归根结底还是得从郭旻一家着手。大家说说，有什么办法？”

又是一轮沉默。

会场中的大多数人都微微低着头，仿佛有意回避彼此的视线，竭力摆出一副沉思的姿态。刘主任欲言又止，几次动了动嘴唇，但斟酌再三，最终还是把话咽了回去，样子看起来有些狼狈。

戴林钟始终半闭着眼睛，双手抱在胸前，露出桌面的上半身挺得笔直，却丝毫没有再开口的意思。

董省长的视线在各人身上扫了一圈，最后定格在最远端的杨海璐脸上。女医生勇敢地回望过来，深吸一口气，清清楚楚地吐出四个字：“基因改写。”

话音刚落，就听见刘主任极不自然地发出一阵轻咳。邵毅平不禁偷偷向戴林钟望来，只见后者原本轻搭在双臂上的十指此刻明显加重了力度，在手臂上刻出道道印痕。

董省长先前带有些鼓励意味的微笑此刻僵在脸上，竟不知应该继续将笑容扩大还是收回来。

杨海璐干脆从座位上站起身，她本来在女性中就属于身材比较高挑的，此刻面对坐着的众人，无形中生出一种居高临下的气场，每个人的目光都被她吸引了过去，就连董省长也抬头仰视着她。

“我知道基因改写是一个备受争议的领域，很多人甚至谈之色变，但我希望大家理智地思考一下，基因改写是目前对付‘兹扎’唯一有可能成功的办法！”杨海璐铿锵有力地说出这番话，随后将炙热的目光投向紧抿着双唇的戴林钟，小心翼翼地发问，“戴老，您同意吗？”

戴林钟微眯起双眼，意味深长地注视着杨海璐，良久没有回应。这番姿态，在旁人看来分明就是一副“学识渊博的老教授打量着才华横溢却爱出风头的学生”图。关键是，在这样的画面里，两者通常势均力敌，谁也不会让步。

“戴老，我之前听闻，您似乎对基因改写有不同的看法？”为了缓解尴尬，董省长打破了僵局。

“基因改写是一项极端危险的技术，我向来不赞成用人体做这项技术的实验对象，因为，科学永远走在人类的控制之前。”戴林钟深沉地说。他虽然在回答董省长的提问，但视线始终没有离开杨海璐，反而更像是专门在对杨海璐说。

“可是美国的研究人员已经可以成功改写遗传类疾病的基因，对‘兹扎’病毒基因的改写理论上绝对可行。”面对戴林钟的反对，杨海璐并没有退却，她突然面向刘主任，后者战战兢兢地抬起头，“刘主任，相信您读过的关于‘兹扎’研究的最新学术报道中应该提及了，美国、日本、以色列等‘兹扎’研究最为前沿的国家目前主攻的疾控方向，也正是基因改写！”

刘主任露出一副极不自然的表情，这让在场的每一个人都真切地感受到他此刻的为难处境。足足等了有半分钟的时间，才听他没什么底气地说道：“是这样的，但现实是，即便是这些国家，目前也依然没有攻克‘兹扎’，所以谁也无法证明基因改写这个方向就一定是正确的。”

杨海璐对刘主任的话并未反驳，她沉思了片刻，依然坚持道：“但这起码说明，在与‘兹扎’病毒交锋了这么多年后，这些前沿国家最终都选择走上了基因改写这条路，难道，我们还有别的选择吗？”

杨海璐的一席话引起了当晚现场最大的骚动，许多专家都在交头接耳，不时能听到有人轻声说“应该试试看”“没有别的办法了”“说不定我们可以成功”……

过了片刻，董省长的脸色有所缓和，似乎他心中已有定论，但出口却依然是质疑：“戴老虽然是我国基因学方面最权威的专家，却也是最反对在人体上做基因改写实验的人，况且戴老年事已高，做这样大的课题，必须是具有极高的专业素养和水平，并处在研究精力最为旺盛阶段的高端人才，还要了解我国国情，可我们上哪儿去找这样合适的人呢？”

董省长的一席话在情在理，杨海璐也拧起双眉，不再多言。

“我倒是有一个人选。”一直静静坐在一边旁观着这场争论的邵毅平，此时幽幽地开了口。

余光告诉他，戴林钟在听到这句话后，仿佛遭到电击般身子一颤，第一次在会议中瞪大了双眼。

第三章　回国

美国波士顿洛根国际机场堪称世界上最繁忙的二十大机场之一，如果是经常搭乘各种航线的“空中飞人”，想必都见识过那些根据航班和预定单所统计出来的数字，通常相当惊人，可每当看到类似的报道，苏左从来都只是撇一撇嘴。

“数据是拿来炫耀的，没有人真正在乎乘客的感受。繁忙，就意味着延误、等待、拥挤，以及各种不便。”她毫不客气地这样想，“航空公司为了利益最大化甚至还会超额售票，再将出票价最低或是登机最晚的乘客毫不留情地赶下飞机，这样骇人听闻的事件不也在美国频频上演吗？”所有这一切对于总是在与狡猾的罪犯进行着时间赛跑的一名刑警来说，无疑等同于“焦躁”的代名词，正如她此时此刻的处境，简直令人沮丧。

她所搭乘的直飞原京市的航班已经比预定的起飞时间晚点半个小时了，机场地勤人员依然没有让乘客们登机的意思，看起来等待势必要继续下去。苏左烦闷地站起身，下属小周正靠在对面的候机椅上酣然大睡。为了抓捕乔伊森，她和小周一路从中国赶来，已经连续几日只有三四个小时的睡眠，再加上本就倒时差，就连一向叫嚣着自己身强体壮的小周都支撑不住了。

苏左踢了踢小周大咧咧伸出的双腿，小周立刻惊醒，警惕地张望起四周，“怎么了苏队？有情况？”

见到小周这番模样，苏左既心疼又好笑，“你能不能注意下睡相？口水都流到衣服上了。”

小周用惺忪的睡眼困惑地望了望队长，完全不明所以，嘴里轻轻念叨了一句：“飞机怎么还没来……”便又合上了眼睛。

一家简易的星巴克刚好离登机口不远，于是苏左向咖啡店走去，想着还有十几个小时的长途飞机要坐，不如先活动活动筋骨，顺便喝杯咖啡。

“哎？是苏小姐！”刚从星巴克走出，路过洗手间时，一个女人的声音在苏左身后响起。“是在叫我吗？”苏左心想。她停下脚步，回头看了一眼。

女人看样子刚刚从家庭卫生间出来，身边的男孩子正挤眉弄眼，双臂以一种奇怪的频率一颤一颤地上下挥动着，嘴里却含含混混、兴高采烈地冲苏左喊着：“苏阿姨好。”

“是你们啊。”看到眼前的母子，苏左饶有深意地指指女人身后的家庭卫生间，“现在已经轻车熟路了？”

女人礼貌地颔首道：“那天真是多亏了您，我和瑞瑞才不至于那么困扰。瑞瑞还一直遗憾，以为再也见不到苏阿姨了。在异国他乡，能遇见像您这样的同胞，心里总是暖的，没想到今天又在这里碰到您，看来我们真是有缘！”

两天前，苏左刚刚完成礼堂内抓捕乔伊森的布控，正假装听众，向礼堂走去时，刚巧看到这对中国母子无助的身影出现在礼堂门口。

“请问，您是中国人吧？”女人 40 岁左右，穿着浅褐色的针织开衫和百褶裙，头发随意地在脑后打了个结，脸上几乎没有化过妆的痕迹，只是点了豆沙色的唇彩，给人一种干净婉约的印象。

“我想请问，这里有没有那种可以让母亲带着孩子共同使用的洗手间？”

苏左刚开始还以为自己没有听清，但随即她便明白了女人的困扰。只见从女人身后闪出一个十二三岁的男孩儿，穿着简洁的格子衬衫和牛仔裤，本应天真调皮的脸庞却正在以一种怪异的角度抽动着，表情十分扭曲，两只手臂和一条腿也在不停抖动，看起来男孩儿根本无法自控，每次脸部的痉挛和四肢的抖动来袭，他就像被看不见的线操纵着的木偶，进行这种令旁人惊骇的“表演”。

女人紧紧揽住男孩儿的肩膀，与苏左四目相对，虽未言明，但眼神仿佛在说：“您看到了，我需要帮助我的孩子上厕所，可是这么大的男孩子，显然已经不适合同我一起进女士洗手间了，我该怎么办？”

苏左稍稍迟疑了两秒，从背包中翻出纸笔，画起了图，边画边解释：“以后你看到门前画有这种标志的，就说明是家庭洗手间，不分男女，通常是一个大的单间，足够你和孩子共用，一次只能供一个家庭使用，所以你也完全不必担心使用中还会有别人闯进来。一般的公共建筑和商场中都会有这样的家庭洗手间，写字楼中不常见，有时这样的洗手间会上锁，如果想使用还需要请大楼的服务人员帮忙开门。”说到这里，她似乎又想起了什么，补充道，“这里的洗手间就在一层大厅的转角，你不妨带孩子先去看一看。”

女人小心地接过画有三个小人手牵手图案的那张纸，不住点头道谢，如获至宝。

“你们……也是来听演讲的吗？”苏左本能地询问。

“我们……”女人却好像对这个问题有些拿不准该如何回答，最终说，“我们是来找人的。”但对于来找什么人，她没有继续说下去。

“你们要找的人，找到了吗？”再次见到这对母子，苏左不假思索地问起来。

“找到了。”女人犹豫了片刻，但还是诚实地回答，目光突然变得有些闪烁，这是人们在谈到心虚的话题且欲言又止时所特有的眼部变化，而这根本逃不过苏左作为刑警的敏锐双眼。不过苏左知道眼前的母子不是坏人，她不想与人言说的秘密，多半与这孩子的疾病有关。

“啊！”突然，女人好像看到了什么，眼睛一瞬间睁得巨大，越过苏左的肩膀直愣愣地向她身后望去。

苏左回过头，察觉女人的视线聚焦的是一个人，当她发现那个人自己竟然也很熟悉时，心中暗暗惊讶，原来是他？！

这女人没有再多言，确信苏左也认出了那人后，意味深长地与她对视了几秒，便沉默地握紧儿子始终颤抖着的一只手，礼貌地走开了。

那人并没有将视线投向苏左和这对母子，而是始终低垂着目光，径自拐入了一旁的星巴克，站在了排队点餐的人群末尾。

苏左随即跟了上去。

轮到那人点餐，只听他对店员说："一杯冰焦糖玛奇朵。请在咖啡上喷三圈奶油，把液体焦糖沿奶油的边缘从左至右划五条直线，另外不要在奶油上面放樱桃，谢谢。"

因为点餐和取餐不在一起，星巴克的习惯是要在每位客人的杯子上用马克笔写下名字，以免客人拿错。店员显然是没见过要求如此多的顾客，翻着眼睛不太和善地问："姓名？"

那人丝毫没有察觉到对方的不耐烦，继续一字一顿清晰地回答："Cheng Xiao."

目睹了那人点咖啡的全过程，苏左暗暗在心里吐了吐舌头，向转过身的萧程迎了上去。

见到竟然是苏左，萧程吓了一跳。苏左刚要开口问候，萧程却突然举起手，示意苏左先等一等，自己则转身去取咖啡了。只见萧程拿起写有自己名字的咖啡，先上下审视了一番，觉得还算满意之后，并不是直接把吸管插入咖啡中品尝，而是用力将全部的奶油和焦糖一下子压进咖啡里，使劲儿搅动了片刻，然后特意换了一根干净的吸管，这才慢慢插入已经完全分不出咖啡和奶油的杯子里，认真地吸了一口。

苏左甚至看到他的喉结因吞咽而滑动了一下。

"不好意思，我一次只能做一件事，要先做完一件事，再开始做下一件。"喝完这口咖啡，萧程像是完成了一个任务，露出了轻松的微笑。

"你都是这么喝咖啡的？"苏左基本上已经无语，只好尴尬地挠着头问。

“我只是比较喜欢吃甜的东西。”随后他似乎注意到苏左手中捧着的是没有加糖和奶的黑咖啡，毫不掩饰地皱了皱眉。

苏左示威似的喝了一口手中的黑咖啡，冲萧程挤出一个大大的笑脸，“真没想到我们这么快又见面了。”

“我也没想到三天内我们会见到两次，这在我与初识者的见面频率里，已经算很高的了。”萧程一边喝着咖啡一边很自然地说，“而且我有预感，我们接下来会不断见面。”

苏左闻言情不自禁地挑衅道：“能与我经常见面的，一般都是罪犯。”

萧程倒是满不在意苏左的揶揄，反而爽朗地笑了一下：“如果我做罪犯，恐怕会让你抓不到我任何证据。”

苏左听了撇撇嘴，不置可否。

“你找到可以回国的理由了？”

萧程对此并未反驳，像是默认了。

“不会是因为他们吧？”苏左扬了扬下巴，顺着她的视线，刚刚那对母子刚好就在萧程视线正前方的候机位上，虽然是背对着落地窗，但母亲那不自然的躲闪姿态，显然说明他们也曾不安地向这边张望。

“‘亨廷顿舞蹈症’，单基因常染色体显性遗传病，患者病发时无法控制自己的四肢，就像在手舞足蹈一样，是一种罕见的遗传性神经退行疾病，在欧美国家的发病率比在亚洲高，患者病发后病情会呈逐渐恶化趋势，并且普遍伴随心理及智力能力下降，甚至痴呆，病发后的寿命通常只剩下15年。‘亨廷顿舞蹈症’可以病发于任一年龄，但40岁左右发病比较常见，只有约6%的少年型患者，此症在少年患者中亦称‘运动不能刚性综合征’，最终患者会因吞咽、呼吸困难，或肺炎、心脏病，甚至严重的跌倒等并发症而死亡，目前医学界尚无办法医治。不过，基因剪刀，或许是救治这个病的新希望。所以你，是他们母子当下最需要的人。”

听到苏左一口气说完这些，萧程惊讶地看着她，眼神里满是露骨的欣赏。

“你的观察能力和分析能力都相当卓越，果然，女人做刑警，能产生奇妙的化学效应。”

苏左蹙起眉头，“我觉得你这是对性别的偏见。”

萧程连忙放下喝了一半的咖啡，摆着手解释道：“绝对不是的，男性和女性存在与生俱来的意识差别，这是基因决定的。但这种差别很复杂，几乎无法用语言解释清楚，目前也难以从科学角度证明。”

苏左本来也没想计较，而且似乎认同了这种说法，耸耸肩说：“或许我经常可以感受到你说的基因差别。像你说的，女人做刑警，有种奇妙的化学反应。”

看到对方大度地自嘲，萧程明显松了一口气，两人不禁相视一笑。

“但就算我回国，也帮不了他们。至少现阶段，我什么也做不了。”萧程不禁远远注视着这对母子所在的候机位，无奈地说道。

苏左立刻领悟到了，“法律不允许在人体上改写基因，对这些患有遗传疾病的人来说，的确有些残酷，因为明知道可以，却不能用行动来改变命运。但……”

“你是想说，如果法律真的允许基因改写，同样很危险吧？”萧程仿佛十分理解苏左的顾虑，主动说道，“你是个警察，肯定已经想到如果基因改写被用于犯罪，将带来的种种严重后果。”

说到这里，萧程的语气突然变得十分严肃：“可实际上，它的可怕远不止于此。我的老师说过，基因改写会让人类失控。”

萧程的话换来两人一阵沉默。

苏左此前的确没考虑过，她觉得自己好像与萧程一样，认为基因改写的存在，理所应当只用来治疗疾病。其他一切用途，在当下看来，怎么都很危险。

“那你这次，究竟为什么要回国呢？”苏左思虑了片刻，问到了关键。

萧程看着她，却没有正面回答这个问题，而是喝光了杯中的最后一点儿咖啡。

此时的C15登机口，风琴状的百褶连接舱依然突兀地向一片空无伸展着，看起来，飞往原京的这趟班机丝毫没有到来的迹象。

“截至这一分钟，已经晚点了47分钟，而据我的经验，这种距离的航线，通常晚点一个半小时以内，飞机还有望准时到达目的地，当然，这取决于飞行员的技术和意愿及目的地的航空管理。”萧程一本正经地岔开了话题，并从腕表上收回视线。

苏左瞥见，那是一块儿印着米老鼠和芝士蛋糕的彩色卡通手表。

晚上九点，书房内只亮着一盏昏黄的台灯，慵懒的色泽在墙壁上投射出一轮巨大的黑影。空气中弥漫着丝丝泛白的气体，董明申微眯双眼，将已经燃到尽头的烟蒂缓缓捻灭在青花瓷圆底烟灰缸中，随后顺手在烟灰缸的边沿处轻轻一弹，“嗡……”经过上好工艺烧制出的瓷器发出独有的脆响，董明申满意地将身体靠向皮椅深处，沉浸在瓷器的余声中闭目养起神来。

楼下玄关处传来沉重的关门声，这扇门就是这样，虽然从外表看不出与其他木门有何不同，并且外面还被一层防盗门包裹，但因为木质精良、选材厚重，每次开启和关闭时都会伴随巨大的声响。这个时间，刚刚离去的应该是每天负责做饭和打扫的保姆。今天是周四，只有每个周五的晚上，妻子和儿子才会如约出现在视频的另一端，像开例会一样对他汇报在加拿大一周的生活和学习情况。通常的日子里，董明申会利用每晚的这段空余时间来读读书，或是观看一些题材考究的纪录片。但今晚，他完全没法儿把心思放在这些事儿上，而是用眼角的余光不停地微瞄着轻薄如纱的窗帘。他知道，过不了多久，窗外就将出现期待中的变化。

宽大的黄花梨写字台上，一款老式时钟“滴答滴答”地记录着时间的流逝，不知响了多少下之后，董明申被一抹刺入眼睑的微光唤醒，他立刻踱步到窗前，透过窗帘向楼下阴暗的角落望去。住宅楼背对街灯的一侧角落里此时已多了一辆漆黑的轿车，没有开车前灯，正静静地停靠在那里，看上去完全与夜色融为一体。

董明申整理了一下衣着，他穿得很休闲，暗紫色的名牌T恤衫配驼色休闲长裤，有品位又内敛。临出门前，他还不忘从门洞中向走廊上窥探了一番，确定四下无人后，才轻手轻脚地拉开那扇无论怎样小心都会发出高贵声音的木门，有那么一秒，他十分后悔当初买下了这个价格不菲的家伙。

轿车在经过了45分钟的飞驰后，缓缓驶入一片林荫大道。如果是白天，几乎已呈握手状的成荫绿树一定可以使人联想到诗情画意的美景，但在夜晚看来，却不免透着几分阴森和神秘。董明申早已不是第一次接到对方的邀请，但途经这条路，还是会心怀警惕。他在心中暗暗揣度着今日之行的目的。从前天爆发了那件事之后，特别是最终决定了官方处理方案之后，他就隐约感到对方定会按捺不住来找自己，只是对于双方交换的筹码，目前他并没有把握，所以既兴奋又不安。

转眼间，一座位于半山腰上的豪华宅邸已近在眼前。

“董省长，先生已经恭候您多时了。”一名身着全黑色中式服装的侍者恭敬地为董明申拉开车门，引领他步入厅堂。

董明申似乎轻车熟路，他伸手向侍者示意“不用再跟随”，便独自穿过门厅，径直向别墅深处的里间走去。

别墅里间充斥着浓浓的乌龙茶清香，董明申满脸堆笑，看到正摆弄着一副茶具的别墅主人，爽朗地开口道：“久等了，久等了。”随后夸张地吸了吸鼻翼，故作陶醉状并大声称赞，“好茶！”

“请。”别墅主人将一盏紫砂茶碗双手递至董明申面前，“已经是第二泡了，董省长来的时候正佳，慢品。”

董明申接过茶碗，轻轻啜了一口，的确是上好的铁观音，在经年久泡的紫砂茶具的烹煮下，不仅喝过后唇齿留香，还独有一番淡雅的后味儿，令人回味无穷。

“好茶！”他情不自禁地又赞叹了一句。但很快，他便收敛了思绪，因为面前的人，不会只请他来品茶，他需要在对方展开话题前占据主动。

“这一次，我们的机会来了。”他轻描淡写地说。

别墅主人立刻便有了反应，他有条不紊地停下了手中沏茶的动作，嘴角挂起浅笑，用听不出任何情绪的语调简短地问道：“人体？”

董明申用力点点头，“别无选择。”

对方在听到这四个字后心情大好，笑意从唇边蔓延到眼角。董明申心中暗喜，对方的脉果然被自己摸准了，这无疑意味着，自己将获得更为可观的回报。

“你认为这个叫萧程的有多大把握成功？据我所知，他恐怕不会轻易为我们所用。”沉默了几秒后，别墅主人再次为董明申斟上热茶，态度也显得更加热络。

董明申想了想，“萧程为人比较低调，我们的人几乎没有与他正面接触过，而且他一直不在国内，行事作风已经西化，至于他在人体实验方面究竟是什么态度，这个恐怕很难讲。但萧程是目前最佳的人选，毕竟这么高难度的课题，想攻破谈何容易？况且，有那个人在，他几乎得不到任何帮助，不遇到阻力就阿弥陀佛了。”

别墅主人垂下眼帘，将一整杯微凉的茶水浇注在茶海中的一只紫砂蟾蜍身上，不动声色地问：“老家伙对自己的爱徒都不肯通融吗？”

“似乎正因为是自己最得意的门生，反而敲打得最为严格呢！”董明申又一口气喝光了一杯茶，思忖着说，“不过萧程已经独自在美国从事基因研究好几年了，早就脱离了老家伙的视线范围。而且我听闻，他并不反对人体实验，只是比较局限于疾病基因的改写，在美国那边对相关的立法讨论还表现出积极支持的态度。”说到这里，董明申的语气转为揶揄，“看起来，越出色的人，越想要更加出色，再大的师恩也比不上自己做出些成果所带来的成就感。”

别墅主人似乎对董明申的言论不以为意，伸出一根手指朝自己的脑袋点了点，撇嘴道：“还是不能太过乐观，这些搞科学的人，往往会在某些不足挂齿的地方尤其冥顽不灵。”随即又意味深长地说，“好在，我们的目的并不是‘兹扎’，只是需要借此打开封闭的大门罢了。”

“还是先生一语中的。”董明申附和道，“先不论这个萧程成功与否，只要这扇门能因为此事被开启出一条缝，再加上我们这么多年的精心布局和国内广阔的市场前景，先生接下来的商业版图势必更加辽阔啊！”

听了这番话，别墅主人终于展露出一丝由衷的浅笑，掩藏不住的欲望在深邃的眼神间闪烁出几点不易捕捉的光芒。

“现在的局面，虽然有名正言顺的理由来推动那件事，只是……”沉默了片刻，董明申沉吟起来，手里不断把玩着空空如也的紫砂茶碗，故意吞吞吐吐。

别墅主人心领神会，于是微一伸手，里间的自动门便徐徐打开。刚刚引领董明申进来的那名侍者双手捧着一个方方正正的木箱，小心翼翼地朝董明申走来。

“场面上的事，当然还需仰仗董省长您多多尽力呀！”别墅主人说着，轻轻掀起木箱盖子，只见一只圆润白皙的玉质杯状物静静立在箱子正中，玉杯下方托有鎏金锁边的黄色锦缎，外面被一层轻薄的钢化玻璃罩保护。董明申只稍稍瞥了一眼，便暗暗叹为观止！这样上乘的和田玉杯自己只在洛阳博物馆内见到过一只孤品，堪称镇馆之宝，而眼前的这一只，无论从色泽、大小还是工艺上来看都毫不逊色，仅用于装饰的锦缎已是千金难买，想来玉杯本身更是价值连城。

“董省长是风雅之士，这样的宝贝，也要在您这样识货之人的手中才对得起它。”别墅主人谈笑间重新将木箱盖子盖好，推至董明申身前。

董明申看似漫不经意地将一只手放在木箱上，忍不住笑言：“先生何必这么客气。”

别墅主人慢悠悠地再次拿起手中的茶壶，自斟自饮起来，堆笑使他眼边的皱纹看上去格外明显，有几分冷硬的气势。董明申暗自收敛起笑容，也无意再多言。

新兴小学是城东区出了名的重点小学，每到下午放学时间，位于市区繁华地段的校门前就会短暂地成为交通拥堵的“罪魁祸首”。前来接孩子的家长们不仅挤满了人行道，有的干脆站在马路中间，而不少驾车前来的家长也就近将车随意地停在路边，甚至双排停靠，整个学校门前就好比血管中的一处淤塞，正常的车流行至这里，根本不可能顺畅通行，只好缓慢地在人群和车群中小心蹭过，久而久之，很多本地的老司机到了这个时间段，都会故意绕行，一般被堵在路中的，都是一些新手司机或偶尔才会途经这条路的人。

“你碰瓷儿的吧？”突然，马路中央传来一声谩骂，本已人车混杂的路上立刻陷入了新一团混乱，不少家长转移开注视着校门的视线，好奇地向出事地点张望起来。

一名身穿黑色T恤衫的年轻人站在一辆白色宝马车前，看着躺倒在地的一位妇女，脸上夹杂着惊恐和不屑，或许他自己也不知究竟该让哪一种情绪来主宰眼前的局面，反而十分尴尬，索性又故作强硬地说：“大姐，太老套了吧，我的车连你的手指头都没碰到，你躺在这里讹谁呀？！”

躺在车前的女人满头大汗，双手紧按在隆起的腹部上，表情痛苦难耐，根本无暇理会小伙子的质问。

“你这个年轻人怎么说话呢？你看这位大姐像是装的吗？”人群中此时有人站出来为妇女打抱不平，还有几名热心的学生妈妈已经跑到妇女身边想将她扶起。

开宝马的小伙子这时也看出倒地的妇女是个孕妇，肚子已经相当大了，妇女的脸色煞白，汗如雨下，自始至终都疼得无力说话，的确不像是故意装出来的。小伙子慌了神，一时也说不出话来。

“先不要动她！”突然，人群后方传来一个女人的声音。

发出声音的是一名身穿简约西服套装的女性，只见她一把将随身背包扔在地上，俯下身，在呻吟着的孕妇腹部摸索起来，并不时轻声询问孕妇的疼痛情况。

“别紧张，我是医生，你这是典型的产前假性宫缩。”女人很快下了结论，“应该是今天活动量大了，或腹部受到了外力冲击，造成胎儿位移，虽然目前宫缩频繁，但没有规律，排除早产的可能，建议你一周内卧床静养，如果不放心，也可以先到医院做一个 B 超，确定胎儿是否无恙。”

“你这个小伙子还说没撞到人，刚才这位医生同志都说了，孕妇腹部受到了外力冲击，肯定是你的车碰到了人家，这回看你还有什么话说！”一位可能是来接孙子放学的大妈看起来十分好打抱不平，从刚才就一直站在孕妇身前，好像保护者一样阻挡着宝马小伙儿靠近，听了女人一番话，大妈立刻发现了端倪，对小伙子咄咄逼人起来。

宝马小伙儿投降一样举着双手，脸上是一副快要哭出来的表情，不住辩解道：“我真没有撞到她！这里这么多人，我一直把车开得很小心，生怕碰到人，怎么这么巧，这位大姐就刚好这个时候肚子疼，还倒在我的车前，我……我真是太冤了！”

“大妈，我刚才只是说‘腹部受到外力冲击’是其中一种可能，但也并不能说明一定是这个小伙子的车撞到了这位孕妇。”自称是医生的女人再次开口，语气客观平静。

小伙子听到女人这么说，不禁向她露出求救的眼神，可女人显然并不希望自己的话令他产生什么误解，又补充说：“你究竟撞没撞人，我无法判断，好在这位孕妇并无大碍，但我依然建议她先去医院进行一次全面的检查，确保胎儿是平安的。”

一阵刺耳的铃声响起，学校放学了。

铃声还没完全停止，就已经有穿着红蓝校服的学生向大门跑来，孩子们个个脸上都挂着兴奋的表情，一路打闹说笑着。家长们听到铃声，也纷纷像被上了弦般涌向校门。

原本看热闹的人群瞬间散去，宝马车边竟一时空旷起来，只剩下小伙子、女医生、孕妇、大妈和几个看起来很热心的家长还在僵持着。

“这个大哥哥没有撞人。”突然，从车头一侧传来一个稚嫩的声音，语气却十分笃定。

众人循着声音望去，只见一个小小的身躯正蹲在宝马车的前轮处，仔细观察着什么。

“珑珑？”女医生诧异地呼唤道。

小小的身影站了起来，是个十岁左右的男孩儿。他穿着新兴小学的校服，双肩包的一根肩带挎在背上，另一边耷拉下来，帆布书包瘪塌塌的，看上去似乎比其他孩子的要轻很多。男孩儿忽闪着一双黑亮的大眼睛，非常热情地冲女医生打着招呼：“杨阿姨，爸爸又让您来接我啦！”

女医生正是杨海璐，她走到男孩儿身边，不解地问：“珑珑，是你刚才说，这位大哥哥并没有撞到那位阿姨吗？”

珑珑望着杨海璐，肯定地点点头。“叔叔阿姨你们看，根据刹车印滑行的距离长短，可以推测出当时大哥哥开车的时速并不快，再加上这路上的拥堵情况，估计时速也就是 5 公里。而这位阿姨是从路东向西迎面走来，根据车头的行驶方向来看，如果她遭遇车祸，车子应该是撞在她的左侧。通常在遭遇突然有物体快速从一侧接近自己的情况时，我们的第一反应是将身体向相同方向，也就是左侧转动，这样这位阿姨的正面就会朝向车子，而如果车速很快，人体就会被掀翻，滚到前挡风玻璃上，甚至被撞击到车顶，从车尾翻落，很多电影中都出现过这样的画面。但如果突然驶来的车速只有 5 公里，一般人是来得及做出反应的，比如本能地后退、躲闪，这样就又减轻了撞击的力道，人不可能被撞翻，最可能的情况就是被仰面撞倒，形成与车‘头对脚’的姿态，并且倒地的地方会与车头存在一定距离。可是，这位妈妈目前倒地的方向与轿车呈 T 字形，并且几乎就躺倒在车轮下方。另外还有一点，就是车上的擦痕。一般我们都认为黑色的车最不容易看出脏，其实那是不了解色彩的大人们想当然的，事实上银色和白色的车身才更禁脏。就像这辆车，因为是白色的，看起来很干净，可我刚才走近了仔细观察，车上明明堆了厚厚的一层污垢。如果是车子撞倒了这位阿姨，车头前势必会留下印记，而这种撞击由于过程较快，擦痕应该呈点状，可现在车头前的污垢擦痕是线状的，从车盖前端一直延伸到保险杠下沿，证明物体与车头的摩擦是连续且缓慢的。所以我想最合理的状况应该是，这位阿姨在马路中央突然感到肚子疼，司机哥哥见状紧急刹车，这位阿姨在慌乱中刚巧借助了车辆倚靠，并最终疼得倒在地上。所以车子应该并没有撞到她。”

珑珑分析完他的观点，完全没有注意到现场所有人都已经目瞪口呆，他用手背擦了擦鼻子，冲着杨海璐说道：“杨阿姨，我饿了。”

“好，好，阿姨一会儿带你去吃三明治。”杨海璐连忙附和，又有些为难地看了看依然愣在原地的宝马小伙儿和众人，“只是……”

这时，一直被包围在人群中的孕妇似乎情况有所好转，颤巍巍地站了起来，有气无力地说：“真是抱歉，给大家添麻烦了，这个小朋友说得没错，我刚刚突然肚子疼，一个没站住就倒下了，其实这辆车什么时候停在我身边的，我都没有印象了。”

孕妇此言一出，真相大白。

“咳，一场误会，一场误会，大家都散了吧。”还是先前指责宝马小伙儿的大妈反应最快，见状立刻打起圆场。

“这么说，我……我没事了？”宝马小伙儿似乎还没从惊愕中回过神来，眼睛不安地在众人脸上游移。

“小伙子，遇见了就是缘分，说不定你跟这位大姐肚子里的孩子有缘，刚才医生也说了，这位孕妇最好去医院做个检查，不如你就开车送她一趟吧！”大妈不由分说，直接把孕妇扶上了宝马车后座。

“好……吧。谁叫大妈您动作这么快！”宝马小伙儿虽然咂嘴，但脸上难掩笑意，答应下来。

“哎，小弟弟，你真棒！”开车前，宝马小伙儿特意放下车窗，冲人群中的珑珑竖起了大拇指。

珑珑挠着后脑勺，不好意思地笑了笑。

看过校门前的一场热闹，家长和学生们有说有笑、三三两两地逐渐离去。原本水泄不通的十字路口，此时露出拐角处的一家三明治店。

店里生意不错，正值下班高峰，附近又林立着众多办公楼，不少白领模样的人会在这会儿光顾，草草解决晚餐，或是打包一个三明治带回公寓享用。

杨海璐排在队尾，轻声询问着珑珑想吃点儿什么。这个年纪的男孩子，正是新陈代谢旺盛的时期，珑珑早已饥肠辘辘了，一进到三明治店里就双眼发亮，不住往配餐台上张望。

“全麦面包加金枪鱼，不要芝士。”

“就这些？”杨海璐有些惊讶。

“一片全麦面包热量69卡路里，一个金枪鱼色拉球热量约130卡路里，两个加起来都快200卡了，一片芝士热量至少100卡，所以不要了。”

“你一个男孩子，难道还要减肥吗？”

“嘿嘿，当然不是，”珑珑突然露出狡黠的笑容，一溜烟儿向配餐台旁的零食货架和饮料区跑去，回来时手里拿着一大杯可乐和一大袋薯片，“还有这些！”他兴冲冲地把饮料和零食摆上收银台，“一杯大可乐500毫升，热量约250卡，一大袋薯片就厉害了，300克就有1600卡路里，所以我这一顿饭的热量超过2000卡了，如果一次摄入的热量再高，脑袋就该不灵光了。”

过了好半天，杨海璐才反应过来珑珑的意思，到底还是个孩子呀。

两人匆匆结了账，找位置坐下。看得出面对心爱的食物，珑珑心情大好，立马就津津有味地吃起来。

杨海璐以前听邵毅平提起过，珑珑从小就展现出了过人的聪颖，两岁便能够流利地背诵乘法口诀，三岁就能说出圆周率小数点后一百位，但今日所见，还是令杨海璐暗暗心惊。

为了不显得太过刻意，杨海璐尽量以轻松的口吻问道：“珑珑，你刚才对车祸的那些分析都是从哪里学的？”

“柯南啊。”珑珑边大口往嘴里塞着三明治和薯片，边含混不清地回答。

“《名侦探柯南》？动画片？”杨海璐睁大双眼反问。

珑珑得意地扮了个鬼脸，“原来杨阿姨知道柯南呀，我还在担心您如果不知道，又要我费一番口舌来解释了。”

“你可真是人小鬼大！”

这时，杨海璐的手机响了起来。她拿起来，看到屏幕上显示着“邵毅平”。

“本来我收到的消息是萧程的航班晚点一个半小时起飞，所以我目前还没有动身到机场去。可刚才接到他的电话，说航班已经准时到达了，他下了飞机就直奔戴老家中去拜访了！”电话那端传来邵毅平充满磁性的声音。他很少流露出如此急切的情绪，杨海璐不禁心下纳闷。

“我现在要赶去戴老家，你知道，毕竟是我出面请萧程回来的，所以想在明天前无论如何先见他一面。”邵毅平语气里混杂着犹豫和焦急，甚至还有些歉意地拜托道，“可以麻烦你带珑珑来戴老家跟我会合吗？本来只是拜托你接他放学，可是现在临时出了状况，真的很不好意思……”

杨海璐几乎没有思考就打断了他：“没关系的。反而是我，正想借机拜访一下戴老，可以吗？”

电话那头的邵毅平思忖了一下，但很快便答复道：“好的，我把地址告诉你……”

四十分钟后，出租车在绿林苑的住宅区前缓缓停下。

小区大门是用精美的石砖整齐贴制的，“绿林苑”三个大字镶嵌在石砖里，透着浓浓的书卷气息，杨海璐瞥见落款处还嵌着一行小小的“长石题”。

杨海璐不禁暗暗惊叹，她知道长石是当今中国最有名的书法名家，轻易不会为住宅区题字，不过这绿林苑是专门给高级别的知识分子所准备的寓所，能入住这里的人，至少是某个领域的专家，乃至泰斗，是受到政府高度重视和保护的人群。这样的小区，戒备异常森严。这只需从小区并不起眼儿的大门，却密布着坚实的智能防护栏这一点便可见一斑。

天逐渐黑了下来，街头的路灯刚刚亮起，周遭给人一种本能的不安全感。

他们的车刚停下，杨海璐便感觉到了来自小区警卫的异常视线。

这时，昏暗的灯光下闪出一个健硕的身影，邵毅平穿着黑色的中长风衣，礼貌利落地拉开车门。

“爸爸！”珑珑兴奋地叫起来，语气中还带着埋怨和一丝得意，“杨阿姨带我吃了三明治，太好吃了！每次让你带我去吃你都不肯……”

邵毅平见到儿子也很高兴，脸上立刻绽开了笑容。

他并不常笑的。杨海璐望着邵毅平的侧脸心想。

“珑珑这孩子，真聪明。”杨海璐在一旁由衷地感叹道。

邵毅平听了，冲杨海璐微微一笑：“随了小涵。”

“的确，小涵一向古灵精怪的。”杨海璐回了个笑容，多少有些落寞。

“这里守卫很严，我们得登记后才能进去。”邵毅平说着便大步走向警卫室，似乎对这里轻车熟路。

“邵秘书，这么晚了您这是……”刚刚还一副警惕神色的警卫见到邵毅平，竟和善地打起招呼。

“我去拜访戴林钟教授。”

“好的，您登记下进门时间和人数就可以了。”警卫拿出一本登记簿，邵毅平非常熟练地找到空白一栏，认真地填写起来，其间还特意看了看手表。

杨海璐向登记簿上稍稍瞥了一眼，几乎已经填满的一整页上，大概出现了几处邵毅平的签名。杨海璐认得邵毅平的笔迹，字体十分俊秀，而且即便再忙乱，他的笔迹也是工整清晰，仅此一点就可谓做秘书的好材料。

“我们走吧。”邵毅平填好表，在前面带路。

“你常来戴老家吗？”想起刚刚登记簿上的签名，杨海璐好奇地问道。

“也没有，不只是戴老，这个小区里还住着另外几位专家，省里经常遇到难题需要向他们求教。”

“原来是这样。”

“前面就是了。”步行了大概 3 分钟，邵毅平指了指一个单元门，毫不迟疑地走了进去。

“戴老家就在一层，因为老人年纪大了，不方便上下楼，而且一楼还配有院子。”

“爸爸，这里好黑啊。”楼道里的灯没有点亮，四处黑漆漆的。

“小心点儿。”邵毅平伸手拉着儿子，“灯是声控的，或许坏了吧。我前几天来时还好好的……”

“就是这里了。”在楼道里转过两个弯后，邵毅平在一扇门前停了下来。

“咦？门开着……”

邵毅平疑惑地推开门，轻轻走进屋内，用响亮的声音礼貌地喊道：“戴老？”

随之步入的杨海璐很快看出，这是一套格局考究的大四居室，他们此刻正站在门厅处。整个客厅也没有开灯，而由于只有一处落地窗，此时还被厚重的窗帘遮挡着，屋内比走廊更加黑暗，邵毅平的呼唤迅速被这深不见底的黑暗吞噬，没换来任何回应。

“那房间里好像有人！”还是珑珑眼睛比较尖，指着四居室最深处的一间屋子叫道。果然，顺着他手指的方向，可以看到紧闭的房门后有微弱的灯光。

“有人吗？戴老您在那儿吗？”邵毅平三步并作两步朝亮光走过去，几乎没有思考便推开了房门。

“啊——”

虽然从进入门厅起，杨海璐就感觉到情况不对，但当真正看到了眼前这一幕，她还是情不自禁地发出了一声惊叫。

屋内的地板上俯卧着一个老年男子，紧贴在地的侧脸可以看出，他就是戴林钟。恐怖的是，戴林钟双目圆睁，嘴角以痛苦的角度僵在脸上，已一动不动。

这分明就是一副死人的神态。

“师兄？”突然，一个陌生且惊慌的声音从死者双脚所在的地方传来。

杨海璐这才发现，在戴林钟的尸体旁竟然还蹲着另一个男人！

男人显得万分局促，见到闯进来的他们，愕然地愣在原地。

“萧程？！”

杨海璐不是第一次听见这个名字，但邵毅平的这一次呼喊，显然带着有别于以往的情感，充满怀疑。

第四章 证明

晚上9点15分，苏左敞着紧身皮夹克的拉链，内里一件简单的白色V领T恤，黑色牛仔裤勾勒出富有弹性的肢体曲线，脚上踏着一双质地精良的马丁靴，风风火火地步入原京市刑侦大队重案一组的大门。

“又出什么事了？这世道怎么那么不太平！”一进门，苏左便厉声发问。

“苏队，”下属小周健步迎上前来，一个劲儿冲苏左使眼色，“任局在询问室，等你很久了。”

两人下了飞机后就忙着处理“护士案”的后续事宜，都没来得及回家，不过十几个小时的飞机，小周睡了整整一路，这会儿看起来倒是精神抖擞，一副掩不住的好事模样。

“什么案子把任局都惊动了？”苏左立刻听出情况不妙。

小周又凑近了一些，神秘兮兮地说：“死了一个国宝级的老学究，报案人之一还是省里的高层，关键是这另一个报案人……”

“你就喜欢卖关子！”苏左懒得听这些略带八卦色彩的汇报，干脆一把抢过小周手里的接警记录，匆匆扫了一遍，立刻诧异起来，“怎么又是他？！”

小周料到队长会有此反应，哼着鼻子说：“苏队，这科学家，简直是‘阴魂不散’，本来还发愁怎么才能把他收了给咱们队当顾问呢，这回可好，直接送上门了。”

苏左满头雾水，有点儿不相信他这么快又被牵扯进大案子了，心知事态非常，没心情与小周开玩笑，急切地追问：“现在什么情况？”

小周看出队长神色不对，他知道自己这个女队长的脾气，于是也严肃起来，“老严还在询问报案人，任局亲自在后台旁听。”

“走，听听去。”苏左毫不犹豫地走向询问室。

封闭幽暗的室内此时坐着两男一女，从穿着和举止上看，三人均是有一定素质和社会地位的体面人。询问三人的是刑警队资深警员老严，他向来明察秋毫，洞悉力敏锐，经常能够在初步问询中就抓住案子的突破口。老严原本是把外勤好手，但因为早年在执行任务中腰部受过伤，如今年纪大了，所以通常驻留在警队从事内勤工作。这一次苏左手下的警员大多刚刚从国外归来，所以问询这样的工作，暂时就由经验丰富的老严来代理。

接警记录上写明了三位报案人的身份，其中一个苏左已相当熟识，这会儿再次看到他的身影，竟然是在自己最熟悉不过的刑警队，苏左心头不禁掠上一种说不清的复杂情绪。

萧程仍是机场那身行头，显然也未曾得到休息，神色透着憔悴。疲惫使他看起来整个人都小了一圈，他就那样垂首沉默地坐着，看不清表情。

他身边的男子神态沉稳中隐约透着些焦灼，但讲话的语速依然不疾不徐，条理十分清晰。记录上写着他是省委一级秘书，想来久历官场之人，在突发状况面前已锻炼出了常人所不能及的应对状态。另一位颇具知性气质的女性十分符合医生的形象，她冷静地坐在一旁，对于老严的提问，总能给予简短准确的回答，并适时对其他报案人的叙述表示肯定。

“你们能确定当时倒在书房地板上的人就是戴林钟本人吗？”

“我可以确定，他就是我们国家最权威的基因工程学泰斗戴林钟教授。”邵毅平用带有一些崇敬的语气回答道，“我跟戴教授有超过十年的交往，我相信自己不会认错。”

“你呢？”老严向杨海璐询问。

杨海璐想了想回答："我只在最近的一次重要会议上见过戴教授一面，但我确认，那具尸体的确是他本人。"

"那你呢？"老严又转向萧程。

萧程依然沉默着，只是点了点头。老严似乎对他的反应有点儿不满，但没说什么。邵毅平担忧地看了萧程一眼。

"那么，你们怎么能确定当时戴林钟已经死亡了呢？"

虽然老严是看着邵毅平在提问，但对于这个问题，邵毅平认为更应该由杨海璐来回答。

只听杨海璐十分笃定地说："当时戴林钟教授的呼吸已经停止，瞳孔放大，触感体温低于常值，具备短期内死亡的明显特征。"说完还不忘补充道，"我是一名医生。"

"你们能记得是什么时间进入案发现场的吗？"

邵毅平很认真地思考了片刻，回答说："在 7 点 40 分左右。"

"你怎么这么肯定？"

邵毅平缓缓点了点头，仿佛也在心中验证着自己的计算，"我记得在进小区大门前填写入门登记单时，为了写下准确的时间，我特意看了眼手表，那时候是 7 点 35 分。通常从小区入口走到戴教授家顶多需要两三分钟，但今天他家楼道的照明灯坏了，光线不足，所以我们走得比平时要慢，并且敲了两次门没有回应，后来我们进入屋内，在发现戴教授的尸体之前，也有所迟疑，耽误了一点儿时间，但我想这些加起来也不会超过 5 分钟，所以我推测我们在进入书房，并且明白眼前发生了什么事时，最晚不会超过 7 点 40 分。"

老严或许没想到他在时间上把握得如此精确，不禁诧异地脱口问道："你能确定？"

邵毅平看出了对方的讶异，淡淡一笑说："如果你从事我的工作，对时间的把握也会同样精准。"

老严不以为意地清了清嗓子，环视着三人，继续发问道："你们是一起进入案发现场的吗？”

短暂的沉默，询问室内不觉间充斥起紧张的氛围。老严本能地意识到这个问题令三人有所迟疑，不禁屏息等待。最终还是邵毅平先开口，他似有深意地看着萧程，轻轻摇头道：“不是，我们进去时他已经在里面了。”

“哦？”老严眉头一挑。

杨海璐则旁观着萧程，没有发言。

老严见萧程并未否认，不禁快速询问道：“那你是什么时候进入案发现场的？”

萧程的眼角轻微收缩了一下，沉默了片刻才缓缓道：“具体时间记不清了，只觉得没比他们早多久吧。”

“不记得具体时间？”老严不客气地追问道，“那你进入现场时戴林钟就已经死了吗？”与逻辑清晰的邵毅平和言语明确的杨海璐相比，老严明显对萧程模棱两可的回答和消极态度感到不满。

“嗯。”这次萧程从喉底给出一声回应，随即艰难地补充道，“戴老师他……在我进去前就已经没有生命体征了。”

老严似乎也被萧程感染，反应了半晌儿才反问：“你既然比他们更早发现死者，为什么没有立刻报警？”语气里满是怀疑。

可萧程似乎不知道该如何回答这个问题，又缄默下来。老严脸上怀疑的神色更重了些。杨海璐忍不住偏头疑惑地向萧程望了一眼，发现他只是颓然地陷在椅子里，看上去精疲力尽，连脊背的弧线都不再笔直。

“他是戴教授最优秀的学生，下午刚刚回国，乍看到恩师去世，一时间难以接受也是正常的。”邵毅平适时地为萧程开脱道，“况且不是所有人都能把时间记得那么精确，萧博士一路奔波那么辛苦，没有在意这些小细节也很正常。”

老严暂时接受了邵毅平的解释，没有揪住这一点不放，继而问道：“说说你们发现尸体时，尸体是什么状态。”

邵毅平回忆了一下回答：“当时戴教授脚朝向门外，头朝里，呈俯卧状倒在书房地板上，位置靠近写字台一侧，脸向外，眼睛没有闭上，因此我们立刻便认出那是戴教授，并且意识到出事了。”

“你们有没有挪动过尸体？有没有翻动过屋内的任何物品？”

“我只简单对尸体做了检查，来确认戴教授是否死亡。”这次是杨海璐先开口，“我可以肯定，在我们到达后，没有人挪动过尸体，也没有人再动过屋内的任何物品。”

杨海璐说完这番话，第一次向邵毅平投去探寻的目光，邵毅平则不动声色地凝视着交握的双手，不知在想些什么。

老严敏锐地察觉到了杨海璐遣词造句中的谨慎，瞥了眼萧程，追问道：“那么是不是可以这样理解你的证词：萧程博士是否移动过尸体，以及是否翻动过现场的其他物品，乃至进入现场时戴林钟是否真的已死，你们都不能肯定？”

杨海璐有些为难地看向邵毅平。邵毅平艰涩地点了点头，轻声说：“是的。”

“那么还要请问萧程博士，在他们进入案发现场前，你在做什么？”老严这一次没有让步，而是严肃地审视着萧程。

萧程却一反常态，缓慢地抬起头，眼里竟恢复了几分从容，轻描淡写地回答：“我不记得了。”

老严不打算就此罢休，逼问道：“听说，萧博士与死者生前关系不太好，是这样吗？”

这个问题似乎并未出乎萧程的意料，可他别过脸颊，看起来没打算回答。这时坐在一旁的邵毅平却不满起来，质问道：“你这么问是什么意思？难道是怀疑萧程吗？他也是报案人。”

“有时候，报案人也可能是犯罪嫌疑人。”老严显得十分镇静，嘴角却掩藏不住一丝得意之情，那样子似乎在说“这种事儿我见得多了”。随即他看着萧程，意味深长地问：“萧博士，不介意单独聊一聊吧？”

萧程泰然一笑，没有反驳，顺从地站起身，在老严严密的注视下跟着另一名记录员头也没回地走出了问询室。杨海璐见到萧程离开，一时感到困惑，邵毅平终于有些按捺不住怒气，言语中透露出一股严厉的官腔："你们现在是将他视为犯罪嫌疑人了吗？戴林钟教授究竟是被杀害的还是意外死亡，目前都还没有定论，'犯罪'一说从何谈起？况且你口中的'犯罪嫌疑人'是省里从美国方面紧急邀请回国的重要专家，还有非常严峻的科研课题急需他主持攻克，你们这样在案情尚不明朗的情况下就将我们好不容易请回来的科学家定性为'嫌疑人'，是不是太过草率了？难道任局长的手下都是这样办案的吗？"

老严知道自己面对的是什么人，立刻摆出一副笑脸，缓和道："邵秘书，我们也是按照规定来办的，你们不是同时到的现场，而且萧程博士又不愿意多说话，分开询问也是为了能够尽快还原案件真相，我们当然也不希望影响省里的重要工作，所以还望您多担待，多配合。听您的意思，您是认为萧程博士不可能与戴林钟教授的死有关了？"

如果不是迫不得已，邵毅平本不会摆出官场上的那一套，可目前的状况的确令他始料未及，左右权衡下，现在除了配合警方先将事实讲清楚，似乎也没有更为可行的方案，但至少他不希望完全被警方牵着鼻子走，适当的时候，他觉得自己有义务保护萧程，于是他继续严厉地说："萧程博士是在昨天临时受到邀请，回国来参加一项保密的科研工作的。据我所知，昨天之前，他并没有回国的计划。而且他今天下午刚刚从美国波士顿飞抵我市，他还在下飞机后致电我，说他想要先到戴林钟教授家拜访。我不认为哪个凶手会在杀人前将自己的行踪这么明确地告诉别人。况且，你们随便一调查就能知道，萧程是戴教授最得意的门生，尽管研究理念有所不同，但关系十分亲密，甚至在某种程度上胜似父子，萧程完全没有理由杀害自己的恩师。"

老严做出认真听取邵毅平证词的姿态，但还是进一步询问道："那么你们抵达现场时，萧程在做什么？"

"他似乎也正在查看尸体，只是没想到我们会突然进来，所以显得有一点儿慌乱。”邵毅平想了想，如实回答。

“当时他手里拿没拿什么特殊的东西？比如重物一类的？”老严说着比划了一下，眼神依然锐利。

“没有，他手里什么也没拿，身上也只背了一个双肩的电脑包。”这次回答的是杨海璐，她每次开口都仿佛经过深思熟虑，语气十分笃定，“我知道你这么问是因为戴林钟教授的后脑部有一处损伤，像是被钝器击打所致。但据我观察，这处损伤的出血量并不大，而且他身上并没有其他伤口，死亡时表情痛苦，更像是死于内脏问题，比如突发的心肌梗死。”

“那是谁提出报警的呢？”

这个问题有些突兀，两人均露出了困惑的表情。

“似乎是我先提出的。”邵毅平回忆着，“我们赶到现场时，萧程已经在那里了，戴教授倒在地上，明显已经死亡。当时我们都很惊愕，我记得萧程说‘有人在我之前来过’，我想他的言下之意是他抵达时戴教授应该就已经死亡了，也许是被人害死了，所以我提议报警，当时，萧程也是非常赞同报警的。”

“杨女士呢？”

“我也没有异议。并且我记得萧程还提醒我们，千万不要触碰现场的任何东西，更不要挪动尸体，即使看着戴教授就那样倒在地上，十分于心不忍。”杨海璐这番话带有一些感性成分，反而更显得可信。

老严终于满意地点了点头，用收尾的语气提出最后一个问题：“二位和萧程是什么关系？”

邵毅平轻出一口气，平淡地回答：“我和萧程曾共同在戴林钟教授的实验室从事科研工作，但那已经是很多年前的事了，不过我们一直都有邮件往来，偶尔还会打电话相互问候。至于杨医生，她应该并不认识萧程。”

杨海璐很快承认道：“是的，我和萧程今天是第一次见面，之前并不认识。”

询问室的隔间内，苏左微微侧头，环抱着双臂，从单向玻璃窗前迟疑地转过身。站在身后的任局长正面色阴沉地看着她。两人都没想到，一场简单的问询竟演变成这样的局面，报案人之一直接变成犯罪嫌疑人了。

“这个案子交给你了，必须尽快查清楚。”局长用威严的语气发出命令。

“局长，这次‘护士案’给我们提供线索的就是这个萧程！这边案子的结案报告还没写呢，您就让我把人家当嫌犯，这案子……我没法儿接！”苏左不满地大声抗议起来。

任局长狐疑地看着苏左因激动而有些泛红的脸颊，对方如此在命案的侦破上推诿，还是十分少见的，通常，苏左一听有命案来了，两眼就会立刻透出锐利的锋芒。

“我是命令你，尽快把萧程的嫌疑洗脱干净。”

“您，您说什么？”苏左还以为是自己听错了，傻傻地反问道，“您也觉得萧程不是嫌疑人，对吧？”

任局长心下清楚，通过美国的事件，苏左与萧程之间似乎达成了某种默契，让苏左来替萧程解围，她势必竭尽全力。苏左在刑侦上是一把难得的好手，这案子也非她莫属，于是，他只好再次用强硬的口吻命令道：“你记住了，赶紧把那个萧程从这案子里撇清，否则这件事的后果，我们谁也担待不起。”

苏左此刻也反应过来了，局长这是在对自己下最后通牒。而且从刚才的问询中也能听出，这次萧程的背后，似乎有省委在撑腰，她直觉应该是发生了什么事情，非萧程去解决不可，这件事甚至远比眼前这位学术泰斗的死更加重要，如此一来，萧程贸然回国也就说得通了。

“有什么需要尽管提，全局的警力都会配合你。抓紧时间吧。”任局长撂下这句话，拍了拍她的肩膀，转身消失在了走廊尽头。

苏左脑中依然飞速盘算着眼下的局面，但很快她便意识到，时间并没有自己想象得那么多，或许背后那件大事，给萧程的时间更加紧迫。她轻跺了下脚，转身冲着重案组办公室喊道：“小周，报案人不是说死者小区有门卫记录吗？赶紧给我找来！小区有没有监控视频？法医报告呢？什么时候能出？……”

两小时后，市局刑侦大队的法医部主任老沈穿着白大褂的身影出现在重案组门口，苏左一看到他，立刻迎上前，心中的急切已溢于言表。

老沈也不迟疑，将法医报告往重案组的会议桌上一摆，对着苏左露出意味深长的眼神。

“苏队长，你算是遇到麻烦了。”老沈开口道，“这个老家伙的死因相当复杂。”

“留点儿口德吧老沈，别一口一个老家伙，这次的死者可是国宝级的大专家！”苏左一边埋头浏览报告，一边不忘嗔怪道。

老沈不以为然地调侃起来：“什么专家到了我这里，都只是一具尸体，还得借我的口替他们说话。”这名老法医向来是这种论调，苏左笑而不语，她知道老沈是局里业务能力最过硬的法医，帮助警队侦破过无数命案，总是能在细微处为破案提供意想不到的线索。

“他可没少说啊……”苏左翻阅着报告，配合着老沈轻松的口吻，双眉却是越拧越紧，“所以你的结论是，戴林钟死于突发心脏衰竭，但这不是意外，而是多重人为因素综合造成的？”

“没错。”老沈来了精神，等不及苏左慢慢读，干脆自己把结论一吐为快，“首先，死者后脑有一处明显的开放性伤口，是由钝器击打造成的，这也是死者身上唯一一处外伤，从伤口愈合状态来看，应该是在死者死亡前3至4小时留下的。由于打人者并未在同一处反复击打，所以没有造成死者颅骨塌陷，这一击虽然位置看起来相当危险，实际上却并不致命。其次，死者临死前还曾遭受惨无人道的虐待，他的双腿腿骨逆向骨折，膝关节已完全粉碎，这是典型的被使用了‘老虎凳’式的拷问手法所留下的痕迹。另外死者右手食指的指尖黑紫，且结有硬痂，明显是电击所致。再考虑到死者的高级学者身份，可以推断出有人想从他的口中得到些什么，而且手段极其残忍和隐秘。最后，也是最关键的一点，真正造成死者突发心衰的原因，是砷中毒。”

苏左认真聆听着老沈的讲解，自言自语般分析道：“听起来这位老教授那天是死定了，似乎有人一定要置他于死地。可是既然已经使用残忍的手段逼问了，为什么最后还要对他下毒？直接打死或者勒死岂不是更省事吗？难道……当天先后有三拨人都想置他于死地？”

话一出口，苏左自己都为这一结论感到吃惊。

“不准确，不准确。”老沈冲苏左摆着手，一副“结论下得太早”的表情，“不能说是‘当天’，因为死者的砷中毒是慢性的，只是刚巧当天累积到了致命的程度，也可能是当天死者的遭遇太过复杂，加速了身体对毒素的反应，各种刺激汇合到一起，形成了死亡峰值。”

“你是说，慢性砷中毒，死者当天真正的死因是心力衰竭？”

“对。在尸检过程中，起初我发现死者四肢肿胀，并伴有少量非正常脱发，而且死者的医疗记录中并没有心脏病史，却突发心力衰竭，于是我联想到会不会是被人下了毒。果然，我们在死者的消化道中提取到了微量的三氧化二砷，也就是通常所说的砒霜。死者应该是在最近两周的时间里反复食用或饮用过含有三氧化二砷的物质，显然是被人长期、蓄意地投毒致死。”说到这里，老沈也有所动容，叹口气道，“其实这老家伙身体底子挺好的，至少还能为我们国家多做二三十年贡献，真是突遭横祸，死得太可惜了。”

老沈兀自在一旁感慨，猛然回神，却见苏左原本困惑的脸上此时露出了些许兴奋，他诧异地问：“苏队长，你怎么好像还挺高兴？”

“如此分析的话，萧程不就清白了吗？戴林钟遇害的三个阶段，萧程都不具备作案条件！”苏左有种醍醐灌顶的感觉，也想为自己的推理寻求印证，于是赶紧说道，“你看啊，萧程的飞机是当天傍晚 5 点 50 分才到达原京的，等待下飞机、出海关、走出机场这一套必经程序所需的时间最快也要 30 分钟，假定萧程下了飞机一分钟也没有耽搁就直奔了戴林钟家，路程大概要 50 分钟，到死者家的时间就应该是 7 点 10 分左右。而戴林钟的死亡时间被推定为当天晚上的 7 点到 7 点半之间，他死于心力衰竭，受钝器击打后脑的时间则更早，萧程肯定被排除了，因为那至少发生在5点以前。下毒也不可能，因为那是长期的犯罪行为，投毒者一定是一个有条件长期潜伏在死者身边的人，而萧程此前一直在美国，有很多人可以作证，随便一查出入境记录就可以得到证实。那么就只剩下施虐的可能，但你试想一下，只有20分钟的时间，萧程要做到先后对死者使用多种逼迫手段，还要在邵毅平一行赶到前清理作案工具，报案时萧程的随身行李只有一个双肩电脑包，况且我们也没在现场搜到作案工具之类的东西，萧程根本就无法成为怀疑对象。”

“头部的伤口可以排除，但如果他有同伙，或者买凶，施虐逼问、下慢性毒药还是有可能的。”之前给萧程等人做笔录的老严此时在一旁犹疑地开了口，他也知道了局长的命令，但凭借多年的办案经验，他怎么都觉得萧程刚刚在问询中的表现不太自然。

听了这话，苏左下意识地想反驳，却又迟疑了一下，她想到了刚刚做笔录时萧程那不同寻常的沉默和对时间点含糊的说辞，那番表现，别说是慧眼如炬的老警员，即便是苏左看了都难免起疑。但很快她又像是在内心说服了自己，胸有成竹地说："我直觉萧程不是这样的人，以他的智商和能力，如果他真的想要杀死自己的老师，完全可以做到让所有人都不会怀疑上自己，又怎么会刚巧被人撞见在尸体旁边呢？找同伙、买凶杀人这类方式也太容易暴露，他不会那么愚蠢。”

苏左说到这里，脑海中不禁浮现出萧程在机场星巴克里与自己的一番笑谈。当时他就曾说过，如果让他来犯罪，一定不会留下警方轻而易举就能查到的线索。

“其实只要萧程能说清楚自己到达死者家是几点几分，以及之后直到另外两名报案人赶来之间，现场究竟是什么情况，我们当然就没理由再揪住他不放了。”老严十分客观地给出分析，对于这件案子，相较于苏左的感性，他的思路则更为直接和清晰。

“那还不简单！”老沈瞪着眼，理所当然地说，“这种住宅区都有入门登记吧，我们查查萧程几点进去的不就完了？再说，还有监控录像可以调嘛。”

“苏队，有新情况……”老沈的话音还未落，不知什么时候，小周已站在重案组门口，一副欲言又止的样子。

迎着苏左疑惑的目光，小周举起手里的一份记录表晃了晃，说：“绿林苑小区的访客登记记录，苏队你还是自己看看吧……”

苏左拿过写有“绿林苑小区出入登记表”的几张纸，只见是一份打印表。

“这个小区是高档小区，登记表都是电子档案，这是小区物业刚刚通过电子邮件发来的。”小周解释道。

苏左敏锐地发现了问题所在，不禁错愕：“这里面没有萧程？！”

“是啊……萧程之后的记录都没有，也没有看到邵毅平的。”小周沮丧地说，“我们还调取了监控，可偏偏当天小区电路维修，监控压根儿就没开。小区物业说整个下午和晚上他们都在抢修电路，电路一瘫痪，登记和监控就都用不了了。”

“那你们有没有询问门口负责登记的保安？”苏左没有放过任何细节。

“当然问了呀。”小周也急了，“可保安说记不清了，当天小区电路故障，管理和维修的人员出来进去很多，再加上那个小区本来就访客如云，平日里光是找戴林钟的就很多，每一个都要登记，保安不可能每一个都记得清楚，也在情理之中。”

苏左默默听着小周的汇报，表情越来越凝重，心中升起一片阴云。

“小苏队长，这事儿恐怕并没有这么简单呀！小区的电路偏偏今天全面瘫痪是不是有点儿太巧合了？恐怕是有人抢在我们前面做了手脚。”老严警惕地提醒道，“这样一来，要想彻底将萧程从这件案子中摆脱出来，关键还是在那20分钟！”

“看来我们只有去跟他本人聊一聊了。”苏左不再犹豫，毅然向审讯室走去。

审讯室内，萧程平静地坐在桌前，灯光毫不留情地射下来，只照亮了屋子正中间方桌周围的一小片区域，产生出一种强烈的压迫感。小周拿着一支刚换上了新笔芯的签字笔，一副严谨的神态，正准备做记录。

苏左斜倚在桌边，双臂环抱，沉默了许久。

"苏队长。"反而是萧程率先开了口，脸上挂着轻松友好的笑容，不再似之前在问询室里那般沉默、凝重，"我说过，我们会经常见面的，而且你也说中了，我现在是犯罪嫌疑人。"

听到萧程这样说，苏左突然有点儿生气，没来由地问道："我们刑警队的晚餐可不配甜点，看来不合你胃口吧？"

萧程被问得一愣，随即居然一丝不苟地回答："恕我直言，不仅没有甜点，连饭菜本身都无法下咽，可能我对食物的要求比较高。"

"切！"苏左像是听到个笑话，不屑地说，"像你们这种学霸不是都应该废寝忘食，就算吃饭也食不知味的吗？我听说爱因斯坦拿面包蘸墨汁还吃得津津有味呢。"

萧程并不在意，微笑着说："你记错了，那是咱们小时候学过的一篇语文课文，讲的是列宁用面包蘸墨水吃的故事。据我所知，爱因斯坦对食物有着苛刻的要求，他早餐只吃煎鸡蛋，而且只在煎蛋里加一户熟识的养蜂人特供给他的蜂蜜，并且酷爱吃蘑菇。"

说到这里，萧程突然将双手举到头前。

一旁的小周不免警惕起来，厉声喝道："你干什么？"

通常在审讯过程中，嫌犯如果有类似的举动，就表示有可能发生情绪失控、冲撞审讯警察甚至自残等危险行为。所以苏左也是本能地一惊，目光紧盯住萧程。

萧程回望着苏左的双眼，丝毫没有躲闪，仿佛在问："你就是这样看待我的吗？"

随后，他并没有停下自己的动作，而是用举到头前的手缓缓在太阳穴处点了点，故意避开了苏左的注视，转向小周说："这位警官，你好像比我还紧张。我只是想说，味觉可以刺激我们大脑的味觉中枢，使脑细胞活跃运动，所以选择对自己来说更可口的食物，才可以使我们的大脑朝着更忠于自己意愿的方向思考。”

小周被萧程讲得一愣，不禁气恼地拍了拍桌子，“萧博士，我想我有必要提醒你今天被带到这里来的原因……”

“我想你们是怀疑我杀害了我的导师，戴林钟教授。”萧程轻描淡写地打断了他，提到戴林钟的名字时，语气里饱含着尊敬。他眉头微皱，随即与苏左四目相对，十分笃定地说：“你明知道不是我。如果是我，我今天反而不会这样狼狈地坐在这里了。”

苏左对萧程的话不置可否，一时不知该如何继续话题，干脆直接切入了主题：“萧程，坦白说，一开始我们在知道你发现尸体却没有立刻报警的时候的确怀疑过你，但现在我们已经分析出，你并不具备杀害戴林钟的作案条件，但关于今天你下了飞机之后的行踪，你之前一直没有正面回答，现在我请你配合我们的调查。告诉我们，你究竟是在几点几分进入的绿林苑小区？为什么你在见到戴林钟教授死了却没有立刻报警？而且你说之前有人来过，又是如何判断的？难道是戴林钟告诉你的？”

萧程一愣，沉思了一会儿说道：“我去的时候，戴老师已经去世了，我看他头上有伤口，想来应该是之前有人来过。这个过程很短暂，我也很震惊，一时间没想起来要报警，跟着邵毅平他们就到了。”

“那么，你是什么时候到的戴教授家里呢？”苏左追问。

“具体时间我没注意，就比邵毅平他们到得早一点儿。”萧程说话的声音很轻，但吐字清晰，不由让人产生一种信任感。

苏左定定神，稍停了几秒后，试探着问：“咱们是同一趟航班回京的，我大致推算了一下，你应该在 7 点 10 分左右就可以到绿林苑小区了，你说自己比邵毅平早一点儿的话，恐怕不是很可信。因为他是 7 点 40 左右进入戴教授家里的，并且有同行的杨海璐证明，那么你的时间呢？小区的监控坏了，你的入门记录也不见了，这么多巧合，怎么能证明你不是 7 点 10

分就进入小区的呢？”

萧程对苏左的话起初似有困惑，隔了好半天缄默不语，最终生硬地回答道：“很遗憾，居然出现了那么多巧合，导致我无法证明。”

苏左此时有点儿急躁起来，“我可以告诉你，我们的法医报告表明，戴老师的死因非常复杂，如果你的确曾在案发现场单独逗留了将近20分钟，说不定从你的供述中我们就能发现什么重要的线索。所以请你最好如实相告，难道你就不想让杀害戴教授的凶手尽快被绳之以法吗？”

萧程显然被这样的追问触动到了，第一次露出闪烁的眼神。苏左直觉他在竭力压制着某种情绪，但很快，他就又恢复了沉稳的状态，再次平静地说：“我真的什么也不知道，我只能说，我到的时候戴老师已经去世了，而且没过多久邵毅平他们就赶到了，我也无法证明自己的时间。”

萧程似乎主意已定，即便苏左问询的目光无比炙热，也不再回应，而是默默转开了视线。

“他奶奶的，就讨厌跟这些知识分子扯皮！”小周满脸不忿，看来被萧程气得不轻，一走出审讯室，就飞起一脚踹在了走廊的墙壁上。

苏左则比较冷静，并没有理会小周的抱怨。她相信萧程是清白的，尸检报告也足以说明一切，刚刚在审讯室里表现得咄咄逼人无非是希望萧程能够将自己的行踪对警方交代清楚。可看刚刚萧程的表现，苏左隐隐的感觉：坚称自己抵达时戴林钟已经死亡并确信警方是认同这一点的就已经耗尽了萧程所有力气，至于自己为何背负嫌疑、背负怎样的嫌疑，以及那个始终模糊不清的入门时间点，这些能不能解释清楚，对他来说都并不重要。

难道这里面有什么隐情？

但此刻苏左最为担忧的还是小区可能被人动过手脚的入门记录。作为一名经验丰富的刑警，她嗅到了一场精心布置的局正在萧程脚下徐徐展开，萧程被动地卷入了一场旋涡，身边正暗流汹涌。

萧程啊萧程，那20分钟，你究竟在做什么，又为什么不说清楚呢？

“苏队，现在怎么办？”正暗自迟疑之际，只听小周沮丧地问道。

“放人吧。我们没理由继续扣留他。”苏左干脆地回答，神情随即变得坚毅起来。同时她在心里暗暗做了决定：今后要密切关注萧程周遭所发生的一切，一定会有所收获！

苏左从来不是一个有耐心的渔夫，却十分擅长锁定鱼饵，所以她的鱼篓里总是装满成果。

30分钟后，审讯室的大门“吱呀”一声打开，任局长亲自站在门前等待萧程走出。

“萧博士，真是抱歉，耽误了您的宝贵时间，但请您务必理解，我们也是职责所在。”

“没关系，配合警方调查也是我的责任。”萧程礼貌地回应着，邵毅平和杨海璐此时也从走廊尽头的另一间屋内走了出来，录完笔录后他们因担忧萧程并没有离去，一直等到现在。邵毅平见到萧程，原本紧锁的眉头瞬间放松了，虽然没有多言，却默默伸出手拍了拍萧程的肩膀。杨海璐则与萧程相视一笑。三人共同在重案组警员的护送下向公安局大门走去。

临出门时，萧程刻意在无人注意的情况下放缓了脚步。此时走在末尾依然若有所思的苏左感到身边突然多了个人，扭头一看，原来是萧程已与自己并肩。

“戴老师的死，能不能请你务必追查到底？我相信苏队长你一定会查清楚。”萧程轻声请求道。

苏左闻言先是一愣，随即用一种狐疑的眼神盯着萧程看了几秒，坚定地回应：“毕竟死了一位老专家，是命案，我本就有责任查清真相。”

说话间，苏左的眼神变得锋利，意味深长地补充道：“当然，还包括萧博士你在7点10分到7点半之间的20分钟里究竟干了些什么。我若是查到了什么，还请萧博士配合。”

萧程闻言也愣了一下，但犹豫几秒后，还是决定不再多言。正当他准备离去之际，突然一个女声传来：“萧博士，7点10分到7点半之间的20分钟里你跟我在一起啊，为什么你不告诉这位警察小姐呢？”

众人诧异地循声望去，只见一名身穿驼色风衣、梳着蘑菇头的年轻女子站在公安局大门旁。看上去女子的年龄最多 25 岁，化着十分职业的淡妆，脖颈上还挎着一台小巧的单反相机，手里拿着一份当天的《前沿日报》，虽然看起来神态自若，眼神却明显游移不定，似乎对周遭的事情保持着高度警觉。苏左还注意到，女子手里拖着一个小型的拉杆旅行箱，箱子上贴着航空公司的托运标签，几个大写字母“BOS”在标签上方格外显眼，苏左一眼就认出，那正是波士顿洛根国际机场的缩写代码。

女子此时也注意到了苏左，立刻满面笑容，迎了上去，“您是苏左队长吧？久仰您的大名，原京排名第一的警花，今日见到您真是太荣幸了！”

“你是……”苏左并不喜欢对方自来熟式的恭维，僵硬着脸颊问。

“啊，我叫陈欣欣，是一名记者。”女子说着递上名片，然后又夸张地摇了摇手里的《前沿日报》，“我就供职在这家报社。”

《前沿日报》是中原省新闻涵盖量最大、内容最充实的报纸，重案组也参与了订阅，涉及与时事有所关联的重案要案，《前沿日报》的信息总是最全、最早的。

“你刚刚说，7 点 10 分到 7 点半之间的 20 分钟里，萧程跟你在一起？”苏左盯着女子递来的名片皱眉问道。

“对呀，这也没什么好隐瞒的，就是不知道萧博士为什么没告诉你。”陈欣欣笑得一脸得意。

听到这话，苏左下意识地产生一阵反感，回过头看了萧程一眼，却见萧程一脸无辜。她转过头不友善地问：“你和萧程认识？”

陈欣欣似乎已经接受了苏左的态度，不以为意地撇了撇嘴，说：“我和萧程博士搭乘同一班飞机从波士顿飞回来的，不过我们之前并不认识。其实我这次出差正是去报道由萧程博士主讲的基因学峰会，但是在美国时始终没找到机会单独采访他，所以下飞机后，我一直缠着萧程博士，要求对他进行专访，他看实在躲不过我，最终接受了我的采访，就在你说的那个时间段。”

听了陈欣欣的说辞，苏左难掩怀疑，追问道："你是在哪里采访他的？"

"在绿林苑小区附近。萧程博士下了飞机就打车直奔绿林苑了，我是一路跟过去的，幸好在附近堵住了他。"陈欣欣说得绘声绘色，最后还不忘补充道，"采访完，我为了表示感谢，还邀请他共进晚餐，可是他说还有重要的人要见，拒绝了。"

由于这次赴美是秘密行动，回程时又押着罪犯，苏左和小周被安排在特别的仓位，虽然搭乘了同一班飞机，却自从登机后便没有再见到萧程，下飞机后苏左也没有对萧程的去向特别留意，至于这个陈欣欣，苏左更是想不起是否也搭乘了同一班飞机。此时她十分责怪自己平日里还是对周边事物观察和留意得不够仔细。

陈欣欣的话乍听上去也让苏左找不出什么漏洞，她只好继续冷冷地询问道："可是据我所知，基因学峰会在三天前就结束了，你既然是去采访会议，为什么今天才坐飞机回来？"

陈欣欣闻言拍了拍自己身上的名牌背包，笑着说："苏队长，大家平时工作都挺忙的，难得出一趟国，总要趁机逛逛街、购购物嘛，美国的奥特莱斯怎么能放过呀！"

见陈欣欣一副自鸣得意的表情，苏左只觉得浑身不自在。"怎么证明你的证词是真的？有采访录音吗？"

这回陈欣欣收敛了笑容，脸上闪过一丝为难的神色，不过很快便继续高调地说："苏队长，你可以派人去我们报社打听打听，我陈欣欣是什么水平的记者，我做采访，从来不需要录音。"说着还指了指自己的脑袋，"只要别人说过一遍，我就能全记在这里。"

苏左对陈欣欣的证词依然将信将疑，她用锐利的目光盯住身旁始终一言不发的萧程，一字一顿地问道："是她说的这样吗？"

萧程神色难辨，似乎并不急于开口。陈欣欣顺势跑到他身边，嗔怪道："萧博士，我知道你是不希望我无辜被牵连到案件里，但如果因为这个让你被怀疑，我多过意不去啊，而且这事儿也瞒不过苏大队长不是？幸好我采访完没走远，看到警车来，不放心你，一路跟到公安局，本来想着你再不出来我就直接进去了，我出现得有没有很及时？”她的语气仍旧轻佻得意，一副两人非常熟悉的样子。萧程此刻微微皱着眉，却对陈欣欣的说辞始终保持着不承认也不否认的姿态。

苏左将一切看在眼里，脸上的表情格外冷峻。

“陈记者，期待您为萧博士做的专访见报。”最终，苏左似笑非笑地盯着陈欣欣的眼睛说道。

“没问题，等着吧！”陈欣欣不甘示弱地回了一句，随即拖着箱子向前走去。

苏左困惑地环抱起双臂。此时她脑中很乱，从萧程的反应来看，陈欣欣的证词八成是假的，可她为什么要这么做呢？她想从萧程那里得到什么呢？苏左不禁审视着走在眼前的男人那副挺拔的身姿：看不出步伐有丝毫紊乱，初时接受警察询问的那份颓然已荡然无存，如今只剩下平整宽阔的肩头和笔直的脊背，无声地向凝视着这个背影的人传达出一种过人的坚定与自信。可苏左却有种预感：围绕在萧程身边的麻烦接下来只会越来越多。

“咦，珑珑？”杨海璐突然冲着门外的一个角落惊讶地呼唤起来。

路灯昏暗的阴影中闪出一个小小的人影。

看出小人影是自己的儿子，邵毅平也感觉有些意外，“不是让你回家了吗，你怎么还在这里？”

邵毅平这样一问，大家才想起，发现戴林钟的尸体时，眼前的少年也是目击者之一。

“那个……该怎么说……”珑珑还穿着今天放学时那套宽大的校服，背着那个瘪塌塌的书包，显然并没有回过家。望着眼前的一众大人，他不好意思地挠了挠头，“我觉得你们应该查查现场是不是少了什么东西，我不是说那种普通书房里应该有的摆设或物品，而是比较特殊的……容易打碎的那种……”

珑珑努力组织着语言，但这番话过于突然，一时间，众人都不明所以。

“珑珑，你的意思难道是……”还是萧程最先对珑珑的话做出了反应。

“萧叔叔也注意到了吗？”听到终于有人回应自己，珑珑难掩兴奋，眼睛也更加明亮起来，“福尔马林。对，我闻到戴爷爷的书房里有福尔马林的味道！”

第五章 采访

这一天太漫长了。

萧程疲惫地站在酒店的直梯间，愣愣地盯着显示数字逐层递减，内心深处期待着“1”能够早些到来，大脑此刻却早已不受约束地变为一片空白。

男人的大脑就好像由许多相互并无交集的盒子组成，每个盒子里分别装着不同类别、需要花精力去思考的各种事物，如工作、爱情、孩子、友谊、运动、游戏……男人们的思维每次只能在一个类别的盒子里停留，很难将不同的盒子交叉或交叠起来思考，而其中有一个盒子，就叫“空盒”，里面一无所有，完全是空的，偏偏男人们最喜欢的也是这个盒子，因为只有思维处于这个盒子里的时候，男人才能得到真正的放松。女人们总喜欢问发呆的男人“在想什么”，可一旦男人回答“没想什么”，女人永远表示怀疑，但其实，男人真的什么也没想，他只是恰巧待在自己的那个“空盒”里。

每当萧程将自己的大脑交给“空盒”，就说明他是真的累了，累到大脑本能地抵触着一切思考。

尽管不情愿，但大脑还是有一根筋在隐藏的角落里飞速旋转并提醒着他：恩师去世了。萧程感到胸腔里突然涌上一股热浪，在心脏上重重地撞击了一下，随后带着余颤，缓慢而难以名状地消失了。虽然并没有任何学术论文可以借鉴，但他相信这就是人人都能体验到的一种情感，叫

“悲伤”。

电梯门无声地开启，萧程长出一口气，定了定神，缓步迈入电梯。

“喂，喂，喂！”就在电梯门即将关闭的刹那，一只手突然夹在两扇电梯门中间，一个穿着驼色风衣的年轻女子迅速挤进了电梯，身后的小旅行箱还拖后腿似的卡在电梯之外，可女人似乎毫不在意，反而一直笑盈盈地望着萧程。竟是陈欣欣。

萧程迅速地打量了她一番，不由分说地帮她把旅行箱从两扇电梯门间拽入，小心立好，皱眉责怪道：“电梯是由电脑程序操控的，如果这样生硬地扰乱程序的既定模式，很容易发生故障。”

陈欣欣耸了耸肩，似乎对萧程的不友善早已有所预料，“你在我们圈儿里可是出了名地难搞，想要采访到你传说比登天还难，可是那些警察并不知道，他们多半会以为，像你这样的大科学家，偶尔接受一两个专访，恐怕是再正常不过了吧。”

“你为什么要为我提供虚假的不在场证明？”

“都说了啊，为了采访到你。”陈欣欣摆出一副理所当然的表情，似乎觉得萧程还在问这个问题有点儿傻，“这回你赖不掉了，警察相信我采访了你，如果过两天我写不出一篇专访，那么你的不在场证明可就立不住脚了。”

萧程听陈欣欣说完，冷冷回应说：“你的逻辑有问题，能不能写出报道是你的事，与我无关。”

这回陈欣欣傻了，的确，萧程完全可以不否认接受了她的采访，可终究采访了没有，只有她自己心知肚明，到时候写不出专访稿，也赖不到萧程头上。陈欣欣没想到对方如此不好说话，于是也没好气儿地说：“喂，是我关键时刻为你解了围，你不谢谢我也就算了，但起码你该好好庆幸一下自己此刻是自由的吧？你得清楚一点，只有是自由的，你接下来才能去做很多别的事，比如，这个……”

陈欣欣说着摘下脖颈上的小型单反相机，翻找出一张照片，在萧程眼前得意地晃了一下。

萧程立刻瞪起眼睛，神色大变。

“怎么样萧博士，要不要到你房间去谈？”陈欣欣看起来对萧程的反应颇为满意，又换上了一副讨好的模样，并伸手去按电梯数字，“我查过了，你的房间在19楼，没错吧？”

萧程连忙伸出手挡下了对方的手臂，简短又不容拒绝地发话：“我从来不会让别人进我的房间，我们到外面去谈。”

“他们没上楼，又从电梯里出来了。”对讲机里传来小周略带疑惑的汇报声，“苏队，果然被你说中了，这个陈欣欣真的对萧程紧咬不放啊。”

苏左驾驶的黑色吉普车停在酒店停车场一处不显眼的角落，夜色已经越来越浓，此时只有酒店大堂的旋转门还在忠实地转动，将室内辉煌的灯火不断地向着黑夜吐露出来。

苏左压低声音冲对讲机问道：“他们在电梯里逗留了多久？”

“大概一分半钟。我正纳闷儿他们怎么还不上楼，就看见他们一前一后又从电梯里出来了，萧程走在前面，步子很快，那女记者小跑着跟在后面。这搞科学的人就是不懂得怜香惜玉，连箱子都不知道帮女士提。”小周的声音听上去满是调侃，想来这种程度的盯梢儿，对训练有素的他来讲有点儿大材小用了。

“小心点儿，别大意，那个女记者见过你。”苏左撇撇嘴，脑海中想象着小周所说的画面，心中不禁暗暗发笑。

对讲机再次响起，小周的声音有点儿焦急：“苏队，酒店咖啡厅刚刚打烊，他们看样子是要走出酒店，往你那个方向去了。”

“好，下面交给我了。”苏左振作了一下精神，双眼紧盯着酒店大门。

大概十几秒后，萧程挺拔得有些死板的身影在旋转门后出现了。他走路时还是那副目不斜视的样子，如果不是跟在后面的陈欣欣快步追上来跟他挤入了同一扇旋转门，完全看不出两人是在相互随行。

苏左下意识地扬了扬嘴角，心想小周说得真是一点儿没错。

突然，苏左感到旋转门的金属框边缘处闪过了一道微弱的光芒。

她果断地命令道："小周，你继续跟着萧程和陈欣欣，务必将他们最终落脚的地方及时告诉我，我现在有别的事要办！"

收到继续跟踪的命令，小周起初有些疑惑，但很快便明白了队长的意思，于是也果断地说："苏队，注意安全。"

"小 case。"苏左利落地拉开车门，消失在黑暗中。

萧程无意多走，这家下榻的酒店距离原京市最繁华的地带隔着三四条街区，酒店周边没有热闹的酒吧或那种彻夜门庭若市的快餐厅，都是一些类似于家庭作坊的店铺，其中不乏营业到凌晨时分的咖啡馆和小吃店，甚至还有面包房和甜品站，他知道这定是邵毅平精心为自己安排的。师兄邵毅平一向知道自己在太喧闹或是太安静的地方均无法入睡，偶尔还有临睡前吃上点儿甜品的习惯，所以特意挑选了这样一个从各方面看都令萧程十分满意的所在。如今这样的地方还有另一个好处，就是如果遇到访客，不用走出多远，就能找到一个安静的地点坐下来交谈。

最终，萧程格外欣喜地选定了一家卖榴莲蛋糕的甜品店。

陈欣欣捏着鼻子，无比嫌弃地看着萧程一小口一小口地吃完了一整块儿榴莲蛋糕，终于忍无可忍地开口问道："萧博士，我们是不是可以谈谈了？"

萧程好像完全没听到她的问话，轻轻捻起一张餐巾纸，缓慢又仔细地擦拭着根本没有蹭到一丝蛋糕的嘴角，随后小心地将用完的小勺摆在蛋糕盘中央，抬手叫来服务生，满意地看着对方将桌上的东西悉数收走后，才又将视线定格在陈欣欣的脸上。

"你已经不是今天第一个用这种眼神看着我吃甜食的女士了，女人惊讶的表情其实还蛮可爱的，但是我从你的眼里还看到了不耐烦。"

陈欣欣此时的确感到烦躁，被萧程这样一说，赶紧心虚地挤出一个笑容，可是语气依然犀利："我只是没想到萧博士在这种情况下，还这么有心情品尝甜食。我以为萧博士现在更感兴趣的是这张照片。"

小巧的单反相机此时静静地躺在桌面上，屏幕上是一张远景照，乍看上去有些模糊，但如果仔细观察，会发现画面中央拍到的是三个正在交谈的人，其中一个个子矮小，两只手臂以奇怪的角度挥舞在脸前，剩下一男一女，男人腰背直挺，戴着眼镜，侧脸的轮廓十分鲜明，女人则是半屈膝的姿态，像是在哭诉或恳求着什么。

萧程再次扫了一眼相机上的照片，这次的表情几乎没有任何变化。

“其实您的专访我早就想好了重点，只是一直苦于没有机会与您正面接触，没想到天助我也，今天让我拍到了您和这对母子交谈的情景，我又阴差阳错地帮您提供了不在场证明，不如，我们就直接进入主题，来谈些敏感的话题吧。”陈欣欣兀自说了一番开场白，还像模像样地拿出一个采访本准备记录，眼睛却始终直勾勾地盯着萧程，突然发问道，“您究竟同不同意当下在人体上进行基因改写？”

陈欣欣自以为这个问题一下子就击中了对方的软肋，定会令萧程犹豫难答，却见萧程端坐着的身躯一动不动，镜片后的双眼也并没有丝毫闪烁，似乎也无意开口作答。

“如果立法者要对此进行讨论，您会投支持票还是反对票？”陈欣欣进一步试探地问。

萧程没有回应。

“您会不会在明知道法律不允许的情况下，对患有遗传疾病的患者进行基因改写？”

萧程仍没有回应。

“照片中的母子，是否就是您人体基因改写的实验对象？”

萧程还是没有回应。

陈欣欣这下真的急了，恶狠狠地问道：“你这次回国的目的，是不是要进行人体基因改写实验？”

“是。”出其不意地，萧程突然简短而肯定地给出了回答。

陈欣欣反倒慌乱起来，不停地眨着眼，仿佛在思考着萧程这一回答的意义。

“我可以就这样写吗？”过了片刻，她似乎还没能从巨大的惊诧中反应过来，再次小心翼翼地确认道。

“可以。”萧程的回应依然简短而肯定。

“那，你不介意我公开这张照片喽？”陈欣欣转动着眼珠说。

萧程闻言摇了摇头，缓缓把握起的双手放在桌面上，第一次将挺直的腰背弯曲下来。虽然从姿态上来看，他好似放松了，可镜片后透出的目光却依然锐利。

四目相对，陈欣欣本能地深吸了一口气。

萧程说：“请你记录好我下面要对你讲的话，我想听完了这些，你就不会再拘泥于手中这张照片了。”

“看起来他们果然是在补做采访。”小周凑到苏左身旁，轻声说。

这里是正对着商业街的一处路口拐角，如果躲在街边楼群的阴影里，不仅不会被注意，还能将甜品店中对话的一幕尽收眼底。

苏左“嗯”了一声，目不转睛地盯着甜品店的玻璃窗，疑惑地说：“你觉不觉得有点儿奇怪？整个采访，几乎都是萧程在说，那个女记者只是不停做记录。她刚跟我吹嘘，说自己采访可以过耳不忘，根本不需要录音或记录。”

“是啊。”小周也皱起了眉，“他们会不会是在说什么非常艰涩的科学话题，萧程在尽力讲解，女记者只有埋头做笔记的份儿？”

“嘿，能让陈欣欣做笔记的采访可真少见！”这时一个油腔滑调的声音从苏左身后响起。

“你给我老实点儿。”小周不由分说，挥起一掌拍在说话者头顶的布格花纹鸭舌帽上，“再多嘴我就砸烂你的相机！”

“鸭舌帽”见状做了个投降的姿势，撇着嘴道：“你也就是嘴上说说，我这一个镜头要 2 万元，真砸烂了，你们当警察的那点儿工资可赔不起。”

“那镜头还给你留着，我光砸相机！”小周不甘示弱，继续冲“鸭舌帽”

威胁道。

“好啦，都安静点儿！”苏左不耐烦地出声制止，随即她一把揪起“鸭舌帽”的衣领，“鸭舌帽”的后背被她牢牢顶在墙上，动弹不得，眼里全是无奈。

“你刚才说，陈欣欣早就知道萧程要回国？”

“是，好像有人发了秘密消息给她，告知了她萧程的具体行程。”

“是什么人？”

“这我可就不知道了。”“鸭舌帽”耸着肩，一副看破了世事的样子，“警官，您真以为陈欣欣能混到今天的位子靠的是她自己？哼，首席记者，什么大事好事，社里全派给她，别人连杯羹都分不到，还不是因为她老爸的关系！这回采访萧程，我只知道是她主动向社里申请的，说得到了可靠情报。她每次这样说，就一定能拿回重要新闻，这样的好事，她怎么可能告诉我呀？你们还是问她自己吧。”

“苏队，他们好像谈完了，正要往外走。”这时，小周急促地报告起来。

苏左盯着甜品店，双手下意识地放松了力道。

此时，从“鸭舌帽”的裤兜里传出“哔”一声响，是有信息。“鸭舌帽”双眼瞬间一亮，赶紧举起了相机。

“怎么，相机真不想要啦？！”小周见状，立刻冲“鸭舌帽”瞪起了眼睛。“鸭舌帽”只好赔着笑摊开了双手。

说话间，萧程和陈欣欣已经走出甜品店。萧程大步流星地走在前面，陈欣欣快步跟在后面，踩着高跟鞋，看起来步伐十分艰难。突然，陈欣欣大叫着身子一歪，萧程听到声音，赶忙回身搀扶，两人顺势抱成一团。

“恭喜萧博士，明天要上新闻了。”苏左此时已带着小周和“鸭舌帽”来到萧程和陈欣欣身边，望着身体还纠缠在一起的两人，苏左垂着眼角不屑地说，“而且，还是两条。”

“苏队长？”

看到苏左一行突然出现，并饶有深意地注视着自己，萧程有些惊讶，抱着陈欣欣的手臂也赶紧松开了。

小周一把将“鸭舌帽”推到萧程面前，语气轻佻地说：“萧博士，给你介绍一下，这位，《前沿周刊》娱乐版的资深摄影师，就是我们常说的……狗仔，他今天晚上，可就是为了拍下你们刚才那一幕而来的。”

“《前沿周刊》？”萧程一下子没反应过来。

“她不是说自己是《前沿日报》的吗？《前沿周刊》和《前沿日报》就是一家的！”小周冲还半倒在地上的陈欣欣努努嘴。

萧程依然是一脸不解。

小周也懒得再跟他废话，而是转向陈欣欣，不客气地说：“喂，大小姐，快起来吧，别演了，你涉嫌提供虚假证词，跟我们走一趟吧。”

陈欣欣垂头丧气地从地上站起身，惺惺作态地整理了一下衣衫，并狠狠白了“鸭舌帽”一眼。

小周随即想要去拽陈欣欣的手臂，没想到却被萧程抢先一步挡在身前。

“你们不能带走她！”萧程生硬地说。

小周见状立刻气不打一处来，“她一直在算计你，估计花边新闻都帮你写好了，不仅要借着你抢新闻、出风头，还要顺便泡了你，这都看不出来，你搞研究搞傻了吧？”

萧程好像真的没明白小周在说什么，很努力地想要反驳，最终开口却还是那句：“总之，我今天不会让你们带走她。”

“得得得，大科学家，我真服了！”小周见拗不过萧程，只好向一直沉默地站在一旁的苏左投来求助的目光。

萧程虽然在与小周周旋，实际视线始终落在苏左身上。女队长从刚才起就一直板着脸孔，似乎乐于旁观眼前发生的一切。此时她依然没有开口，但却迎着萧程的目光，默默凝视了几秒。

萧程本能地觉得自己想要解释什么，于是急切地说：“你……别误会，我不是为了保护她，我这么做的理由，你们明天自然会明白。”

苏左迟疑了片刻，干脆地下达指令："撤。"说罢，自己率先转身离去。

"啊？哎……队长……就这么走了？"小周虽然嘴上疑惑，步子却没有怠慢，赶紧追了上去，临走前还不忘瞪了萧程一眼。

走出几步后，苏左突然转回身喊道："喂，你……"声音的方向显然是对着萧程。

"除了酒店和实验室，尽量不要擅自外出，必须让我随时可以找到你。"苏左说完再次利落地转过身，这一次，她没有再回头。

夜色渐浓，黑暗如约而至，它知道光明尚远，正肆意彰显着自身邪恶的嘴脸，直抵人们心中最脆弱的触点。苏左环顾着重案组内的一片灯火，不断在心中提醒着自己，即便是再敏捷、正义的猎手，在黑暗中前行，稍一懈怠，也将输给森林的幽深，随时面临陷入迷途的危险。

此时已近凌晨两点，重案组的几个主要警员虽然都没有回家，但多数已趴在桌子上打起了瞌睡，只剩下苏左和小周因为时差的缘故，这会儿正精神抖擞，可在技术科那边传来新的消息前，他们能做的除了等待就只有等待。

"苏队，"一直在电脑前查阅资料的小周突然大喊起来，声音充满不忿，"这个陈欣欣的后台当真够硬，难怪她做事那么嚣张！你看！"说着，他将电脑屏幕转向苏左。

屏幕上是一张带图的人物简介。

"陈正强，中原省省委宣传部的第二把交椅，连我们公安系统的宣传工作都隶属于他的职权范围。"小周进一步解释道，随即撇了撇嘴，"陈欣欣是他的独生女。"

苏左稍稍看了几眼，没说话，略带厌恶地移开了视线。

"苏队，我感觉这案子的水挺深，恐怕不好蹚啊。"小周正色道。

"一个陈正强就把你吓住了？你再查查戴林钟，就知道我们该不该蹚这趟浑水了。"

小周随即输入死者戴林钟的名字查询，出来的结果委实吓了他一跳。

“这么长？！”小周一边不停地向下滑动鼠标，一边自言自语，“这可比那个陈正强的详细多了。”

苏左对小周的大惊小怪只轻轻扬了下嘴角。之前因为乔伊森的案子，她没少关注基因工程学方面的新闻，戴林钟的名字早已是如雷贯耳。

“他虽然是学术界人士，但他的一句话，就能左右国家立法机构的决定，让一项新法案的实施推迟至少几年。”苏左沉吟道。

小周吐了吐舌头，显然是觉得这些听起来很重要，可又貌似离现实生活很遥远，一时还没能抓住女队长的话中之意，不过他想到了一种合理的情况：“介绍里说戴林钟一直强烈反对人体基因改写，在所有相关立法上都持极端保守态度。如果有人希望人体基因改写立法通过，势必要想方设法除掉这只拦路虎，而现在戴林钟真的被害了，这里面会不会有关联？”但随即他又觉得不解，“可是戴林钟的强硬反对也不是一年两年了，为什么偏偏这时候遇害？”

“你难道忘了吗，我们还不知道萧程为什么也是‘偏偏这个时候’回到了原京。”苏左故意将几个重点字说得很慢。

“不过，陈欣欣的出现未免太巧了，而且那个狗仔也说了，有人事先给陈欣欣通风报信。我想至少，这个陈正强，我们也得暗中查一查。”苏左补充道。

小周哭丧着一张脸，“苏队，你越说我越觉得这水太浑啊，你就不怕……”

苏左凝起双眉，幽幽地说：“我只是有种直觉，这件事的真相才是最可怕的，跟它比起来，眼前这一切好像都不那么值得畏惧。”

一时间，小周也陷入沉思，可还不到半分钟，就听他又恢复了一贯的语气埋怨道：“全怪那个萧程，给我们讲什么‘基因改写’，想想就吓人得很！”

苏左本来心情严肃，突然听到小周这样说，不禁“扑哧”一下笑出声来。

说话间，技术科的小刘走了进来，看到只有苏左和小周醒着，小刘也抵抗不住困意，懒懒地打了个哈欠，他双眼通红，显然也是连轴转的疲劳所致。

“对戴林钟死亡现场的勘查有没有什么新的结果？”见到小刘，苏左迫不及待地问道。

“我们根据报案人邵珑珑的提示，对现场再次进行了勘查，在戴林钟的书房地板上发现了几处液体干涸了的痕迹。痕迹非常浅，如果不仔细查找，用肉眼几乎发现不了，而且这些能被看到的，应该是已经经过清理，但没有被清理干净而剩下的。”

“那是不是福尔马林？”苏左想起邵珑珑特意强调过，他闻到的是福尔马林的味道。不知为何，苏左觉得那个小男孩儿的眼神与其他孩子不同，好像更加专注，能洞察别人关注不到的东西。

小刘觉得这个问题不太好回答，沉吟道：“我们确实在现场检测到了微量的福尔马林的液体残留，可能邵珑珑的嗅觉较常人而言更加敏锐，再加上福尔马林本身味道十分刺鼻，所以他闻到了。但我刚才所说的那些液体斑块儿，却不是福尔马林，而且成分有些奇怪……”

“难道还有别的液体？”小周追问道。

“是的。”小刘进一步解释说，“我们在这些液体斑块儿中提取到了水解乳蛋白、葡萄糖，以及钠、钾、镁、钙、磷等十几种无机盐。你们知道的，所谓‘液体斑块儿’实际上就是液体蒸发后能够以固定形态留存下来的物质成分，所以说我刚才提到的这些物质原本应该存在于大量的液体中，我目前还想象不到什么样的液体能够同时拥有上述这些成分，甚至有可能，这些能够残留下来的，也仅是该液体成分中极少的一部分。”

“听上去这种液体中的成分都对人体没什么伤害，会不会是死者生前在输液，这是他的保健药品？”小周猜测起来。

“有这个可能。”小刘没有否定，但依然是一副不能释怀的表情，“不过我从没听说过哪种保健药品里面会同时含有蛋白质和那么全面的无机盐，如果是维生素倒还说得通。”

“这个其实不是什么大问题。”苏左向小周指示道，“派人去调查一下戴林钟生前的就医情况，应该就能摸清他是不是有注射保健液的习惯。”

小周点点头。

“另外还有一个疑点。”小刘挠着头说，“就是无法确定容器。”

“现场找不到容器是自然的，因为打碎了嘛。”小周觉得这很好解释，不知小刘的疑问从何而来。

“如果是容器破损，溶液才流到了地上，我们就有可能通过现场遗留的容器残片来还原容器的本来面貌，可问题就在于，我们在现场来来回回搜索了几遍，却没有找到一片可能是容器的碎片。”

“没碎吗？难道还能有人把好好的溶液倒在地上，装走一个空瓶？”小周挠着腮帮子，觉得这个假设有点儿滑稽。

“还有一种可能，就是容器的确碎了，但残渣被人清理得格外干净。”小刘坚持着自己的推测，“可是凶手这样做的目的却很令人费解，难道容器本身有什么古怪，怕被人看见吗？”

“现在几点了？”苏左像是想起了什么，突然没头没脑地问道。

“五点半。”小周看了眼表回答道。

苏左二话没说，站起身就往重案组外走去。

“苏队，你要干吗？”小刘比小周更加惊诧，率先发问。

“去最近的报刊亭，今天的《前沿日报》应该已经派发到了，如果我没猜错，上面有我们每个人都关心的信息。”

第六章 争议

清晨，清洁车喷洒着淅淅沥沥的水珠，每经过一条街道，便留下一片湿漉漉的车痕。城市正在逐渐从漫漫长夜中苏醒过来，不消一刻钟，闪烁的灯火就将陆续被车流的喧嚣所取代。奇妙的是，早高峰的这段时间，人们却仿佛是最沉默的团体，偌大的城市，基本上只能听见此起彼伏的汽车马达和鸣笛声响。

今日，这惯常的景象依然穿着忙碌却又平和的外衣，即便每家报刊亭的《前沿日报》都在出报一小时内被抢购一空，一篇名为《“兹扎”入侵！基因改写VS人类灭绝》的文章在“前沿网”新闻版块才发布五分钟就已全面刷新了点击量的历史最高纪录。

表面看起来，这是一个平静的早晨，但对于那些先知先觉的人们来说，或许从此都难以再平静。

杨海璐像往常一样，在家楼下的早餐车上买了一杯小米粥和一包苏打饼干，装在一个可回收的小纸袋中，匆匆向着医院的方向走去。

每天这个时候，都会有一位穿着朴素洁净、年龄在60岁上下的老太太背着一个麻布编织的口袋，在沿途的垃圾桶中小心翻找，拾些塑料瓶、易拉罐、报纸等可以卖到废品收购站的小东西，换钱贴补家用。杨海璐特别留意过，在通常的日子里，老人的收获十分有限，大部分时间，老人的口袋都只有底部约五分之一的鼓起，可前些年，杨海璐还是一名刚刚入职的新晋医生时，每天经过老人身边，总能看到老人的口袋里塞满了报纸。

网络时代，残酷得连并不会上网的拾荒者，都受到了颠覆性的冲击。

今天，老人的收获依然不太多，袋子乍看上去瘪瘪的。但杨海璐走近老人后，发现老人正弯腰从地上拾起一张报纸。

运气不错。杨海璐在心里悄悄地替老人这样想。

在与老人擦肩而过的瞬间，只听老人用细微的声音喃喃念道："兹扎……"

杨海璐本能地停住了脚步。"您刚刚说什么？"

老人似乎没想到会有人跟自己说话，被问得一愣，同时也被杨海璐惊讶的样子吓到了，竟将报纸递到杨海璐面前，礼貌地回答："报纸上写的，好像出了大事。"

杨海璐急切地瞥了一眼报纸，正是《前沿日报》，头版头条的醒目标题令她倒吸了一口凉气。

"您可以将这张报纸卖给我吗？我出十块钱。"杨海璐边说边从背包里掏出一张十元的纸币，没等老人拒绝便塞进她手中，并拿过了报纸，向还没反应过来的老人点头致意后，径自快步向前走去。

"姑娘，你是前面医院的吧？今天要小心啊！"已经走出一段距离后，老人的声音远远从身后传来。

杨海璐一时没能明白老人的话中之意，心中却猛然间浮起一阵不祥的感觉。

竟然见报了，而且是宣传覆盖面最广的《前沿日报》，想来"前沿网"上八成也已经呈炸锅之势，网民似乎比习惯读报纸的人更加容易被点燃，这本就是一个危险的信号。杨海璐这样想着，心中越发焦虑，关键是，她还在报道中看见了许多处都赫然写有萧程的名字，似乎这篇报道不仅是要告诉人们一种叫"兹扎"的恐怖病毒已经在我们生活的地方出现，还抛出了"基因改写"的概念，留给公众一个巨大的话题和争议空间。

"应该让邵毅平尽快看到这篇报道。"杨海璐突然意识到这一点，赶紧拿出手机，通讯录中第一个就是邵毅平的电话，她的手指刚要点击拨出键，又犹豫了，“他应该已经看到报道了吧，这本就是他的工作。如果因为这件事贸然打电话给他，会不会让他觉得我很多事？他会怎样看待我呢……”杨海璐举着手机在路边愣了几秒，最终摇摇头，按下了锁屏键，将手机小心地揣回了兜里。

还没走到医院，杨海璐就察觉出了异常。平日里这个时间，医院门前门庭若市，等待挂号的病患及家属进进出出，或者干脆早早排起如龙的长队，甚至延伸到医院大门外。可是今日，情况明显没有那么简单。

医院门前此时已是水泄不通，满满当当地挤着有上百号人，但杨海璐一眼就看出他们几乎全不是病患，相反，这些人个个神采奕奕，用露骨的猎奇眼光翘首向医院内外张望。而原本专门提供给急救车救援的通道，此时也七扭八歪地停满了印着“原京市电视台”“极速网络频道”等字样的车辆。

“那个女医生来了！”

人群中不知是谁喊了一声，杨海璐只觉许多视线“唰”一下向自己齐齐射来，仅几秒钟，就已有人冲到自己身前，手中还举着录音笔、话筒、摄像机等设备。杨海璐登时明白发生了什么，但已来不及脱身。

冲在最前面的是一名看起来精明干练的年轻女记者。

“您是杨医生吧？我是《前沿日报》的记者陈欣欣，我们知道，是您第一个发现了如今在贵院中的这例‘兹扎’病例，能请您说说具体的发现过程吗？”

“杨医生，目前患者一家的情况怎么样？”

“杨医生，那个患儿真的是无脑畸形吗？能不能请您给我们的网友描述一下患儿长得有多恐怖？”

“杨医生，医院能保证患者一家被彻底隔离，病毒绝对不会扩散吗？”

“杨医生，我们认为现在医院里的孕妇都应该立刻撤离，为什么你们不这样做？”

…………

面对一连串的问题，杨海璐本能地感到厌恶，很想沉默以对，但她又觉得胸中涌上一阵难平的愤怒，于是正色道："你们作为媒体，面对'兹扎'这样的灾难性病毒，首先应该帮助和引导民众学会冷静，而不是忙着煽风点火！"杨海璐边说边十分不悦地伸手挡开一名网络记者的镜头，表情格外严肃。

随后，她认真打量了一眼挤在最前面那个自称是陈欣欣的女记者，非常有针对性地对她说："你现在不该来关注'兹扎'的发现过程，这样的报道做再多也于事无补，只不过是哗众取宠。如果我是你，会正面跟进政府究竟将如何阻止'兹扎'病毒扩散，作为最权威的媒体，你应该相信政府和这个国家的医护工作者一定会有所行动，不可能任由事态恶化！"

陈欣欣显然没想到杨海璐会对自己说出这样的忠告，竟无言以对，本来准备的问题都难以再问出口，只能尴尬地轻咬着嘴唇。

"杨医生！"这时，从医院内跑出一名女护士，"您快来吧，情况不好……"

杨海璐心中"咯噔"一下，脑海里有个声音在焦虑地说："不祥的预感应验了。"

记者们听到小护士跟杨海璐说的话，一下子都来了精神，本能告诉这些媒体从业者：更大的新闻来了。原本围在杨海璐身边的他们，就像商量好了一样，齐齐向小护士拥去。

杨海璐手疾眼快，迅速冲到小护士身前，用眼神示意对方不要再说下去，并拉着已明显面露胆怯的小护士头也不回地向医院内走去。

"哎，杨医生……"

"别走啊！"

"是不是'兹扎'病毒扩散了？"

…………

身后传来记者们不依不饶的声音。

不过杨海璐注意到，唯独那个叫陈欣欣的女记者，对新发生的状况缄默不语，没有再跟上来。

“出什么事了？”确定记者们都被拦在门外，不可能听到医院内的对话后，杨海璐急切地问道。

小护士此时都快哭出来了，颤抖着声音说：“杨医生，‘兹扎’患者一家，今早……都失踪了！”

“你说什么？！”即便再遇事不慌，这一情况也完全超出了杨海璐的承受底线，她只觉得双腿发软，身上冒出一层冷汗，“那现在怎么处理的？”

“刑警队的人介入了，正在调取监控。”

医院监控室内，身穿黑色机车皮衣的苏左和几名警察正目不转睛地盯着面前排成九宫格形状的组合大屏幕，紧张地对医院各个角落的监控视频加以辨别。

见到杨海璐走进来，苏左和她相视点头，两个女人都从对方的表情中感觉到了焦虑和紧迫，于是都聪明地并未多言。

“出现了！”突然，在最前面一直紧盯着监控的小周大喊起来。

顺着小周手指的地方，大家可以清晰地看到，在其中一台监控器的画面中，一个身穿黑色连帽卫衣的身影匆匆穿过医院偏僻处的一扇侧门，随即消失在画面中。之所以认为身影可疑，是因为无论从衣着还是身形，都不难确定这是一名人高马大的男子，可是他的胸腹部却好像怀孕中的妇女那般不自然地高高隆起，而且男子紧捂着衣服的前襟，动作鬼鬼祟祟的，甚至还能看到他衣服拉链下的隆起处在微微蠕动，分明是怀抱着一个婴儿！

“清晨 4 点 03 分。”小周再次确认道。

“同一台监控，向后快进！”苏左干脆地下达命令。

“在这里！”小周按照队长的指示，很快便在快进的监控画面中又发现了郭旻和蒋小夕的身影。“清晨 4 点 54 分，他俩是一起离开的。”

监控中，蒋小夕步履蹒跚，一只手轻轻捂着下腹部，另一只手牢牢抓住丈夫的手臂，郭旻则配合着妻子的步伐，亦步亦趋，却能看出想要走出医院大门的坚定。即便像素不高，依然能感觉到两个人当时都十分慌张。

苏左迅速做出判断：“很显然，这是有人在利用婴儿要挟他们！”

“可怜天下父母心，即便是那样的孩子，也不惜任何代价想要保护。这是做父母的本能。”杨海璐在一旁幽幽地说，声音低低的。

苏左闻言，不禁悄悄望了她一眼。

“要挟他们做什么呢？”小周疑惑地问。

“立刻请求交管部门协助，调取医院周边街道的全部监控录像，力求锁定郭旻和蒋小夕的出走路线。”苏左没有正面回答小周的问题，而是再次下达指令。

小周先是皱了皱眉，但看到苏左表情凝重，未再多言，去执行了。

苏左何尝不清楚，调取路面监控来锁定某个特定目标，是一项非常庞大又繁复的工作，因为并不确定目标会在哪一个监控中出现，所以这样的做法仅仅比大海捞针要稍强一点儿，需要大量的人力和时间，不到万不得已，或必须这样去试试运气，一般侦破案件时是不会选择这种办法的。

杨海璐此时在一旁急切地插话道：“苏队长，能不能先锁定患儿的行踪？患儿的情况非常不稳定，随时可能死亡！蒋小夕刚刚生产完不久，体力有限，短时间内走不了太远，你们不如直接派人去周边搜索更快。”

“杨医生，都来不及了……”苏左颓然垂下双肩，面对满脸焦急的杨海璐，她本能地想要安慰对方，可心情沉重得不知该如何表述。最终，她还是缓缓地解释道：“调取路面监控只是确保最终能够找到他们。现在距离他们出走已经三个多小时，如果是有人蓄意要拿患儿的生命作为要挟，一定也明白要抓紧时间提出要求的道理，患儿一旦死亡，一切威胁对郭旻和蒋小夕就不起作用了。所以，该发生的，恐怕我们已经阻止不了……”

“他们……究竟要干什么……”提问的同时，杨海璐也突然醒悟到了什么，不禁惊恐地瞪大双眼，轻轻捂住了自己的嘴巴。

苏左料到对方会有此反应，默默移开了视线，眉头越锁越紧。

中原省委大楼一号会议厅内，这已经是三天来的第二次紧急会议，按照《突发公共卫生事件应急条例》的要求，这次的突发事件应急处理工作会议比起前一次发现“兹扎”之初的深夜会议显得更有准备，与会者的来头和覆盖面也更大、更广。

邵毅平再次匆匆确认了一遍出席者名单，心中暗酌：这是必然的，因为这次会议很可能再次提及关于基因改写的立法，虽然今日即将探讨的话题已经不是第一次被提出来，但如今局面出现了始料不及的变化，结果将向哪一方的天平倾斜，已经昭然若揭。

对他来说，会议上讨论的内容并没有那么重要，他关注和在意的只是“那个人”。上一次是戴林钟，这一次，是萧程。

董明申是这次会议的主持者，今日到场的，他官职仅排第二，还有中原省省长李林出席。同时，来自中原省卫生、司法、宣传方面的相关负责人也均有列席，他们中不乏与董明申官职相当者，基本都在各自负责的部门中掌有实权。

“相信大家都听闻了，我省发现了‘兹扎’病毒。”董明申开门见山，直入主题，语气透着干练和威严，“三天前，也是在这里，省委讨论并确立了遏制‘兹扎’的紧急方案，并请回了旅美著名华裔基因工程学专家萧程博士来主持攻克‘兹扎’病毒改写计划。由于‘兹扎’病毒的特殊性，专案组经过讨论初步确认，对于已感染患者，基因改写是唯一的治疗方案。萧博士年轻有为，在基因改写方面具备世界一流的水平，这项艰巨的任务交给他，我们可谓信心十足！不过，目前学术界对于基因改写这项技术究竟该不该应用在人体上，还存在比较激烈的争议，我国在道德和法律这两方面，也还没有跨过这个门槛，但‘兹扎’病毒却不会等着我们慢慢说服所有人。”

董明申说完这番话环顾了一下众人，接着说道：“我建议向国家卫计委通报我省出现的突发事件的同时，将专家对于此次突发事件的应急预案也一并汇报，希望卫计委能尽快通过关于人体基因改写的相关法规。”

“我同意董明申副省长的建议，”开口的是省长李林，“现阶段针对病毒最好的控制办法的确就是基因改写，我们要尽快将基因改写的定义、应用手段、适用范围，以及人体应用可能带来的效果形成报告，提交到中央，请求尽快批复意见。”这位省长比董明申年长一些，看起来已接近退休年龄，想必也是不愿意自己临近退休再遇上这样的麻烦事。

在场的众人一时间都保持着沉默，但是大家心里都明白，人体基因改写最有影响力的反对者已经不在了，而且目前的形势，看起来也的确没有更好的解决办法。

“呃……请稍等一下。”这时，突然从会议桌中后方的位置响起一个明亮的声音。

邵毅平登时有了反应，向对方投去肯定和鼓励的眼神后，他介绍说：“这位，就是我们请回来的萧程博士。”

听到萧程开了口，董明申连忙凑近桌前，眯着眼睛问道：“萧博士，你有什么看法？”他做出等待萧程发言的样子，可双目却紧紧地盯着萧程，那眼神分明是想要被盯住的人有所忌惮。

萧程面无表情地从董明申的目光中移开脸，将视线落在他身后的邵毅平身上，微微一笑道：“谢谢你特意帮我点了热巧克力。”

这时众人才疑惑地发现，只有萧程的桌前放着的是一个不知道什么品牌的外卖纸杯，印着看上去很高级的外文字，其他与会者桌前放着的要么是普通瓶装矿泉水，要么是盛着茶水的白色马克杯。

邵毅平尴尬地摇了摇头，表示不用道谢，毕竟在这种级别的会议上，分配饮料这样的小事，根本无须一提。的确是格格不入。他直觉萧程很快就将自然而然地成为众矢之的，况且，萧程明显有不同意见要说。

“我想我们在讨论人体基因改写合法化这个问题时，是不是细分得不够明确呢？”

果然，萧程一上来就戳穿了董明申故意避重就轻的关键一点。

“我觉得我们不能笼统地合法化人体基因改写，而应该将能够被合法改写基因的人群细分和明确出来。比如在现阶段，我的建议是，将得到法律认可的基因改写人群特定为病患。”

这样的意见一提出，现场顿时出现了短暂的骚动。

董明申阴着脸，沉默地扫视着交头接耳的与会者。萧程则是一副泰然自若的表情，不断喝着手中的热巧克力。

片刻之后，终于有人站了出来。

“我同意萧程博士的建议。”这回说话的，是紧挨董明申而坐的一名官员。他声音洪亮，浓眉方脸，眉宇间显得很有精气神，身穿一件质地考究的褐色衬衣和同色羊绒背心，年纪在 50 岁上下，但跟董明申略显臃肿的身形相比，这位官员的体态却年轻许多，皮肤也有长期被晒的痕迹，发出健康的麦色光泽。只听他继续说：“这与做宣传工作是一样的道理，我们不宜一次用力过大，而应该采取循序渐进的方式。宣传是一头猛虎，稍一脱缰，后果很可能不堪设想，更何况是一项关乎人类自身命运的尖端科技。基因工程何其严谨，我们是要在人类的根本上做改动，必须秉持谨慎的态度，从更加迫切地需要这项技术来摆脱病魔的病患身上率先打开这个口子，可以说是当下最可行也最稳妥的做法！”

“呵呵，陈部长，既然您自己提及宣传工作，我还正想要问问您，”董明申突然想起了什么的样子，斜着眼睛，堆起笑容望向刚刚发言的省委宣传部副部长陈正强，“‘兹扎’发现以来，我曾严令所有知情者把紧口风，唯恐消息泄露引起民众恐慌。可是贵部却偏偏雷厉风行，随便一篇报道出来，您知道今早外面已经呈现怎样的事态了吗？现在‘兹扎’是无人不知，无人不晓，几乎人人自危。我看您的谨慎，或许只用在了与卫生工作有关的决议上吧。”

董明申这样一番措辞，基本已是在明着指责对方“不但自己的工作没做好，还把手伸得太长”，一下子令会场充斥起一股火药味儿。陈正强脸色瞬间难看起来，似乎在努力压制着怒气，基于涵养，半天没有回应。

“人人都知道了‘兹扎’吗？太好了。”萧程这时又不合时宜地开了口，只见他双眼发亮，似乎难掩兴奋，“没想到国内媒体的宣传覆盖率这么高，看来我选择接受《前沿日报》的采访是做对了！”

此言一出，大家纷纷表现出疑惑和惊讶，完全不明白这位海归博士的思路，甚至有人已暗暗在心中质疑起他能不能胜任“兹扎”病毒改写计划，只是不便当面说出来。邵毅平在一旁看得清楚，董明申这时已对萧程充满不屑和无奈，连陈正强都在用一副怀疑的眼神打量着萧程，搞不懂他到底何意。

萧程好像什么事也没发生一样，依然有节奏地喝着手中的热巧克力，端正地坐在座位上，随时准备参与讨论。

犹豫了许久，陈正强终于再次发言：“贸然报道‘兹扎’是我们的宣传工作者考虑不周，一旦关于病患基因改写的方案通过，我们就可以合理地给公众一个交代。所以当务之急，我希望我们都不再去计较已经发生了的事情，而是尽快明确基因改写的合法适用者。”

“恐怕如今，我们不给公众一个交代也不行了。”董明申对陈正强的发言嗤之以鼻，刻意没有对最后的提议予以评论，而是再次转向萧程，不阴不阳地问道，“萧博士，不知你刚一回国就如此热衷于跟媒体打交道，用意何在呀？”

萧程摊了摊手，“‘兹扎’是一种传染病，每个人都有权利保护自己不被传染，知情，则是一切的前提。我并不认为我这样做有什么特别的用意。”

“可是你在报道中还提出了基因改写的理念，你有意将基因改写与疾病联系起来，这样对之前并不了解这一概念的民众，起到了强烈的误导作用，难道你还说你没有特别的用意吗？”董明申冷冷地追问。

面对质询，萧程偏了偏头，神情中没有丝毫紧张，反而有些无辜地回答：“这就更没有错了。基因改写技术既然已经发展出‘基因剪刀’，就注定不可能默默无闻，迟早要被人们所应用。国外许多项最新的人体基因改写成果，都出现在疾病治疗领域，如首例视网膜基因编写帮助了美国的一名盲人歌手，意大利和德国利用基因编辑治愈了一名叙利亚男孩儿的遗传皮肤病，基因剪刀在美国还正式被允许用于‘渐冻症’的治疗，如果让我讲基因改写，几乎全部都会是与疾病相关的内容。将‘基因改写’与‘疾病’联系起来，不但没有错，还是必然的结果，是绝对正确的选择。反而是您，似乎想要误导人们过度地利用和期待基因改写，您的用意，又是什么呢？”

萧程的语气不紧不慢，却仿佛具备一种威慑力，几句话说下来，有理有据，问得董明申一时无言以对，脸颊涨得通红。

“那么萧博士是不建议人体基因改写被合法应用了？”问话的是省长李林，刚才董明申的提议他曾肯定过，现在却眼见情况要有所扭转，于是赶紧站出来和稀泥，他担心给人留下自己立场十分鲜明的印象。

“不，我希望可以立法，允许基因编辑技术用于治疗人体疾病。”萧程再次明确地说出了自己的观点，随即又谨慎地补充道，“如果可以，我希望立法能够同时十分清楚地规定，严格禁止一切利用基因编辑技术对无疾病人体基因的改造。”

“呵呵，你这种论调，让我想起了戴林钟教授，不愧是戴教授的高徒呀。”董明申沉默半晌后再次开口，他虽眯眼含笑，却给人一种阴阳怪气的感觉。这句话正面听起来像在褒奖萧程，但结合当下会场内的气氛，实际达到了暗讽的效果。

“我的导师比谁都清楚基因编辑的前景和力量，他的‘胆小’和谨慎正是出于对科学的尊重。而这个世界上，无知者才往往是最无惧的。”萧程显然并不喜欢官场上那一套明枪暗箭，他这样说，基本是在明着嘲笑董明申无知了。在官方会议上，即便是名声再大的学者，公开指责官员的知识储备，也犯了大忌。邵毅平不禁下意识地握紧了双手，直感觉手心里湿湿的。

可萧程不仅没有对刚才的说法感到不妥，也没有给董明申任何反驳的机会，而是继续说道：“我愿意主持‘兹扎’病毒改写计划，一方面是我认为人类在与‘兹扎’病毒的抗争中，基因工作者责无旁贷，应该挑起重任；另一方面，我希望通过‘兹扎’病毒改写的成功，让人们看到基因改写治疗疾病的手段和成果，也使立法者允许基因编辑技术用在人体上治疗基因缺陷；但还有一方面，就是我不相信除了我之外的任何人，在成功改写‘兹扎’病毒后，会坚守住基因编辑只用来治病这一底线。换句话说，我会用我的实力来为基因改写的应用划定一条新的底线，它会比我导师戴林钟教授的底线更大胆，但绝不是无惧的。”

这番话毕，人人看向萧程的眼神中都多了几分惊讶。狂妄，或许是最先出现在这些官员们脑海中用来形容萧程的最佳词语。一个与官场格格不入的年轻科学家，正因为狂妄，才令这些人尤为畏惧。因为在座所有人都知道，萧程的存在之于国家，比他们任何一个人都更有价值。他表现得越狂妄，这种价值或许就越大。

邵毅平冷眼旁观着现场众人的样子，他清楚，只有自己是目前这里唯一一个能将所有人都看透的人。明白萧程不仅仅是狂妄，明白董明申不仅仅是无知，也明白其他人不仅仅是畏惧。

“萧博士的口气可真不小，既然敢这样说，是不是就证明你有把握，一定可以攻克‘兹扎’病毒，甚至研制出普通人都能注射的‘兹扎’疫苗了？那才是一举多得，永绝后患的办法嘛。你敢不敢立下军令状？！”

是的，还有怀疑。很快，有人便将这种怀疑极端地表露了出来。而此时，董明申这只老狐狸反而摆出了一副“不跟年轻人一般见识”的姿态，依然笑望着萧程，双眼中却流露出阵阵寒光，看来“军令状”这个提议深得他心。

的确，在场所有人都清楚，“兹扎”疫苗，是解决“兹扎”病毒的根本方法，所以此时有人生硬地提出来，也无可厚非。只是逼迫萧程承诺一定研制出这种疫苗，相当于将这个世界上目前最大的一个难题推到了他面前。

即便是再迟钝的人，这一刻也能意识到，短短几句话，已让萧程成了病毒研讨会议上新的被针对者。此前戴林钟的威严无人敢撼动，可现在，萧程面对的除了那些激进者，还有实实在在的恐怖病毒和患者。萧程不动声色地握紧了手中的纸杯，感到还剩下半杯的热巧克力此时已一片冰凉。他突然觉得跟这些人说这么多简直是在浪费时间，恨不得立刻跑进实验室去开始研究。

“这么艰巨的课题，萧博士尽力而为就好。况且研制‘兹扎’疫苗，也需要使用基因改写技术，这些还需要向国家卫计委汇报，并等待批准。在现阶段，萧博士有什么需要尽管提出来，人才、资金、实验设备，我相信大家一定会全力配合。”见萧程兀自在那里发愣而没有回应，陈正强突然语气和善地打起圆场。

陈正强这时候冒出来替萧程说话，不禁令邵毅平向他多看了几眼。不知这位宣传部副部长是否心思更为深沉，在基因立法上处于何种立场，乃至于可以不在乎与董明申之间的关系，但光看他今日的言谈举止，似乎只因是个直爽不阿之人。而其他几位坐在会议桌上首位置的官员此时也都恢复了应有的大度气势，纷纷点头表示赞同。

省长李林却显然不愿意让自己的副手下不了台，笑眯眯地夸赞道：“幸亏病毒发现前期董副省长的指导工作做得好，现在民众虽然知道我省出现了‘兹扎’病例，却不至于恐慌，因为毕竟病毒没有扩散……”

突然，会议室的门被“砰”地撞开了。

“怎么了？”邵毅平率先站起身，惊讶地对着闯进来的几名公务员模样的人发问。

只见闯在最前面的一名公务员的额头上冷汗涔涔，说起话来牙关直打架，但众人还是从他含混不清的报告中听到了一个惊人的事实：“‘兹扎’……扩散了！”

第七章 扩散

"那位客人的穿戴和举止都非常体面,结果他突然做出那种举动的时候,我简直被吓傻了……"

店员年龄不大,看起来像刚刚高中毕业的学生,一双大眼睛忽闪忽闪的,十分灵动,是个给人感觉头脑清楚、机敏伶俐的姑娘。只是此时她脸色苍白,嘴唇还在微微发抖,想必适才发生的一切太过恐怖,超出了她现有的认知。

"他是什么时候进的店?进店后还做了些什么?"苏左故意将问询的语气放得轻缓,用安慰和鼓励的眼神望着女店员。

店员姑娘似乎对眼前的女警姐姐充满好感,情绪很快稳定了一些,她微微偏着头回想了一阵,口齿清晰地叙述道:"我记得好像也没什么特别的,他跟其他客人一样,是从那边的玻璃大门进来的。因为早高峰的时候店里点餐的人比较多,他进来后就很自然地排在点餐的队尾。当时他前面大概排了四五位客人。"

"他点的什么餐你还记得吗?"

"要了一号早餐,他似乎对吃什么并不是很在意,连菜单和我身后的点餐屏幕都没有抬眼看。"

"你对所有客人点的东西都能记得这么清楚吗?"苏左对小姑娘如此详细的记忆产生了疑惑。

“当然不可能啦。”女店员不假思索地否定道，“我记得他，是因为他戴了又大又厚的口罩，即便是点餐时也没摘掉。而且他明显心不在焉，眼睛里布满红血丝，我当时还心想，这位大哥怎么一大早便是这样一副疲惫不堪的样子，真是奇怪。”

“那么，他是什么时候出现了反常举动的？”

渐渐问到了重点，苏左特意没有选择过于激烈的用词，而只是用了“反常”这样平和的字眼儿。多年积累的走访经验告诉她，这个时候千万不要给知情人过多的刺激，最好能够让他们自主、渐进地去回忆事情发生的经过，这样说出来的证词才最接近事实。

“警察姐姐，我说了半天，就是想说，他自始至终都很反常呀！”女店员嘟起嘴，音量也不自觉地提高了八度，明显看出她还是有些激动，“他点的一号早餐端过去很久了，可他一口也没吃，这期间我留意过他好几次，每次都看到他就那样一动不动地坐在那里，我怕他是睡着了，还特意从吧台探出头去看他的正脸，结果发现他的眼睛大睁着，似乎是在观察店内的其他客人。”

“那这个过程大概有多久呢？”

“至少 40 分钟。”女店员肯定地回答，“因为我记得他进门那会儿正是每天早上店里客人最多的时候，而他……突然做那件可怕的事时，客人已经并不多了，还留在店里的，大多是点餐后不打算带走，在座位上慢慢享用早餐的客人。通常店里只剩下这样的客人时，应该已经超过上午 9 点了。”

听到这里，苏左不禁对女店员投去赞赏的目光，这个小姑娘的记忆力和观察力都超出了自己的预期，向她问询情况，收获比刚刚与店老板的交谈要大了许多。

“那他是突然就那样做了吗？之前有没有任何征兆？”

女店员瞬间瞪圆了双眼，呼吸也变得急促，“没有征兆……他一下子从座位上跳起来，就朝身边的一位客人冲了过去，我还没看清楚他做了什么，就听见那位被袭击的客人发出一声惨叫……然后，又一名客人也惨叫起来……”

苏左皱眉问:“你能确定他一共袭击了多少位客人吗?”

女店员颤抖着摇了摇头,“不太能确定……伤势比较严重的几位客人后来都被警方送去医院了,但有没有受了轻伤,因为害怕而自行离开的客人,我就真的不知道了……”

苏左担忧地环顾了一下咖啡店内部。由于警方需要对第一现场进行封锁,现在咖啡店里可谓一片狼藉。很多餐盘和杯子被掀翻在地,就餐桌椅也呈七扭八歪的态势,几张餐桌和地面上还有成片的血迹残留。还有一条断断续续的点状血迹蜿蜒着延伸至门口,从血迹间的距离推测,流血的人行动速度相当快。

“他也受伤了吗?”苏左立刻警惕地发问道。

女店员凝眉思索了一下,“好像有位身手还算敏捷的客人拿叉子戳伤了他,我记得刚刚有警察把那把叉子放进一个透明的袋子里拿走了。”

“谢谢你的配合。”苏左沉重地合上询问笔录,“之后我们会调取店内监控,详细调查有没有事发后自行离店的客人,可能到时还需要麻烦你对一些熟客进行指认。”

“没问题。”女店员答应得很爽快,虽然她还是一副难以平静的样子,但似乎对警方十分信赖。“对了,警察姐姐,还有这个……”突然,她好像想起了什么,转身从吧台里拿出一样东西。

是一副口罩。

“这是那位客人落下的。”女店员说着将口罩递到苏左面前,“刚才警察来之前我捡起来的,后来就忘记了,现在交给您吧。”

苏左下意识地向后躲闪了一下,但随即惊愕地发现女店员握着口罩的一只手指上有一道还未痊愈的伤口。

“你这是……”苏左连忙指着那伤口追问。

女店员完全没有察觉到苏左已满脸担忧,兀自在口罩上摩擦着伤口,“这跟那位客人没有关系,是我昨天不小心划破的,只是还有点儿出血。”

“小妹妹，恐怕你也需要到医院走一趟了。”苏左深深叹了口气，悲伤地垂下双肩。

同日中午，刑警队再次接到紧急报案。这次的案发地是一家便利店，而嫌疑人的作案手段可以说相当离奇。

苏左几乎是马不停蹄地从咖啡店直奔另一处案发现场。

“上午的事汇报给局长没有？”她边迅速跃上警车，边向小周询问。

“早就派人去了。”

苏左语气严肃地命令道：“再派！”然后无奈地低语，“这次该是蒋小夕了……”

小周拿起对讲机布置任务，随后抬手向苏左扔来一副口罩。

“苏队，戴上点儿这个，安全。”

苏左不以为意地拎起口罩，又朝小周扔了回去，“你害怕你自己戴吧，防弹衣我都不穿！”

没想到小周却真的将口罩捡起来，小心翼翼地戴到了自己那张圆脸上，边戴还边嘟囔道：“‘兹扎’面前，这小口罩可比防弹衣管用呀。子弹再快，好歹也能看见影儿啊，可病毒这东西，钻进身体你都不知道！”

苏左哭笑不得，只能无语地发动了警车，一路响着警铃疾驰而去。

出事的是一家位于社区内的24小时连锁便利店，这家店临街营业，铺面所在地是一处人口相当密集的居民楼底商，平日里除了附近小区中的居民经常光顾，还有很多流动的客源，因为是连锁店，有口皆碑，这家分店与其他同品牌的店铺一样，基本上每天门庭若市，生意格外兴隆。

的确是个迅速又广泛地扩散病毒的好地点。苏左这样想着，脚下一秒也不敢耽误，面色凝重地熟练穿过警戒带。一踏入店门，就看到贴着墙壁而立的一整排大冰箱全部大敞着柜门，身穿白大褂、戴着白手套、口鼻处捂得严严实实的一众鉴定人员正忙碌地对冰箱内摆放着的各种饮品进行依次抽样。

“什么情况？”她心中一凛。

“这样搞，我的饭碗怕是保不住了。”身后响起一个中年男子的声音，音量不高，像是在自言自语，仅从语调中就能听出极度不满。

苏左回过头，只见收银台后坐着一位体形偏瘦的中年男子。男人一看便是那种精明的类型，穿着不甚起眼儿的西服，一双眼睛也正毫不避讳地上下打量着苏左。

“你是这家店的经理吧？”苏左开门见山地问。

“你是管事的？”男人挑着眉毛，不答反问道。

“今天上午，你有没有在店里见到过这名女子？”苏左没有理会对方态度中的不友善，拿出一张蒋小夕的照片，递到男经理眼前。

那经理应付事儿一样瞥了照片一眼，不以为然地摇了摇头，“这女人也没什么特别的呀，谁能记得？你们去查监控不就行了。”

苏左皱皱眉，向店铺内部瞅了瞅，问：“今天上午店里不会就你一个人上班吧？”

“还有小金，”店经理懒洋洋地回答，“他刚才被你们之前来的警察带走了。”

苏左一时感到诧异，脱口问道：“为什么？”

却没想到，店经理倒一下子来了情绪，瞪起眼睛，朝苏左嚷嚷道：“你们警察还问为什么，我还想问为什么呢！我们本来是报案请求警方帮助抓小偷的，怎么现在倒调查起我们来了？”

“你能不能先冷静一下，我们的调查不是针对你，或者你们店里的人。”苏左尽量语气和缓，顺着对方关注的思路解释道，“只要你配合我们工作，把详细情况说清楚，我们调查完了，自然就会走了。而且我保证，你店里的经济损失，事后一定会有专人给你个说法的。”

从刚才这位经理一开口，苏左就意识到了，对方最担心的无非就是店里的生意受到影响，自己因此被总店开除，所以他对警察现在一切不明缘由的调查心存看法和抱怨，也是人之常情。看这位经理一副精于算计的模样，想来如果他知道了真相的严重性，恐怕反而会是最配合的那一个。但当务之急还是弄清楚店里究竟发生了什么。苏左隐隐有种担忧，照当下的情形，恐怕连锁定全部疑似感染者都很难做到。

“你刚才说，你店里来了小偷？”苏左抓住对方刚刚话里的疑点追问起来。

店经理听了苏左的解释，似乎对“有专人会给个说法”的承诺还比较满意，脸色有所缓和，态度也不再那么抗拒。

“是啊，就在今天上午。其实也不是什么小偷，”店经理说着不屑一顾地摆摆手，“就是住在附近的一个大婶，说起来也算是店里的常客了。”

“那怎么会成小偷了？”苏左越听越糊涂。

“还不是怪小金年轻气盛，说话太冲！”

店经理先是满脸不高兴地怪罪了一句，随后便讲起了上午发生的事情经过，虽然言语里多有埋怨，但苏左还是从他的讲述中，基本掌握了来龙去脉。

事情发生在当天上午 8 点半到 9 点之间，店里这个时间段客人很多，都是来买早餐外带的上班族，而且店里还销售关东煮这种小吃，特别受白领们欢迎，但是这种东西最麻烦的地方就是需要店员来服务，只有将食物盛到杯碗里后才能让客人带走，所以小金当时忙得焦头烂额，心情实在不怎么好。另外，这种 24 小时营业的便利店，在每个角落都装有摄像头，监控画面就放置于收银台一侧，以便店员随时留意店内的情况。最近一段时间，店里丢东西的事情时有发生。本来小店偶尔被人顺走一两件东西，不是什么大不了的事，但总店那边刚刚出了新规，旗下便利店里如果一次性丢失物品价值超过 20 元，谁当值就从谁的工资里把这笔钱扣出来，所以店员们都十分在意自己当班的时候是否有人来店里偷东西，对监控画面格外关注。小金虽然忙得脚打后脑勺，但还是习惯性地时不时向监控里瞟上一眼。

就是偶然的一瞟，瞟出了问题。小金正好看见一个大婶在陈列着各式饮料的冰柜前寻摸着什么，样子鬼鬼祟祟的，很不自然。于是小金二话没说就绕到冰柜前，果然撞见那位大婶正拿着一瓶开了盖的饮料往冰柜里塞。虽然没有抓到大婶在偷东西，但偷喝店里的饮料不付钱，也跟偷东西没什么区别。于是小金上前一把抓住大婶的手臂，没好气儿地质问对方。谁想到，那位大婶反诬店里卖的饮料是过期的，辩解称她本来是想喝过就购买的，但一尝味道不对，才又要放回去。小金觉得大婶根本就是在强词夺理，两人随后发生了口角，小金指责大婶“这么大年纪了还做小偷，真不要脸”。那大婶也急了，非要店里的其他人也来尝尝这饮料是不是有问题，好给她做个证。就这样，事情越闹越大，最后小金一气之下报了警。

“那饮料你尝了吗？”

店经理摇了摇头，“我没来得及尝，店里不少客人都被那大婶说动，尝了一口，轮到我这里，饮料已经被尝光了。”

“是不是所有尝过的人都说饮料味道不对？”

“说起来也真是怪了，”店经理不解地挑着眉毛，“所有人都尝出那饮料有问题。而且不只这样，今天上午还有客人来店里投诉，说我们卖的瓶装牛奶不新鲜，味道跟平时比起来又咸又涩，还问我们是不是往过期牛奶里加了什么东西，又当成新鲜牛奶拿来卖。天地良心呀，像我们这种连锁店的进货渠道都是正规的，尤其是奶制品，几乎全是当日一早送来的最新鲜的货源，这些总店都有统一规定，我们就是想弄虚作假，也不可能啊！真不知道今天是撞了哪门子邪……”

苏左越听心越往下沉，难怪几乎全鉴定科的人都出动了，局里肯定也同样怀疑，这里的所有瓶装饮品已经存在不安全的可能。

“今天一上午你店里究竟有多少牛奶和饮料，主要是瓶装的那种，被销售出去？”

“这个不难查。”店经理难得爽快地回答道，开始熟练地敲击起收银台旁的电脑，“要是把矿泉水也算上的话，至少有几百瓶，具体的数字得把每个结账单里的瓶装商品的数量加起来，恐怕需要费些工夫。”

“几百瓶？！”苏左迅速考虑起这个数字意味着什么，即便最乐观地估计，也至少有几十人从这家店中购买了瓶装饮品，目前还不能确定其中被病毒污染的饮料比例。

店经理见到苏左如此震惊，反倒乐起来，“这有什么呀，我们店的生意一向很好的，可惜今天被你们给耽误了。警察同志，你们到底在调查什么呀？”

苏左真希望这位经理知道真相后还乐得出来，不过现下没时间跟他解释，但为了避免疏漏，她还是再次确认道：“你真的没喝那位大婶拿的饮料？”

“真没喝！”店经理不假思索地回答，似乎为了证明自己没有说谎，也十分严肃地回望着苏左。

“你庆幸吧，不然你现在就不能在这儿了！”苏左最后撂下这句话，眼见着店经理脸上的疑惑越来越重，也没再理会，便转身走出了店门。

正好这时小周急匆匆地迎了上来，报告说：“苏队，路面监控那边有消息了。”

鉴于案发突然，而且关于“兹扎”的消息官方上还处于封锁状态，市公安局只好临时召开了一个规模十分有限的紧急案情讨论会。

萧程作为疾控专家和“兹扎”改写计划的负责人理应列席，杨海璐也因为是嫌犯蒋小夕的主治医生而有权出席会议。苏左则一半算是不请自来的。要不是早上看到报纸上陈欣欣的报道，她还不知道出了“兹扎”这样的大事。刚巧这时妇产医院报告患者失踪，她其实并没接到任局长的派遣命令，自己就抢先拦下了出警任务，并且一路追着事件调查，现在刑警队能接手这个案件的，反而非她莫属了。其他与会者还包括出事辖区的民警、刑警队少数干警、技侦人员，以及省卫计委派来的几名官员等。

“这回的任务很危险。”会前，任局长无可奈何地望着属下，半责怪半担忧地说。

“您什么时候见我怕过？人家从美国回来的大专家都没怕呢，更何况我是警察。”苏左调侃地回应，看得出来，任局长一向拿她没办法。

“别忘了，你手里还有戴林钟的案子。”

“您放一百个心，我敢打包票，这些事都有关联，要查就得一起查！”苏左说得十分干脆，她之所以如此认定，是因为所有这些事都存在一个共同的交集，就是一个人——萧程。

她的直觉告诉她，这绝不是巧合那么简单。

“我们是上午 9 点 20 分接到 110 转来的报案的，”来自咖啡厅所在辖区的一位陈警官率先介绍说，他身穿制服，年纪在 35 岁上下，给人感觉十分干练，但做这番案情陈述时还是不免流露出惊异的神色，“110 接线员说报案的是事发咖啡厅的老板，称咖啡厅里发生了离奇的恶性伤人事件，有个疯子狂啃其他客人的脸。”

陈警官说到这里稍顿了一下，并在投影上放出现场调查取证的照片。现场血迹斑斑，其中一张图片清晰地拍到一位受害者的伤口和被啃咬下来的肉块儿，伤口边缘牙印密布，十分血腥。

据苏左观察，现场众人看到这些图片几乎都皱起了眉头，只有杨海璐在看到伤口的照片时比较平静，出于医生的本能，似乎还在细致地观察伤口状态。而反应最奇怪的当属萧程，他只瞥了一眼投影，便不再多看现场图片一眼，居然还一个劲儿地往嘴里送着什么，不停咀嚼着。萧程也察觉到了苏左的视线，拿起手里的东西晃了晃，竟然是一包彩虹糖。

陈警官继续介绍说：“基本上‘啃脸’这种伤人的方式，还是相当罕见的，通常袭击者都存在精神障碍，所以我们在接到报案后第一时间也是往这方面考虑的。但是现场有人拍下了袭击者的照片，被拿到网上‘人肉搜索’，网友们发现袭击者叫郭旻，姓名、职业、年龄竟然均与今早新闻里报道的我国首例罹患‘兹扎’病毒的患者相同，这一发现随即便在网络上造成了大范围的恐慌。于是我们出于谨慎起见，把没有离开现场的几名受害者立即送到了医院进行隔离和检测。最终确定，十分不幸，这名袭击者正是‘兹扎’感染者郭旻本人。而且目前我们有充分的证据表明，郭旻今日凌晨私自潜逃出医院，4小时后制造了这起骇人听闻的啃脸事件，鉴于其所选择的作案方式特征，有理由怀疑他的举动，是刻意、有目的性地想要将体内的‘兹扎’病毒传染给其他人！”

“有多少人被他咬伤，目前能够确定吗？”卫计委的一位官员皱眉发问。

“准确的数字无法确定。”陈警官面露忧虑地回答，“被当场送至医院的受害者一共有8名，但从咖啡厅的监控录像上看，应该还存在受了伤，却没能等到警察赶来便自行逃离的受害人，仅从监控上看，无法确定数量。”

“如果分析现场目击者的证词，再结合监控录像，能确定这个数量吗？”很显然，卫计委的官员最在意的，是此事件发生后，究竟将存在多少“兹扎”病毒携带者。

陈警官对该官员的顾虑十分理解，为难地说：“现场目击者的证词非常混乱，而且没有经过专业培训的普通人对于突发事件的记忆和描述与事实往往存在很大偏差，通常我们不敢轻易依靠目击者的供述来还原案情。咖啡店只在角落里安装了一个摄像头，拍下的内容因角度问题，也不能百分百记录案发情况，所以……要想把所有受害人都锁定下来，几乎是不可能的……”

卫计委官员闻听此言，一时锁紧了眉头，也不知还能问什么。

“被送到医院的几名受害人，都是什么情况？”任局长转移了话题。

“因为是咬伤，伤势都不至于致命。”陈警官的语气也稍有放松，“但目前受害人也都知道自己是被‘兹扎’患者咬伤了，情绪上，都多少有些激动。不过我们对这些受害人实行了严格的隔离，正在等待进一步的血液检验结果，但恐怕这些人都凶多吉少。”

任局长重重叹了口气。

苏左突然插话道：“我怀疑咖啡厅的女店员也已经感染上‘兹扎’病毒，请医院方面务必也对她进行隔离检查。”

陈警官点点头，“这个情况你在现场告诉我时我就做过安排了，因为她是最关键的目击证人，本来我们也打算暂时请她回警局协助调查，现在正好交给医院那边来照顾，也方便我们随时找她了解情况。”

“其实咖啡厅这边的情况还算可控，听说便利店那边，局面才相当棘手……”陈警官觉得自己汇报得差不多了，用问询的眼神望向在座另一个辖区的警员。

便利店所在辖区来汇报的是一名年纪比较大的警官，虽然如陈警官所言，便利店这边的情况的确更加难以控制，但这名警官却汇报得十分沉稳：“我们这边没有发生像咖啡厅那样的恶性伤人事件，最开始只是接到了一个小型的民事纠纷举报，引发纠纷的是一瓶怀疑变了质的饮料，却不料在饮料瓶上发现了疑似针眼儿的破损，于是我们开始考虑这是人为破坏，有人用针筒将不明液体注入这家便利店的瓶装饮品中，只是当时我们还想不到嫌犯这样做的动机何在。随后我们立刻请求了技侦支持，结果鉴定人员居然在饮料瓶内发现了可怕的‘兹扎’病毒。”

“不明液体？”立刻有人发出询问。

老警官饶有深意地点点头，“鉴定人员初步推测，应该是母乳。”说完，他似乎觉得“母乳”一词光听读者很难使人一下子反应过来，于是又补充说明道，“就是人类的乳汁，通常只有刚刚生育过的妇女才会产生。而且人类的乳汁，是会携带母体病毒的。”

“那名女性‘兹扎’患者不就刚刚生完孩子吗？”卫计委来人气急败坏地喊道。

“患者蒋小夕。”只听杨海璐用冷静的声音介绍说，“今天刚好是她生产后第三天，也就是俗称的产妇‘下奶日’。”

“一个刚生完孩子的产妇，拿着装有自己母乳的针头，到便利店里给饮料瓶子打针，这……行得通吗？”有人适时提出质疑。

“的确不是蒋小夕本人做的。我们查了便利店监控，发现了一名可疑人员，是个年轻男性。犯罪分子很狡猾，而且作案时手脚十分利索。从监控里看不到他的脸，只隐约能看出他先后四次打开冰柜，但究竟往多少瓶饮料里投放了毒乳汁，不能确定，我们只有把便利店的所有瓶装饮品全部调查过才能知道。”老警官解释道。

“简直匪夷所思！”任局长气恼地拍起桌子，“这是有预谋的犯罪！”

老警官倒是显得比局长还镇定，继续汇报说：“所有饮用过那瓶检验出‘兹扎’病毒饮料的人员都已经隔离了。目前我们正在根据店内监控，逐一查找上午到这家店购买过饮料的顾客，但这项工作任务太重，而且最终依然不能保证将这些客人全部找出来。但根据监控分析，犯罪分子的投毒过程很短，短时间内用注射方式在饮料瓶上做手脚，数量应该是比较有限的，所以我们也可以乐观地考虑只有一两位顾客购买过含有病毒的饮料，或者含病毒的饮料一瓶也没销售出去的情况。”

“不能这样想！”生硬的打断来自于萧程，他神情分外严肃，手里握着一个空空如也的彩虹糖袋，样子显得有点儿滑稽，可是语气却毋庸置疑，“在传染病的预防和控制上，不能存在丝毫的侥幸心理，只能做最坏的打算。我想我们现在需要正视的现实，就是‘兹扎’已经扩散了。”

萧程这句话一出，几位在场的官员顿时垂头丧气起来，都闷闷地坐在位子上。刚才还乐观汇报案情的老警官，此时也知趣地不再多言。

“并且我们还要时刻警惕再有类似的事件发生。毕竟郭旻依然在逃，蒋小夕的乳汁也不会断。”过了片刻，任局长说道。

“但他们的时间并不多。”杨海璐突然说道，“因为脱离了保温箱，那个‘兹扎’患儿很难存活过 24 小时，现在距离患儿被劫持已经超过 10 小时了，如果孩子死了，做父母的也就没必要再任人摆布了。”

“但是我们也不能排除郭旻和蒋小夕跟犯罪分子是一伙的吧？说不定就是他们策划了整个事件，目的就是要传播病毒。”

“我相信杨医生的判断。”说话的是苏左，她虽然坐在桌尾，但一开口便立刻引来了众人的关注，杨海璐更是向她投以感激的目光。

“如果犯罪分子只是为了将‘兹扎’病毒扩散，光把孩子带走就够了，只要利用患儿的唾液、血液，有很多途径来造成‘兹扎’传染。但是现在作案的却是郭旻和蒋小夕，而且患儿是先被劫持的，逻辑上郭旻和蒋小夕遭受到胁迫，不得已沦为病毒传播的帮凶，这样才更说得通。”

“难道犯罪分子还有别的目的？”任局长看着苏左，不解地问道。

“‘啃脸’‘母乳针头’，这两种传播病毒的方式好像故意要博人眼球，所以我怀疑他们的目的不单纯是传播病毒，应该还想要制造恐慌，让更多的人知道‘兹扎’病毒已经扩散了。”

“目前距离郭旻‘啃脸’事件发生已经过去了六七个小时，他们还没有进一步行动，会不会患儿已经死亡了？”陈警官看了看手表，猜测道。

苏左应道：“有这种可能。而且我推测，郭旻对制造袭击持抵触情绪，或许不会再轻易听从劫持者安排。”

“不管怎样，病毒的源头还是郭旻和蒋小夕，必须先把他们两个找到！”任局长语气坚决地下达指令。

“只要再给我一个小时就够了。”接下来，苏左说出了一句令在场所有人都十分惊讶的话，“我知道他们在哪儿。”

第八章 疫苗

果然如苏左所言，警方顺利在50分钟后逮捕了郭旻和蒋小夕。或许“逮捕”这样的说法不够准确，应改为“解救”。

事实上，苏左的解救行动从凌晨时分得知二人私自出走后便已开始，她的判断与杨海璐完全一致：二人一定是遭受到胁迫，而胁迫者想从这二人身上得到的东西，不是金钱，却是病毒。胁迫者利用患儿要挟对方，势必会威胁二人做些什么，他们肯定需要一个落脚点。只要找到这个落脚点，二人连同患儿就都可能得救了。

这个落脚点一定不会是郭旻或蒋小夕熟悉的地方，应该相对独立或偏僻，不易引起周围人的注意，甚至处在人群聚居的盲点，这符合劫持人质者选择藏匿地点的一贯特征。苏左还有种直觉，她认为歹徒虽然犯案动机高深莫测，实际作案手法却并不高明，甚至有些粗陋，感觉既不谨慎，又没有什么章法，对后续问题显然安排不周，很可能具体挟持患儿和郭旻夫妇的人与幕后策划者并不是同一伙人。所以她心里暗暗觉得逮捕到实际挟持者只是时间早晚的事，根本不在话下。

但锁定落脚点还是费了些工夫，主要是因为线索太少，苏左只能选择用最笨的办法：排查路面监控。考虑到蒋小夕还处于产后恢复期，行动不便，走不了太远，劫持者又似乎很懒惰，没有太严谨的计划，所以她果断吩咐手下，只需以医院、咖啡厅、便利店三点为圆心，方圆五公里画圆，对三圆交集区域重点排查，特别是有平房或废弃仓库、工厂、垃圾站等建筑的地带。她还特别提醒监控排查人员，郭旻出事前是一家外资企业的高管，穿戴和气质肯定与这些重点排查区域不符，而且他还曾从落脚点外出，在监控中，他应该比其他可疑人员更易被发现。

下午开会前，小周就已从排查路面监控的同事那里收到了好消息：在一处路口先后两次发现了郭旻的身影，那里距离一片居民构成十分复杂的平房区不远，他们的落脚点很可能就在平房区内！于是苏左命令小周带队，先行到平房区探查，只要确定了郭旻一家的具体位置，马上进行解救。果然，会还没开完，小周那边就收网了。

经小周等人的外围观察，藏匿人质的这片区域鱼龙混杂，基本都是外来务工的流动人口，且不乏一些游走在社会底层、平日里干些违法犯罪勾当的混混，以及吸毒人员和卖淫女。白天，这片平房区出奇地安静，大部分人不在家，小部分在家的，要不就是吸了毒正不省人事的，要不就是夜里折腾了一宿现在蒙头大睡的，所以外面有什么风吹草动，根本不知道也不关心。夜里就更不用说了，在这里弄出什么动静都不令人奇怪，恐怕就算传出呼救声，都不会引起他人注意。而且挟持者将郭旻一家圈禁在这片区域最深处的一间平房里，后面就是一片垃圾场，根本不会有人来。

郭旻一家被解救时，境况可谓惨绝人寰。郭旻重度昏迷，像块儿破抹布一样被扔在墙边的角落里，身上布满淤青，头上有一处不致命的开放性伤口，导致一边脸上沾满了黏稠的血液，一只手臂严重骨折，不自然地盘在身后，那扭曲的角度看着就令人心惊。蒋小夕则是赤身裸体地坐在房间另一侧，披头散发，目光涣散，已对外界失去一切反应。她的下体处殷红一片，血液已在大腿内侧凝结成斑块，而最触目惊心的是，蒋小夕怀中还紧紧抱着一个畸形的死婴，婴儿周身冰冷，显然已死亡多时，本就恐怖的脸上似有微笑，嘴里竟然叼着母亲的乳头！

苏左看到现场图片后，登时出了一身冷汗，气愤地握紧了双拳，指甲陷入肉里。小周等人在现场还擒获了两名歹徒。据说其中一人警觉性比较高，事先已察觉出了异样，正准备带着同伙跑路，小周发现歹徒举动有异，当机立断，施行了抓捕，追了歹徒好几个街区。歹徒随身携带了刀具，就擒前与小周还过了几手，别看小周平日里嘻嘻哈哈、虎头虎脑的，关键时刻还是表现出了身经百战的老警员水平，不仅自身毫发无伤，还轻轻松松就人刀俱获，轻易便把歹徒撂倒了。

人带回警队后，苏左和手下片刻没有耽误，对两名歹徒进行了连续审讯。

苏左事先就对小周放出狠话："绝对不能手软，必须审到彻底交代！"

小周不明所以地问："苏队，彻底到什么程度？"

苏左冷哼一声，不客气地说："除了这次的劫持案，让他们把十岁以后犯过的事儿都给我交代清楚，这回我一定让他俩把牢底坐穿，没有个十几二十年甭想出来！"

小周暗暗吐了吐舌头，心知队长是被郭旻一家的遭遇给刺激到了。通常情况下，即便是对待杀人嫌犯，苏左的处理都会表现出相对女性化的温和，可这次显然真被惹恼了。就是苦了队里的兄弟，几轮下来，别说歹徒招架不住，连审讯的警员们也都叫苦不迭，好在口供上收获还是有的。

据二人交代，他们也是受人指使，并不完全清楚幕后指使者为什么要他们做这些。这二人原来就是这一带的小混混，没什么正当职业，平时靠打打劫、收收保护费这样的事为生，其中警惕性比较高的那个几年前跟着一个黑帮混的时候吃过警方的亏，身上还背着命案，具备一些基本的反侦查技能。

指使者是通过网络游戏找上两人的，一上来就送了他们非常昂贵的游戏装备，一来二去后，指使者问他们愿不愿意挣笔快钱，还说不是跟什么危险的人打交道，只是负责"监督"两个人做一些事情，并且很快便打了一万元订金到他们的账户，两名歹徒见钱眼开，二话没说就答应了对方。指使者事先通过网络给他们看了郭旻和蒋小夕的照片，并要他们今日凌晨到妇产医院外等候，只要见到郭旻和蒋小夕出来，便立刻把二人挟持了带到平房区的屋里，在那里有进一步的行动安排。

二人的挟持过程十分顺利，他们也看出郭旻和蒋小夕都是普通人，没什么杀伤力，心下还暗喜这次的事不用费什么劲就能赚那么多钱。指使者在平房里留下一张纸条和一份刻有视频的光盘，视频里录的是个长相相当恐怖的婴儿，婴儿没有啼哭，但胸腹部的起伏却十分明显，郭旻和蒋小夕看到视频后焦虑万分，但纸条留言中让他们做的事却非常匪夷所思，他们似乎很不情愿。两名歹徒也觉得事情发展到这儿就开始跟自己之前预计的不一样了，不禁也暗自嘀咕起这位神秘的指使者的用意，但想来想去，最终还是觉得不管指使者让劫持来的两个人做什么，跟自己都没什么关系，本来指使者给的指令也很明确，就是让他们帮忙“监督”被劫持来的这对夫妻，那就简单照做好了，而且这对夫妻看样子相当担心视频里的婴儿，应该会乖乖配合。

不过两名歹徒很快就发现这样的如意算盘打得有点儿天真了。那个被劫持的男的有些骨气，提出光看视频不行，必须要亲眼见到婴儿，并且确定婴儿还是活着的，才会去做纸条上要求的事。两名歹徒有点儿傻眼，因为从来都是那个幕后指使者联系他们，他们根本不知道怎样才能找到指使者，只好在与指使者相识的网络游戏上留言期待对方尽快现身。就这样僵持了一段时间后，指使者往其中一名歹徒的邮箱里发了一封邮件，是一段新的婴儿视频，婴儿的胸口依然有起伏，看起来还是活的，而且录制者特意将婴儿放在一台电视机前，电视画面里刚好是每日早 7 点准时播放的天气预报。

这样一来，歹徒就有恃无恐了，立刻威胁郭旻去制造“啃脸”事件，并且由一名歹徒尾随监督。留下的歹徒则负责监督蒋小夕这边的“母乳针头”行动。不料这名歹徒对蒋小夕起了色心，趁郭旻和同伙不在，竟然将蒋小夕强奸了！蒋小夕生产后下体本就留有伤口，再受到如此虐待，精神和身体都难以承受，出了很多血，昏死过去，把这名歹徒也吓得够呛。他一看指望这女的去实施“母乳针头”的计划算是泡汤了，于是干脆自己按照留言里的指示，找到便利店，在饮料里注射了毒母乳。郭旻和另一名歹徒回来后，见到屋内的情景，三人立刻发生了激烈的冲突。妻子的惨状令郭旻失去了理智，和两名歹徒大打出手，但他终究平日里是坐办公室的，再加上以一敌二，根本不是歹徒们的对手，最终也被打昏了，满身伤痕地被扔在墙角。

在这期间，不知什么人在平房门前放置了一个小型纸箱。两名歹徒“处理”完郭旻，意外地发现了纸箱，打开一看，竟然是视频里的那个恐怖婴儿。这次婴儿的胸口不再起伏，而是周身发紫，已成了一具诡异的死婴！

这时两名歹徒也出现了争执，一个责怪另一个节外生枝，偏偏管不住自己的老二，去招惹女人质；另一个则埋怨两人事前思虑不周，根本不该来蹚这趟浑水，这事儿怎么琢磨怎么不对劲，细想起来让人后背直发凉。两人想就这样跑了算了，可是又觉得事情已经做到了这个份儿上，不拿到剩下的钱心中多有不甘，不如再等等，看那个神秘的指使者下一步还有什么计划。于是他们就在平房里猫着，时刻留意着外面的动静，直到其中一名歹徒发现情况不妙，才决定先逃跑再说，结果还是被小周抓了个正着。

苏左经过分析，认为两名歹徒的供词基本可信，与她自己此前的预想相差无几，只是没想到郭旻和蒋小夕会受到那么大的伤害，“兹扎”患儿也死亡了。这在某种程度上来说，就等于是最坏的结果。

而最大的谜团是：谁是指使者？

苏左毫无头绪。唯一让她有一点点兴奋的线索是，这个指使者能够事先设计好这一整套阴谋，显然是比大众更早知悉原京市已出现“兹扎”病毒的人。即便是苏左，也是今早看了报纸才知道的，所以这个指使者应该是可以轻易地接触到“兹扎”事件核心内容的人，也许不只是一个人，而是一股势力，目的很明显，就是希望“兹扎”在人们的恐惧中扩散。

可为什么？谁又将因此获得最大的好处呢？

医院方面传来了令人心酸的消息。杨海璐第一时间为蒋小夕做了身体检查，患者身上发现多处淤青，下体缝合处遭撕裂性损伤，子宫颈及附件并发严重炎症，乳腺也出现堵塞，目前依然精神恍惚，无法正常交流，也完全不记得发生了什么事，精神科会诊结果为心因性遗忘症，需要时间来慢慢平复。郭旻身上外伤居多，好在都不致命，脑部的创口也已经缝合，可以下地走动，就是情绪一时还难以调整过来，整个人除了呆呆地坐在妻子床边，几乎什么事也做不了。因为涉嫌危害公共安全，警方派遣了警员对郭旻夫妻加以特别看守，但考虑到目前的情况，两人又在隔离区内，苏左建议，只要不出现外逃的迹象，就尽量不要限制两人的自由。负责看守的警员点点头。

由于患儿体内含有“兹扎”病毒，所以法医是被请到医院，在完全隔离的环境中做的解剖工作。法医推断，患儿在今天上午 10 点左右就已经死亡了，死亡原因为部分脏器衰竭。这一点杨海璐早已给出预测，患儿势必无法在自然条件下存活超过 24 小时，但患儿被从保温箱中取出到死亡仅经过了短短 6 个小时，还是出人意料。

疾控中心此时才是一个头两个大。萧程很仔细地查看了现场照片，要求疾控中心将整个平房区的所有人全部隔离，并逐一进行血检，确定没有感染上“兹扎”的人才可以放出来。那名强奸了蒋小夕的歹徒自然不必说，必须马上转移到专业医院，与上午被郭旻咬伤的几名受害人一同强制隔离。这家伙，因为这一次低级的冲动，恐怕要付出断子绝孙的代价。萧程还特意强调，所有参与了办案的警员、技术人员也都必须接受血液检查。

即便是这样，依然不能准确地知道“兹扎”究竟已经入侵了多少人的体内，还有多少人在携带病毒的人身边，面临着随时被感染的危险。

榴莲甜品店最近推出了新产品：猫山王大福。用香甜软滑的糯米包裹住口味最为浓郁的猫山王榴莲肉，再配以如白雪般纯洁清透的炼乳刨冰和精致的西瓜球，一份的价格只要人民币 38 元。萧程顿时觉得国内简直如同天堂。

苏左在甜品店外驻足了片刻。这个时间，店里客人并不多，只零星坐着两三对情侣模样的年轻人，连独自或三两结伴的女性顾客都没有，更不用说像萧程这样形单影只的男士，他的出现本身就显得滑稽。苏左看见萧程先是目不斜视地盯着店员在柜台后忙碌，然后又迫不及待地接过了装有猫山王大福的托盘，几乎一秒钟也没有停顿，便大步走到靠窗的一个角落，津津有味地品尝起来，吃得高兴时，还会闭上眼睛品味一会儿，那劲头就好像店内其他客人都不存在，谁也影响不了他和他的甜品亲密接触。

看见萧程开始满足地用餐巾纸擦嘴，苏左也点了一份猫山王大福，故意大摇大摆地在萧程对面坐下来。萧程看见她先是一愣，随即看到她托盘里的甜品，再看看自己眼前已空空如也的甜品盘，毫不犹豫地说了句："稍等一下。"

等他回来时，托盘里并排放着两份猫山王大福。

"怎么你又点了两份？"苏左瞪大眼睛问。

"一份给你呀，这样我们每人吃两份。"

苏左愕然地咽了下口水，指指自己的托盘说："我有这一份就够了。"

没想到萧程爽快地笑了："那我吃三份好了。"说完又开始吃起来。

苏左一份还没吃完，萧程面前的甜品盘已经见底儿了。

苏左轻咳了一声，坐直身子，耐心地等待萧程彻底吃完了全部甜品，见他小心翼翼地擦干净嘴角，重又换上那副冷静睿智的神态。

"你没事吧？"萧程指了指苏左的左臂。虽然没有露出来，但他知道那里肯定有血液检查留下的痕迹。

苏左不以为然地摇摇头，"警队的人都没有被感染。"

"你为什么觉得整个平房区的人都有被感染的风险？"过了片刻，见萧程始终沉默，苏左率先问道。

萧程简单回答道："我看了现场的照片，郭旻头上有伤，蒋小夕也有出血，现在的气温还不足以冻死所有小型昆虫，那片平房区卫生条件又差，他们被囚禁的平房后面就是垃圾场，哪怕只是一只苍蝇，或是一只蚂蚁，都可能成为致命的病毒载体。”

苏左此前对病毒的传播没什么概念，但萧程几句话，让她真切地感到了事态的严峻，重重吐出一口气，“问题是，现在还是不能确定到底有多少人被感染了。”

“有一个办法，自首。”萧程轻描淡写地说。

“自首？”作为警察，苏左对这个词十分敏感，不明白对方为什么会提出这个词。

“可能这么说不合适，我的意思是让那些觉得自己被感染了的人主动到医疗部门检查。”

苏左思忖了几秒，摇摇头，“你这个方法行不通，据我对民众的了解，会有很多根本没感染，却过分担忧的人跑来‘自首’的。‘兹扎’造成的恐慌已经形成了。”

萧程抿着嘴，似乎在努力思考苏左的话。

“你今天上午都干什么了？”冷不丁地，苏左问。

萧程几乎没有迟疑，“在省委开会。”

“开会前呢？”苏左并没有放松，“据我所知，你们的会是上午9点才开始的，而9点之前，有人从医院抱走了患儿，两次为患儿拍下视频发给劫匪，并且患儿的尸体是在下午1点以后才被放在平房门口的，那个时候，你们的会刚好已经开完了。”

萧程显然没想到苏左会说这些，脸上露出毫无掩饰的不解，“苏队长，你怎么总是喜欢追问我的不在场证明？”

“因为你的不在场证明总是疑点重重！”苏左不甘示弱地说道。

萧程皱着眉盯着苏左看了几秒，无奈道：“好吧。我因为倒时差的关系，夜里没怎么睡好，直到今天凌晨才进入深度睡眠，所以早上起得非常晚。我记得我睁开眼看到表时已经快8点了，于是我赶紧起床洗漱，通常用时15分钟，然后我沏了一杯速溶咖啡，一边喝咖啡一边查阅电子邮件，这个过程花去了25分钟，直到8点40分，我师兄邵毅平的车开到酒店楼下接我，我才从房间里出来，我的电子邮箱里有我的登录记录，并且我还回复了两封邮件，上面也都有明确的回复时间。”

苏左咬着嘴唇，不依不饶地说：“但早上 8 点以前，还是没人能够证明你是不是真的在房间里睡觉！”

萧程有些生气地摊开双手，“酒店的走廊和大堂应该都有监控，你可以去调查求证，看你说的那段时间里，我到底出没出过酒店！”

“邵毅平 8 点 40 分开车来接你，之后你就一直没有离开过别人的视线是吗？”

“去洗手间算不算？”萧程似乎真的生气了，说话的语气好像在抬杠。

“那么中午散会之后呢？”苏左打定主意不去理会萧程的情绪，继续追问。

萧程抱着双臂，已经恢复了冷静，明白不说清楚对方是绝不会罢休的。“师兄安排我在省政府的餐厅用了午餐，然后他有事去忙，我在会议室和留下的几位专家及卫计委的官员共同等待你们那边进一步的消息，其间我们还简单讨论了‘兹扎’病毒改写实验初步的方向和研究组成员。直到傍晚，你们那边行动结束，传来了现场图片，我还帮忙进行了分析，并提出隔离建议，很多人都可以为我作证。”

听到萧程这么说，苏左暗暗松了口气。指使者应该不会是萧程，他完全不像在说谎，而且他说的所有时间都对得上。

为了掩饰紧张，苏左好似不经意地转移话题道：“你说你们讨论了‘兹扎’病毒改写实验，那么研究方向是什么呢？”

可是萧程却还没从被审问似的谈话中解脱出来，以为苏左这样问，依然是在为他的不在场证明寻求佐证，没好气儿地说：“我好像没有义务告诉你我的研究内容，这都是要保密的。”过了一会儿，他好像自己又消了气，主动说，“但是这次的情况有点儿特殊，我反而希望将这部分内容尽可能地公开，最好能让民众都知道。”

说到这儿，他稍微停顿了一下。苏左屏住呼吸，直觉这会是个重大的消息。

“我打算研制‘兹扎’疫苗，这种疫苗跟以往普通传染病的疫苗有所不同，一旦注入体内，将改写被注入者的遗传基因。”

见苏左一时间没什么反应，萧程有点儿悻悻地解释道：“本来回国之初，我以为‘兹扎’会被控制在少数几名患者体内，那么我只要尝试在这几名患者身上进行基因改写实验，可能‘兹扎’对我国的威胁就能暂时消除。但现在看来是我太乐观了。目前这种情况，只有研制出‘兹扎’疫苗，才有可能控制病毒的扩散。”萧程的言下之意仿佛在说“我肩上的担子和压力一下子变重了太多，所以你怀疑是我把病毒扩散的，真正是无稽之谈”。

“可是……这不容易吧……”苏左这会儿才明白过来，结结巴巴地感叹道。

“我一向做的都是不容易的事情。”萧程耸耸肩，无所谓地说道，“而且搞科研，有时候还要靠一点儿运气，我这人还有一个优点，就是运气一直不错。”

苏左真不知该如何回应萧程这种爆棚的自信，心中觉得好笑，不过她随即就想到另一个现实问题：“疫苗从被研制出来到投入使用是不是通常都要经过很久的审批和临床测试过程？照现在的扩散情形，我们还等得了那么久吗？”

萧程却胸有成竹地回答：“因为情况紧急，如果真能研制出‘兹扎’疫苗，国家卫计委肯定会予以特批。相信这是所有人都愿意看到的。”

苏左会意地点点头，接着一本正经地问：“关于郭旻一家的遭遇，你觉得这会是什么人干的？目的又是什么呢？”

萧程听了这个问题，突然沉思起来。片刻后，他不答反问：“这似乎应该是你们警方去调查的事情吧？”

苏左撇撇嘴，不置可否。

“对了，我感觉得出来，你对那个叫郭旻的‘兹扎’感染者很关照，而且从一开始就坚持他们夫妻制造传染事件是受人胁迫的，你是如何判断的呢？”萧程突然转移话题向苏左请教起来。

苏左想了想，说：“你没注意到吗？被他咬伤的受害人，要么是年纪很大的爷爷奶奶，要么是中年以上的男性，只有一位带着孩子的妈妈受了轻伤，孩子却没遭到袭击。按理说，如果真的是存心要把病毒传播开，小孩子或者年轻漂亮的女性，是不是更容易被选作袭击对象呢？况且他还是用咬人这样粗暴但是有肢体接触的方式。你是男的，应该知道，如果让你去咬其他中年男人的脸，你肯定下不去口吧……”

萧程边听边轻轻点头，望着苏左的眼神中不禁多了几分赞许。

苏左接着说道：“我在跟咖啡厅的女店员了解情况时听说，郭旻是在咖啡厅里生意最忙的时间进入店内的，但心不在焉地点了餐后，就一直坐在座位上发呆，直到几十分钟后，咖啡厅里剩下的客人不多了，才突然开始行凶。我想，他是在利用那段时间进行观察，等待他觉得适合袭击的对象，他选定的这些客人都应该不会再想要生孩子，即便是感染上了‘兹扎’，对接下来的人生也不会产生太大的影响。”

“你真的很适合做刑警，说不定，你的体内有‘警察基因’。”萧程笑着，露出一口整齐的白牙。“这么说，这个郭旻也真值得同情。”

“不过他还是算差了一步。”苏左有些伤感地说，“那个咖啡厅的女店员无意中捡到了郭旻丢下的口罩，女店员手上碰巧有伤，我从医院方面了解到，她不幸被传染了。相较而言，蒋小夕的‘母乳针头’计划倒是没为受害人考虑太多，不过那个便利店的经理却很幸运地逃过了一劫。”

萧程沉思了一会儿，随后幽幽地说：“每个人都不应该被传染。西方人相信，疾病同人类一样，是上帝的‘礼物’，这仿佛更适用于遗传类疾病，可是传染性病毒这样的‘礼物’，却总是让人类防不胜防。”

“不是所有的传染病都可以靠疫苗来预防吗？”

萧程虽然觉得苏左这种说法十分幼稚，但他也知道，或许绝大部分普通民众都抱有同样的想法。于是他耐心地解释说：“通过疫苗来防治传染病，仅限于我们已知的部分病毒，可是还有太多太多病毒依然是当今医学界未知的，或是仅存在于动物身上，还没有传染给人类的，而且即便是那些我们已知并已经研究出疫苗的病毒，也随时可能发生变异。有些病毒人类并没有研制出疫苗，但就控制住了，如 SARS。可是像我们这次的‘礼物’——‘兹扎’，就在考验着人类承受的极限，因为想治愈‘兹扎’得从基因上入手，以现在的医疗条件，不可能让每一位‘兹扎’患者都接受基因治疗，所以研发出疫苗，才是最终控制‘兹扎’的根本办法。可基因编辑技术依然处于起步阶段，研制疫苗究竟能不能成功，以及未来的路还有多长要走，几乎都是无从预知的。”

萧程依然环抱着双臂，这些对于他来说已经习以为常，所以他可能不知道，自己这番话在别人听来有多么沉重。

苏左尽力调整着心底说不清道不明的恐惧，她很讨厌这种无力感，因为萧程口中说的，是一个即便勇敢如她，也力所不能及的世界。她不禁望向萧程，对方似乎正在平静地思索着什么，看不出紧张和急躁，唇角的线条忽而抿起绷直、忽而放松下滑，眼睛亮亮的，那么纯粹干净，却又好似深不见底，给人感觉他的脑海中随时都可能产生与众不同的想法，既不为了哗众取宠，又不会流于平庸，在他自己看来只是稀松平常，可已足够令旁人惊讶。

苏左油然生出一种对萧程的依赖感。

这世界上，人们从事的事业千差万别，在碌碌奔波、追名逐利的日子里，人们相信卡耐基、相信哲学、相信善恶因果、相信天道酬勤，可人们似乎很少去相信科学。当人们发现一切思想上的软信条都拯救不了人类作为人继续存活在这个世界上的前提时，科学却是唯一能够去依赖的东西。而这种东西，存在和掌握于萧程这样的人的脑中和手里，即使他们看起来甚至平凡得有些古怪。

“只能靠你了！”苏左心里这样想，便脱口而出。

萧程则轻轻摇了摇头，“不，我一个人远远不够，我需要一个团队。”

“团队？”苏左感到困惑。

“当然。团队里会有十个左右的‘基因剪刀手’，这些年轻人都正在学习或已经基本掌握了目前世界上最先进的基因编辑技术，相信他们都喜爱更有挑战性的课题。另外你认识的，我的师兄邵毅平，他不能完全不顾省委那边的工作，但会来帮我做团队的总协调，在人事的问题上，他比我更有能力。还有杨海璐医生，我也邀请了她作为团队的特别顾问，因为郭旻和蒋小夕都将成为我们重要的实验对象，需要杨医生提供医疗协助。另外……”他说到这里停顿了一下，神秘地笑了笑，“还有一个重要的人物。能请动他可不容易，以前连我导师戴林钟教授的面子他都不给，可这次，他却主动联络到我，要求加入团队……”

听到萧程讲起这个素未谋面的重要人物，苏左竟本能地忧虑起来。

第九章 乱麻

这天一早，苏左在赶往刑警队的途中路过报刊亭，顺手买了份《前沿日报》，打算在路上草草浏览一下，进警局前就扔掉。

萧程的实验室已经由省委向国家卫计委报批，于两日前正式成立。目前得到的指示非常明确：不惜一切代价抓紧完成“兹扎”病毒改写，研制疫苗，尽快控制疫情！

关于发现“兹扎”的那篇报道已经是三天前刊登的了，这两天来，新闻媒体铺天盖地的都是对郭旻、蒋小夕制造的“兹扎”扩散案件的报道。虽然上头很想控制报道内容，将事件的负面影响尽可能地降到最低，可整个平房区都被隔离，这种事早在坊间不胫而走，就是想捂也捂不住。媒体如果不给出像样的交代，任凭老百姓自行发挥想象力和谣言制造能力，那才真的可怕。

刑警队里这两天也不乏对这些报道的议论，苏左几次听到有人提起陈欣欣的名字，大多是说这个女记者的报道总是最快，《前沿日报》经常发表“独家新闻”等。

其实队里订阅了《前沿日报》，但她不想让人看见自己也在读，尤其是在特意关注陈欣欣的报道。助手小周对八卦总是特别敏感，从美国回来后，老是有意无意地在自己面前“萧程”长“萧程”短地挤眉弄眼说个不停，现在又开始在每次提起陈欣欣时都饶有深意地瞥上自己几眼。苏左本来没觉得有什么，被他这样弄得也好像有了什么似的。

不过苏左心里最难以释怀的，是陈欣欣对萧程似乎真的有什么！陈欣欣是“官二代”，富家千金，出身高贵，不愁吃穿，真要谈婚论嫁，恐怕对男方没什么物质上的要求，这种家庭反而更看重男人的才华，如此说来，萧程的确是个不错的人选。而且她好像吃定了萧程，感觉三天两头的，稍有风吹草动就往萧程的实验室跑，名义上是为了追踪报道，实际为了什么，不免会令人往男女之情上猜测一番。

关键是此前一向在媒体面前保持低调的萧程，最近却一反常态，对于一切有关“兹扎”的采访都高调回应，致使以陈欣欣为首的一干媒体记者忙得不亦乐乎。苏左摸不透萧程究竟葫芦里卖的什么药，但有了第一次萧程故意泄露“兹扎”的相关信息给陈欣欣的事，苏左大概能明白萧程这样做一定别有用意。这是个有时候简单得让人干着急，有时候又复杂得让人跟不上他的节奏的人。试图去了解萧程，是苏左有生以来做过的最考验情商的事。

果然，苏左拿着报纸粗略一翻，就赫然看见今天《前沿日报》的二版头条，又是一整版关于萧程实验进展的报道，不用问，这又是萧程给陈欣欣的“特别优待”。苏左情不自禁地锁紧了眉头，只觉得气不打一处来，她立刻意识到自己主观成见太重，不该被情绪带着走，只好耐着性子看下去。

报道大体是在介绍萧程的实验团队，并明确强调实验目标是要从根本上攻克“兹扎”，研发世界上首例“兹扎”疫苗。此次实验得到了国家卫计委的高度重视和支持，充分表现出了我国对攻克当今世界头号危险病毒——“兹扎”的强大决心，并恳请广大民众相信科学，相信政府，不要对“兹扎”盲目恐惧，一旦怀疑自己或身边有人感染了“兹扎”，应立即前往指定医院接受检查。报道中给出了详细的医院列表，还有疑似感染者该如何先进行简单的“自我隔离”措施。虽然苏左曾担忧这样做可能会令一部分焦虑过度的民众涌入医院，但似乎萧程更倾向于相信民众的自觉。报道还配上了萧程团队成员们的一张合影，前面一排十来个人，清一色是年轻又聪明的面孔，想来便是萧程说的“基因剪刀手”博士们。萧程和邵毅平并排站在稍后却中间的位置，邵毅平身穿西服，笑容十分官方，萧程则是一袭白大褂，应该是实验室制服，面部表情略显僵硬。没看到杨海璐，苏左理解杨海璐恐怕不喜欢这样抛头露脸，而且她只是顾问，平日里还有医院的工作要忙，不会单为了一次采访特意跑来照相。

不对，应该还有一个人的！萧程说过，还有一位“大咖”级别的人物会加入他的实验团队，可是这张合影里却并未出现这么一个人。苏左觉得蹊跷，就像萧程初次对她提起这个人时，她曾产生的那种奇怪的预感。

从萧程的描述中可以推断出，这个重量级的人物与死去的戴林钟是相识的，却在戴林钟生前不买他的账。按说他现在应该对萧程的实验持观望态度，不管实验结果如何，不支持、不反对，也不参与，就与己相安，没理由蹚这趟浑水。可萧程的言下之意反而是这个人主动找到他，要求参与实验，这也令他感到十分意外。就是这一点不合理，让苏左直觉这个人身上或许存在某些线索。虽然现在还不知道此人究竟是对戴林钟的死了解些什么，还是对虎视眈眈盯着萧程的背后势力知道些什么，但起码，这样一个人出现在这一时间节点，本身就是疑点。不过也有可能是自己多虑了，苏左又觉得，他们这些搞科学的人都在某些别人不以为意的地方尤其执拗，也许这个人真的只是单纯地想要亲自研究“兹扎”疫苗也说不定。不过不管怎样，苏左都认为有必要尽快掌握关于这个人的信息，这个人看起来也知道自己会引来关注，所以行事格外小心。

“苏队，劫持案的线索这回彻底断了。”刚一迈进刑警队，小周就跑过来垂头丧气地说。

苏左问道：“装死婴的纸箱上什么也没查到吗？”

小周撇撇嘴，“纸箱上干净得很，连根儿毛也没有。而且那种纸箱的材质和样式就是最普通的快递用纸箱，又没有品牌，全市有五六家纸制品厂在生产一模一样的产品，至少上百家超市、文具用品店、快递门店销售这种纸箱，每天卖出去几千个，根本不可能顺着这条线查到那个幕后指使者。”

“平房区周边的路面监控呢？郭旻不就是从路面监控被锁定的？”

“没戏。”小周摇着头，“你不是也说了，这个人肯定是开车进出的平房区，我们查了，那个区域周边最近的一个摄像头是个大十字路口，那个时间段来往的车辆没有一万也有上千了，完全无从下手。大白天的更别指望那个破平房区能有什么目击者，我们走访了几户，都说白天平房区别说进来一个陌生人，就是走进去一百个陌生人，都不一定能有人看见！”

这个结果在苏左的意料之中，她并不觉得有多挫败。对纸箱和监控的调查也不过就是明摆着的线索，不查不甘心而已。如果这个幕后指使者能够这么容易被查出来，反倒会令苏左感觉意外了。

“倒是还有一点。”苏左略微沉吟了一下，提醒道，“你记得吗？这个幕后指使者一直是通过网络跟那两个小混混联系，游戏账号我们已经查过了，是买来的，之后就使用过几次，没留下特殊痕迹。但是他曾在案发当日给其中一个小混混发过一封视频邮件，发信邮箱肯定是嫌犯临时注册的，能不能请网络技术部门根据这个邮箱来查找注册时使用的 IP 地址呢？这样我们或许能够得知嫌犯当天有可能的活动范围。”

“这……”小周不太明白队长的用意，“我们就算得知了这个范围又有什么用呢？嫌犯很可能就是在附近哪一家有无线网的咖啡厅或餐馆里上的网，即便锁定了某一个具体地址，公共场所里用同一个 IP 同时上网的有那么多人，我们也还是不能锁定嫌犯啊。”

苏左望着属下，意味深长地说：“如果这个幕后指使者是我们认识的人呢？查出一个活动范围，或许能让我们对与事件相关的现有人员来一次新的梳理，为我们带来更多提示。”

小周半张着嘴，愣在原地，然后干脆地领命道：“是，我这就去查。”

此时，苏左回想起的是医院监控里出现的黑影，那个黑影把自己包裹得严严实实的，怀里还抱着个婴儿，具体身形难以判断。他会是幕后指使者吗？

这个幕后指使者的作案动机是明确的，他一定是与“兹扎”事件相关的人，虽然这个范围依然很大，毕竟省委、妇产医院、报社，以及还不知道的背后势力中人，都可能成为嫌犯，可要查出这个人，目前缺少关键的证据，虽然苏左脑中有了一个模糊的轮廓，但可以着手发力的线索暂时都断了，恐怕一时之间，还是难有收获。

苏左叹了口气，嘴上没说，但心里始终想回到这个案子的原点——戴林钟之死。她还是认为戴林钟死亡事件才真正隐藏着至关重要的信息。

戴林钟一案案情复杂，疑点一大堆，先前已经布置下去了许多调查和走访的任务，几天过去，一些工作已经有了眉目。

"戴林钟所中砒霜的来源，有什么结果吗？"苏左拣了一个自己觉得最薄弱的线索率先问道，她知道这种毒物来源一般都被凶手隐藏得很深，不容易查到。

小周翻看着调查记录，说："现在一些杀虫剂和农药里含有砒霜，另外就是工业用途，但想在市面上直接购买到砒霜基本是不可能的。考虑到戴林钟是慢性砒霜中毒，最有可能的情况就是砒霜被下在他平时吃的食物里，但如果在食物里加入农药或杀虫剂，味道应该比较大，很容易被吃出来，如果下的是砒霜，因为无色无味，就说得通了。所以我们倾向于怀疑下毒者能够从化工途径弄到砒霜，要么就是有出入化工厂的条件，要么就是学化工出身或从事与化工用品相关的职业。"

"化工。"苏左思索着，不禁拧起眉毛。虽然同属理科，可是生物基因跟化工应该还是相差很远的，很难想象戴林钟身边会有学化工出身的人。

小周继续说："我们还查出，他后脑的伤口是被金属箱子一类的东西砸破的，但是我们并没在戴林钟的书房内找到与伤口吻合的物品，所以我们怀疑这个箱子是砸伤戴林钟的人自己带来的，之后又从现场带走了。至于箱子里放的是什么，可能性就太多了，但一般人出门放随身物品应该不会使用金属质地的箱子，至少可以认为，箱子是用来放一些特殊物品的，很可能来人到访的目的就是要带这些物品给戴林钟看。"

"金属箱子……"可是金属箱子并不少见，苏左觉得光凭这一点还是不能说明什么。正喃喃自语间，办公室传来轻微的敲门声。

苏左循声望去，看见老严正若有所思地站在门外。

自从为萧程、邵毅平、杨海璐做完问询后，戴林钟死亡案就一直由苏左负责，老严回到内勤工作，平日里基本不会接触到案子的进展情况。

“老严，有什么事吗？”

“小苏队长。”老严神色严肃，上来便说，“我想我们忽略了一个问题。”

“哦？”苏左心中登时兴奋起来。

“还记得吗，在当天问询了报案人之后，有一点我们始终觉得不太对劲，就是这个绿林苑小区的入门登记。我们在案发当天管小区索要登记表，他们传来的是一份电子文件，声称高档小区都已采用电子登记，这份文件上面没有萧程的入门记录。”

“记得呀！”小周率先喊道，“小区物业说那天下午停过电，电子入门登记全没了，连监控也坏了。”

老严点点头，“这显然是物业的借口，不然也未免太巧了。可人家这样说，我们也束手无策，对于当天下午萧程的入门时间始终无法确认。但是后来我仔细查阅了当天的问询笔录，发现了一个疑点。”

老严说到这里停顿了一下，似乎再次在心中肯定着自己的推断，随即说：“邵毅平曾在讲述自己的入门时间时用了‘登记单’和‘写下’这两个词，这一点杨海璐也给予了确认，而且他说的时候没经过任何思考和润色，可以肯定是下意识说出的。如果他们当时用的是电子登记，是不是言语间不应该选用这样的词汇呢？所以我们不妨来假设，他们在入门时会不会是手动填写了一张登记表，也就是说绿林苑小区应该存在一份纸质的入门登记表？”

“确实有这种可能！”听了老严的话，小周立刻做出反应，“可是小区保安人员为什么对这份纸质登记表只字未提？为什么不把这份纸质的登记表提供给我们，而是只给了我们一份残缺的电子记录？”

“电子记录可以作假，而且看不出任何痕迹！”老严一语惊醒梦中人。

“没错。”苏左恍然大悟般说道，“这样来看，他们不是只有电子记录，而是根本就不想让我们知道还有一份纸质的入门记录！这是为什么？”

“嫁祸萧程？”小周脱口而出，可又觉得哪里不对。

“错了。”老严用力摇摇头，似乎也是在否定着自己之前的想法，“我们的思维就是这样被带入了误区。因为我们先入为主，觉得有人要嫁祸萧程，所以小区入门登记里没有萧程，我们反而认为十分理所当然，当天在问询时始终抓住萧程的入门时间不放，却忽略了他们不想让我们看到那份纸质登记表的真正目的！你们想想啊，其实入门登记表里有没有萧程的记录，对我们当初错将萧程设定为嫌犯都没有什么影响，因为他的确比邵毅平和杨海璐更早抵达案发现场而且没有报警，这一点就算有入门登记表来证明，也是不可动摇的事实。登记表丢失唯一对他有利的地方在于至今仍没有人能说清萧程具体的入门时间，连他自己也不愿提及。可是如果我们换一个角度来想，如果这份纸质登记表消失了，还有谁会从中得到跟萧程一样的‘好处’？记录消失是不是也就意味着当天下午到访过戴林钟家的所有人的入门登记全都无从查证了呢？”

“原来如此。”小周惊愕地瞪大了双眼，“重点并不是萧程的入门登记，而是其他人的！”

老严与苏左对视着，意味深长地点了点头。

“老严，这样想一切都合理了！原来这才是他们的真正目的。像之前分析的那样，有人在萧程之前，拿着金属箱，造访了戴林钟，并将其打伤；之后又有人，采用十分残忍的手段威逼死者说出一些秘密；最后萧程才到来。很显然，这些比萧程早到的人，不希望暴露自己的身份，而且还具有左右绿林苑小区安保工作的力量。”

“是不是需要查查绿林苑小区的保安人员？”小周迫不及待地问。

“当然要查！”苏左厉声说道，“把绿林苑小区所有保安人员的信息都筛一遍，尤其要关注保安经理以上级别的，查他们之中是不是有人消费与收入不符，或是近期有巨额不明财产入账。但是注意不要打草惊蛇，暗中调查。先查出绿林苑里是谁在捣鬼，我们才能顺藤摸瓜，揪出后面的人。”

老严十分赞同苏左的做法，并及时补充说：“如果能找到那份原始的纸质入门登记表，我们应该就离查出真相不远了。”

“明白！”小周兴奋地应声道。

苏左由衷地感慨道：“老严，这次真是谢谢你。”

老严不以为意地摆摆手，“其实早该想到的，也怪我当时在问询中先入为主，对萧程起了疑心，事实证明，还是小苏队长对萧程的判断更为准确啊。”

苏左被他说得有些不好意思，而小周也不忘在一旁添油加醋地揶揄道：“我们队长现在是越来越喜欢跟搞科学的人一起破案了。”

“不许乱说！”苏左恼羞成怒地嗔怪起来。

老严理解地笑了笑，摇着头走出办公室，又回到自己的内勤工作上去了。

在老严的指点下想通了入门记录的诡计，苏左对这个案子的思路又清晰了一些，但冷静下来后，她依然轻揉着太阳穴，苦恼地自语：“这件案子牵涉的东西太多，还没碰到过如此一团乱麻的凶杀案。”

“苏队，其实有个好消息，我们排查戴林钟生前的人际关系，得到了一条有价值的线索。”小周这会儿来了精神，或许是觉得案子总算没有完全走进死胡同，也或许是为了帮苏左放松心态，他的语气显得调皮轻松。

“什么？”

“我们查到一名跟保姆性质差不多的小时工，她以前会每天两次定时到戴林钟家里做饭和收拾家务。”

“哦？还有这样一个人？之前我们怎么没注意到？”

“因为这个小时工在戴林钟死后就没有再出现，我们是在走访死者的邻居时打听到的。据邻居描述，这名小时工是一位年纪在 50 岁左右的阿姨，大约半年前开始到戴家工作。死者独居，老伴去世得早，又没有子女，请一位照顾生活起居的阿姨是件非常自然的事。只是这位阿姨平时出入戴家非常小心低调，也不愿意与小区中的其他人有过多接触，见到别人都低着头，也不打招呼。小区里的人都以为是戴老担心请一位阿姨照顾自己，难免招来一些闲言碎语，所以特意不许阿姨过分张扬。可是现在想想，这个阿姨的行迹却是疑点重重。苏队，你看……”

“还看什么？！”苏左激动地几乎从椅子上站起来，“这个阿姨下毒的嫌疑可太大了！我们一直想找能够长时间近距离接触戴林钟的人，因为只有这样的人才有条件下毒，现在这样的犯罪嫌疑人出现了，说不定整件事的突破口就在这里！现场物证勘查就一点儿有用的线索也没找到吗？”

“除了死者戴林钟和几位发现者的指纹及脚印之外，什么也没发现。”

“嗯……这位阿姨的工作本身就是做饭和打扫房间，完全有条件清除掉自己留下的一切痕迹，让我们无从查起。”苏左沉吟道，“越是这样，这个阿姨的嫌疑就越大。而且这个犯罪嫌疑人不但早有预谋，还具备一定的反侦查能力。”

下毒嫌疑人就摆在眼前，苏左却感觉到一阵更深的茫然。这个案子，看似存在很多明摆着的线索，实际却都是障眼法，让办案人员查来查去，依然未触及最核心的东西，离真相还太远太远。

“我们是不是忽略了作案动机？”她突然试探着问道。

小周挠了挠头，“这个……我们之前不是明确了嘛，戴林钟在基因工程学领域是非常坚定的保守派，但因为他资历最老，带出来的学生现在又都已是该领域科研工作的中坚力量，所以他有着绝对的话语权，甚至左右着我国在基因改写应用上的法规制定，一般这样的人物，想要除之而后快的，应该大有人在吧。如果下毒的是这个小时工，很有可能是买凶杀人啊，我们不是同样怀疑小区的保安里有人被收买吗？”小周不明白队长在纠结什么，他始终认为，戴林钟一案目前最明显的，恐怕就是作案动机了。

可苏左却缓缓摇着头，“砒霜是在短期内被下入戴林钟的食物里的，可走访笔录上说，这个阿姨半年前就已经到戴林钟家做饭、收拾屋子了，而且从一开始，这个阿姨就不愿与其他人接触，甚至不愿让人看到自己的脸，是个十分谨慎小心的人，感觉并不像是最近才被人收买。”

“或许这个阿姨本身性格就十分内向，越是这样的人，利用起来越方便。”小周坚持着自己的看法。

“过度谨慎的人，一般都不会甘于被人利用，那样会让他们失去安全感。”苏左仍然心存疑虑，总觉得有什么地方不对劲，但一时又说不出来，只好吩咐道，“再多派些人去外围调查一下这个小时工阿姨的信息，特别是周边的家政介绍所，一个都不能放过。戴林钟毕竟是高级知识分子，平日里接触不到家政人员，想找保姆应该只能通过正规渠道。另外周边的菜市场、超市也都去打听打听，这个阿姨总归要煮饭烧菜，食材不可能凭空变出来，说不定她经常买菜的地方，能有人记得她。”

“好嘞！”小周爽快地应道。队长在这些细微的地方，一向把握得比较到位，这一点他从心底里佩服。

“上次说的溶液知道是什么了吗？”苏左换了个点继续问起来，这是戴林钟案最令人不解的一条线索。

小周一脸茫然地摇摇头，“老沈请教了他担任人民医院外科主任的老同学，连对方也说搞不清楚这是种什么溶液。而且我们也查过了，戴林钟生前并没有定期注射营养液之类的习惯。不知道这种神秘的溶液会不会就是放在金属箱子里的东西，可现场的福尔马林味道又是怎么回事呢？”小周说着说着自己也越发困惑。

苏左失望地将身体陷入办公椅，双臂自然地环抱在胸前。“好吧。”她长出了一口气，一个个谜团相互缠绕，就像一团乱麻，这时候越是急迫地想要找到麻绳的一头来解开死扣，越容易迷失其中。想明白了这样浅显的道理，苏左渐渐冷静下来，脑海中浮现出一个少年的身影。

初冬午后，阳光将一片温暖洒下来，正是一天中气温逐渐上升至高点的时辰，很多学校都喜欢将体育课安排在这个时间段，既能让学生们在最舒适的环境中做户外活动，又能帮助容易产生午间倦怠感的学生摆脱困意。

新兴小学的大操场刚刚铺完一层新鲜的橡胶粒，砖红色的跑道上，一根根清晰的白线围成里里外外多层圆圈，透出一股鲜明的活力。

“加油！孙博，加油！”

在看台一侧下方，最中心的那条跑道上不断传来呐喊助威的声音。只见一个身穿运动衣的男孩儿正做着助跑的姿势，而他前方二三十米远处，是一座小型的体操木马，木马是特殊设计过的，比实际比赛用的木马要低矮不少，应该是专为少年儿童设计的体育课用品。

男孩儿穿着一双钉子鞋，运动衣也是贴身的，看起来有几分专业运动员的样子，只是年纪尚小，也就十一二岁，围观的也都是年龄相仿的学生，有男有女，大多穿着蓝色的校服，脸上难掩期待和兴奋的神色。

男孩儿准备就位，“嗖”地如箭一般跑动起来，到了木马前，双手轻轻一撑，矫健地纵身跃起，在空中伸展双臂，两只脚稳健地落在木马另一边的跑道上，整套动作一气呵成，如从天飞落的燕子般轻盈完美。

一片掌声在后方如雷般响起。

“漂亮！”一个脖子上挂着口哨的高个男子叫了声好，冲男孩儿投去肯定和鼓励的眼神。随后他面向站在木马后的一干学生们喊道：“你们看见了没？完成孙博刚刚示范的这个动作，就是近期体育课的达标项目。”

“李老师，这也太难了吧，你让我们练体操呀！”一个长相十分伶俐的女生噘着嘴，半开玩笑半不满地叫嚷起来。

“是啊，是啊。”随即不少同学也都跟着附和。

被称作李老师的高个男子“嘿嘿”笑了两下，似乎早已习惯了学生们类似的抱怨，完全没有改变主意的意思，而是冲木马努努嘴说：“难不难，你们自己试试看！”

“简单得很，我还可以做一个前空翻呢，真的一点儿都不难！”孙博这时已跑回同学们的队伍中，难掩得意和兴奋。

“真的吗？”一个个头比较小巧的女生好像很信赖孙博，已站在跑道前跃跃欲试。她在班里本就十分活跃，同学们纷纷欢呼着为她加油。女生跑到木马前，跳得不高，但双手也撑起了自己的身子，“唰”一下就从木马上飞了过去，动作虽然没有孙博那样流畅和完美，看起来却也十分轻松。

同学们一看果然不难，于是一个接一个地争相试跳起来。本来体操就让孩子们感觉格外新奇，况且木马又是经过改装的，孩子们跳起来既没太大难度，又能体验一把技巧性很强的体育项目，其实心里都十分喜欢，有几个灵活的孩子甚至接二连三地跳了好几遍。李老师站在木马边，看着学生们玩得不亦乐乎，脸上也尽是欣慰。

这时，一个小小的身影踌躇着走到李老师跟前，用细小的声音胆怯地问：“老师，我能试试吗？”

李老师望着眼前的孩子，脸上浮出犯难的神色，“你……行吗？你爸爸特意叮嘱过，除了每天的广播体操，其他体育活动都不让你参加，这也是为了你好。”

“就是呀，邵珑珑，平时的体育项目你都躲着不做，怎么今天终于忍不住啦？”刚才还抗议做体操的女生听见邵珑珑与体育老师的对话，不禁笑盈盈地大声搭腔。因为音量很高，她的话立刻引来周围其他同学的注意，大家不禁都向老师身边那个小小的身影投去好奇的目光。

“我行！”邵珑珑下意识地挺起胸膛，尴尬地说道。

李老师上下打量着邵珑珑，其实他心里一直有个疑问，这个学生的体质看起来并不比一般的孩子瘦弱，而且一双大眼睛总像是在观察和思考着什么，一看就是个脑瓜儿好使的孩子。他还听说邵珑珑实际年龄比这个班里的同学都小，是跳级升上来的，即使是这样，学习成绩也始终稳居全年级第一名，班里同学在学习上有任何疑问，都喜欢向邵珑珑请教，邵珑珑也并不孤傲，十分乐于帮助同学，在学生里很受欢迎。

可是这样一个孩子，为什么要被禁止参加一切体育活动呢？

“我相信你！”这时，孙博走到邵珑珑跟前，冲他使劲儿点点头，眼神里全是鼓励。两个孩子，一个在班里学习最好，另一个是班里的体育健将，一文一武，一静一动。邵珑珑平时没少在学习上帮助孙博，虽然这么小的孩子还不大懂“感恩”这样的概念，孙博却也希望能在运动场上见到邵珑珑的身影，眼下正是他认为可以帮助到邵珑珑的时候。果然，孙博的举动瞬间感染到了其他同学，大家纷纷给邵珑珑打气，表示“加油”“一定没问题的！”。

邵珑珑见大家没有笑话自己，反而都对自己加以鼓励，心里充满感动，渴望也就又多了几分，于是他再次恳求道：“老师，就让我试一下吧……”

作为一名体育老师，李老师怀着最单纯的愿望，希望每一个孩子都能通过适度的锻炼增强体质，健健康康地成长，他想不出完全禁止一个孩子参加体育活动会是出于怎样的原因，在他心里，邵珑珑对参与运动的渴望反而更能引发理解和共鸣，所以，他心软了。

“那我们把木马再放低一些。”李老师走到木马边，一边调试一边嘱咐，“孙博，你把动作要领再仔细给邵珑珑说一遍，然后监督他做好准备活动。”

“好嘞！”孙博高兴地应了一声，随即便和邵珑珑笑作一团。

邵珑珑在跑道上认认真真地做了5分钟的准备活动，已经跃跃欲试了。许多同学都站在一边，为他加油助威。

“不要着急。”李老师最后叮嘱道，“如果觉得做不了，千万不要勉强。”

邵珑珑站在起跑线上，眼里写满了兴奋和期待。孙博已经跑到了木马的另一头，准备在邵珑珑跳下木马的那一刻迎接他。“别害怕，我在这里保护你！”

邵珑珑跑起来了！大家几乎没看见过他跑步，但他看起来跑得并不费力，手臂摆动的幅度也十分协调，转眼间，他已跑到了木马跟前，跳了起来，双臂恰到好处地撑在了身前的木马上，纵身而起。

“没问题了。”李老师暗暗松了一口气。从他的视野看去，邵珑珑跳得并不高，只是将将超过了木马的高度，这符合他首次做这个动作的能力，最关键的是，这个高度十分安全，即便他最后没能像孙博那样轻盈稳健地落地，哪怕摔在木马前，应该也不至于有什么大碍。

“啊——”转眼间，木马前响起一声惨叫。

“邵珑珑，你怎么了？”孙博第一个察觉到了危险，在邵珑珑落地前便一个箭步奔了上去，可惜还是晚了，他只记得自己听到了“咔嚓、咔嚓”的声响，邵珑珑就已经全身俯卧着摔倒在木马下方，不省人事。

同学们吓得全部傻愣在原地，李老师懊恼地对着空气挥了下拳头，二话不说朝着校医务处跑去。

第十章 怪疾

一年三百六十五天，唯有医院始终保持着高度的繁忙。苏左对医院的环境既熟悉又陌生。熟悉是因为在平日办案过程中，经常会有走访调查工作牵涉到医护人员或病人，有时候甚至是嫌犯受伤住院，办案人员想要录口供，自然免不了往医院跑；陌生则是因为，她已经不记得自己上一次到医院看病是什么时候的事了。

不过这次到医院来，苏左注意到一件事，医院新设了“兹扎”门诊。她看见“兹扎”两个字被放大了挂在白花花的医院墙壁上，心中下意识地一紧。好在看起来这家医院的“兹扎”门诊十分冷清，除了几名“全副武装”的医护人员坐在诊室内，架势有点儿吓人以外，十几分钟过去了，倒是并未看到有患者登门。

他又说对了。苏左心里这样想着，嘴角不自觉地挂起微笑。

“苏队，在这边。”小周从一个楼梯拐角处朝她招了招手。

苏左赶紧收起窥探的视线，走了过去。

“因为病例比较罕见，医院为邵珑珑安排了特殊病房，而且医院内部也采取了保密措施，我问了半天，好不容易才碰到一个知情的护士，她告诉我邵珑珑就在这边二楼走廊尽头的房间，而且是个单间。”小周一边为刚才费劲探得的消息加以解释，一边轻声发起牢骚，“怎么最近围绕案件的所有人身上都存在疑点，连个小孩儿也这么奇怪！”

苏左则默默地爬着楼梯，心里也是疑虑重重。

今天下午，苏左带着小周到新兴小学找邵珑珑了解一些戴林钟案案发现场的情况，因为只有邵珑珑提出他闻到了现场有液体挥发后的气味，而且他认为那是福尔马林的味道。苏左相信这个孩子的观察和判断力都十分敏锐，甚至强于大人，说不定引导他再次回忆当天的情景，能发现些之前遗漏的线索。

可是事与愿违，当他们到达学校后，听到的却是邵珑珑体育课突发意外，被紧急送往医院的消息。本来这也不是什么大不了的事，但学校医务处的校医一听他们是警察，表情瞬间变得神秘兮兮的，反复强调说："警察同志，这事儿真不全是我们学校的责任，你们一定要去医院看看，邵珑珑那孩子可不一般。"

果然，到了医院，苏左立刻察觉到事情正如那名校医所说：不是那么简单。这家医院是原京医科大学附属医院，除了拥有与其他综合医院同样的门诊及住院服务外，还直接与原京医科大学对接，兼有医学研究的任务，所以热衷于收治疑难病例，平日里全市各大医院遇到有医学研究价值的病患，都会转到这家医院来。从地理位置上看，新兴小学与这家医院不在同一个辖区，这就说明：邵珑珑正是被转院到这里来的。

"不是告诉过你们，邵珑珑的病例不要拿给别人看！"

苏左二人刚走到二楼，就听见从走廊中央的护士站传来一句大声的斥责。

"可是，那是大学那边的欧阳教授，他要看病例，我们也不敢不同意……"辩驳的声音出自一个眼睛水灵灵的小护士，站在她面前气势汹汹语出责备的，应该是护士长，年龄明显要稍长一些。

小护士看到苏左二人走来，更加慌张，一个劲儿地冲小周使眼色。小周悄悄地在苏左耳边说："刚才就是这个小护士告诉我邵珑珑住在这层的。"

护士长背对着楼梯口，但是敏锐地感觉到了小护士的异样，回过头来看到苏左二人，不禁皱眉发问：“你们是哪床的家属？”

“他们是警察。”小护士一看这情况，赶紧喊起来。

“警察？”护士长微微一愣，疑惑地打量着苏左，“警察来我们这儿干什么？”

“他们……是来找邵珑珑的。”小护士在后面怯怯地说。

护士长一听又是“邵珑珑”，不禁回过头狠狠瞪了她一眼，小护士吓得直吐舌头。

小周不禁怜香惜玉之心大起，估计也是觉得小护士受责多少有自己的因素，于是赶紧走上前，拿出警官证在护士长面前亮了亮，解释道：“我们有件案子，邵珑珑是知情人，我们需要找他核实些情况。”

护士长显然没怎么见过这阵势，态度马上有所缓和，但依然犹豫着说：“邵珑珑的确在我们病区，可是……他目前还昏迷着呀。”

苏左站在一边，虽然没有作声，心里却暗暗吃惊和懊恼。

“让他们进来吧。”这时，从走廊尽头的房门外传来一个熟悉的声音。苏左惊讶地发现，竟是杨海璐。

护士长见到杨海璐这样说了，也不好再阻拦，只是叮嘱了一句：“探视时间到下午 4 点，请二位警察同志抓紧时间。”

“谢谢。”小周忙不迭地冲护士长道了声谢，便跟苏左一前一后向病房走去，临走前他还不忘朝后面的小护士扮了个鬼脸，苏左看见小护士的脸一下子红起来，不好意思地低下头偷偷笑了笑。

没想到小周这小子还挺有女人缘。苏左心里不禁觉得好笑。

“苏队长，你们怎么来了？”杨海璐站在走廊尽头，等待着苏左二人走近，礼貌地将对方请进病房，俨然一副主人的姿态，如果不是了解情况，任谁都会以为她就是邵珑珑的母亲。

“说来话长。”苏左摆摆手，无意在这个话题上多言，倒是十分好奇对方为什么会在这里，但话刚到嘴边，思忖了一下又咽了回去。

杨海璐这样一个优秀的女人，至今依然孑然一身，而除了工作，每次在私人情境下见到她，她都是围绕着邵毅平父子，这里面的缘由，外人都能看出个七八分。

这是一间不大的单人病房，小巧整洁，邵珑珑安静地躺在病房中央的病床上，并没有像苏左想象中那样，插着许多医疗监测仪器，只是四肢被层层纱布缠绕，整个身躯在被子下显得胖了一圈。此时他就好像正在午睡，看不出任何痛苦的表情，连呼吸都十分均匀。

“邵珑珑他到底怎么了？”小周产生了同样的疑问，迫不及待想知道答案。

杨海璐没有立刻回答小周，而是平静地望了望苏左，看到后者也是一副询问的眼神，只好转过脸看着病床的方向，心疼地说：“他的双臂、双腿全部粉碎性骨折，医生刚刚为他做了手术。”

“听学校的负责人说，邵珑珑只是参加了正常的体育活动，尝试做了一个班里其他同学都可以轻松完成的简单体操动作，为什么会出现这么严重的后果呢？”小周看起来对“四肢全部骨折”这种说法倍感诧异。

杨海璐似乎知道会被这样问，冷静地回答：“医生为珑珑做了全身骨骼测试，发现他的骨骼年龄高达 120 岁。”

“120 岁？”小周瞪大眼睛，指着病床喊道，“他不是才 11 岁吗？”

“那是他的实际年龄。”杨海璐耐心地解释说，“骨骼年龄是指依据骨骼生长发育的情况来测定的个体年龄，通常骨骼年龄与实际年龄相差正负 1 岁以内，称为发育正常。”

“那邵珑珑……岂不是太不正常了嘛！”小周讶异地用手捂起了嘴。

苏左在一旁也听得心惊，这一状况大大超出了她的预想，甚至理解起来都有些困难。

杨海璐低下头，似乎也对这一现实心存惊讶和疑惑，进一步解释道：“是的，因为珑珑的骨骼相当于一位 120 岁的老人，骨质已经到了我们常人无法想象的疏松程度，做出稍有些剧烈的运动，都可能导致如今这样的后果。”

“那他为什么昏迷不醒？”

“这个……我也不知道。”杨海璐皱着眉，很艰难地答道。

在苏左的印象里，杨海璐在与医学相关的话题讨论中，总是能够冷静干练地为他人答疑解惑，是个专业知识十分过硬的医者。看起来，发生在邵珑珑身上的情况，也超出了她的医学认知。

“那他什么时候能醒？”

杨海璐无奈地摇了摇头，还是那句：“不知道。”

“他不会永远也醒不过来了吧？”小周话一出口，就发现苏左正瞪着自己，赶紧闭上了嘴。本来苏左还庆幸带了小周来，很多问题他总是能问在前面，省去了自己盘问的过程，尤其是面对杨海璐这样心思缜密的对象，反而是小周这种大大咧咧、不管不顾的性格，更容易与对方展开话题。可小周有时说话又实在不过脑子，苏左生怕杨海璐情绪不稳，后面想好的问话就无法继续了。

她生气地一把将小周的耳朵拉至嘴边，悄声道：“去外面问问刚才那个小护士提到的欧阳教授是什么人。”

小周一时没反应过来，但眼睛转了两下，便明白了队长的意思，于是转身走出病房，向护士站去了。

“怎么没看到珑珑的父亲？”病房中安静下来，苏左连忙岔开话题问道。

“他刚离开，珑珑的手术还算成功，他看暂时也没什么需要做的，就回去帮萧程做实验了。”杨海璐疲倦地微笑了一下，“苏队长，你应该可以看出，邵秘书是个对工作十分认真负责的人，他始终觉得是自己将萧程邀请回来的，所以对‘兹扎’疫苗的研制，表现得也比其他人都更积极和关心。就像戴林钟教授去世的那天晚上，萧程被怀疑，邵秘书心里其实比谁都着急。”

回忆起邵毅平在戴林钟死亡案发当天的表现，的确能感到他对萧程当时的处境甚是担忧，可是基于身份，又不能流露出过度的焦躁，而是处理得恰如其分。苏左心想杨海璐果然是能够读懂邵毅平心思的人。

“能冒昧地问一下，你是怎么认识邵秘书的吗？”

杨海璐垂下眼睑，仿佛早料到会被人这样问。“事实上，我和珑珑的妈妈才是朋友。”

“珑珑的妈妈？”苏左不禁讶然，“从来没听你们提起过。”

“她叫师涵，是我的研究生室友，也是我至今为止最好的朋友。”杨海璐望向病床，眼神显得既幽远又慈爱，“珑珑长得很像她，脾气性格也有些像。他们都是古灵精怪的，跟他们在一起，会让人觉得生活很有趣。或许正因为我是个比较严肃的人，所以才会更喜欢跟小涵这样的人在一起，我想珑珑的爸爸也是。”

“可我听说，珑珑的妈妈已经去世很多年了。”

“是的，转眼已经过去这么多年了。”杨海璐依然略低着头，仿佛陷入忧思。

珑珑的身体状况如此蹊跷，苏左顿时对他的亲生母亲产生了强烈的好奇，于是追问道：“师涵是怎么去世的？那是哪一年的事？”

“具体的情况，我也不是很清楚。”杨海璐轻叹了一声，“小涵比我小一届，她和邵毅平在读研究生的时候相识相恋，那时候看不出她身体有什么不好，她给人的印象一直都是阳光活泼的。毕业后我刻意疏远了与他们的联系，直到三年前在工作中与邵毅平产生了交集，再次遇到他，我才知道小涵已经去世了。我不想过多地让邵毅平提及那段伤心的回忆，我只知道，他们毕业后很快就结婚了，而小涵在珑珑出生的同一年就去世了。”

苏左看出，对于师涵与邵毅平相恋之后的事，杨海璐不像在隐瞒什么，应该是的确知之甚少。想来当年，闺密两个同时爱上了一个男人，而失意的那一个，便不想再知道另两人在接下来的时光里是如何相爱的了，这也是情理之中的事。

“珑珑的这种情况，你之前知道吗？”苏左还是将话题聚焦在了邵珑珑身上。

杨海璐坚定地否认道："说实话，得知珑珑是这种体质，我比任何人都诧异。"

"那么从你学医之人的角度来看，造成珑珑这种体质的原因会是什么呢？"

"这真的不好说……"杨海璐显然此前就对这个问题进行过思考，"我只能说，我从医这么多年，还从来没见过因为后天的因素，导致人体骨骼发育异常到如此程度的病例。所以……我想珑珑的这种体质，应该是先天的。"

"杨医生，你刚才说'比任何人都诧异'，意思是不是邵秘书在这回出事前就是知情的？"

杨海璐有些警觉地回望着苏左，可能是没想到苏左的洞察力竟如此敏锐，自己无心的一句话，却让对方听出了弦外之音。

"他知道，但这也没什么不妥吧？毕竟他是珑珑的亲生父亲。"

苏左认同地点点头，一提起邵毅平，杨海璐整个人的状态都有所变化，但苏左还是忍不住追问了一句："那邵毅平有没有说，珑珑为什么会这样呢？"

杨海璐茫然忧伤地转过脸去，"他从来不会主动对我说这些，而我也不会问。"

这个回答令苏左稍稍感到意外，眼前这个女人的性格竟然如此内敛执着，不禁让人为她担忧，如此下去，究竟什么时候她心里的那个男人才能真正了解并属于她呢？

杨海璐却好似看穿了苏左的想法，微微一笑，"苏队长，你会不会有这样的感觉，有些事或人，你明明等待了很多年，却并不急着去拥有，保持一种期待的状态，顺其自然地相处，也许才是最舒服的。"

杨海璐的笑容大方自信，说这些时并没有丝毫幽怨。苏左觉得自己的担忧倒显得有些幼稚和多余了。

"你还不知道吧？萧程也曾经是小涵的追求者之一。"杨海璐突然有点儿神秘地冲苏左眨了眨眼睛，第一次露出略有些顽皮的神态。“我也是后来听说的，萧程那个时候刚进入戴林钟教授的实验室，而我当时已经毕业，到医院实习了，所以在学校时我并没见过萧程，而且因为不在一个专业领域，我连戴林钟教授也都无缘得见。”

听见这样的八卦，苏左着实措手不及，竟然半张着嘴愣在原地。杨海璐把苏左的这一反应看在眼里，微微一笑，继续温和地说：“苏队长，其实你有点儿像她，感觉你们的眼睛都充满灵性，在很多事情上比一般人显得敏锐，只是你比小涵看起来更成熟，也更厉害一点儿……”

邵珑珑先天的怪异疾病、师涵神秘的早逝，以及至今仍然不知有何种用途的复杂溶液……所有这些疑问都令苏左想要去询问一个人——萧程。她直觉这一切都与萧程有着或多或少的关联，而且讽刺的是，萧程也是唯一一个有可能将上述三个疑点全部解决的人。

萧程的“兹扎”病毒改写实验室位于省卫计委下属的一个隐蔽的实验基地内，该基地是专门用来从事传染性疾病防控的一处所在，平日里鲜为人知，出入必须有卫计委专发的通行证件。苏左耗费了半天的时间才通过任局长搞到了实验基地的出入证。其实她完全可以事先要求萧程或负责人员协调工作的邵毅平为刑警队办理出入许可，但多年的从警经验教会她：不管对谁，出其不意，往往会得到意料之外的收获。

即便是外行人也看得出，基地为“兹扎”研究提供了最大程度的硬件支持和隔离防护，整个实验室被安置在一处坐落于半山腰的独栋楼宇中，已经确诊的十几名“兹扎”患者也均已被接到这里接受基因治疗，基地可能还考虑到将会出现更多的“兹扎”确诊病例，在楼内预留了大量的隔离病房。整个基地显得肃穆又冷清。

也正因为人丁稀少，一辆标示有鲜亮的“前沿新闻”几个大字的采访车停在“兹扎”病毒改写实验楼前，就显得分外扎眼。

“八成又是那个陈欣欣！”小周瞥了一眼采访车，不屑地哼起来。

苏左将警车稳稳地停在采访车旁，脸色不太好看地问：“上次叫你去查陈正强的底，怎么还没有结果？”

小周无辜地答道：“我查过了，就是没抽出空来跟你说！陈正强自己也是记者出身，早年参与报道了不少轰动一时的焦点新闻，当初揭露黑煤窑内幕，十年前卧底最猖獗的传销团伙，以及对首批商品房买卖后衍生出的强拆事件的追踪，都是在陈正强的坚持下才被报道出来的。他当时就已经是《前沿日报》的主编，后来被调到省委宣传部，五年前更是因为主持曝光了一起性质十分恶劣且涉及官方高层腐败的制造假药事件而显示出了过人的新闻嗅觉和从政手腕，之后便连升三级，坐到了今天的省委宣传部副部长的位置。总体来看，这个人的性格刚正不阿，原则性非常强，人们也都说他做事雷厉风行，许多事都亲力亲为，平日里对自己要求也十分严格，还真看不出有什么劣迹。”

“嗯。”苏左心不在焉地听完小周的汇报，感觉没什么疑点。正沉吟间，抬眼却刚巧看到邵毅平和陈欣欣交谈甚欢地从实验楼内走出，而萧程十分无奈地跟在后面，一副若有所思的模样。

“陈记者的报道真是没有一次令人失望，以后欢迎你经常来实验室‘骚扰’我们的研究员，他们可都是未来的科学新星，现在多见见世面，多跟像你这样优秀的媒体人员打交道，以后才能有更广阔的眼界和发展嘛。”

邵毅平的一番言辞在外人听来多少有些虚伪，可陈欣欣却十分受用，只见她笑得花枝乱颤，脸上掩不住得意之色，并时不时地向身后的萧程望上几眼。

“那就说好了哦，下次，我可要采访到欧阳教授！”眼看三人走近采访车，陈欣欣忽闪着一双大眼睛，娇里娇气地说。她的话虽然是在对邵毅平讲，眼睛却始终在萧程脸上游移，似乎很期待与后者有四目相对的时刻。

再次听到“欧阳教授”四个字，苏左和小周不禁互换了一下眼色。因为他俩还坐在警车里，并未被站在采访车另一侧的陈欣欣一行发现，可车外的对话却全都飘进了两人的耳朵。

“一定的，一定的，交给我来安排！”只听邵毅平满口应承下来，语气里依然含着笑意。

“萧博士，什么时候你再让我专访一次呀？上次说的都是关于‘兹扎’的事，我的读者们可是更想了解一下萧博士个人的故事和经历呢！”

听起来陈欣欣依然不肯放过萧程，对采访的事锲而不舍。

“一旦‘兹扎’疫苗研制成功，我保证你想采访谁就能采访谁！”见萧程情绪不高，邵毅平赶紧乐呵呵地出面打起圆场。

陈欣欣倒不怎么在意，又意味深长地望了萧程一眼，随即转身对早已等候在采访车内的摄影师说：“我们走吧。”说完便动作优雅地上了采访车。

“再见。”苏左一下子就听出，萧程终于在最后说了两个字，语气十分礼貌。

待陈欣欣的采访车扬长而去，邵毅平才收回送行的目光，想来这也是他在官场养成的习惯礼节。

“我说，你别用人朝前，不用人朝后，做得太明显了。”

苏左听见邵毅平冲萧程轻声嗔责，提醒他对待陈欣欣的态度。

萧程却操着轻松随意的口吻回道：“她也没吃亏啊，每次都抢到头条，下次连欧阳教授都可以采访到了。至于其他的，不是还有师兄你嘛。”

邵毅平拿萧程没有办法，笑着摇了摇头。两人正欲往回走，却无意间瞥见苏左和小周正从警车中走下来，于是又都诧异地站定了脚步。

见到二人，邵毅平脸上瞬间划过一丝警惕，虽然他立刻很自然地掩盖了过去，但还是没能逃过苏左的双眼。萧程却好像很是惊喜，一边朝苏左走来一边略含笑意地对邵毅平说：“师兄，你的办事效率真高，我上午刚跟你说要为刑警队办通行证，这会儿苏队长就来了。”

苏左闻言不禁朝走在萧程身后的邵毅平望了一眼，后者暧昧地微眯着双眼，与苏左短暂对视了一下，显然并不想否认萧程的夸奖，也心知苏左并不会揭穿自己。

“你们刚才说的欧阳教授，是不是原京医科大学遗传病学研究专家欧阳书教授？”苏左并没有纠结通行证的问题，而是提出了自己的疑问。

“正是。”萧程爽快地答道。

“你上次提过的重量级人物就是他喽？”

萧程点点头。

邵毅平这时也已迎了上来，含着笑问：“怎么，苏队长对欧阳教授的研究感兴趣？”

苏左不动声色地抬了抬嘴角，“研究的事我哪里懂，只是刚巧今天在医院里听人提起过他。”

邵毅平明显对“今天”和“医院”两个词产生了反应，挂着微笑的嘴角僵硬了几秒。

“邵秘书，珑珑的事，我深表遗憾，相信他很快就可以康复的。”苏左没心情兜圈子，直截了当地对邵毅平说，语气很诚恳。

邵毅平随即也大大方方地点了点头，说了一句“谢谢苏队长”。

“既然你不请自来，不如带你参观一下我的实验室。”萧程难得地活跃，说话间已带领苏左进到实验楼内。

“苏队长前来，不知是不是戴老师的案子有了什么进展？”邵毅平面对苏左，倒显得比刚才面对陈欣欣时冷静沉稳许多，边走边好似不经意地发问道。

苏左略微沉吟了一下，用公事公办的口吻回答：“案子的线索都还在查，我今天是来找萧程单独了解点儿情况的。”

萧程听见二人的对话，不禁疑惑地回过头来看了看。

于是邵毅平知趣地点点头，“那你们谈吧，我先去忙了。”说完便步伐稳健地向着实验楼的另一个方向走去。苏左看着他的背影，若有所思。

“苏队，为什么不直接问他邵珑珑的事？”待邵毅平走远，小周凑到苏左耳边悄声问。

“他不会告诉我们的。”

“可是这个家伙能知道多少？”小周冲前方努努下巴，意指萧程。苏左知道，萧程那种理科学霸的气质特别容易惹来小周这样头脑简单之人的不屑，事实也正是如此。

苏左望着前面背脊挺直的身影，反而轻笑了一下："呵呵，他知道的经常比我们想象得要多。"

萧程兀自在前面带路，目不斜视，似乎毫不关心两人间的对话。

不知拐过了几道弯，萧程停在一间有着两扇双向开门的大房间前。

"通常，我们就在这里进行基因测序和改写，然后再对细胞活性进行观察。"萧程说着，突然伸出一只手挡在小周身前，"不好意思，周警官，我们有规定，带外人进实验室，一次只能一个人。而且您的鞋子……也需要经过清理才能进实验室。"

小周闻言先是一愣，随即看了看自己的鞋。他穿着一双登山靴，看样子很久没有刷洗过了，鞋底又大又厚，边缘还附有星星点点的泥浆。

"嘿嘿，是有点儿脏。"小周不好意思地干笑了两声，随即便有些不满地抱怨道，"我们做警察的，哪有你们这帮搞科学的人那么讲究。算了算了，有苏队一个人进去就够了，反正我对你们的实验室也不感兴趣。基因改写实验室，这种地方想起来比杀人碎尸现场还让人发怵。"

苏左看着小周浑身不自在的样子，心里直觉得好笑。她知道小周是真的对基因改写感到害怕，或许警察做久了，见到在人身上动刀动枪的事儿越多，反而越对这种不需要动刀动枪却也能置人于死地的东西心怀恐惧。

"不如你去探望一下郭旻和蒋小夕夫妇吧，那天是你救了他们，他们一定也想要再见到你。虽然他们在隔离病房，但你跟管理人员说说，总能给你点儿'优待'。"苏左温和地给小周出着主意。

小周也觉得这是个好主意，记起刚刚经过的一片病房区域，想来郭旻夫妇应该暂居在那里，于是干脆地说了声"好嘞"，便转身逃也似的跑开了。

"我的鞋子要不要清理？"苏左低头看着自己的马丁靴，有点儿心虚地问。

萧程则饶有深意地笑了笑，从白大褂的口袋里掏出一副鞋套，“你穿上这个就行了。”

“你有鞋套为什么不给小周？”苏左瞪大眼睛责怪起来。

“因为我只带了一副啊。”萧程还挺无辜。

“那一次只能进去一个人的说法……”

“骗人的。”萧程不以为然地做了个鬼脸，“有东西要单独给你看。”说话间，他已转身推开了实验室的大门。

这里给人的第一感觉就像是医院的手术室，只是并没有宽大的手术台摆在屋子正中，但是门一经推开，便有种与医院手术室同样的紧张和压迫感扑面而来。苏左小心翼翼地进入，感受到穿着鞋套的双脚与地面真切的摩擦，即使再轻也好像会伤害到屋里的什么，此时她也格外能够理解小周会对基因改写感到恐惧的原因了，就好像这间实验室中布满了细小的微生物，肉眼无法得见，可它们却能够进入人体内，造成意想不到的危险。

苏左认真地环顾了一下，只见实验室内摆放着各种不认识的器具，她唯一认识的，就是大大小小数十台摆放在白色桌案上的显微镜，每台显微镜还有所不同，感觉光弄清楚这些显微镜之间的差别，就是一门学问，更不用提那些连接着十几台显示器的实验设备，在苏左看来，那些不过都是些结构复杂的铁架子而已。

“陈欣欣的报道可是把你的实验室夸得天花乱坠，可我看这里都是些冷冰冰的仪器，也没什么稀奇呀。”

萧程早想到苏左会这样说，怪腔怪调地回应道：“的确是没有你熟悉的案发现场有意思，起码案发现场还有尸体。”

苏左闻言不知该怎么反驳，只好笨笨地白了他一眼。

萧程脸上挂着得意的微笑，突然凑到苏左身前，神秘兮兮地说：“不过这个送给你，它可是活的。”不知什么时候，萧程手里多了一个小塑料箱，箱子上面有几个圆形的小洞，看起来非常精致。

苏左双手接过小塑料箱，感觉箱子突然晃动了一下，她将眼睛凑到小洞前，想看看里面究竟是什么。

一双圆圆的小眼睛刚巧这时也向着小洞外看来。

“啊——”苏左大惊失色，尖叫着抱住了自己的脑袋，小箱子也被扔飞了出去。

萧程眼疾手快，一把抓住小塑料箱，诧异地问：“你害怕？”

“我最怕老鼠啦……”苏左惊魂未定，哭丧着脸回答。

“不用怕，它只是实验用的小白鼠。你看，它很可爱的。”萧程强忍住笑，再次将小箱子递到苏左面前，原来箱子上还装有一个双层的顶盖，打开其中一个，下面一层是透明的。

苏左鼓足勇气从顶盖上往箱子里看了一眼，只见一只小白鼠正在箱子里悠然地转着圈。可奇怪的是，与苏左之前在电视上看到的那些实验小白鼠不同，这只小白鼠的后背上长有一个鲜明的淡粉色花纹，呈螺旋状，整体的毛发看起来也更富有光泽。

见苏左对小白鼠产生了兴趣，萧程在一旁趁热打铁地讲述道：“之前实验失败，导致它患上了十分严重的皮肤病，毛发出现了大面积溃烂，但是后来我用基因疗法将它的皮肤病治愈了，而且尝试着将它的毛发基因改写得更完美，结果就出现了这样的效果。你看，现在它的样子是不是很美？”

此时苏左对小白鼠的害怕已经转变为惊奇，不禁感叹道：“原来是这样！它背上的花纹看起来好神秘，如果你不说，真的完全想不到它曾经患过皮肤病，它看上去比其他没有患病的小白鼠都要健康！”

很快，苏左又意识到一个问题，望着萧程问：“它应该很有实验价值吧，你把它送人合适吗？”

萧程闻言淡淡一笑，“我不会再做同样的实验了，所以它在这个世界上是独一无二的。”

“那你为什么把它送给我？”苏左故意不依不饶。

萧程用细长的手指轻搓着鼻尖，有点儿坏坏地说：“你一个女人，整天上班看人家打打杀杀的，就应该养点儿小动物，培养一下爱心。”

苏左哑然失笑，但这话从萧程嘴里说出来就成了十分有说服力的理由。她又看了看箱子里可爱的小白鼠，不禁好奇地问："很多人都指责你们拿动物做实验是种残忍有罪的行为，你看到这样的小生命，会不会偶尔也这么觉得？"

"我们已经习惯了。如果我们也认为拿动物做实验是一种罪，那人类只能永远停留在愚昧的时代。你愿意回到罹患感冒，不仅没有药吃，还相信必须放一点儿血才能痊愈的时代吗？"

苏左不明白萧程之意，脸上流露出困惑。

"过去西方就是这样做的。"萧程摊开双手，十分认真地说，"为什么现在人们会觉得这样很荒谬？是因为人们知道了发炎要打青霉素，可是又有几个人能知道，当初青霉素的发现，却正是动物实验的功劳。反对一件事很容易，试图去理解你想要反对的事之所以存在的原因，对很多人来说却好像特别难。我不认为这是正义，我觉得这是情商不够的表现。"

苏左噘着嘴，似乎想为那些动物保护者争辩，想了想又说："我还曾经在网络上看到一张猴子被拿来做脑部研究的现场图片，那只猴子戴着一个通电头盔，头盔上连接着各种各样的电线，看起来特别令人不舒服，下面网友的骂声一片，很多言辞十分犀利。"

"这有什么？我在美国的时候，曾经收到过动物保护组织里的极端者寄来的毒药。我另一位美国同事的实验室，还收到过炸弹呢！"萧程耸耸肩。

"炸弹？"苏左有些吃惊起来，"那可太过分了。"

"是啊，这些人打着保护动物的旗号，却在做着跟杀人没什么两样的事。"萧程习以为常地评论道，"许多思想行为比较极端的人，都喜欢给自己极端的行径找一个冠冕堂皇的理由，他们就算知道事实也许不是自己想象的那样，也宁愿相信他们倾向于相信的。美国科学界曾经试图去解释我们在动物身上的所作所为，后来发现这样做对反对者们起不到任何作用，现在干脆不解释了。科学家们不仅要埋头解决各种科学难题，还要小心翼翼地注意人身安全，实在有些讽刺。”

“可是这些被拿来做实验的小动物的确失去了自由，也受到了一定的伤害，这一点也是毋庸置疑的事实啊。”苏左用手指轻抚着箱中的小白鼠，显然已经对它十分喜爱。

萧程环抱着双臂，饶有兴致地欣赏着苏左与小白鼠的互动，随即也俯下身来，跟苏左一起看着箱中的小白鼠，眼神里有种无法掩饰的慈爱。“事实上，我们会给这些参与了实验的动物非常好的生存条件，说实话，它们生活得要比外面那些人人喊打的野老鼠强多了。其实人们大可以换一种看法，就当这些动物在为人类工作。比如你刚才提到的猴子，通常一只猴子能够用来做实验的年限都不会超过三到五年，之后它们就会像人一样，享受退休生活，我们会把它们送到专门的机构，那里有人来负责赡养它们，让它们平静地度过晚年。”

苏左第一次听到这种说法，不禁赞同地感叹道：“这样的确也不错。”

“对整个人类社会来说，让一部分小白鼠和猴子等动物参与实验的价值，远远大于爱心泛滥，对这些动物加以保护的价值。任何一种新型的药物，都要经过小白鼠、灵长类动物的实验过程，才能投入临床使用，而一种新药，往往承载着无数人类患者生存的希望。在这样的问题上，道德是无法给出明确的对错的，也不该成为评判的标准。”萧程吐了一口气，严肃地总结说。

苏左心中一动，脱口问道：“就像基因改写应不应该用在人体上一样，对吗？”

苏左注视着萧程镜片后炯炯有神的双目，能明显感受到对方眼睛里流露出的智慧和坚持，她看见萧程沉默又用力地点了点头。

片刻之后，萧程从两人的对视中回过神，竟然有点儿不好意思地站起身，问道：“好了，你今天专程来找我，有什么事吗？”

苏左倒更大方一些，也定了定神，换了一副充满试探的语气问：“你……还记得师涵吗？”

萧程微微一怔，但立即就恢复了平静，淡淡地回答："她是师兄的亡妻，珑珑的母亲。你突然提到小涵，是不是因为珑珑的事？"

苏左默认了对方的猜想，并确认道："杨医生跟我说，珑珑的病很可能是先天的，那在你的印象里，师涵有没有什么比较严重的遗传病？"

"起码在我认识她的那段时间，她看起来是健康的。"萧程说话时望着宽大的实验台，仿佛陷入了遥远的记忆。

"你对她的去世了解多少？"苏左小心翼翼地问道。

萧程却摇摇头，"师涵本来就比我大一届，我们见面的机会本就不多，况且之后我就出国了，我是在美国听说她去世的，那时候她应该已经去世好几年了。"

"你难道不觉得邵珑珑的情况和师涵的去世都有些可疑吗？"苏左直言不讳地说出了自己的观点，并观察着萧程的反应。

萧程伸手扶了下眼镜，缓缓回答："有些遗传病是要到了一定年龄，甚至中年以后才会发病，所以我不认为师涵因病去世有什么问题。不过前提是她的确身患某种致命的遗传病。但是从邵珑珑目前的情况来看，我只能说，你想得没错，这种可能性很大。"

苏左听后轻咬着嘴唇，陷入沉思。

过了一会儿，萧程在一旁反问道："你这么关心邵珑珑和师涵的事，跟查案有关系吗？"

苏左撇了撇嘴，算是模棱两可的回答，其实她自己也不太确定。

"还有一个问题。"苏左又好似想到什么，盯着萧程的眼睛说，"我们在戴林钟教授的死亡现场提取到一种溶液的残留痕迹，经化验是由蛋白质和几十种无机盐组成的，想请教你，在你们的研究领域，会不会用到类似成分的溶液？"

不经意间，萧程在听到这个问题后目光闪烁了一下，但他的回答依然十分平静，甚至有些生硬："抱歉，我不知道。"

苏左却明显不甘心对方如此回答，继续用怀疑的目光上下打量着对方。

“有什么不对吗？”萧程不明所以地问。

苏左偏着头，似乎不太相信地说：“你好像是第一次在我面前说‘不知道’。”

“是你把我想得太强大了吧。”这次萧程没有躲闪，而是直直地回望着苏左满是疑惑的双眼，语气意外地略显疲惫，“苏队长，其实我更希望你能试着把我看成一个在你身边的普普通通的男人。”

第十一章 欧阳

从“兹扎”病毒改写实验基地回来后，苏左决定去拜访一下原京医科大学遗传病学专家欧阳书教授。

她的考虑主要有如下几点：

首先，欧阳书正是萧程提及过的“重量级人物”，在学术界的地位堪比戴林钟，是遗传病学领域的学术泰斗。这样一位人物，主动请缨加入萧程的“兹扎”病毒改写团队，而且是在戴林钟刚刚遇害之际，不免让人觉得他对人体基因改写的态度偏向于激进一方。苏左正想要在激进派阵营中挖掘一丝线索，因为她始终觉得戴林钟的遇害及发生在萧程身边的种种怪事，都隐隐牵扯到基因学领域内部的黑暗势力，能肯定戴林钟是坚定的保守派，那么凶手自然有可能代表着激进的一方。

其次，上一次到医院探访邵珑珑时，苏左和小周曾无意中得知，欧阳书似乎对邵珑珑的病例十分在意。而且小周暗中与小护士套话，听说欧阳书在查看邵珑珑的病例时曾说过一句“我就知道会这样”，细细分析他的话，似乎言下之意是他对邵珑珑特殊的身体状况早就知情，甚至有可能对邵珑珑长期保持着关注。考虑到欧阳书专攻的学术领域是遗传疾病的研究，苏左敏锐地认为这或许和多年前师涵的去世有关。邵珑珑和他的父亲邵毅平都是戴林钟一案重要的目击证人，并且同时与萧程存在关联，这不得不让人产生一探究竟的冲动，说不定追查下去，会得到意想不到的收获。

最后，在近期广泛的走访中，刑警队发现戴林钟的社会关系简单至极，而且所有人对戴林钟的评价几乎都是一样的，认为他对研究工作的热情和执着几十年如一日，一丝不苟、原则性很强、待人和善，是一位十分值得尊敬的老者。可在外界的传言里，欧阳书却与戴林钟属于亦敌亦友的关系，虽然可能接触并不频繁，生活上或许也没有什么交集，但却是难得的一个有可能为刑警队描绘出戴林钟另一面的人物。有时候敌人的描述反而会格外一针见血，与他接触，说不定正是戴林钟社会关系上的突破口。

于是带着上述理由和满腹期望，苏左和小周来到了欧阳书所在的原京医科大学遗传病学研究室。

这是一栋现代化建筑的最高层，刚刚迈出电梯间，苏左和小周登时一愣。

整层楼被改造得没有一扇窗户，全部靠内部灯光来烘托氛围。地上铺着拥有美妙的天然花纹的浅褐色大理石，干净得可以映出人影。连接地面的墙体则由一个一个雕刻出了规则格纹的漆板分开包裹，形成了宛如装饰画般的设计。一面采用高档材质造就的背景墙矗立在宽敞考究的大厅中央，从墙面后投射出斑斑点点、若隐若现的双螺旋形灯光。背景墙前还摆放着三组古典式沙发，深绿色的金丝绒布面配以亮银色欧式边框，彰显出一股浓郁的贵族气息。头顶一盏巨大又耀眼的水晶装饰吊灯流光四溢，立刻使整个空间呈现出金碧辉煌的感觉。在大厅的两侧和后方，分别装有通体深棕色的实木推拉门，这样的设计无疑令门后的世界被保留了绝对的私密性，传递出一种高级的安全感。

“这哪儿是实验室啊，分明就是一间 VIP 会所啊！苏队，我们是不是走错了？”小周傻傻地环顾着周围，诧异地问。

苏左站定脚步，也被眼前的环境搞得有点儿不知所措，可随即，她又露出笃定的微笑，眼睛瞄着那面背景墙说：“没错，就是这儿。那墙上的灯光造型，是 DNA。”

小周愣愣地望着那一整面墙的 DNA 灯，更加难以掩盖自己的惊诧和好奇。“谁会把自己的实验室弄成这样啊！这个欧阳书，品位可真够独特的。”

“呵呵，我倒觉得他的品位才不独特，而是你见过的其他科学家的品位都太独特了。”苏左脑海中不禁浮现出萧程常戴的那块儿迪士尼卡通腕表。这么一比，眼前的一切反而更像是正常人会喜欢和选择的。不过，小周的诧异也不奇怪，这里的确是与以往他们所见过的实验室大相径庭，跟人们观念里固有的科学氛围严重不符，倒更像是一处高档的社交场所。

二人正犹豫间，从背景墙后的一扇木门里款款走出一位妙龄女郎。女子看起来最多 25 岁，上身穿着一件真丝质地的乳白色衬衣，两根飘带在胸前系起宽大美观的蝴蝶结，下身着宝蓝色的包臀半裙，脚上是一双同色系的尖头高跟鞋，亚麻色的头发光泽度很高，长度大概齐肩，烫出了当下最流行的小波浪，两只精巧夺目的钻石耳钉在发根处隐隐透出微光，周身再无其他装饰，整体给人职业干练又不失温婉可人的印象。

“请问，二位有什么事吗？”女子不疾不徐地走至苏左二人身前，礼貌地问道。她的眼睛又黑又大，说话的声音听起来令人十分舒适。

“请问欧阳书教授在吗？”苏左回视着对方，也十分礼貌地问道。

女子沉吟了一下，微微蹙起眉头，但依然微笑着问：“二位是来咨询的患者还是媒体的记者呢？真不巧，今天上午欧阳教授有教学工作，目前不在这里。我是他的秘书小曼，抱歉，我并不记得上午为他安排了任何预约。”女子的言下之意很明白，“你们不请自来，见不到欧阳教授是自然的，我也没有办法”。

苏左虽然心知女秘书有意逐客，但还是抬起手腕看了眼手表，随即说道：“不好意思，来得有点儿冒昧，我们是专案组负责戴林钟教授遇害一案的刑警，我是队长苏左，这位是警员小周，我们想找欧阳教授了解点儿情况。你刚才说欧阳教授上午有教学工作，现在已经临近中午了，他应该快回来了吧，不如我们就在这里等他，可以吗？”

虽然苏左礼貌地问了句“可以吗”，实际语气里透着一股不容置疑的味道。况且当她说出“刑警”两个字时，女秘书明显怔了一下。

“欧阳教授的确会回来这边午餐。如果二位不赶时间，那就请随我来吧。”女秘书经过几秒考量，大概还是对警方查案表示慎重，最终同意了苏左的提议，并做出引路的姿态，动作优雅地带着苏左二人走进了背景墙左侧的一扇木门。

木门后别有洞天，竟然一下子明亮起来，几乎所有房间都设置了自然采光和落地玻璃门窗。从外面看，这些房间被用不同的木门相隔，实际内部是一个巨大的整体空间，相互之间巧妙地设有隔断，地面铺着浅灰色的短毛地毯，墙面和内部家具的整体色调则以浅黄色和白色为主，打眼望去，十分简洁大方。

“我的天，这儿又成写字楼的办公区了。”小周低声在苏左耳边嘀咕，语气惊讶里带着几分嘲讽，“有知识的人都这么会玩吗？！”

苏左并未理会小周的感慨，而是小心观察着木门后的整个内部空间。这里有几间屋一看便知是处理案头工作的办公室。还有几间看起来更为宽敞的开间，内部放置着一些平日里见不到的器具，很像是用来健身的，但又与一般的健身器械不同，苏左首先联想到的是医疗康复中心。另外有几间屋子明显是做实验的地方，摆放着长条状的实验台，有几名身穿白大褂的学者模样的人正在里面忙碌着。直到看见这几个人，苏左才又意识到自己造访的是一间疾病研究室，不然怕是真如小周所说，有点儿恍惚。

小曼在前面保持着缓慢的步速，穿过一条狭长的走廊，在尽头的一个房间前停了下来。苏左注意到，只有这个房间安装的是无法看透内部的白色门板，门上贴着醒目的人名标签：遗传病学 欧阳书 教授。应该是欧阳书个人的办公室了。

办公室的门并不是关上的，小曼很自然地走进去，指着内部宽敞的真皮沙发，礼貌地说道：“二位请先在这里稍坐一下吧，欧阳教授应该很快就会回来。”

这时苏左发现办公室内还有一位整理房间的阿姨，她动作娴熟，看起来对环境十分熟悉，三人步入时，阿姨正在为宽大的办公桌下方的垃圾桶更换一次性垃圾袋，看见来了客人，赶紧做完手里的活儿，恭谨地退到门边。

小曼转过头对阿姨微微一笑，说道："田阿姨，这里先不用打扫了。您去帮忙把老师的午餐准备一下再端过来吧，时间差不多了。"

"好嘞。"田阿姨爽快地应了一声，便开始利落地收拾起自己的清洁用具。

"我去帮两位冲咖啡，我们这里还是第一次接待刑警，二位请稍等。"小曼见苏左和小周落了座，微笑着说。

田阿姨听见两位客人是"刑警"，身子微微一僵。一般人突然听到警察来访都会有些胆怯，但很快她便也带着礼节性的笑容，跟着小曼一同离开了房间。

屋内只剩下了自己人，小周立刻坐不住了，半鄙夷半议论地说道："这个欧阳书的阵势还真不小，我们去戴林钟的研究室调查，也没觉得有他这里这么花里胡哨的。"

苏左则比小周要平静得多，此刻她倒是对欧阳书本人更加好奇，因为从诸多细节都能够感受到，这是一个与众不同的人，起码在科学界，他是与众不同的。

"原来就是他呀，这个人我知道！"小周突然像发现了新大陆般叫起来。只见他手里捧着一本《风云人物》杂志，将这一期的封面递到苏左眼前，"苏队，这个就是欧阳书，我在电视上见过他。"他边说边挠着头，努力在记忆中搜索着，"好像就是前两天的一个什么养生节目……"

"他还上养生节目？"苏左忍不住惊讶起来。

小周来了精神，笑道："他好像什么节目都上，我之前还在一档婚恋节目上见过他，他是节目请来的专家，说是能从科学的角度来帮助男女嘉宾择偶，保证基因优化组合，别提多能扯了！"

正说到兴头，小曼端着两杯热气腾腾的咖啡走了回来，屋内瞬间弥漫起一股浓郁的咖啡香气。“这是老师特意请人从南美洲采购回来的原产咖啡豆磨出的咖啡，两位尝尝。”说着她轻轻把托盘放在桌上，将咖啡递过来。

小周见状不再多说，从小曼手里接过特意做出了拉花的咖啡，至少八成出自真心地感叹道：“欧阳教授真是我见过最讲究生活情趣的科学家了。”

小曼闻言莞尔一笑，似乎对这一评价也十分认同。

“小曼秘书，你是欧阳教授的学生吗？”苏左一边品尝着浓香四溢的拿铁咖啡，一边随意地问道。

小曼摇了摇头，“不是的，我是专业学文秘出身的。”

苏左心想难怪，一般搞研究的女生很难有小曼这样完备的文员素质，作为一个女秘书，小曼算无可挑剔了。从这点还不难推断，欧阳书应该是一个对专业素养要求十分高的人。

“刚才我们进门的时候，你误以为我们是患者或者记者，看来这两类人是你们研究室的常客喽？”

小曼愣了一下，没想到自己一句无意之言，却被眼前的女警读取到了那么多信息，只好坦承道：“的确是这样的。教授平日里非常欢迎患有疑难遗传病的患者来我们研究室寻求咨询和帮助，事实上他对任何遗传病的治疗都有着浓厚的兴趣，但他毕竟不是医生，而是个学者，而且不知你们是否知道，绝大多数遗传病都是无法被治愈的，医者顶多只是采取一些保守的治疗手段为患者减轻病痛。所以通常我们这里只接受一般医院完全束手无策的病例，听教授说，许多这样的病例，患者一辈子甚至连病因都找不到。”

小曼说到这里，不好意思地低了一下头，“我毕竟不是教授的学生，对于他们专业领域的问题也只懂得这些。不过我倒是可以谈谈我个人对教授的看法。”

苏左十分认真地用眼神回应着对方，做出洗耳恭听的表情。

看到苏左的反应，小曼昂起了头，流露出一种无限崇拜的神情。“从刚才一进门，我就看出来了，你们对教授存在跟其他人一样的偏见和误解。

可以这样说，教授是我见过的思想最为开明和活跃的学者，他愿意接受各种媒体的采访，会答应各类电视节目的邀约，但并不是为了自己的名利，而是希望通过频繁和广泛的宣传，将更多与遗传学有关的知识传递给大众。他认为科普也应是科学从业者的义务之一，科学家不该一味地埋头于实验室里，那样只会让大众对科学实验的误解越来越深。不过你们千万不要因为这样就认为教授没有专心致力于学术研究，实际上他除了研究工作丝毫不懈怠以外，还有繁重的教学工作，他与媒体的交往，都是牺牲了自己的休息时间才得以实现的。教授的辛苦，外人很难真正理解，甚至连许多同行都对教授的所作所为加以指责、非议。教授就是承受着这么多压力在做着眼前的一切，只有我们心里明白，教授的强大，不是一般人能够与之相提并论的。”

小曼的一番言辞说得有些激动，不禁让苏左和小周也有所动容，面面相觑。

话音刚落，一个身形略有些发福的中年男子大步走进屋内。

“有访客？”男人一进门，便声如洪钟地问道。

苏左一看，进来之人正是杂志封面上的欧阳书，只是可能因为刚刚从外面赶回，走得有些急，他气息稍显急促，脸颊也微微泛着红光。

苏左匆匆打量了一下欧阳书，他个子不高，属于偏矮、偏胖的类型。身穿一件麻布质地的宽松衬衣，一条同色同料的松口麻裤，脚上蹬着一双“老头儿乐”布鞋，这身打扮虽然显得随性了些，却别有一股道骨仙风的韵味。尤其是他的眼睛，黑亮有神，不像一般学究那样戴着眼镜，恨不得从眼神就能看出不善与人交流。欧阳书的目光给人一种活跃敏捷的感觉，仿佛时刻在捕捉着外界的信息，同时渴望与他人进行信息互换。他天庭饱满，中气十足，整个人显得颇有精气神儿。

“教授您回来了，这两位是刑警队的苏左队长和周警官。”小曼毕恭毕敬地站起身，向欧阳书介绍道。

“坐，坐。”欧阳书的目光在苏左二人身上扫过，以一种随和自然的姿态招呼道。

“教授，那你们谈，我先下去了。”小曼在一旁轻声说。

“叫田姐把午饭端来。”欧阳书一屁股坐在办公桌前，不假思索地吩咐。

小曼显得有些犹豫，“那……两位警官的午饭……要不要也一起解决？”

苏左刚想拒绝，就听欧阳书大声喊道：“当然要！盒饭就订三份嘛，一起拿来，我们边吃边聊。”

小周一听这种情况，不禁笑道：“原来欧阳教授吃的是盒饭呀。”

“怎么，二位警官吃不惯盒饭？”欧阳书讶异地问。

“不是，不是。”苏左连忙解释，“我们平时吃得很随意的，只是觉得第一次造访就白吃您的午餐，过于叨扰了。”

欧阳书没理会苏左的客气，专断地冲小曼说：“三份盒饭！中午了，你们也都去吃饭休息吧。”

“好的。”小曼顺从地应了一声。

“那我们就恭敬不如从命了。”苏左礼貌地说了句客套话。

欧阳书摆摆手，毫不在意。没等苏左和小周提问，他倒率先问起问题来：“苏警官，第一次登门，对我这个研究室的印象如何呀？”说完，他眼神锐利地盯着苏左，似乎这是一道教授出给学生的考题。

苏左笑了笑，略作沉吟，随后清晰地回答：“我认为欧阳教授是个心细如发的有心人！”

话一出口，不仅欧阳书那满面堆笑的脸颊稍稍僵硬了一秒，连坐在她旁边的小周都不禁微微怔住了。

苏左对两人的诧异没做过多反应，注视着欧阳书的方向，继续自信地说：“整个研究室被设计成内外两种截然不同的风格，外部灯光昏黄、装修考究，完全封闭式的空间和舒适高雅的整体环境，能够使人享受到一种私密性和安全感，并随之精神放松，心情愉悦；而实验室内部则通透明亮，使人们走入时首先最直观的感受就是豁然开朗，随后看到那么多专业的实验设备和研究人员时，又会油然而生一种强烈的权威感和信赖感。这样的设计对于两类人十分适用，首先是病患。许多遗传病患者和家属都饱受疾病困扰，不到万不得已，是不会找到您这里来的，对于他们来说，维护隐私和得到一份安全感，正是迫切又奢侈的需求。但是另一方面，对于遗传病患者和家属来说，最渴望的还是能够得到专业的治疗，所以一间一览无余的实验室，可以让他们亲眼看到研究者们的专业素质，形成一种最直观有效的冲击。由此，患者对您的信任便在不经意间牢固地建立起来，而您不需要为此多费一言一行，只需让秘书小曼带他们从电梯一路走到您位于研究室最里面的办公室就够了。至于第二类人，是记者。记者们大都见过世面，喜欢猎奇，您这里将奢华和专业都做到了极致，在记者们眼里，怕是无论怎么看，都已经噱头满满了，如果采访中您再言之有物、侃侃而谈，自然而然地便被您引导了宣传方向。看来欧阳教授不仅在遗传病学方面造诣非凡，对心理学也有所涉猎啊。”

苏左一口气说完自己的分析，静静等待着对方的反应。

“哈哈哈……”欧阳书听后放声大笑，似乎很高兴能有人看出自己对研究室装潢设计的一番用心，“以后我得给刑警队提提建议，要多培养一些像苏警官这样冰雪聪明的警花，真的是令我刮目相看啊！”

欧阳书的评论让苏左瞬间想起了萧程，那个家伙也总是一副“女人做刑警果然有特殊优势”的论调，看来在这一点上，他们倒是有着学者间的心有灵犀。

欧阳书的笑声未落，办公室的门被推开，只见小曼端着三份简易的盒饭，缓步走了进来。

“老师，二位警官，请慢用。”她边说边将盒饭及一次性的用餐工具一一摆放在就餐者面前，盒饭可能是先前被装在塑料口袋里，边缘漏出了菜油的痕迹，小曼动作生疏地擦拭着。

苏左突然心念一动。刚刚不是说要让那个田阿姨来送饭，看来平日里这项工作应该都是由田阿姨负责的，今天却换成了小曼，后者明显是临时上阵，不谙此道。

欧阳书也看了眼女秘书，眼中亦有问询之意，但并未开口。

小曼默默地把盒饭放好，一言未发地走了出去。

苏左看了看自己面前的盒饭，肉炒菜花和苦瓜鸡蛋，配上白米饭，菜色可谓十分简单。一旁的小周暗暗撇了下嘴，估计是觉得这样的饭菜当真不够“硬气”，可随即又似乎食欲大开，毫不客气地吃起来。

“我平日里工作安排得非常紧张，所以午饭只能抽空随便解决一下，连累二位今天跟我一起吃这样的简餐，见笑了。”欧阳书客套了一句，便开始津津有味地吃起来。

三人在办公室里吃着盒饭，反倒产生了一种亲近随和的氛围。

“欧阳教授，您是不是早知道我们会来？”苏左被氛围感染，换上一种攀谈的口吻问道。

“哦？为什么这样说？”

“警察造访，一般人都会感到意外，特别是像您这样有一定知名度的人，被警察找上门，通常都是十分警惕，防备心相当强的。而您只是在我和小周脸上扫了一眼，还要请我们吃盒饭，似乎随意得有些刻意了，让我们都感到有些不知所措呢。”

听到苏左这么说，欧阳书拿着筷子的手略微停顿了一下，眼中闪过一丝不经意的犹疑，“苏警官，你过于敏感了。我这个人跟谁都‘自来熟’，再说我又没做什么亏心事，跟警察打交道没必要那么小心翼翼的。”他说得很轻松，眼睛却警惕地打量着面前的人。

苏左假装没有注意到这一细节，试探着问：“您不想问问我们今天为什么会来造访您吗？”

“难道不是为了老戴的事吗？”欧阳书很自然地反问道。他称呼戴林钟为“老戴”，与之前那些一提起戴林钟的名字就表现出无限尊敬的人大不相同。

苏左心中暗喜，起码这一迹象表明，今天来找欧阳书是个完全正确的决策。但她决定先不就戴林钟一案展开话题，而是选择了欧阳书更容易打开话匣子的方面。

“您对邵珑珑有印象吗？”趁着对方放松下来，苏左再次假装轻描淡写地问。

欧阳书轻轻重复着“邵珑珑”的名字，仿佛在努力搜索记忆。

“我提醒一下您，他罹患了一种非常罕见的骨骼疾病，您似乎对他的病例十分感兴趣……”

“啊，你说那个邵珑珑啊，我有印象了。”欧阳书拍了下桌子，好似恍然大悟，“你说的是现在住在附属医院里的那个小男孩嘛，他的病的确十分不同寻常！”

“那以您的经验，是否能断定他罹患的是一种遗传类疾病呢？”

欧阳书稍稍思索了片刻答道：“我只能说，他的病应该是由基因突变引起的。事实上，几乎所有的遗传病都是由于正常的基因产生突变而引发的，有些比较简单，也许只是单基因变异，而有些则比较复杂，想查出病因，至少要经过全面的基因测序才有可能确诊。具体邵珑珑的情况属于哪一种就很难说了，他毕竟不算是我的患者，我无法给出明确的结论。而且目前也并没有证据来证明，他的疾病是家族遗传的。”

“那您之前有没有遇见过患有类似病症的患者呢？我想在遗传学领域，您应该算是全国知名的学者了，如果有这样的疑难病例，患者一定会来寻求您的帮助。”

“倒是真有一个。”欧阳书诧异地望着苏左，显然对她追查这件事感到疑惑，“苏警官为什么会对邵珑珑和这种骨骼遗传病这么感兴趣呢？”

“啊，我也是出于私人原因。”苏左一时语塞，她知道现在还远不到说出自己心中怀疑的时候，为了不让不必要的人卷入其中，她只好撒谎，这时她脑海中不禁闪过杨海璐的身影，于是便顺势回答，“邵珑珑刚巧是我一个朋友正负责照顾的孩子。”

欧阳书对苏左这种说法似乎并不怎么相信，目光中满是怀疑，但他也没有再深究，很快说道："看到邵珑珑的病例，我很快便想到了一个十几年前的病例。正因为这种骨骼遗传病十分罕见，这两个病例之间存在的巧妙相似才一下子引起了我的兴趣。不过我们需要保护患者的隐私。"

"您放心吧，我们警方也有严格的纪律，绝不会向外人泄露患者的个人情况的。"苏左脱口而出，但她可能没意识到，她此刻强调警方纪律与刚刚"只是私事"的说法产生了矛盾。

欧阳书意味深长地看了苏左一眼，沉默几秒后说道："其实现在说这些意义并不大，因为这位患者已经去世了。"

苏左不知怎的，竟心急地问："这个患者是不是一位年轻女性，名叫师涵？"

欧阳书则缓缓摇着头说："不，患者是名年轻男性。"

苏左明显有些失望，但还是追问起来："那这名患者也是骨骼发育老化过快吗？"

欧阳书停顿了片刻才平静地答道："他刚好相反，他的骨骼异常表现为发育到一定年龄就停滞了，而且出现极度软化、易碎及萎缩等现象，到后期患者的颈椎、脊椎、腰椎都发生了严重变形，压迫甚至刺破身体其他内脏器官，最终导致死亡。"

"真是一种恐怖的疾病。"半晌没言语的小周突然颤抖着声音感叹起来，然后问出了苏左也同样想问的话，"这种病没有办法医治吗？"

欧阳书对小周听到这类疾病后的反应似乎习以为常，"我们曾为这名患者实施过多次骨骼矫正手术，但这也只是依靠外科手法来暂时缓解病情，短期内延长患者生命，并没有办法阻止骨骼的持续变异。"他此时已用完午餐，坐直了身躯，第一次摆出一副教授的姿态，很耐心地讲解道，"不过我认为，他与邵珑珑的情况虽然临床表现截然不同，但从理论上分析，导致患者病发并产生突变的这部分基因应该是相同的。"

"这么说起来，要想彻底根治这种疾病，是不是只有改变基因这一种途径？"苏左经过短暂的思考后询问道。

欧阳书肯定地点点头，不禁赞叹："看来苏警官为了查老戴的案子没少做功课啊，连基因治疗都懂。可惜十几年前，我们还没有办法正确无误地检测出那名患者的突变基因，更没有基因剪刀这么先进的手段。"

"那当年那名患者的家人有没有罹患类似疾病的呢？他还有什么家人您知道吗？"苏左依然不甘心地追问。

"这个嘛……"欧阳书显得有些为难，"患者已经去世了这么多年，具体情况我也记不太清了，而且关于患者的家人，我认为这涉及隐私问题，不方便由我告诉你们。不过我记得当年这个病例上过新闻，你们如果真的有需要，不如自己去查吧。"

欧阳书言尽于此，但苏左却从这番话语间听出了明确的调查方向，她不禁再次抬眼看向欧阳书，只见后者也正似笑非笑地回望着自己，眼神讳莫如深。

苏左决定转换一下话题，于是又问道："其实今天来还想冒昧地请问您，您平时如此繁忙，听说学术领域的不少后辈想请您指导实验都难如登天，可这次您为什么要主动加入目前由萧程博士主持的'兹扎'病毒改写团队呢？"她刻意在提到"萧程"时加重了语气，就是想看那一瞬间欧阳书的反应。

果然，欧阳书乍一听到"萧程"的名字时，目光明显闪烁了一下，不过他立刻对苏左的问题本身产生了不满的情绪，略微嗔怒道："苏警官，我想你还是对我存在误解，你以为我热衷于抛头露脸，喜欢跟各路媒体周旋，就不会对学术研究心怀信仰吗？"

苏左被反问得一愣，欧阳书在提及学术信仰时表情格外严肃，散发出一种威严感。

"我从事的是遗传病学方面的研究，'兹扎'正是一种具备遗传性质的病毒，而且是当今世界对人类威胁最大的病毒，攻克'兹扎'，应该是每一名遗传病学研究者的责任和义务，从这个角度来讲，反而是基因学插手了我们遗传病学的工作！"欧阳书侃侃而谈，话语间自有道理，并且露出一股学者特有的执拗劲头，“不过我赞成和支持两个学科之间的合作，特别是基因学这些年掌握了‘基因剪刀’技术后，两个学科未来更是大有可为。现在出现了‘兹扎’这样的病例，对于两个学科的研究者来说都是一次难能可贵的研究机会。我可不像那些老学究们，明明对研究工作心驰神往，却偏偏端着架子，等着年轻人来三顾茅庐。年轻人的时间应该多多用来在研究中产生新的灵感，而不是无聊的尊师重道上。所以不用萧程来特意请我，不管出于何种原因我都会加入病毒改写团队，这是我作为一名学者一生都在等待的项目，也是一个研究者对科学应有的态度。”说到最后，欧阳书已完全没有了怒气，语气充满诚挚。

苏左听完欧阳书的一番话，心里不由得认为小曼刚刚对欧阳书的描述和崇拜是完全出自真心的。这的确是一个精神世界与外在表现有落差的人，也或许只是常人的评判标准本身就世俗、偏颇。

“我可以直接请问您是否支持人体基因改写吗？”谈话到了这个程度，苏左干脆抛出了这个尖锐的问题。

没想到欧阳书根本没想避而不谈，反而大声说：“基因改写的存在不就是为了治病救人吗？不然花那么多时间和精力研究它有什么用呢？只是老戴那个家伙年纪大了，对难以预料和控制的事，失去了直面的勇气……”说着他轻叹了一口气，似乎陷入了某种遐思。

对方主动提及戴林钟，而且多次称呼其为老戴，令苏左有些意外，“您和戴林钟教授的来往密切吗？”

“当然。”欧阳书不假思索地回答。

“但我听闻，在戴老生前，您和他的关系，似乎……比较微妙。”苏左小心翼翼地选择着措辞，希望能够引得对方多说一点儿。

欧阳书则轻蔑地抬了下嘴角，不以为然地说：“那纯属外界朝着人们愿意相信的方向传出的谣言。要说我和老戴，唯一的矛盾恐怕就是这个……”说话间，欧阳书做了一个完全出人意料的举动，他伸手将自己满脑袋的头发一把揪了下来。原来那是一个假发套。

“噗……”小周忍不住在一旁笑出了声。

苏左也是讶异不已，只是实在不好意思当面表露出来。

只见欧阳书一只手捧着茂密的假发套，一只手在形成鲜明对比的脑门上捋着为数不多的几根真发，似乎很满意刚刚的举动所带来的效果，眼底含着深不可测的笑意，言语间却流露出一种对故人的怀念：“我这个秃顶的基因从二十几岁就开始困扰我了，所以我经常跟老戴说：‘你们的基因改写要是在人体上应用了，说不定哪天我这个病就能彻底被治愈了！’结果老戴每次都狠狠瞪我一眼，毫不客气地回应：‘就是因为有你这样想法的人太多了，我才更不能同意让基因改写用在人身上。’”

欧阳书绘声绘色地讲完，继续用玩味的眼神看着手里的假发，眼角余光却并没有放过苏左。

苏左感到对方锐利的目光向自己射来，目光中夹杂着好奇、怀疑、欣赏、担忧，甚至还有一丝信任。

“那您对戴林钟教授的遇害怎么看？”苏左没时间细想，随即问出了一个关键的问题。但她隐隐产生一种后知后觉，粗粗回想，似乎整场谈话一直在被欧阳书牵引着思路。

欧阳书慢慢将假发套回到头上，这个举动本身理应十分滑稽，可苏左竟从他的表情里看到了一丝悲伤。“老戴这个人，是典型的学者，得罪了人自己浑然不知，脾气还硬。他没有勇气面对的事，对于有的人来说，却正是千载难逢的机遇。”欧阳书说到这里故意停顿了一下，饶有深意地望着苏左，像个长辈般教导道，“苏警官，你还年轻，或许感受还没有那么真切，这世间攘攘，皆为利往，我们搞科研的人，做到了一定程度，就算自身想超脱事外，也不免被周围的各种人和事拉入利益的旋涡中，所以如果像老戴那般不懂得回旋，就等于把自己置于一个危险的境地……”欧阳书无声地叹了口气，欲言又止。

“听起来您和戴教授的私交不仅不差，还相当好，那您对他的日常生活还了解些什么吗？”苏左慢慢将话题引到生活上，希望得到一些信息。

欧阳书十分认真地回想起来，眼珠不停地左右转动，过了片刻，他说："老戴工作上虽然认识的人很多，但实际生活中却既刻板又简单，我不认为他私下会跟很多人有来往，顶多就是他的学生们偶尔会去他家坐一坐，算得上朋友的恐怕几乎没有，不然他也不会托我帮他物色保姆。我也没时间去外面帮他找，就把田阿姨介绍到他家去做小时工……"

"小时工？"还没等欧阳书说完，小周不禁惊愕地打断道，"您说的……难道就是刚才我们看到的那个田阿姨？！"

第十二章 毒凶

欧阳书研究室的保洁员田阿姨就是戴林钟家神秘的小时工，这是一个惊人的收获和发现！

为了避免打草惊蛇，苏左没有声张，公事公办地向秘书小曼索要了这位保洁员田阿姨的全部个人资料。

据资料显示：田阿姨本名田丽梅，年龄 49 岁，离异，身份证上显示的家庭住址是外省的一个地级市，幸好在欧阳书研究室登记的资料中还有一处在原京市的暂住地址。小曼表示没听说田阿姨搬家，那个地址应该还有效。

另外，小曼还提供了一些十分值得注意的信息：田阿姨大约一年前成为研究室的保洁员，但并不是通过家政公司介绍来的，最初她的身份是患者家属。她有一个女儿曾经因病来找欧阳书求助，因为遭到前夫抛弃，母女俩相依为命，为了帮助她们留在原京继续求医，欧阳书便把她留下当了研究室的保洁员。据小曼称，虽然只是保洁员，但田阿姨谈吐不俗，跟一般的保洁大妈明显不同，像是受过高等教育的人。而且她记得田阿姨对各种清洁用品的成分和使用方法特别在行，偶尔还会自制一些特殊的清洁剂，拿到研究室来给他们使用，没有丰富的化工知识储备恐怕是做不到的。

同时，派遣到戴林钟家周边进行走访的警员汇报：拿着田丽梅的照片到绿林苑小区和附近超市、菜市场等地进行询问后，有几位群众可以肯定，照片中的人就是戴林钟家半年以来负责打扫和做饭的小时工。

田丽梅的一切特征都与刑警队此前勾勒出的毒杀戴林钟的嫌凶相吻合，苏左丝毫没有迟疑，下令立刻到田丽梅家里，请她来警局协助调查。

“人跑了。”不出一小时，带队前往田丽梅暂住地找人的小周便垂头丧气地回来汇报说，“我们到的时候人已经不在了，连门都没上锁，可以看出，走得很匆忙。”

“她在欧阳书办公室得知我们是警察后，恐怕被惊了，所以连饭都没来得及送就潜逃了。可惜我们当时没能想到这一点。”苏左用手揉搓着脸颊，懊恼地说。

“我们简单地在屋里屋外看了看，屋里的东西基本上都没带走，我们在客厅看到了许多清洁试剂和化学实验用具，还有一些中年女性和年轻女孩儿的衣物及用品，能够推断，田丽梅和女儿逃跑前就是住在那里。不过我们并没在屋内发现疑似砒霜的物质，所以关键证据还是没能找到。”小周说着叹了口气，似乎很不甘心。

“这不奇怪，”苏左对此不以为然，“戴林钟的事已经发生这么多天了，凶手不会傻到还留着毒药，那只会给自己徒增麻烦。”

“可是现在这样的情况，我们岂不是什么都做不了？”

“我认为她不会离开本市。”

“对啊，她还有个生病的女儿！”小周好像又看到了希望，“那要不要我派人去盯着欧阳书？说不定为了女儿，她还会回来找欧阳书求助。”

苏左思索了一会儿，缓缓摇了摇头，“我觉得没必要。你记得吗，小曼在跟我们介绍田丽梅的情况时，说她女儿曾经是欧阳教授的患者，一直在原京治病，但其他的情况她都不是很清楚，这说明她们目前并没有在欧阳书那里继续求医，盯着欧阳书也不一定能等到她。”

“那她们还能去哪儿？”小周翻着白眼，“既然曾经求医于欧阳书，那肯定是遗传病，可原京除了欧阳书，她们还能到哪儿去治遗传病？”

小周的话突然令苏左脑中灵光一闪，她不禁为自己的想法感到惊讶。

“我们又险些陷入了思维盲区，别忘了，田阿姨曾经也是戴林钟的小时工，而且从半年前一直工作到案发，这本身就是一条重大的线索，分明在向我们展示着某种显而易见的关联！”

小周挠着头，显然没能跟上队长的思路。

“可是这就奇怪了，她为什么要害死戴林钟呢？这对她没有好处啊……”苏左继续自言自语，兀自陷入了短暂的迷茫。但愿是自己的猜测并不准确，毕竟田丽梅可能只是案件的其中一环，也许戴林钟和田丽梅之间，刚好是与自己的猜测相反的关系也说不定，这样田丽梅的作案动机便勉强可以说通了。但如果事实真的与自己的猜测相符，而且从田丽梅已经在戴林钟家工作了半年之久这一点来看，很可能事实正是自己猜测的那样，这样一来，局面就会变得完全脱离预期，变得更加复杂和棘手。

正当苏左百思不解时，刑警队的外线电话突然如蜂鸣般大肆响了起来。

“谁打外线？难道有新案子？”小周挠着头烦躁地说，极不情愿地走过去拿起了听筒，嘴里还喃喃念叨着，“真是添乱，现在哪儿还有闲心管别的案子……喂——”

不知听筒另一端的人说了些什么，小周脸上的表情由不耐烦转变成惊愕，又过了几秒，小周竟然僵直着手臂将电话听筒直直向苏左递来。

“我是苏左。”

“我是田丽梅。”电话中传出一个冰冷的女声，咬字清晰有力，“苏警官，我知道你是刑警队长，也是戴教授那件案子的负责人。”

虽然意外来得很突然，但苏左强迫自己迅速冷静下来。她敏锐地从对方言语间的喘息频率听出，田丽梅虽然故作镇定，实则心里非常紧张，于是她刻意放缓语气，尽量用温和的声音说道：“田阿姨，您打这个电话来，就说明您有话想对警方说，请您相信我们，只要您来协助调查，我们一定会把案子调查清楚。不知您想没想过，您现在这样逃避，只会让您和您女儿的情境变得更糟。”

也许是苏左的话起了点儿作用，电话另一端的田丽梅沉默了几秒，随后似乎下定了某种决心，果断地说："我愿意去警局，但你必须先满足我一个条件。"

"是不是和您女儿有关？"苏左略一沉吟，反问道。

田丽梅这回没过多犹豫，直截了当地提出："请把我女儿交给一个叫萧程的人，我知道你能找到他。"

沉默了几秒后，苏左简短地吐出两个字："可以。"

电话那端随即传来松了一口气的声音，很快又恢复了冷静："两小时后，我女儿会出现在你们警局外街口处的那家快餐店里，请你带她去找萧程。我需要看到她和萧程见面的视频。她知道一个秘密电子邮箱，让她把视频发到邮箱里，明天我会选一个时间查阅邮件，看到我想要的邮件后，我自然就会来自首。你们不要试图通过定位邮箱来锁定我的位置，那个邮箱我不会轻易登录。"

苏左听到对方这样安排，不禁微微皱眉问："田阿姨，您就这样把女儿交给我们，难道不担心吗？"

电话里又是一阵沉默，苏左仿佛能看到田丽梅无声地轻摇了下头，无奈地说："我女儿是个病人，带着她就像随身带着一个小型炸弹，不知道什么时候她就会突然发病，让人束手无策。不出三天，你就会发现，除了把她交给萧程，你也没有更好的办法，最后只有按照我说的去做。而且你们是警察，我相信你们不会伤害她。"

对方既然这样说，苏左也无意再质疑。"那我要怎么确定哪个是您女儿？"

"她会穿一件红色的连帽风衣和蓝色牛仔裤，请你手里拿一瓶喜乐饮料，那是她最喜欢喝的，她看见后会主动来找你。"

"好吧。"苏左干脆地冲着听筒说，"我会遵守承诺，希望您也会。"

"苏队长，相信我们很快就会再见。"田丽梅随即挂断了电话。

苏左听到电话里传来"嘟——嘟——"的忙音，兀自握着听筒发了会儿呆，直到小周终于按捺不住，轻声问："苏队，我们真的要带她女儿去见萧程吗？"

苏左慢慢将茫然的视线收回，不假思索地回答："要！"

小周对苏左的坚定感到不解，想问个究竟，可看到队长脸色阴沉，又不敢多说什么。而田丽梅这一通预料之外的来电，令此时的苏左心里已经有了九成的把握，只等田丽梅的女儿和萧程见面后，自己的猜测就可以得到验证了——那将是一个出乎所有人意料的事实，甚至连她自己都没想好要怎么面对。

两小时后，苏左如约将一瓶喜乐饮料摆在面前，坐在快餐店正中央一个很显眼的位置静静地等待着。没过多久，一个红色的身影便小心翼翼地出现在苏左面前。

"请问，您是苏左姐姐吗？"女孩儿用礼貌甜美的声音轻轻问道。

苏左微笑着点点头，实则心里有些意外，因为眼前的女孩儿看起来并不像有什么难以治愈的疾病，只是身形稍显瘦弱，但精神饱满，一双眼睛黑亮黑亮的，目光中透出单纯和灵气，眉宇间亦能找到田丽梅的影子。最关键的是，女孩儿看上去应该已经成年了，肩膀上还背着一个淡蓝色的双肩书包，更像是个女大学生。

从田丽梅的年纪推断，她的女儿应该在20岁左右了，苏左立刻在心里责怪起自己的大意，竟还一厢情愿地以为对方是个生活尚不太能自理的小姑娘。

"我叫田静。"女孩儿爽朗地说，笑容也很阳光。

苏左调整好情绪，瞅了眼田静的书包，亲切地问："你刚才去上课了？"

没想到女孩儿却瞬间低下了头，开始不自然地揉搓着衣角，小声回答："我只是……去那边的大学里看了会儿书……妈妈说，我要先把病治好才能上学。"

苏左顿时又懊恼起自己的失言，女孩儿羞怯委屈的样子不禁让人一阵心酸，显然田静对大学生活心存向往，却由于患病不能如愿走入校园。

“你妈妈……她还好吗？”苏左轻声试探起来，想由此断定田丽梅跟自己女儿到底是怎样约定的，因为看上去，田静并不像知情的样子。

果然，田静抬起头来忽闪着一双大眼睛说：“妈妈临时有事去外地了，叫我今天不要回家，而是到这里来找您。她说这周会有新的医生来为我治病，您会带我去见新医生。”

苏左心中有了数，于是也站起身，拍了拍女孩儿的肩膀温和地说：“那我们走吧。”

田静欣喜地点了点头，随后充满好奇地问道：“苏姐姐，那个叫萧程的新医生，也是个老爷爷吗？”

田静单纯的问话扫却了之前笼罩在她心头小小的阴云，令人忍俊不禁，于是她扮着鬼脸回答道：“他似乎比你想象得要帅一点儿。”

第二天一大早，田丽梅默默地出现在刑警队门外。

她换下了上次见面时那一身保洁员的制服，穿着一件干净简洁的针织衫，下身是米色长裤，完全不像是一名家政服务员，反而透着几分知性，只是看起来有些疲惫，眼角和额头处已可见难以抚平的皱纹。岁月给了这个女人一些常人没有过的经历，而这些经历，无可避免地被写在那张原本清秀动人的脸上，如今变成了忧虑、警惕和不安。

“你女儿现在很好，我们暂时将她安顿在萧程的研究基地，我们还为她购买了许多高中课本和高考复习资料，希望有一天她痊愈了，可以去考自己喜欢的大学。”

问询室里，田丽梅与苏左相对而坐，听到关于女儿的状况，表情也没太大变化，显得十分平静。

“视频我看到了，没想到萧程那么年轻。经常听戴教授提起他，戴教授十分看重他，甚至说萧程或许是能够左右十年内中国基因工程学发展最关键的人。”

“戴林钟死亡当天你并没有见到萧程是吗？”

田丽梅眼角跳动了一下，似乎很诧异苏左会这样问，答案当然是没有。

“你是从什么时候开始在戴林钟教授家工作的？”

“大概半年以前。”

“是欧阳书教授介绍你与戴教授认识的？你知不知道他这么做有什么目的？”苏左决定先问一些外围的问题，试探一下对方的态度。

田丽梅有所警觉地望着苏左，满脸认真地说：“欧阳教授是个难能可贵的好人，你们完全没必要对他有任何怀疑。他只是单纯地想要帮我。事实上他和戴教授关系十分好，外界那些关于他们不睦的说法，都是无稽之谈。”

“那你在戴教授家具体都做些什么呢？”

“做饭，打扫房间，陪戴教授聊聊天。戴教授通常上午会去学校或实验室，中午回家，我每天中午去给戴教授做饭，一般等到下午他午休起来后，我再提前把晚饭做好，然后 4 点左右离开。他偶尔下午也要外出，但基本不在外面吃饭。”田丽梅说得很细致，从她的讲述里就能基本还原出戴林钟平日里的生活作息。

“这半年以来，你和戴教授的关系怎样？你们产生过冲突或矛盾吗？”

“一次也没有。”田丽梅想都没想就断然答道，“戴教授在科研工作上过于投入，所以对生活琐事并不怎么在意，只要能够正常遵循他的作息，他基本没有其他任何要求。即便是偶尔闲聊，他也十分平易近人，虽然他是大名鼎鼎的教授，但接触起来并不会让人感觉到压力。”

苏左从田丽梅的言谈间不难看出，她对戴林钟充满着尊敬，并不像是装出来的。苏左之所以认为田丽梅并没有撒谎，正是源于自己先前的猜测，但在萧程那边反馈回确凿的信息之前，她尚不打算直接就这一问题询问田丽梅，而是换了个话题。毕竟在戴林钟死亡事件里，与田丽梅最可能直接相关的，还是中毒这一环。

“案发当天，你都做了些什么？请尽量说得具体一点儿，把你能想起来的都说一说。”苏左用一种引导的语气问道。

田丽梅陷入了回忆，边思索边答道：“这么说起来，那天的确与往日有些不同。我记得戴教授从那天之前的一天就开始有些不舒服，好像有拉肚子和呕吐的症状，于是中午我准备了菜粥和小笼包这样比较清淡可口的食物。午饭后戴教授说下午会有客人来家中找他，让我不用打扫卫生了，先行离开，晚饭前再回来。我当时稍有些意外，因为这种情况从来没发生过，平时就算有客人来家里，戴教授也只是把他们请到书房关起门来谈话，我依然可以打扫家中其他地方，但那天他却很严肃地要我离开，我只好先走了。但当我下午回来时，情况明显有些不对，戴教授一直把自己关在卧室里，我担心是他的病情加重了，提出送他去医院，可是他坚决不去，而且无论我怎样劝说，他都不肯把卧室的房门打开。就这样，我自始至终并没有见到他。随后我简单收拾了屋子，又煮了面条，做了几样清淡的小菜放在餐桌上，叮嘱戴教授记得出来吃，告诉他晚上如果有不舒服随时给我打电话，之后我才离开。说实话，我当时就有特别不好的预感，因为他的声音听起来有气无力的，似乎真的很难受。”

田丽梅讲述的情况是刑警队此前没有预计到的，非常关键，于是苏左严肃地求证道：“你确定你听到门内传出的，是戴教授本人的声音吗？”

田丽梅肯定地点点头：“我能确定，绝对是他本人的声音，不会错。”

苏左相信田丽梅的判断，因为从案发后的时间轴回看，那个时候戴林钟的确应该还活着，但他把自己关在卧室内，就无法判断那个时候他是否已经遭遇了什么危险，甚至有可能正在受人胁迫也说不定。

“你说你还打扫了房间，那你在打扫书房时，发现什么跟平时不一样的地方了吗？”苏左突然想到，案发现场有被人打扫过的痕迹，这与田丽梅的供述相符，所以在田丽梅打扫房间前，书房里或许已经发生了一些事情，那样的话肯定会留下痕迹，以田丽梅谨慎的个性，应该会有所察觉。

果然，田丽梅轻轻咬着嘴唇，显然对当天的事情进行过自己的判断。“那天书房的确比平时要乱，地上散落着很多东西，是从书架和书桌上掉下来的，甚至连客用的沙发和小茶几都有被挪动了的痕迹，就像是……就像是有人在这里跟戴教授打了一架。我想他们谈的事情一定非同小可，才致使平日里儒雅的戴教授也可能一时失态。”

“那你当时有没有在地上发现水渍？还有碎玻璃片一类的东西？”苏左焦急地追问，因为始终困扰着刑警队的现场残留溶液究竟是什么，至今还没有头绪。

田丽梅摇着头，“那倒没有。”

“那戴教授家有没有类似这样大小的金属箱子？”苏左边说边比画，又换了个问题。

田丽梅依然迷茫地摇了摇头，“我没见过。”

苏左一时沉默下来，从时间上分析，田丽梅返回戴林钟家的时间点，刚好应在两拨凶犯去戴林钟家之间，或与其中某一拨存在重叠，但至少从田丽梅的话中得知，那时装有神秘溶液的容器还没有被打碎，而金属箱则根本就不是戴林钟的东西，有人把它带来，并用它打伤了戴林钟，之后又把它带走了。

“请问，戴教授真的是中毒而死吗？”片刻之后，没想到田丽梅率先打破了沉默，小心翼翼地发问道，似乎对这个问题十分关切。

苏左对她这样提问并不惊讶，平静地给出解释：“戴教授的死因非常复杂，但尸检报告表明，他体内的确存在慢性砷中毒的迹象，也就是我们俗称的砒霜，这或许是导致他突发心力衰竭的主要原因。”

田丽梅闻言倒抽了一口凉气，“你们怀疑是我在戴教授的饭菜里下了毒？”随即她又恍然地自言自语道，“没错，也只有我有这个条件来毒害他。”

谈及关键问题，苏左的口吻也变得严厉起来：“难道我们不该这样怀疑吗？如果你真的没有事隐瞒警方，又为什么在得知我们是警察后要跑呢？”

田丽梅垂下眼帘，深深叹息了一声，说：“好吧，我承认，戴教授所中的砒霜的确是我的。”

“你哪里弄来的砒霜？”

“我在大学里是学化工的，砒霜是我自己提炼出来的，这对我来说一点儿都不难。我的出租屋里还有提炼所用的化学工具，你们可以去取证。”

“你为什么要提炼砒霜？”苏左厉声追问。

此时田丽梅的眼神里流露出一种前所未有的坚定，只听她说：“对不起，这个问题，我现在不能回答你。”

“戴教授虽然死前还经受了很多折磨，但正是砒霜中毒才致使他虚弱到无法扛过这一劫，他死得十分痛苦，甚至到死也没有闭上眼睛。”苏左有意将这番话说得清晰且缓慢，想试探田丽梅听到这些后会作何反应。

田丽梅紧闭着双眼，整张脸都在微微颤抖，终于，她接近了崩溃的边缘，将手指深深插入头发中，呜咽出声：“戴教授……”

苏左这时也急切起来，因为如果她的猜测属实，田丽梅的确完全不具备杀害戴林钟的动机，可对方又丝毫不掩饰制造砒霜的事实，这里面无疑存在着巨大的隐情！

“我愿意相信不是你亲手在戴教授的饭菜里下的毒，但你能不能将你隐瞒的事情说出来？”

田丽梅的脸上挂着两行泪痕，听到苏左的问话后，她似乎稍稍恢复了一点儿平静，却仍坚定地说：“我现在真的不能说……你们可以拘留我，到了我认为能说的时候，我自然会把我知道的全部告诉你。”

苏左颓然垂下双肩，也不知还能问什么。

“你不问问我关于我女儿的事吗？”过了片刻，田丽梅主动发问。

苏左的视线在对方脸上缓缓扫过，“不用问了，有人会告诉我更多。”

田丽梅心领神会地点了点头，最后竟莫名其妙地说了一句：“苏队长，我想你必须理解，有时候，活着比死亡更需要勇气。”

苏左眯起双目，一时无法领会这句话中的含义，只好不解地望着拒绝再开口的嫌疑人，默默合上了审讯本。

晚上 7 点，榴莲甜品店。

这是萧程给出的两个见面关键词。

还没到 6 点半，苏左已经坐在上次的位置，面前摆着三份榴莲大福。

她并不是时间宽裕，只是觉得萧程值得等待，因为每次见面都能从他那里获取新的东西。刚要到7点，萧程挺拔的身影便从对街径直走来，依然目不斜视，步伐稳健，他的风格倒是没变，一向准时得像块儿手表。

两人见面后四目相对了几秒，谁也没有开口说话，萧程坐下来，沉默地开始吃面前的榴莲大福。苏左则一口也没有动，眼见着萧程把三份甜品统统吃光，轻轻用面巾纸擦拭起嘴角。

最终还是萧程先开了口，从他的语气听不出什么不同寻常的情感，但他似乎很清楚苏左最关心的是什么。他讲解得很慢，苏左微蹙着眉头，认真地聆听着。

“田静患有一种十分罕见的先天性代谢功能紊乱，她的体内无法正常分解出几种作用于吸收和消化系统的酶。患者应该是在年龄很小的时候便已出现不适的症状，主要表现为如果患者食用了必须要用那几种酶来分解的食物，就会发烧、呕吐、皮肤变色，严重时还会伴有昏迷、晕厥甚至意识错乱等症状。而随着年龄的增加，人体内对代谢酶的需求量也会相应加大，患者病发时的症状就会越来越严重，以至于最终威胁生命。”

“难怪田丽梅会把自己女儿比喻成炸弹，因为她不知道田静什么时候吃了什么食物就会突然病发。”苏左想起田丽梅在电话中说的话，此时方能体会到这种病患及家属的无奈与无助。

“这种病是一种新型的基因疾病，全世界类似的病例至今也只发现了几十例，而且每一例患者体内所缺失的代谢酶的种类都是不同的，就像几十个数字进行不重复的排列组合。也就是说，每一例都有着独一无二的特质，在基因表现上也都有所差异。所以，我们为田静做了一个全面的基因测序，最终确定她是 NBAS 基因变异患者。”萧程说到这里突然停顿下来，似乎在犹豫着接下来的措辞。

“你就直白点儿告诉我，她是不是一直都在接受基因治疗？”苏左好像没耐心等对方想好，迫不及待地问。

萧程镜片后的双目闪烁了一下，肯定地答道：“是的。应该已经有半年多了。而且为她做治疗的人水平高超，即便是我，也能够从中学到不少东西。”

苏左深吸了一口气，这个困扰了她两天的猜测，基本已经确定为事实。她打量着萧程，看不出对方此刻是怎样的心情。

“想必你很清楚，国内拥有这个水平的，恐怕只有一个人，那就是你的导师——戴林钟！”虽然自己猜对了，但她没能感受到一丝成就感，当讲出这一事实时，感受到的只是阵阵心惊。

萧程却并没有苏左预想得那样意外，在苏左说这番话时，他始终沉默地端坐着，两只手交握在桌上，双唇抿成了一条直线。

“你不觉得震惊吗？”苏左疑惑地问。

萧程犹豫了一阵，缓慢而诚恳地回答：“说实话，我的心情很复杂，其中震惊的比重并不大。”

他轻轻握紧双手，脸上没有一丝释然，突然冒出一句：“我再吃一份榴莲大福好了。”说完，他站起身向甜品柜台走去。不过他的步伐少了几分往常提起甜品时的兴奋，而是显得犹疑和沉重。过了片刻，萧程端着一份榴莲大福又回到了座位上。

苏左忧虑地望着他，试图揣测萧程这两天的心态。连他这种逻辑思维能力极强的人都理不清，应该是一种常人无法理解的复杂吧，就像没有哪个正常人会一口气吃掉四份榴莲大福。他在发泄。

“你有没有想过，如果是这样，戴教授不可能在自己的实验室明目张胆地帮田静进行基因治疗，他应该另有一处秘密的实验室。”过了片刻，苏左尽量用平静的语气说出了心里另一个猜测，小心等待着萧程的回应。

可在萧程看来这似乎是理所当然的事情，他一边吃着甜品，一边头也不抬地说：“照目前田静体内基因变异的情况看，她的治疗是循序渐进、十分有规律的，给她提供治疗的地方应该是一处固定的所在。我也认同你的猜测。”

苏左想起了与田静见面时的一个小细节，“她自己好像提到过，她的治疗是每周做一次。那她有没有跟你提起过实验室在哪里？”

萧程这回却很果断地摇摇头，显然他早已问过田静这一问题。“那孩子说每次她都是被蒙着眼睛带到实验室去的，因为本来就是秘密治疗，她妈妈告诉她只有这样，才能得到这个被治愈的机会。”

苏左认为田静说的肯定是事实，戴林钟把自己的秘密实验室隐藏得越深，越说明他在从事的工作有着非同一般的意义。

“我想戴教授既然拥有这样一间秘密的实验室，就不可能只治疗田静这一个病例，而应该还从事着某种特别的实验……”

苏左正说着，萧程却突然被一口甜点呛住了，不停大声地咳嗽起来。

“你没事吧？”苏左赶忙伸出一只手轻拍着萧程的后背，关切地问。

萧程摆了摆手，另一只手却依然捂着喉咙，显然痛苦还没完全消退，哑着声音说：“可能是甜的东西吃太多了，有些吃不下了……”

苏左满含担忧地嗔怪道：“就算戴教授做了什么，也该不会对你目前的‘兹扎’病毒改写实验造成影响，再说知道了他也在从事人体基因治疗，你应该感到松了一口气才对，为什么还要给自己这么大压力呢？”

萧程脸色发白，并没有回应苏左的提问，依然用手背轻捂着嘴，偶尔传出一两声咳嗽。

“你有没有想过，这样一来，还有一个很重要的问题，就是作案动机。我们之前在这上面走了弯路，但我想这次的调查方向不会再错了！”苏左试图用案情的进展令萧程开心，继而兴奋地说，“你想想看，如果戴教授在秘密从事人体基因改写实验，那他的被害，就很可能并不是像我们之前推断的那样，是因为阻止了人体基因改写的发展，反而应该是与某些关键的人体基因改写实验有关才对！”

苏左话音刚落，就注意到萧程正深沉地凝视着自己，眼神中似乎少了几分平日里的赞赏和温柔，竟令她有种被刺痛的感觉。

“你怎么了？”苏左不明所以地轻声问。

萧程猛然回过神，随即闷闷地说道：“没什么，你做得很好。我直觉你越来越接近事件的真相了。”连声音也变得有些陌生。

第十三章 线索

入夜时分，僻静的山区内黑黢黢的一片，最缺少的便是那令人迷醉的人间灯火。董明申此时正坐在一间明亮宽敞的客厅内，他悄悄瞥了眼落地窗外无垠的黑暗，心中浮起无限的焦虑和不安。

“董省长，你太急躁。”一个阴沉的声音说起了话。

董明申强作镇定，假装无所谓地说：“先生品茶越来越有道了，这颗上乘的小青柑，喝起来真是令人心旷神怡啊。”

这处别墅他已经来过多次，可身在其中，依然难以摆脱一股从心底泛起来的压抑感。他的仕途在遇到面前的这个人后就变得不再坦荡，可懊恼的是，这条路无法回头，他已没资格拒绝。

“你怕我怪你拿了好处不干活吗？”别墅主人轻易便看透了对方的焦虑，对付董明申这种角色，无须多硬的手腕，只需先给足好处和面子，再偶尔敲打提点就足够了。

“先生哪里的话。”董明申立刻赔笑道，“这件事的确急不得，先生能理解董某的难处则最好，其实我们还是有收获的，毕竟现在这样的局面已经是我们之前求之不得的了。卫计委已经批示了意见，同意在病患身上进行基因改写了。相关的部门规章很快就可以出台了。”

“董省长已经尽力了。”这时，坐在呈三角方位另一边的一名身着白色衬衣的男子幽幽开了口，他一边说，一边沏茶。

董明申则用一种复杂的目光注视着这个人，有审视也有求助。

白衣男子的话似乎十分管用，别墅主人果然没有继续纠结于刚刚的话题，一口气喝干了手中的一杯茶，堆笑道："董省长说得在理。老家伙这个时候死了，对我们来说终究不算是坏事。"

沉默了一阵，董明申皱眉向白衣男子询问起来："戴教授手里究竟有没有那个东西？"语气并不像对别墅主人那样小心恭敬，而是显得有些焦急，因为"那个东西"的存在与否，直接关系到他在明面上的努力斡旋到底有没有实际意义。

"据我所知，他已经成功了，那个东西一定存在。"白衣男子沉吟了片刻，肯定地回答。

"可是我们那样问，他都不把东西交出来，难道东西已经落到别人手里了？"董明申不安地搓动着双手，然后突然想到什么似的说，"他会不会把东西给了萧程？他最后见到的人不就是萧程吗？"

白衣男子似乎也早考虑过这种可能，但他更倾向于否定这种想法，自言自语般说道："戴教授一直反对萧程回来，就是怕秘密会被萧程发现，怎么可能还把东西交给萧程呢？况且萧程跟警察反复笃定地表示，那天他赶到时，戴教授已经死了。"

"哼，老家伙的想法，你们竟没一个人捉摸得透！"别墅主人这样说着，目光冰冷地扫过面前的两人，明显带着不满和责备。

"唉，他一向都不太合作，这些学究实在不容易被利用。"董明申连忙故作感慨，但随即便意识到自己在对方眼里也许正属于另一类"容易被利用"的对象，心里很不是滋味。

可另两人丝毫没有附和他的意思，均表情冷峻地沉思着。

忽然白衣男子忧虑地开口道："目前我们还有一个新麻烦，就是欧阳书。"

"你说那个遗传病学教授？"董明申竖起眉毛，不屑地表示，"他那种好张扬的人，我们不惹上他，他就应该不会注意到我们，再说他的研究领域对我们也没有什么利用价值。就算他现在跟萧程走得很近，对我们也不会有什么影响吧？”

别墅主人却在白衣男子提到欧阳书的名字后脸色变得越发深沉，他觉得董明申有些聒噪，默默地瞥了后者一眼，不阴不阳地说：“董省长看来平日里跟这些学者们接触得不到位啊。”

作为分管卫生系统工作的副省长，董明申一向只看重疾控方面的工作，因为更容易出业绩。而对于那种花费十年都不一定能开花结果的科研项目，他的确过问得甚少。但这是他为官多年只有自己心里清楚的小九九，如今被人这样赤裸裸地当面揭露出来，难免脸上挂不住，可这又不是他可以随意发脾气的场所，只能阴着脸，暗暗运气。

白衣男子出面为董明申解了围，“董省长，这也不怪您，欧阳书平日里的确是有意给人留下比较浮躁的印象，不太像个搞研究的学者，我曾经多少与他有过接触，这个人，实际上深不可测。”

“可你在担心什么呢？难道你怀疑老家伙把那个东西给了这个欧阳书？”董明申一时搞不懂对方的思路。

“并不是没有这种可能。”没想到白衣男子严肃地说，“我也是最近两天才知情的，至少欧阳书和戴林钟的关系并没有外界以为得那样简单，欧阳书很可能知道我们拥有一间秘密实验室的事。”

别墅主人听到这一情况，瞬间露出惊讶的神情，但随即便收起慌乱，冷静地指出：“那以他的科研造诣，应该很容易猜到我们在从事怎样的实验喽？”

“难道他也对那个东西感兴趣，想跟我们分一杯羹？”董明申依然不明所以地猜测道。

“如果只是这么简单就好了。”白衣男子垂下目光，忧心忡忡地回答。

董明申听出了对方的话外之音，小心地问道：“你们跟这个欧阳书也不是很熟吧？怎么知道他就会怀疑到咱们头上来？”

白衣男子轻叹一声，语气稍有放松地说：“董省长言之有理，可能是我太多虑了。不过欧阳书借‘兹扎’之名主动接近萧程，却是一个令我们不得不提高警惕的信号，我们至少应该尽可能地多留意他们之间的来往。”

别墅主人啜了一口茶水，眼中流露出一丝复杂的神情，“就算外界将他传得再怎样玄乎其玄，是人就会有欲望，欲望则势必带来弱点。这个欧阳书，有没有可能为我们所用呢？”

这番话引来一阵沉默。

片刻后白衣男子言道：“还是您思虑周全，我认为不是没有这种可能，但这要看，他能带给我们些什么。”

董明申敏锐地感觉到他二人间已达成了某种共识，只好识趣地表示：“其实真的要分一杯羹给他也没关系，毕竟，那个东西能为我们带来的财富几辈子也花不完，哈哈哈。”说到这里，董明申突然又来了主意，眼睛一亮道，“就算没有老家伙手里的那个东西，我们目前也还有个机会捞上一大笔，就是萧程实验室研制的‘兹扎’疫苗。这也是一趟好借的东风啊！”

别墅主人显然对这个提议来了兴趣，对着白衣男子嘱咐道：“你一定要盯紧了，市场先机绝对不能给了别人，只要萧程的实验一成功，必须保证我们的药厂最先生产出疫苗。”

董明申兴奋地补充说：“到时候审批和派发我都会提前做好安排。”

“这些我倒都不担心。”别墅主人略有犹豫地追问道，“只是……萧程在人体基因改写上的态度还是那么强硬吗？”

白衣男子飞快地与董明申互望了一眼，为难地说：“我试探过他几次，他的想法似乎很坚决，董省长那天在会议上也已经对他软硬兼施，可他始终坚持基因改写的适用人群只能是病患。”

董明申对萧程早就多有不满，正好趁机发泄起来：“哼！本来以为请这个萧程回来，能让老家伙放老实点儿，最好是再为我们所用，没想到他完全不开窍，竟然在会议上公开跟我作对，而且他根本不按套路出牌，总搞得我们措手不及。”

听了二人的话，别墅主人缄默不言，不知在想些什么。

董明申有些坐不住了，继续试探着说："如果萧程真的不合作，那我们前期做了那么多事，不就都弄巧成拙了？"

白衣男子立刻反驳道："也不一定。萧程对'兹扎'病毒改写下了很大功夫，他在基因编辑上的确更有天赋，现在那个东西不在我们手上，说不定萧程的实验到了关键阶段，反而对我们是个帮助。"

别墅主人闻言将目光投向窗外，像是在与一片虚无对话，语气幽幽地问："究竟什么时候，我才能实现你的心愿呢？"

白衣男子神情复杂地望着别墅主人这一举动，心事重重地垂下了头。

董明申则是一副事不关己的姿态。忍耐了片刻，他觉得有必要打破这种气氛，于是强调道："先生，只有金钱最实在、最可靠，我们还是为活着的人好好打算吧。"

别墅主人闻言从窗外收回视线，意味深长地注视了董明申几秒，随即赞同地点了点头，似乎对董明申这种说法毫无异议，展露笑颜附和道："董省长真是我们几人之中最直接和爽快的，跟你合作，让我感到格外轻松。"

董明申再次大笑起来。

别墅主人却渐渐收敛起嘴角的笑意，调整了一下坐姿，把玩着手中的茶盏，用一种令人发寒的语气眯着眼念道："那个东西究竟在哪儿呢？"

深夜两点，简洁的书房内还亮着一盏昏黄的台灯，正发出微弱的光芒。开启的电脑屏幕上映照出一张秀丽的脸庞，杏眼朱唇，额头和眼角已爬上了几条淡淡的细纹。女人已经不是年轻的小姑娘了，有一种更加沉静的美。她的眉头此时正因为苦苦思索而轻微皱起，使她看上去又多了几分智慧的气息。

明天没有安排出诊和手术，是杨海璐难得的休息日。她打算明天上午10点左右再出门去原京医大附属医院看望仍然处于昏迷状态的邵珑珑，所以今天可以睡得晚一些。她坐在电脑前，在网页的搜索栏中输入了几个目前正关心的字眼儿，可随着查阅到的信息越来越多，她开始意识到这些信息间存在某些不同寻常的联系，陷入了无法停止的浏览和思考，时间飞逝，已经夜深了竟浑然不觉。

出于职业本能，杨海璐率先查询了国内外一些关于骨骼疾病的资料。医学方面的论文大多十分艰涩，好在多年来她业精于勤，读起来并没有那么吃力。可读得越多、越深，她惊讶地发现与邵珑珑表征一样的病例，世界上竟然没有出现过！这在一般人看来或许并没有什么，因为邵珑珑的病的确闻所未闻，可在学医者看来，没有先例参考的病症，不仅意味着没有成功的医治办法可以参考，还有可能说明患者本身具备异于常人的体质。杨海璐立刻意识到了事实的严重性，也就是说：邵珑珑的基因，是与正常人截然不同的。

为什么？怎么会这样？

这是另两个随即浮现在杨海璐脑海中的问题。她很自然地想到了遗传性。邵毅平已年近不惑，体质正常，未见病征。那么从理论上分析，应该就只剩下一种可能，疾病的来源是在邵珑珑的生母——师涵身上。

这时杨海璐才猛然惊觉，对这位曾经的闺密和情敌，自己可谓一无所知。她努力搜刮着所有关于师涵的记忆，虽然那明亮可爱的脸庞依然清晰，活泼开朗的笑声也音犹在耳，可似乎师涵从未提及过自己的身世。她是哪里人？家中还有什么人？父母是做什么的？……一切的一切，全部是谜。

唯一能够确定的，是师涵死于11年前，也就是2007年，而具体的死亡日期不详。网上不可能查到，也从来没听邵毅平提起过。另外，杨海璐还能确定邵珑珑也是在那一年出生的，出生日期为11月22日。由此不难推断，师涵应该去世于那一年年底左右。除非是经历了难产或产后严重恢复不善，不然身为妇产科医生的杨海璐很难想出一个产妇在产后一个月内猝死会是什么原因。

难道，小涵生产时已经表现出骨骼异样的病征，处于严重病发的状态？

这或许是目前唯一说得通的解释。如果当时师涵的骨骼遗传病已经病发，那么健康状况肯定不允许她自然生产，邵珑珑则一定是经过了剖腹产手术才出生的。杨海璐决定查阅一下妇产医院的手术病例。她给值班医生打了个电话，但结果却令她非常失望，她并没有在妇产医院的病例中找到师涵的名字。

也许小涵当时选择了其他医院？这种可能也是存在的。杨海璐说服了自己还有个理由，那就是 11 年前，她已经在市妇产医院担任主治医师，如果是有意躲避自己，师涵会选择其他医院生孩子，也完全合情合理。

师涵究竟是在哪家医院、怎样的身体状况下生下邵珑珑的呢？杨海璐陷入了短暂的迷茫。当然她心里清楚，最简单明了的办法就是直接去问邵毅平，可她又不断地宽慰自己似乎也没有非得知情的必要。面对邵毅平，她有时真恨自己的懦弱，竟然已经习惯了不多问，只等对方愿意多说。

可查不到师涵，邵珑珑的病因就始终难以得出定论。杨海璐暗自决定近些天找机会，动用自己在各大医院的人脉，争取找到师涵曾经就诊的医院。不管她看的是骨骼上的病，还是生孩子，总会在某家医院留下记录，这一点应该没什么可怀疑的。

难道就真的不存在患过类似疾病的人吗？杨海璐还是心有不甘。

从医学数据来看，有一些遗传病，男性和女性在发病年龄上有差异，当然这取决于疾病的类型。在与师涵同住一宿舍时，对方已经年过 20 岁，当时并没有出现病发征兆。而邵珑珑今年只有 11 岁，假定邵珑珑遗传了母亲身上的基因缺陷，那么他的病发年龄显然更加年幼，会不会正因为他是个男孩儿呢？于是杨海璐试着在搜索栏上添加了两个新的关键词——“未成年、男性”。

出来的词条依然十分琐碎和凌乱，杨海璐耐着性子逐条浏览着。突然，一条并不怎么起眼儿的搜索结果意外地引起了她的注意。

那是一篇将近 20 年前的报道，标题为《商界翘楚转开医院，只因怪疾缠身》。杨海璐对这种标题就噱头十足的报道并没抱什么希望，只是刚好搜索到了，且有“怪疾”二字，于是点开来随便翻翻，好在报道不长，文字也

改 写

简单明了：

今日，我市知名房地产企业郑氏集团宣布旗下新开“天满不孕不育专科医院”，这是郑氏集团多年来首次涉足医疗行业，引发了市民广泛关注。

据悉，郑氏集团此次如此巨大的跨界之举的领军人系郑家第二代商界翘楚——郑诗聪。郑诗聪乃房产大亨郑锦鸿独子，几年来曾代表郑氏集团成功主持了多项商业房产开发项目，年轻有为。但不幸的是，郑诗聪先天身患怪疾，从23岁起便出现骨骼异常症状，表现为骨骼萎缩性生长并伴随畸变，骨龄严重剧减。虽然常年接受特殊治疗，但如今的郑诗聪虽已年近而立，身形看起来却更似未成年男性，随着病情逐渐恶化，现已只能勉强依靠轮椅行动。

然而身体的疾病却激发了郑诗聪将商业版图拓展至医疗领域的宏伟决心。在接受本报记者采访时，他表示：“‘天满不孕不育专科医院’的一项主营业务就是‘试管婴儿’，这项技术的好处不仅在于能够帮助无法自然受孕的夫妻完成体外受精，还可以通过人为筛选，为患者提供最为健康的后代。这正是我本人的愿望，因为患病，我深切地感受到先天基因正常是一件多么重要的事。能够在生命孕育之初便确信它将健康、健全地出生，相信这无疑也是全天下所有父母的心愿！”

“天满不孕不育专科医院”落址东城，交通便捷，内部设施齐全，是一家综合了多种类、多疗法、多技术的新型专科医院，可提供当今世界最先进的医疗设备和技术，旨在为广大不孕不育患者带来满足“天伦之乐”的美好福音。

杨海璐蹙眉读完报道，这家专科医院她是知道的，是本市比较老牌的几家私立专科医院之一，在业内口碑相当不错。只是二十年前她还没有从医学院毕业，并不清楚这家医院的设立还存在这样的隐情。二十来年前正是“试管婴儿”刚刚为人们所接受，即将迎来井喷式发展的初期，看来这篇报道里提到的郑诗聪果然具备一定的前瞻性和商业头脑。

但最值得注意的，还是郑诗聪身患的疾病。正如报道中所说，郑诗聪罹患的是一种“骨骼怪疾”，而报道中“骨龄剧减”四个字拴住了杨海璐的视线。直觉告诉她：郑诗聪和邵珑珑很可能患有同一种怪病，只是两人的发病形式分别走向了两个不同的极端，但致病的那一段变异的基因应该是相同的。

找到了！

可惜报道中并未提及郑诗聪所患疾病的名称，不过报道里隐约暗示了郑诗聪并未放弃求医，那么有没有可能找到当初为郑诗聪看病的医生呢？找到这个医生，无疑能够对邵珑珑现在的治疗有所帮助。于是杨海璐干脆搜索起“郑诗聪、治疗”这样的字眼儿。

很快，另外一篇陈旧的报道便映入了她的眼帘——《郑诗聪：与怪病博弈的才俊人生》。这显然并不是一篇新闻类的报道，算是篇人物采访，这样的报道，如果受访者是企业家，大多就是一种变相的软文，真正会看的人并不多。但郑诗聪这一篇因为涉及怪病，能满足不少人的猎奇心理，而且整篇报道的立意还是比较正能量的。杨海璐匆匆浏览着长达几千字的报道，希望能够从中找到自己需要的信息。终于，文章中的一段话令她眼前一亮：

……郑诗聪虽然年纪轻轻便将家族企业经营得风生水起，可实际生活中，他却像许多普普通通的年轻人一样，爱玩、爱笑、爱交朋友。他经常笑着告诉身边的人：“我喜欢和任何有理想、有才华的人交朋友，他们能带给我很多金钱无法满足和带来的东西，这让我受益匪浅。”

正因为拥有这样开朗积极的性格，郑诗聪即使怪病缠身，也依然能够乐观地面对生活。当谈起与自身怪病的抗争过程，郑诗聪并没有像大多数病患那样，抱怨命运的不公，继而露出痛苦不堪的神情。相反地，他看到了这段漫长的求医经历所带来的收获，那就是让他结识了自己的医生——原京医科大学最年轻的遗传病学教授欧阳书。两位青年才俊相互欣赏，均为对方在各自领域所取得的成就深感钦佩，虽为医患，却胜挚友……

欧阳书？居然是欧阳书？！

杨海璐为这一发现感到既惊讶又兴奋。她粗略地算了一下，以欧阳书现在的年纪，二十年前的他应该正值而立之年，是研究事业前景一片大好、蓬勃发展的黄金时期。报道中也提及了，他那时已成为原京医科大学最年轻的遗传病学教授。而从报道的描述中不难看出，郑诗聪的个性鲜明，不喜欢因循守旧，对缠身的怪疾，不选择保守治疗，而是将希望寄托在对遗传病学拥有先进科研理念的欧阳书身上，这的确更符合报道中所要展现的他一贯的行事作风。

可是除了上面短短的两段话，这篇报道中没有再过多提及郑诗聪的怪病，而几乎把篇幅全部用在了宣传郑诗聪的为人、个性和商业主张上。杨海璐只好又试着在搜索框中输入“欧阳书、郑诗聪”两个人名，期盼着能收集到进一步的信息。可页面上出来的结果却令她登时眼花缭乱，关于欧阳书的各种报道铺天盖地，同时拥有上述两个关键人名的报道却并没有像她预期的那样首先跳出来，她连续翻阅了十几页，也没能找到关于郑诗聪和欧阳书共同的报道。

杨海璐十分沮丧地又翻出上一篇郑诗聪的专访，打算再仔细浏览一遍，看是否在刚刚阅读时因为过度兴奋而有什么疏漏。而这次，她居然有了更加惊人的发现。

这篇郑诗聪的专访报道被拆分成了四页，但文字内容在第三页的末尾就结束了，杨海璐刚才第一次浏览时只顾着把文章读完，理所当然地认为应该从字里行间找线索，便没有点开下一页。可原来在整篇报道的最后一页，竟然还配有一张郑诗聪的照片。早该想到的！杨海璐不禁暗暗责怪自己的疏忽大意，这种人物专访怎么会不配上一两张人物图片呢？！

照片是一张郑诗聪的单人半身照，他呈坐姿，隐约可以看出身后是一把轮椅的靠背。照片中的郑诗聪笑得爽朗又自信，仅一个微笑，便透出一股睿智、超脱不凡的气质。

正是这张照片，令杨海璐不禁心跳加速，下意识地屏住了呼吸。因为她在郑诗聪的眉宇间赫然发现了另一个人的影子：略弯的双眉、微扬的眼角、上薄下厚的双唇，以及脸颊一侧微陷的酒窝……太像了！虽然不可能是同一个人，但他们之间必然存在某种关联，基因上的关联！

清晨4点30分，不知不觉间，天色已近拂晓。一夜无眠，杨海璐呆坐在电脑前，整理着脑海中如乱麻般混杂的思绪。

郑氏集团、郑诗聪、骨骼怪疾、天满不孕不育专科医院……如果是这样，很多事都有了合理的解释。但为什么他的病症表现会迥然不同呢？在这个问题上，杨海璐反复思考，却无法得到满意的答案。

除非……

顿时，她被自己大胆的猜测吓出了一身冷汗。

不会的，那个人不会的！她迅速否定着自己。但很快，她的情感便在理智面前败下阵来，一个问题动摇着她的信念：那个人，真的不会吗？

好不容易挨过了6点，天色已接近大亮，柔和的霞光穿越云层，执拗地为在黑暗中沉寂了良久的大地，带来了如约而至的温暖和光明。

楼下小区里已有不习惯贪睡的几位老人在闲聊散步，杨海璐颤抖着拿起身边的电话，翻找着通讯录里一个新添加的名字。

似乎听他本人提起过每天5点多就会起床，现在打过去应该不会打扰到对方。因为她已经一分钟也等不了了。

果然，短暂的呼叫声后，电话被接起。

“喂？”电话那头传来的声音苍劲沉着，只稍稍流露出一丝意外。

“喂，欧阳教授吗？我是杨海璐。”她抓着电话的手心里此刻早已湿热一片，但依然很努力地保持镇定的口吻，“这么早打扰您真不好意思，嗯……是这样的，有个患者，不知道您对他的病例还有没有印象，他叫郑诗聪……”

第十四章 端倪

走廊尽头的病房门被轻轻推开，映入眼帘的是一张纯白色的病床。白色的床头和床尾、白色的床单和被罩、白色的枕头、白色的床围栏，甚至连床上沉睡着的人，都被白色的纱布包裹着全身，只露出俊秀的眉眼和稍有些干裂的嘴唇。

杨海璐动作娴熟地倒了一小杯温水，捻起两支棉签，在水中沾了，轻轻地点在邵珑珑紧闭的双唇上。温水湿润的触感并没能唤起病人丝毫的回应，杨海璐耐心地将棉签在邵珑珑嘴上来回轻点了两圈，随即手不自觉地停在半空，愣住了。

邵珑珑和他的母亲长得很像，杨海璐脑海中不禁又浮现起另一个人坐在轮椅中那副自信爽朗的笑容。这个孩子的母亲——师涵……她的真名恐怕是叫“郑诗涵”吧？从年龄上推断，郑诗聪和她的关系，十有八九是同胞兄妹。

“你在？”

听到一声出其不意的问候，杨海璐迅速收回遐思，面对一天之前还感觉熟悉，如今却分外陌生的人，努力挤出笑容，“啊，你来啦。”

邵毅平和往常一样，先是目光幽深地打量了躺在病床上的邵珑珑，看到儿子依然和先前一样沉睡着，随即很自然地将关切的视线锁定在杨海璐脸上，轻声问：“怎么了，你没休息好？看起来有些疲惫。”

“可能昨天睡得太晚了。”杨海璐躲开注视，假装漫不经心地回答。

邵毅平脱下笔挺的西服外套，只穿着一件质地考究的白色衬衫，领带也解了下来，被他随意地和真皮公文包一起搭在病床内的沙发上。

杨海璐闻到一股淡淡的古龙水味道。他向来只用这个牌子的男士香水，每每闻到这个味道，杨海璐便感觉心跳会不自觉地加快。

“你脸色真的不太好，不如你先回家休息吧，我晚一些带晚饭过去看你。”邵毅平凝视着杨海璐，言语间的关心十分诚挚。

杨海璐心中一痛。这些日子，因为一起经历了因戴林钟之死进警局、因“兹扎”扩散与萧程同建实验室，以及因珑珑病发而轮流看护，两人间越来越亲密，邵毅平不再刻意保持拘谨的距离，偶尔还会不经意地流露出温柔的关心。在杨海璐的记忆中，这已经是自己与邵毅平最美好的一段时光，即便多年的夙愿仍然不曾触及，但能像现在这样，就足够温暖余生了。

如果真的要亲手结束它，太难了……杨海璐不知自己能不能做到……

“啊，我真的没事。”杨海璐定了定神，赶紧大方地冲邵毅平一笑，岔开话题道，“你今天不用到萧程的实验室去吗？”

邵毅平轻松地在沙发上坐下来，“萧程说今天他会一整天自己做实验，不需要我帮什么忙。”

“‘兹扎’改写到关键阶段了吧？”杨海璐似有所悟地问。

邵毅平肯定地点了下头，“我想是的，萧程最近几乎没出过实验室，整天埋头在做实验，我了解他，这种状态，说明他已经胸有成竹，在向成功的结果冲刺了！”说完他露出笑容，看起来真心期待着萧程的实验早日成功。

杨海璐坐在病床边，与邵毅平正面相对，冷静地说：“‘兹扎’的治疗涉及基因改写技术的应用，一旦技术成熟，到时……”她转头看了眼邵珑珑，欲言又止，但言下之意已经十分明显。

邵毅平却不以为意地摇了摇头，沉着脸说：“珑珑的病没有那么简单，我不会随便让人给他进行基因治疗的。”

“那当初小涵的病呢？你们是怎么治的？”杨海璐好似顺便想到了一

般，随口问道。

邵毅平没有掩饰自己的惊讶，立刻投来疑惑的目光：“你怎么知道小涵得的什么病？”

杨海璐心里一阵慌乱，努力平静地回答：“我不知道，我只是从珑珑的现状猜测的，应该也是一种骨骼类的畸变病吧？”

“嗯，小涵当初的病征跟珑珑不太一样，她是骨骼萎缩，最终不治身亡。”

“或许这样做你会不高兴……”过了片刻，杨海璐侧过脸庞，慢慢地再次开口道，“我托人到各大医院查过了，当年并没有医院收治过这样的病例。”

邵毅平有些不满地问：“你为什么要查这些？”

“只是出于一个妇产科医生的好奇。小涵当年患病那么严重，是怎么生下珑珑的呢？”杨海璐镇定地解释道，随即又补充了一句，“她当年一定认为就算再辛苦，也要生下这个孩子吧……”

果然，她的后一句话起了作用，邵毅平虽然依然面带愠色，但似乎又被杨海璐的这一番感慨触动，说道：“是啊，可能正是因为她当时的身体状况实在不应该生孩子，所以珑珑出生没多久，她便离开了我们。”

“剖腹产吗？”杨海璐突然又问。

“当然，是剖腹产。”邵毅平转动了一下眼珠，回答道。

“在哪一家医院呢？我怎么没查到……”杨海璐故作失望地感叹，“当时给小涵做剖腹产手术的医生水平一定很高，真想有机会请教请教。”

邵毅平的脸色此时已十分难看，生硬地回复道：“那家医院已经不在了，医生更是不知去向。”

杨海璐瞥了一眼邵毅平的侧脸，对方高挺的鼻梁和紧闭的双唇勾勒出冷峻的线条，双眼正幽深地望着一片空无，不知在想些什么。

她咬紧牙关，告诉自己不能退缩，越是这个时候，越能从邵毅平的反应中得到某种印证。于是她再次试探着问：“珑珑和小涵的病都这么特殊，不知道还有没有人患过跟他们类似的疾病，我们是不是应该查一查疑似的病例？说不定还能从中找到对这种病的治疗有经验的医生，那样不是很好吗？”

邵毅平明显不耐烦起来，不假思索地大声否定道：“不用多此一举，没人能治好他们的病，否则小涵当初也就不会死了！”

杨海璐沉默地望了邵毅平几秒，终于艰难地移开了视线，静静地坐在邵珑珑的病床前，没有再开口。

过了片刻，邵毅平意识到了刚刚自己的语气不太好，但又看不出此时正微低着头沉思的杨海璐是否生气了，只好环顾了一下四周，想找个由头来缓和一下气氛。刚好这时，他在沙发的一角发现了一个精致简约的购物纸袋。

“买给我的？”他有意以一种满含惊喜和兴奋的语气大声问起来。

杨海璐看了一眼购物袋，若有所思地点了点头。

邵毅平将购物袋轻轻拿起，笑着说：“这个牌子的男装很出名，我一向比较喜欢。”说完，他便拿出了袋子里的衣服，展示在面前。

是一件纯黑色的连帽开衫卫衣，周身除了胸前一个小小的品牌标示，没有任何花纹或装饰。

邵毅平稍稍愣了一秒，下意识地问：“帽衫吗？”

杨海璐心知，这种休闲服饰，邵毅平平日里是不可能穿的，但她却特意挑了这件买下来，此时正目不转睛地观察着邵毅平在看到衣服后脸上的表情变化。

邵毅平拿着帽衫看了看，很快掩饰起失望，将帽衫套在身上，在杨海璐面前展示着。“这件衣服穿起来很舒适，偶尔换换风格也挺好。”

杨海璐低声问：“帽子不戴起来试一下吗？”

邵毅平笑了笑，听话地将衣服的帽子拉起来戴上。宽大的帽子几乎遮挡住了大半张脸，如果是从侧面或稍高一些的地方望过来，肯定完全看不出是谁。

杨海璐呆呆地望着邵毅平，脸上写满了落寞。

“还不错，一看就是你的眼光。”邵毅平没发现对方的异样，努力把脸从帽子里露出来夸赞道。

“你喜欢就好。”杨海璐挤出一个平静的笑容，心里却仿佛经历了一场海啸。

邵毅平狠狠跺了一下脚，头顶的感应灯应声亮起。借着昏黄微弱的灯光，他赶紧将一只手伸进公文包的内层，用手指触探着家门钥匙。本来无须这么费劲的，只是今天手里多了一个碍事儿的纸袋。

找到钥匙开了门，邵毅平缓缓步入屋内。

这是一套布局规整的三居室，整栋楼建造于 20 世纪 80 年代，一共只有 6 层，所以没有电梯，楼梯、走廊等不少地方都泛着老旧的光泽，但楼内被打扫得十分整洁有序，每套单元房内的空间也以明亮宽敞见长，邻里之间的间距更是令人舒适。这迎合了多数政府工作者的胃口：保守、低调、清高和私密性。

自从踏上仕途，邵毅平已经在这栋楼里居住了将近 10 年。不，准确地说，是他和邵珑珑共同在这里生活了将近 10 年。

他随手将购物纸袋扔到客厅的单人沙发上，转身脱下风衣，连同公文包一起，像往常一样规规矩矩地放在门厅衣帽镜前。他喜欢这样一丝不苟的感觉，就像他从来都只穿有整齐领口的白衬衫，不会碰那些松垮的休闲装一样。

他简单地看了看家里。珑珑的房间收拾得挺整齐，还是孩子出事前自己打扫的，珑珑也喜欢将事物安排得井然有序，这一点他百分百确信是遗传了自己的基因。房间内小小的书桌和衣柜上已经积了薄薄的一层灰，墙壁上贴着几幅海报，记录下的都是足球和篮球明星在运动场上英姿飒爽的瞬间。他知道珑珑其实不爱看体育节目，贴这些海报，完全是出于一种渴望和羡慕的心理。人越缺少什么，反而越憧憬什么，成年人或许会将这种憧憬用酸葡萄心态掩饰起来，可小孩子却勇于赤裸裸地直面。

邵毅平轻叹了下气，心里却并没有为儿子对正常人的渴望感到酸楚，反而笃定地安慰着自己：他迟早会明白的，他的大脑聪明到会不停地思考逻辑性更强的事物。有一件事，邵毅平毫不怀疑，那就是虽然现在的珑珑只有11岁，只能在数学这一科目上展现出异于常人的高超能力，可一旦他接触过物理、化学、生物这样的学科后，惊人的天赋迟早会令他自己和所有人都瞠目结舌。

邵毅平走进厨房。灶台上空空如也，一个小煮锅套在一个炒菜的不粘锅中，里面胡乱地插着一把铲子和几副碗筷，很委屈地被搁置在厨房的角落里，其余什么也没有。也难怪，已经不记得上一次在家做饭是什么时候的事了。

邵毅平转到卫生间。整个家里还能看出有人在住的痕迹的地方，恐怕就只有这里了。洗脸台和淋浴间相邻，摆着简单的洗漱用具。每天回家后，邵毅平都要来洗一把脸，把自己疲惫警惕的大脑暂时放空，这是他每天唯一的一点算得上彻底休息的时间。

挂钩上有一条深蓝色的毛巾，泛着潮，另一条蓝白相间条纹的毛巾则小一圈，已经有些日子没被用过，看起来又脏又旧。他低下头，看到脚上穿着的是一双样式普通的黑色拖鞋，邵珑珑的藏青色洞洞拖鞋则端正地摆在卫生间的一角。

不知被什么触动了心弦，这么多年来他第一次意识到一件事：家里几乎看不到鲜艳的色彩，太缺乏女人的气息了。

他第一时间想到了杨海璐。他从不否认杨海璐是一名优秀的女性，如果跟她组成一个家庭，日子应该会过得安定且平稳。这或许不是20岁时的他所希望的，却是如今已近40岁的他所需要的。

也许该给彼此一次机会。

这样想着，他来到沙发边，小心地拿起下午杨海璐送给他的购物纸袋，走进了卧室。

邵毅平拉开衣柜，准备把新衣服挂起来，衣杆上整齐地挂着一排大同小异的服装，一半是深色系的西服套装，一半是款式极其相近的白衬衫。突然，他的视线落在衣柜最下面一层一团黑魆魆的东西上。这些天都没有注意到，可今天偏偏鬼使神差地发现了……

黑色帽衫！和下午杨海璐送给他的那件几乎一模一样。

这是那天穿的，就穿过那一次，之后便被他随意地甩到了衣柜的角落，后来一忙，居然忘记处理掉了……

想到这里，邵毅平顿时惊出一身冷汗。

他赶紧抓起柜子里那件黑色帽衫，大步来到厨房，翻箱倒柜地好不容易找出一把剪刀，对着衣服毫不犹豫地剪了下去。大约十分钟后，邵毅平望着眼前的一堆黑色布片，又迅速转身，从卫生间里找出一个装墩布的铁桶，一股脑儿地将那些黑布都塞进了桶里。

点火！

他没忘记先在旁边备好一盆凉水，只等着碎布烧得差不多了，再一下浇灭。只是一件衣服而已，根本证明不了什么，况且经历了这样的销毁，更无迹可循。

邵毅平嘴角露出一抹冷笑。

火苗在铁桶里肆意加旺的速度还是超出了他的预期，本就不大的厨房内一时间烟雾弥漫。再这样下去，烟雾报警器就该响了，那可不妙！于是他赶紧将一整盆水全部倒在铁桶里，火苗在顽强地挣扎几番后，终于熄灭了。铁桶内剩下丝丝絮絮黑色的残留，已完全看不出是什么。

邵毅平深深吐了口气，喉咙被烟雾呛得干涩发痒。

突然，一阵手机铃声骤然响起，在寂静紧张的气氛中显得突兀又刺耳。邵毅平从茶几上拿起手机，硕大的屏幕上清晰地显示着“萧程”二字。

“喂？”

“喂？师兄——”电话那头萧程的声音听起来有几分慌张，这不是他惯有的风格。

邵毅平不禁疑惑地皱起眉头，沉着嗓音问："怎么了？"

萧程似乎是在竭力思考着措辞，犹豫了片刻，欲言又止地说道："是这样的，今天我在做实验，欧阳教授突然来了，跟我说了一些很奇怪的话……"

情况来得太过突然，邵毅平还没从刚刚烧毁衣服的情境中缓过神来，这时听到萧程的话，大脑竟然一片空白，只抓住了关键的字眼儿：欧阳书。

"他说什么了？"邵毅平下意识地追问。

"似乎是说要给我看一样东西。"

"一样东西？"邵毅平像是猛然被击中了，立刻警觉起来。

这时电话另一端的萧程倒好像甩去了刚开始的慌乱，思路清晰地讲述道："你也知道，对'兹扎'病毒的改写一直在向着我们期望的结果顺利进行，大概从昨天开始，我手里的操作就进入了最关键的一环，所以我一整天都在实验室里。今天傍晚，实验终于做完了，刚巧这时，欧阳教授来找我……"

萧程讲到这里稍稍停顿了一下，邵毅平屏住呼吸，不敢打断他。

"欧阳教授从一进门就表现得非常奇怪。"萧程又开口了，听上去疑惑重重，"你知道的，平日里他是个大大咧咧的人，话很多，走到哪里都表现得十分活跃，可是今天他在我面前不苟言笑，说话也没有那么痛快，而是故意说一半留一半，似乎想让我对他的话展开某种猜测。他先是了解了一下'兹扎'实验的进展，大家同一个团队的，我也没什么好隐瞒的，就把关键的实验成果展示给他看，他并没有特别兴奋的样子，就说了一句'好样的，老戴果然没有看错你'。然后他非要和我一起把实验成果存到改写库，那个时候他倒是比较小心和在意，反复确认了好几次，觉得完全没有问题了，才又和我一起回到实验室。这时候他突然特别认真地跟我说，有一样戴老师留下的东西打算交给我……"

的确太可疑了！邵毅平在心里迅速地思忖着。"戴老师留下的东西"，几乎有百分百的可能性就是那个东西，邵毅平感到一阵心跳加速，原来东西真的在欧阳书手上！

“他说是什么东西了吗？”邵毅平假装不解地问，心里盘算着如果真是那个东西，该怎样瞒住萧程。

“他没说。”萧程如实回答道，“他只是告诉我那是一个很多人梦寐以求的东西，凝聚了戴老师毕生心血，他考虑再三，最终决定交给我。他说通过‘兹扎’改写看到了我的潜力，觉得这个东西给了我，才能发挥最大的价值。”

没错了！

邵毅平此时已丝毫不怀疑，戴林钟一定是在死前将那个东西托付给了欧阳书，欧阳书主动接近萧程的目的，正是想要验证萧程是否是拥有那个东西的最佳人选。看来欧阳书果然不会只为了金钱利益出卖科研成果，自己之前的判断没有错。

只听萧程的声音又从电话里传来：“欧阳教授要我今晚 9 点半到改写库去，那个东西他会放在今天存放‘兹扎’关键成果的保险箱里，目前那个保险箱只有我俩知道。他说我见到东西后，自然就明白是什么了。”

狡猾的老狐狸！改写库里的构造邵毅平当然一清二楚，共有几百个由特殊材质制作而成的保险箱，专门用于留存基因改写的重要实验数据，每个保险箱都有自己的编号和开启密码，而且改写库本身也需要解锁才能进入，外人是绝对不可能接触到改写库里的东西的，就算是内部人员，如果不确定东西放在哪一个保险箱里，也很难在短时间内取走自己想要的实验成果。不过欧阳书竟然打算将那个东西和“兹扎”改写的关键数据放在一起，这倒是阴差阳错地给了自己一个一举两得的好机会。简直像天上掉馅饼。

一定要在萧程之前拿到那个东西和数据！

邵毅平强作镇定地附和道：“看起来的确是个神秘又重要的东西。”他飞快地扫了一眼墙上的挂钟。刚刚过 7 点，时间来得及。

萧程似乎满心疑惑，试探着问：“师兄，其实我给你打电话，就是想问问你知不知道戴老师留下的会是什么东西，毕竟我已经这么多年没在老师身边，而你平时还和老师保持来往。”

邵毅平听到萧程这样说，才猛然意识到自己应该对他的来电原因加以询问才合情合理，于是连忙故作思索道：“原来是这样啊，可是我对你说的这个东西也没有什么想法，真不知道会是什么……”说完，他还刻意停顿了一下，换上亲昵的语气，“老师一向最疼你，况且我早就不在科研界了，这种研究上的事，老师平时也不会跟我说太多。”

萧程似乎有些失望，电话里传出短暂的叹息声。

邵毅平轻声宽慰道：“要我说你也不用太放在心上，欧阳教授那个人一贯喜欢夸大其词，也许只是老师去世前的一项研究成果，欧阳教授是遗传病学领域的人，对基因学领域只是一知半解，所以误以为是多了不得的东西也说不定。”

果然，这套说辞让萧程暂时打消了疑虑，“嗯，师兄不知道的话，就不用费心了，等我拿到东西后再和你联络。”说完，便挂断了电话。

邵毅平听到听筒里传出“嘟嘟”的声音，瞬间绷紧了全身的神经，大脑飞速地运转起来。

得悄悄潜入，不能被别人发现，即便被监控拍到，也绝对不能让人看到脸。好在改写库里的几百个保险箱倒不需要一一试开，邵毅平知道其中的绝大部分已经被使用了，而且萧程有个习惯，恐怕连他自己都没注意到，就是比较偏好位置在边缘的保险箱，还特别钟爱数字“7”，所以只要先试那些未被使用过、在整间改写库位置靠边且编号里含有 7 的保险箱就行了，同时符合这三个条件的保险箱最多不会超过 15 个，几分钟就能搞定。

还有件头疼的事，如果事后大家发现东西丢失了，萧程一定会说出给自己打过电话的事，那样就会引来怀疑，还得想好完美的不在场证明。

这时邵毅平瞥见刚刚被燃烧成灰烬的黑色帽衫，感觉一阵懊恼。烧早了。

对了！他迅速走进卧室，出来时手里拿着杨海璐送给他的新衣服。有那么一秒钟，他脑海中飞速划过一个疑问：杨海璐今天怎么想起送件这样的帽衫给我？但随着紧张情绪的加剧，这点儿疑惑很快便烟消云散了。

一切准备就绪。

邵毅平站在门边定了定心神，重重吐出一口气，随后用力一拉，迅速地消失在默默关闭了的房门后。

“哎哟我的个天，你们快来读读，这个陈欣欣和欧阳书才真真是‘臭味相投’！”刑警队里，小周挂着一张典型的“八卦脸”，语气夸张地从一份《前沿日报》上收回视线，话里虽然是招呼着其他人，手里却将报纸直直向苏左递来。

苏左懒得接，心里早已料到陈欣欣肯定会把欧阳书的专访弄出大动静。她瞥了一眼报纸上敞开的头版头条，一张欧阳书的大照片恨不得被置顶，画面里欧阳书笑得都能看见牙龈，双目炯炯有神，配着《欧阳书教授：遗传病学“霍金”助力中国“兹扎”改写》的报道标题，果真是十分抢眼。

苏左耷拉着眉角无奈地摇摇头，撇着嘴简单评论了八个字：“互惠互利，皆大欢喜。”

小周听了队长的总结，笑得趴在桌子上，半天都没能坐起来。

这时，一名之前派下去走访的警员小贾火急火燎地走进刑警队，看起来是有重要情况汇报。

“查着了！”小贾说完这仨字，抓起桌子上的一瓶矿泉水，也没问是谁的，就拧开“咕咚咕咚”喝了几大口，然后抹着嘴角冲苏左和小周报告道，“苏队，周哥，我们查着绿林苑里被收买的保安了！这个保安叫张磊，是专门负责绿林苑小区北门安保工作的，平时主要的工作就是让进出小区的人员进行登记。他们保安经理说，戴林钟死亡那天晚上，这个张磊就不见了。当时我们刑警队让小区出具进出记录，他们一开始是到北门找纸质登记簿的，可是没找到，所以最后才给了我们电子记录，他们也是直到我们去调查时才知道，两份记录有可能不同。”

“这也不能说明就是这个张磊在捣鬼，你们找到他人了吗？”苏左皱眉继续追问。

“我们当时只是将这个张磊作为一个怀疑对象，然后队里几个兄弟去调查了绿林苑小区全部保安人员的财务情况，没发现谁在近期有不明的巨额进账，也没发现有其他保安人员近期辞职或离职，所以我们决定不打草惊蛇，先到张磊家去看一眼。结果我们一去……”

“有收获？”小周笑滋滋地看着小贾问道。

“收获很大！我们虽然没见着张磊，但是见到他奶奶了。我们都没敢说自己是警察，但那老太太一听说我们是政府派来跟张磊谈话的，竟然一下子就给我们跪下了，还拿出了一大袋子钱……足足有 100 万元！”

“钱？难不成她想贿赂你们？他们家特别有钱吗？”小周瞪大了眼睛，一脸愕然。

“不是，不是，老太太说这些钱是张磊有一天突然拿回来的，他们一分也没敢花。其实说起来这个张磊挺可怜的，老家是山区农村的，小时候村里发山洪，爸妈被洪水卷走了，他一直跟着奶奶长大。家里条件不好，也没怎么上学，初中毕业就去当兵了，复员后在保安公司找到了一份工作，因为身体好，工作又认真负责，所以被保安公司选中，安排到了比较高档的绿林苑小区做保安。”

“苦孩子出身，一下子见着这么多钱，还不蒙了？”小周凝起眉，严肃思考起来。

“是啊。”小贾肯定道，“据张磊奶奶回忆，张磊有一天晚上突然拿回来这么一大袋子钱，祖孙俩一数，好嘛，有 100 万元！之后张磊就一直魂不守舍，班也不去上了。原来挺开朗阳光的一个小伙子，突然像变了一个人，见到外人就躲，连他奶奶跟他说话他也总是不回答。后来他奶奶实在担心，就试探着问他这钱的来历，劝他大不了把钱还给人家，只求过安生日子。可张磊却说这钱‘跟当官的有关，还不了，也惹不起’。祖孙俩谁都不敢动这袋子钱，又不敢存到银行，只能一直藏在床底下，闹心得成天吃不香睡不好。”

“你刚才说你们只见到了他奶奶，那张磊哪儿去了？”苏左疑惑地问。

“安定医院。”小贾叹了口气，“张磊被查出患了严重的精神分裂症，现在已经住进精神病院了。所以他奶奶一见到我们，才一下子就崩溃了，说她孙子真不该拿这笔钱，已经遭了报应，求我们把钱给‘当官的’还回去，千万不要再追究她孙子。”

这一情况着实大大超出了苏左先前的预料，相关证人进了精神病院，这好不容易查来的线索又将陷入一片未知。

“张磊本人现在怎么样？能不能做笔录？”苏左怀着最后一丝希望问道。

“因为我腿脚快，队里其他兄弟就让我先回来汇报，他们则直奔精神病院去了。路上我接到了他们的电话，说张磊因为是突发的精神病，病情一下子就特别严重，目前完全无法正常交流，做笔录是肯定不可能了。”

“怎么这么背！”小周不满地敲了一下桌面，厉声问，“队长让你们去查是谁收买的保安，你们打算怎么接着查？”

“这个……”小贾无辜地缩着脖子，“我也没想好……我想再去问问张磊的奶奶，看张磊平时有没有提起过什么当官的人，实在不行就找银行查一查那些钱的编号，说不定能查出钱是什么人取出的。”

“这倒是个思路。”小周听了，冲小贾投去赞同的目光，随即问苏左，“苏队，你看呢？”

“我觉得没用。”苏左不怎么乐观地否定道，“老太太要是知道那个人是谁，恐怕早就说了，或者早就拉着孙子去找那人还钱了，现在再问，恐怕也不会有什么结果。那些钱的编号虽然能叫银行帮着查，可是你们想想，我们当初分析，想要销毁纸质记录的人是因为当天出入了绿林苑，不想留下自己的行踪，所以临时起意的，也就是说他打算砸 100 万元现金收买张磊也是临时决定的。而戴教授死亡案发是在傍晚左右，这前后最多不过几个小时的时间，在短短几个小时的时间里，能够做出这样的决定，并且一下子拿出 100 万元现金，普通人是绝对做不到的。银行下午 5 点就关门了，这些钱应该都不是当天从银行提取出来的，更合理的情况是：这样数目的一笔钱，对这些人来说就像你我拿出 100 块一样，随时都可以拿出来。如果这个钱是对方早早就留在手边的，那查钱上的编号就不一定能有收获，很可能只是徒劳。张磊现在唯一留给我们的线索就是这些收买他的钱涉及某位‘当官的’，这个人……”苏左说到这里想了想，改口道，“或者这伙人，显然背景很深，而且资金雄厚。”

“钱道、权道都有门路，这伙人如果要搞什么大事，岂不是手到擒来？”小周琢磨着苏左刚刚的一番分析，不禁感到脊背发凉。虽然早有心理准备，这趟浑水不好蹚，可越接近事实的全貌，越能感受到对手的强大。

三人都沉默下来，各自陷入了思索。

正郁闷着，却见网络技术部的警员小王兴冲冲地走进了刑警队，看见苏左第一句话就是：“苏队长，你上次让锁定的信号范围给你圈出来了啊！”

苏左闻言立刻眼睛一亮，“你说那个劫持案的幕后指使者？”

小王肯定地点点头，“对啊，你吩咐下来的，我们哪儿敢怠慢！”说着，他把手里的笔记本电脑递了过来，屏幕上显示着一张信号追踪图，只见在整个原京市区的范围内，被圈出了一块红色的不规则区域，“你看，就是圆圈里那一带。这个幕后指使人不是什么网络高手，我们查了他注册邮箱时的 IP，只进行了强度很弱的加密，所以基本可以锁定在这样一个很小的范围。”

苏左、小周和小贾共同盯着电脑屏幕，小王小心地将画面中的红色区域放大、放大……终于，三人几乎同时发现了目标，异口同声地喊起来：“省委大楼！”

只见红色区域的中心，正是中原省委的白色办公大楼。

小贾捂着嘴巴，若有所悟地说：“平时能出入那里的，可都算是‘当官的’。”说完他骨碌着一双大眼睛望望苏左，又望望小周，似乎在征询二人的意见。

小周没有正面回应小贾，而是果断地对苏左说：“我记得当天咱们接到

‘兹扎’扩散的报案时，省委正在召开紧急会议。”

苏左闻言登时竖起眉毛，刻不容缓地命令道：“赶快！查当天与会者的名单，和第一天发现‘兹扎’时那场深夜会议的与会者名单对照，看有几个人是重合的！”她之所以下这样的指令，是因为此前已经得出结论，劫持案的幕后指使者一定在前期就知道“兹扎”的人员当中，也就是第一天那场深夜会议的与会者当中，而此时的网络追踪结果竟显示这个人在省委大楼，那么也许通过两个会议的名单就有可能锁定嫌疑人范围。

小周毫不迟疑，立刻去查名单。没过 10 分钟，他就折了回来，手里多了两张 A4 纸。

“有了！”小周边走边急切地说，“如果除去萧程——他虽然没参加第一场会议，但也是‘兹扎’事件的知情人，等于也具备作案条件——只有两个人两场会议都在场，就是分管卫生工作的副省长董明申和他的秘书邵毅平。”

听了小周的汇报，苏左用一只手轻按着脑门，闭目凝思起来。突然，她想到了什么，睁开眼睛问：“你还记不记得劫持‘兹扎’患儿的那段视频里那个穿着黑色连帽衫的人？”

小周稍稍回忆了两秒，回应道：“当然记得。可惜没拍到脸。”

“你难道不觉得，那个黑影，很像我们刚刚提及的一个人吗？”

第十五章 失窃

案情初现端倪，新的情况又接踵而至，令苏左猝不及防。关键是这次的事，竟然直接发生在萧程身上。

刑警队接到来自“兹扎”病毒改写实验室的失窃报案是当晚10点过后，报案者正是实验室负责人萧程。据他本人所说，当天下午他刚刚研制出的一项重要实验成果被人从改写库拿走了，偷盗者极有可能是他们团队的另一位重要人物，原京医科大学最知名的遗传病学教授欧阳书！

苏左接到报案，立刻带领刑警队的一众警员火速赶赴现场。一路上，她琢磨着案情，唯一能抓住的一个重点是“兹扎”实验有了关键进展。这也是让苏左格外头疼的地方，她觉得似乎萧程身边一有风吹草动，就会牵扯出新的事端，而所有与萧程相关的人，也都好像笼罩着一层迷雾。她刚刚对欧阳书建立起来的印象，无论怎样也难以跟“偷盗者”联系到一起。

欧阳书真的会这样做吗？难道他真的是幕后激进一派的爪牙？这个人……实在是太让人难以捉摸了。

15分钟后，刑警队的车闪着红蓝交替的警光，如一支利箭般停在“兹扎”病毒改写实验室楼前。可当苏左下车来一看，《前沿日报》的箱式采访车早早便停在距离实验楼大门最近的位置，如今已是人去车空，在夜色下仿佛被遗弃了的一副铁架子。

苏左登时心里一沉，板着脸走进了实验楼。

邵毅平、杨海璐及十来名年轻的研究员此时都正在改写库外的走廊上等待，人虽然很多，现场却十分安静。想是这些平日里只懂得做实验的人大多本身就比较文静，即便出现了意外的情况，也都表现得冷静克制，各自有各自的思考，不喜聒噪交流。

就像是故意在与这边的气氛做对比，只见走廊的一角，陈欣欣正手举话筒，后面跟着摄像师，兴高采烈地与萧程面对面采访着什么，音量很高，语气里满是夸张和渲染的意味，萧程则面对着镜头，丝毫看不出躲闪或回避的意思，看样子正煞有介事地向她介绍着情况。

邵毅平看到了苏左一行，立刻迎了上来。

“苏队长，你们可来了！”

苏左看见邵毅平，先是微微一怔，随即收敛起异样，冲角落里的采访努了努下巴，不耐烦地问：“他们怎么在这儿？”

邵毅平尴尬地扬了下嘴角，也很无奈地说：“具体情况我也不知道，好像是萧程通知的。”

苏左暗暗生气，但又不好当着邵毅平的面发作。目前绝不能让邵毅平察觉到警方在怀疑他，因为在他身后，很可能还隐藏着一条大鱼，所以在邵毅平面前最好少说话，盯紧他的一举一动就好。苏左这样想着，目光无意间刚好与站在走廊对侧的杨海璐相交，事实上，四目相对的那一刻，她感觉是杨海璐一直目不转睛地望着自己，就等着她也回望过来。杨海璐冲她颔首一笑，目光依然没有移开，苏左突然产生了某种直觉，也微微冲她点了点头。

苏左没再多说什么，快步走到陈欣欣身边，尽量保持着公事公办的口吻命令道：“陈记者，警方要在现场查案，媒体人员请先离开吧。”

“那得萧博士说了算。”陈欣欣一看见苏左，不仅没有离开的意思，反而翻着眼睛不客气地回应道，“关于‘兹扎’病毒的任何问题，大众有绝对的知情权，萧博士，你说对不对？”

萧程见到苏左，很开心地一笑，可是陈欣欣的问题这样抛来，他又不能拒绝回答，只好对着镜头一本正经地说："我们实验室的失窃事件已经报案，现在警方正准备着手调查，我今天能说的就这么多，希望关注'兹扎'问题的广大市民暂时不要恐慌，我们会尽快恢复疫苗的研制工作，相信警方也能很快查出真相。"

陈欣欣一听这话，明显有点儿失望，但既然萧程已经这么说了，她只好悻悻地让身后的摄影师停止拍摄，自己也心不甘情不愿地收拾起话筒。

"辛苦你们了。"萧程十分礼貌地对陈欣欣笑道。

"得了！不用说这种客套话。"陈欣欣故作亲昵地推了推他的肩膀，不以为然地说，"你萧博士对我们，不是向来招之即来挥之即去嘛。"这话虽说得难听，可她显然没有真的生气，嘴角挂着浅笑，一双灵动的眼睛始终望着萧程。说完，她似乎又想起什么，两眼放光转头向苏左问道："苏队长，我们先不走，我们就在门口，保证不影响警方查案，但是一会儿你们调查完了，能不能请您给我们简单聊两句现场的情况？"

"行！"苏左正想生硬地回绝，没想到萧程在一边立刻接起话茬，"我替她答应你了！"

陈欣欣有点儿不高兴地"哼"了一声，没再纠缠，而是冲着苏左又确认了一番："苏队长，说定了啊！"然后根本没等苏左反应，就扭着纤腰往楼外走去。

这时邵毅平刚好走了过来，很自然地送陈欣欣一行先到外面。

待陈欣欣走远后，苏左撇着嘴，冲萧程不阴不阳地来了一句："我发现你关键时刻挺能说会道的呀！"

萧程尴尬地用细长的手指轻搓着鼻尖，认真地回答："谢谢夸奖，这种表扬平时还真少听到。"

苏左不禁被他逗笑了，可是随即便发现了问题，"你看起来并不怎么紧张，不是丢了重要的实验数据吗？"

萧程愣了一秒，挠着头问："紧张有用吗？"

"只有欧阳教授没来是吗？"苏左再次环顾了一下走廊内的实验室成

员，压低声音问。

“欧阳教授失踪了，根本联系不上。”萧程很肯定地回答。

苏左点了点头，“我们进改写库去看看。”

苏左是第一次进改写库，发现这里面也没什么稀奇，很像银行的私人保险库，四面墙有三面都立着巨大的柜子，其余什么也没有。柜子一看便是用特殊材料制成的，被分隔成了许多一格一格的小保险箱，粗略数下来，整个库房内小保险箱的数量不会少于500个，每个保险箱都配有编号和密码，通常必须确切地知道自己要打开的保险箱是哪一个，有的放矢地获取密码，才能从该保险箱中取出实验成果。此时整个改写库中几百个保险箱都完好无损地锁着门，只有中间最大的一面墙右侧边缘处的一个小保险箱的柜门是敞开的，里面空空如也。

“东西就是被人从这里拿走的？”苏左指着开启的小柜门问，她瞥见这个被盗的小保险箱编号为“56767”。

“是的。”萧程机械地说。

“丢的是什么？”

“是我今天下午刚刚做出来的有关‘兹扎’病毒改写最新的实验成果。”

“只有一份实验成果吗？”

“是的。”

邵毅平此时走了进来，小心地站在一旁，望着敞开的保险箱，神情若有所思。

苏左将视线转到整墙的保险箱，仔细打量了一番，然后问：“其他保险箱能打开几个看一看吗？”

“不行！”萧程不假思索地断然拒绝道。苏左一听，不禁满面狐疑地瞪着他。

“其实这里面都是实验数据而已，对查案也不会有什么帮助。”邵毅平见状，立刻在一旁打起圆场。

好在苏左只是稍稍迟疑了片刻，随后扭过头继续问道："如果真是欧阳书拿走了实验成果，他怎么会知道东西在这个箱子里呢？"

"下午是他和我一起将实验数据放进这个箱子里来的，当时他还反复确认了好几次，现在回想起来，他当时应该就已经准备找机会把东西拿走了。"萧程很平静地叙述着，听不出情绪上有什么波动。

"下午？大概几点？"

萧程想了想回答："5 点多，快 6 点的时候吧。"

"那是谁先发现实验数据丢失了的呢？"

"我。"

"那是几点的时候？"

"9 点半。"

苏左追问道："这么晚了，你又到改写库来干什么？"

萧程似乎对这个问题早有准备，不紧不慢地说："其实我正是因为担心实验成果出什么问题，才特意来看看。平时如果白天实验有了什么进展，我晚上也会常来改写库巡视一下。"

邵毅平在一边斜眼紧盯着说话的萧程，内心十分忐忑。他一方面担心萧程会把欧阳书准备交给他一样东西这件事告诉警方，那样警方很可能就会对欧阳书手里的"那个东西"加以关注，而"那个东西"的存在，现阶段是绝对不能让任何人知道的；可另一方面，他发现萧程就像是完全忘记了跟自己提及过欧阳书手里有一样东西，原先准备今晚放在这里让他来取这件事，他在警方面前只字未提。按理说实验数据丢失，萧程应该会怀疑所有知道实验数据存放地点的人，当然包括自己。可是萧程看起来完全没有对他起疑心，而是十分笃定实验数据就是被欧阳书偷走了。

这反倒令他不安，因为他完全没有把握断定，萧程究竟是认为没有必要将这件事告诉警方，还是已经知道了什么，而刻意没有提及此事。如果是后一种情形，那他必须事先想好一套足以令萧程信服的说法，让萧程暂时对"那个东西"提不起兴趣。虽然之前在电话里他也曾随便找了些理由，尽量打消萧程对“那个东西”的好奇，当时他以为自己的话多少奏效了，可现在看来，萧程的心思却并不如他想象得那样简单，他甚至根本摸不透萧程究竟在想什么。

苏左暂时没有再多问，只是吩咐大家都先不要再走进这间改写库，随后叫来技术侦查科的警员入内，对现场的指纹、脚印等进行采样勘查。

她走出来，在改写库门口定下脚步，突然抬起头看向屋顶上的一角。

“这个监控开着吗？”苏左竖起眉毛厉声发问。

“开着的！”大楼管理员赶紧答道。出了这样的大事，又是这么重要的保密科研单位，管理员正头疼不已，就期盼着警察能早点儿破案，这下他好不容易有了用武之地，赶紧边说边迈动步子，流露出能感受到的急切，“我这就去找监控室值班的人，给你们调取录像。”

苏左不动声色地扫视了在场所有人一圈。研究员们大都安静地站在走廊上，表情茫然。不知何故，萧程这会儿看起来似乎比刚才接受苏左询问时兴奋，镜片后的双目一直在闪烁。邵毅平则面无表情地靠在墙边，看样子不希望被任何人打扰。他这种样子和平时左右逢源的邵秘书截然不同，苏左心中的疑虑不禁又加重了一层。杨海璐兀自低着头，神情有点儿复杂。

“一会儿还得麻烦大家分别跟我的同事去做一下笔录，很简单的，只要说明在 6 点到 9 点半这段时间，自己都在做什么就行了。”苏左故意用轻描淡写的语气对走廊里的人说道，随即冲身边的小周使了个眼色，小周心领神会，跑下去安排问询人员。不一会儿，就有几名穿着制服的警员走了进来，主动与在场的众人分别交谈起来。

“走，我们去看看监控。”苏左对小周说。

“我也想去看一下，可以吗？”萧程听到了苏左的话，主动凑上前来问道。

“你 6 点以后在干什么？”苏左瞪视着他，突然逼问起来。

萧程微微一愣，随即轻松答道：“我一直在实验室，你要不要连我实验室门口的监控也一起调出来看看？”

没想到苏左竟然考虑了一下说：“好吧，我会的。”但也并没有拒绝萧程共同查看监控的请求。

监控室内，管理员早已等候多时。照萧程给出的时间轴来推断，当天下午 5 点多接近 6 点时，实验数据被放置在保险箱中，然后他 9 点半再回去查看时，保险箱已经被窃，所以 6 点到 9 点半之间的监控就成为排查的重点。

这个时间段的监控录像并不难发现线索，改写库位于把角儿的一间屋，实验室的下班时间是 5 点半，基本上到了 6 点，就很少会有人再到改写库这边来了，所以监控的前半段儿几乎看不到人影儿。技术人员熟练地操控着影像，不自觉地加快着帧数的跃进。

“来了！”

正当大家面对空白的监控画面感觉到疲劳时，小周的一声惊呼瞬间使监控室内的气氛凝固。

“是欧阳书。”小周肯定地给出判断。

果然，在 7 点 56 分，欧阳书身穿褐色中式开衫的圆润身影出现在监控画面中。画面里他没有迟疑，径直走进了改写库，给人感觉目的非常明确。

“他手里拿的是什么？”一个细节引起了苏左的注意。

欧阳书手上好像提着一个箱子，但因为监控画面的像素有限，很难确定箱子是由什么材质做成的，但大小能够推断，属于中小型，也就比一般的女士坤包稍大一点儿。

“那是我们专门用来装载实验成果的手提箱。”萧程在一旁淡淡地解释道。

大约 5 分钟后，欧阳书的身影再次出现在监控画面里。他从改写库走出，还刻意左右张望了一下，确定走廊里没有别人后，才步伐坚定地走出了画面。这次看得很清楚，他手里的箱子方方正正的，呈暗灰色，随着他手臂轻微地摇摆，还反着微光。

“金属箱子？”苏左喃喃自语，并不像在寻求谁的回答，因为她已经能够基本肯定自己的判断。这是一个意外的发现。

“这么个时间，这么个地点，又是这个失踪了的欧阳书，事情已经很明朗了。”小周着急地下了结论，求证似的望向苏左和萧程，可并未能从两人的表情中捕捉到他想象中的释然。

监控画面依然在播放着。

“你们看！”苏左惊愕地瞪大了双眼。

大概只有几秒钟的时间，一个身穿黑色连帽衫的身影从走廊尽头的楼梯间快步闪入镜头，随即便在改写库的门前消失了。

又是他！

当苏左心里对这个黑影有了把握后，下意识的反应便是将犀利的目光迅速扫向萧程，只见后者也正目不转睛地盯着监控画面，面色如土。

他认出来了吗？苏左瞄着萧程的侧脸，一时难以判断。因为萧程的样子十分严肃，看到黑影后始终未发一言。

黑影在改写库里待的时间比欧阳书要长了许久，大约 15 分钟后，黑影才从改写库中快步走出，又迅速冲入了隐蔽的楼梯间。

“他……也是来偷实验成果的？”小周这回有点儿蒙了，眼前的情况如此出乎预料，任谁看到这番情景，都会感到迷茫。

到底是谁偷走了实验成果？

“等一下。”苏左好像发现了什么，要求技术人员将正在反复播放着两人先后进入改写库的监控画面再倒回一点儿。

“你们注意到了吗？这里的阴影闪烁了一下。”苏左指着画面中的一角说道，那里正是黑影躲藏的楼梯间入口处。

此时屏幕画面暂停在欧阳书进入监控画面之前的几分钟。

“你想说明什么？”萧程抬起锐利的目光直视着她。

苏左毫不示弱地回望着萧程，分析道：“这个角落里的阴影闪烁是楼梯间的门一开一关造成的，证明当时那个黑影已经躲藏在这里了，而这个时候欧阳书还没有来，黑影没有率先进入改写库，说明他在故意等欧阳书进出了改写库之后才行动。”

萧程环抱双臂，没有说话。

“也许是他正要行动的时候，恰巧看到欧阳书远远朝这边走，所以只能暂时取消了行动。”小周在一旁皱眉分析起来，他说的这种可能也合情合理。

苏左也陷入了沉思。如果黑影想盗取的东西和欧阳书相同，那岂不是眼睁睁地看着欧阳书把东西拿走了？他还有什么理由再进入改写库呢？而且在里面待了那么久。除非……如果欧阳书并不是去偷东西，而是去送东西呢？

“欧阳书今天有没有跟你提及过什么别的事情？”想到这里，苏左冷不丁地向萧程问道。

“‘别的事情’是什么意思？”

“比如，他有没有说过他有什么东西，准备存到改写库里？”

萧程的喉咙蠕动了一下，“没有。”

苏左有点儿失望地摇了摇头，相信了萧程的话，一时也拿不出再多的证据坚持自己的推论。

“啊，已经这么晚了。”萧程随后用夸张的姿势看了看自己的卡通腕表，突然转换语气惊讶地说。经他一提醒，众人才注意到，此时已经将近凌晨3点了。

“看监控录像真是个费时又磨人的差事。”小周抓着头发，抱怨起来，他眼睛发红，头发此时也像个鸟窝。

“看看外面同事们的笔录做得怎么样了，我们也差不多就收队吧。”苏左果断地下达指令，率先向门外走去。路过萧程身边时，她稍稍站定，头也没转地揶揄了一句：“你可爱的手表今天总算派上用场了。”

萧程不服气地回道：“我的表天天用啊！”

警方对实验室全体成员的问询早已结束，改写库现场的勘查工作也已经完成，此时整个实验楼显得空空荡荡的，却灯火通明，形成了一种只有通宵达旦、深夜奋战才有的氛围。因为对监控录像的排查还没有什么结果，所以实验室成员还不能离开，大家被暂时安置在一间大会议室。

苏左走进会议室时，看见几名研究员趴在桌子上，显然是已经支撑不住。还有几名研究员分别在操作着电脑或看着手机。邵毅平则和杨海璐一起静静坐在桌边，两人之间也没有交谈。

“这么晚了，邵秘书看起来还挺有精神，难道下午睡觉了？”苏左只是匆匆扫了一眼会议室中的情形，便十分随意地走到邵毅平身边，用轻松的口吻攀谈起来。

邵毅平闻言也轻松地笑了笑，自嘲般回应道：“实验室和省委两边那么多事，我哪儿有大白天睡觉的福气？不过晚上八九点钟的时候倒是在珑珑的病房里稍微眯了一会儿，还别说，现在确实精神得很，我都想直接去晨练了！”

苏左心下思忖，拿昏迷中的邵珑珑当挡箭牌，邵珑珑住的又是单人病房，只要进入病房时故意让护士看到自己，不在场证明就能够成立了。不得不承认，这的确是个保全自己的好办法。

“原来邵秘书还有晨练的好习惯，难怪身材保持得这么健硕有型。”苏左心里直骂对方“狡猾”，表面却不动声色地顺势夸奖起来。这时，她瞥见一旁的杨海璐正忧虑地望着邵毅平，显得有些紧张和不自然。

“珑珑还好吗？”在旁边听着两人对话的萧程突然开口问道。

邵毅平看着萧程，和气地回答：“啊，还好，当年小涵刚刚病发时也是这个样子，骨骼上的问题还没有恶化到致命的程度，只是不知道他什么时候能醒过来……”

恰巧这时，杨海璐的手机在口袋里震动。

“医院？！”杨海璐看了一眼屏幕，又将视线落在邵毅平脸上。

苏左一开始以为是杨海璐就职的妇产医院临时叫她出诊，可看到她犹犹豫豫地接起电话，视线始终没离开邵毅平，才忽然明白过来，这应该是原京医科大学附属医院打来的电话。

杨海璐将手机放在耳边聆听了几秒，之后便惊叫起来："太好了！谢谢，谢谢……我们马上就过来！"

杨海璐挂断电话，脸上难掩兴奋的神情，声音也有些颤抖："医院说珑珑醒了！"

邵毅平不敢相信，有些结巴地确认道："是……吗？"

"这还真巧。"苏左嘴角挂着浅笑，饶有深意地感叹了一句，然后温和地冲杨海璐说，"刚好这里也没什么事了，你们快去看看吧。"

"嗯。"杨海璐点点头。

随后邵毅平和杨海璐跑出了会议室。

"你说，珑珑是什么时候醒的呢？"苏左望着两人的背影，低声对身边的萧程问道，"会不会他晚上八九点钟就醒了，而恰巧当时他爸爸在病房里睡觉，所以没发现儿子已经醒了呢？"

萧程紧抿着双唇，没有搭话。

苏左举着一杯浓浓的黑咖啡，在办公桌前疲惫地坐下来。

今天清晨从实验室回到家时已经快 4 点了，她一头躺倒在客厅沙发上，昏昏沉沉地小憩了两个小时，心里总难以平静，6 点多便清醒过来。

萧程上次送的小白鼠这会儿正在一个劲儿地踩踏着箱子里的小转轮，它似乎比刚刚拿回来时胖了些，背上的花纹愈发清晰美丽。苏左与它对视了一会儿，为它添了些食物和水，然后微笑着敲了敲玻璃箱的顶层，小白鼠立刻便明白了主人的意思，跑去享用自己的早餐了。

苏左打着哈欠，走进卫生间冲了个澡，换上了一套少见的便装。下身是一条宽宽大大的牛仔裤，上身同样宽宽大大的格子衬衣扎在裤子里，外面套了件大毛衣开衫，脖子上系了条姜黄色的大围巾，脚上则是一双三叶草运动鞋，一头直发还飘散着洗发水的香气。

她这副样子赶回刑警队，熟识的同事一看心下便知：苏队长手头的案子有眉目了。

队里这会儿已经有不少内勤的同事在做着一些案头工作，昨晚一起出现场的几名警员也陆续到了刑警队。苏左手里的咖啡还剩最后一口，小周走进来，二话没说一把抢过来喝下了肚，登时撇着嘴喊道：“真苦！”苏左无奈地坐在一边，摇了摇头。

“欧阳书家去过了？”苏左昨晚收队前特意吩咐小周，务必今天一大早先到欧阳书家查看情况，这会儿小周折回警队，看起来是已经走访过了。仔细一算，自己还睡了两个小时，这家伙八成是一夜都没合眼。

“嗯。”小周点着头，一五一十地汇报道，“他家里人说他从昨天出门后就没有了消息，晚上也一直没有回家。我给他的研究室打过电话，他秘书小曼说从昨天起就一直联系不上他，似乎比我们还着急，说欧阳教授今天本来安排了一档电视节目录制，看来要失约了，据说是个特别有名的科学类节目，欧阳教授和导演组都十分期待这次合作。”

“看起来他是打定主意要失踪了，不然这么难得的科普机会，他不可能爽约。”

“苏队，你说他会不会有危险？”

“我也想过他会不会遇害，不过我认为这种可能性很小。他既然这样明目张胆地把关键实验成果拿走，肯定是有备而来，只是我还想不通他为什么要这样做。”

“可东西毕竟在欧阳书手里呀，如果有人想要，说不定就会杀了他。你别忘了，那个人可是在欧阳书之后才进入改写库的，等于白跑了一趟，他肯定也是冲着实验成果去的！”小周愤愤地说。

苏左对小周的分析没有加以评论，表面上看，小周说得在理，可她有自己的怀疑，只是还有些地方说不通。

“苏队，你不会还在想监控里那个阴影闪烁的事吧？”小周看出队长似有不同的想法。

苏左也没有否认：“嗯，我始终觉得那个黑影是故意在等欧阳书进出了改写库后自己才进去的，就好像他知道欧阳书一定会到改写库去。”

“这就太不合理了。”小周皱起眉头，“如果他知道欧阳书会去，那他理应赶在欧阳书之前进入改写库才对啊，怎么可能眼见着欧阳书一进一出后，自己才进去呢？”

苏左露出意味深长的目光，压着声音说：“如果欧阳书不是去偷东西，而是去存东西呢？”

“你说什么？”

苏左眯着眼睛接着说：“我始终在想，有没有这种可能，就是存在另一样东西，那才是那个人一心想要的，而那样东西一直在欧阳书手里？”

小周思考了半天才跟上队长的思路，随即问：“你有没有问过萧程？如果真有这样的东西，萧程会不会知道？”

苏左缓慢地摇了摇头，“他的样子，感觉像是并不知情。而且我也无法判断，他是不是已经看出了那个黑影就是邵毅平。”

“那就很难确定了……毕竟现在欧阳书下落不明，我们又不能直接去问邵毅平，而且几乎所有人都认为，实验数据是被欧阳书拿走了。”小周摸着下巴，神情严肃。

“而且昨天我还发现了一个关键的线索，就是欧阳书手里提的箱子。你还记不记得，法医报告说造成戴林钟头上开放性创口的，应该是一个金属箱！”

“你的萧大博士不是说，那种箱子是他们专门用来携带实验成果的吗？”

苏左点点头，连对方带有调侃意味的“你的萧大博士”这种话，都没有反唇相讥，自顾自接着分析道：“导致戴林钟死亡的第一拨人，或者只是一个人，恐怕就是拿着这种金属箱去找戴林钟的。这样就存在两种可能，一种是给戴林钟带去了某项实验成果，另一种是想要从戴林钟那里得到某项实验成果……”

顺着这一思路，小周立刻明白过来：“结合第二拨人对戴林钟严刑逼供的情形来看，第二种可能性更高！这两拨人都是为了得到某项实验成果才会与戴林钟发生冲突。有没有可能他们根本就是一伙的？第一次没能成功拿到东西，所以才派了第二拨人去硬要。”

“绝对有这种可能！”苏左眼睛发亮地肯定道。

“那第一个打伤了戴林钟的，会不会就是邵毅平？”小周兴奋地猜测。

“可能性相当大，只是目前还没有证据能够支持我们的判断。”

“唉……我们要是有那份绿林苑小区的纸质登记表就不至于这样瞎猜了！”小周沮丧地揉搓着满头乱发，找不到破案的关键证据，再加上一夜没睡，现在他的样子既邋遢又狼狈，不过他还是很努力地想了想，又正色道，“可是欧阳书这边还是说不通，如果他是去存东西，并没有偷走实验成果，那他为什么要失踪啊？”

“正是这一点，我也还没想明白……”苏左咬起嘴唇，每当出现这种动作，就说明她也一筹莫展。

沉默了片刻，苏左想到了另一件事，询问道：“邵毅平的不在场证明到底怎么说的？完全看不出破绽吗？”

“他说自己当晚 7 点过后就一直在医院看护邵珑珑，有值班的护士看见他进入了病房，直到接到改写库失窃的消息，才从医院迅速赶到实验室，也有护士可以证明他在 9 点半左右急急忙忙地离开医院，而这期间他声称自己在病房里睡着了，而且中途并没有人来过病房。虽然在 6 点到 7 点之间他没法儿提供准确的不在场证明，可这对黑影是不是他没有影响，因为那黑影出现在改写库至少是 8 点以后的事，所以在失窃的关键时间段里，他的不在场证明看上去毫无破绽。”

听到这种情况，苏左眉头拧得越发紧了。这种两点一线的不在场证明是最难认定可不可以采信的，你说不信，前后有人证，可你要是相信，又似乎连自己都难以说服，毕竟“在房间里睡觉”这种说辞一般都是拿来骗人的。

“邵毅平当真狡猾，他知道我们就算怀疑他，目前也拿他没办法。”小周咬着后槽牙恨恨地说，不过他马上又换了一副得意的神情，“嘿嘿，可估计他自己做梦也没想到，他儿子居然这个时候醒了。队长，我们要不要去找邵珑珑核实一下？”说完已是一番跃跃欲试的姿态。

“先不要去打扰孩子了。”苏左缓缓地摇了摇头，叫属下少安毋躁，“现在我们手里的砝码不够，还动不了邵毅平，况且这次的事，尚不能确定东西究竟是被谁偷走了，我们需要时间静待事态发展。”

小周不甘心地撇着嘴，不过队长的沉着倒是副有效的稳定剂。他了解这位女队长，案子没线索时，她一定会焦躁不安，甚至上蹿下跳地去各种打探，一旦她变得冷静，反而证明心里对案子有了一定的把握。

这时，从门外走进来一名警员向苏左报告说：“苏队，外面有人找。”然后笑嘻嘻地和小周交换了下眼色，加了一句，“是你的萧大博士。”看来整个刑警队在苏左面前提起萧程，都是这样半开玩笑半暧昧的论调了。

苏左对萧程的突然造访略感意外，随即假装嗔怒地瞪了二人一眼，兴冲冲地走出了办公室。

第十六章「疫苗」

阳光明媚的好天气，空气里有入秋时节特有的干枯树叶的味道。相较于百花争艳的春天和潮湿闷热的夏季，苏左最喜欢原京的这一季节，既不张扬也不黏腻，带着一丝淡淡的忧愁和苍凉，使人不自觉地去思考更多，然后坚毅地迎来厚重的冬天。

萧程面朝警局大门站立着，身穿一件白色的修身毛衣和烟灰色长裤，显得十分清秀，内里是淡蓝色的衬衣，领口微微敞开，一道阳光洒将下来，在他身后形成了暖暖的光晕，细细的金丝边眼镜上反射着点点光斑。

“找我？”苏左走到他身前才看清，他正面带微笑，目光里透着柔和，朝苏左轻轻点了点头。

“你对原京越来越熟悉了，自己都能找到刑警队来了。”不知道该说些什么，苏左竟然有点儿紧张，只好用调侃的话语掩饰。

“你今天有点儿……不一样。”萧程打量了苏左几秒，指了指她身上的衣服说。

“嫌丑？”苏左低头看了看自己的一身休闲装，心虚地问。

没想到萧程却不再说衣服，而是突然又凝视着她的眼睛笑起来，“散着头发很好看呀！”一笑便露出了一口整齐的白牙。

苏左立刻便知又被他戏弄了，可是心里并不生气，下意识地捋了捋被吹散到耳边的长发，望着萧程问：“想吃甜的东西吗？”

萧程不知她是何意，有点儿为难，“可是这儿离榴莲甜品店有点儿远吧……”

“跟我走吧，我带你吃点儿不一样的。”苏左说完挤了下眼睛，带着萧程向路边一条小巷内转去。

这一带是老城区，建着古朴的院落和砖瓦房，大约有四五条小巷阡陌相交。近年来原京市政府对这种古色古香的建筑加以保护，许多房屋都得到了翻修，小巷里也规划一新，显得既有历史的文化风情，又有现代的文明整洁。许多居民还通过申请执照，将自家的古院开辟做商用，改建成旅馆、餐馆、咖啡厅等，偶尔还能看到几间老字号的店面，专经营原京本地有几百年悠久历史的风味小吃和手工艺品。

萧程和苏左双双漫步在小巷里，像极了一对来原京观光旅游的情侣。两人一路并没怎么交谈，大多时候都只是相视笑笑，仿佛很多话不需要多说。

苏左在一家民房前站定了脚步。萧程不禁环顾了一番，发现这里什么也没有，就是一处再普通不过的住户，此时院子的木质大门紧闭着，根本不像是生意人家要迎客的样子。

苏左知道萧程心里的疑惑，淡淡一笑，走上石台阶，在木门上轻轻敲了几下。片刻之后，一名满头花发的老者开启了大门。

苏左见到他，爽朗地笑着叫起来：“葛爷爷！”

“哎！小苏警官来啦。”老人见是苏左，立刻笑逐颜开，打开了大门，“快进来，院里坐。”

老人看见苏左身后的萧程，先是意外，但立刻亲切地点了点头，萧程不禁学着苏左的口吻也问候了一声：“葛爷爷好。”老人脸上的笑意更深。

穿过一面精致的影壁，小院里的风光一览无余。一个宽敞的藤架顶棚下，摆着几套小巧的木质桌椅。两棵大银杏树分立在院落两侧，想必夏季会为小院带来片片浓荫。此刻树上的叶子还没有完全凋落，在阳光下看上去通体金黄，扇形的叶子随着微风优美地轻摆着，别有一番浪漫典雅的韵味。

苏左选定了藤架下的一张小桌，率先坐下来，抬头望着两棵参天的银杏树说道："葛爷爷，今年的白果儿一定下来了吧？我是专门来喝白果糖水的。"

"好嘞！你等着。"葛爷爷痛快地应了一声，又转身为他们端来一个烧着红炭的火盆，笑着冲萧程解释道，"入秋了，坐在院里得有这个才不冷。"

苏左看到葛爷爷将炭盆放在萧程身边，故意嗔怪道："哟，真偏心，您怎么不怕我冷呀？"

葛爷爷斜眼看着她，像训斥自己的孙女一样说："人家小伙子一看就是个读书人，体格单薄，哪儿像你，平时大大咧咧惯了，身体比男孩子还壮！"老人说完也没等苏左顶嘴，就笑哈哈地进屋里去了。

萧程听了老人的话，忍俊不禁。苏左则涨红了脸，望着老人的背影，眼神里既有敬爱又有责怪。

没过两分钟，葛爷爷便端着两只精美的瓷碗走出了屋子。萧程一看，瓷碗里盛着满满的淡橙色液体，足足有二三十颗饱满的白果与糖水交融在碗内，表面还飘着一层气味芬芳的桂花。

葛爷爷递来两把雕有同样考究花纹的瓷勺，看着苏左一副垂涎欲滴的模样，慈爱地说道："快趁热吃吧！"

苏左冲老人莞尔一笑，便迫不及待地舀了一勺白果加糖水大口吃起来。

老人又礼貌地冲萧程点点头，没有再多说什么，回到屋里去了。

萧程学着苏左的样子，也盛了一勺糖水、一颗白果，一起放进了嘴里。

"苦吧？"苏左饶有兴致地看着萧程脸上的表情由好奇变成痛苦，笑吟吟地问道。

萧程很努力地将口中的白果和糖水咽下，又细细咂了咂嘴，回味似的品评道：“我想下一口就不会有刚才那么苦了。”说完他又舀了一大勺，这次里面盛着至少三四颗白果，猛地放进嘴里咀嚼起来。

苏左傻傻地望着他，过了几秒，就看萧程点了点头，满意地说：“果然，苦中带甜，还有甘香，真是甜品中的极品。”

苏左被他的样子逗乐了，有点儿不相信地问：“你真觉得好吃？”

“嗯！”萧程十分笃定，“比那些单纯只有甜味儿的东西好吃多了。”

苏左高兴地扬起嘴角，一边喝着自己碗里的糖水一边说：“葛爷爷家祖上是专做御膳甜点的，这个白果糖水原是南方的做法，听说还是葛爷爷的老祖宗亲自到广州、福建那边向当地人取经学来的。其实葛爷爷还会做很多别的独门甜品，只是现在正是产白果的季节，所以我今天才特意点了这个。白果这么苦，许多人都吃不来，本来我还想捉弄你一下，没想到你能这么喜欢。”

萧程吃得津津有味，听了苏左的话，很有兴致地问道：“葛爷爷家从外面看根本不像是个店面呀，这生意是怎么做的？”

“原先葛爷爷家是这条小巷里最有名的甜品铺子，那时葛奶奶还在，生意和口碑一直非常好。可葛爷爷的儿子在十几年前杀了人，被关进监狱。不过铺子一直没关，只是几年前葛奶奶过世了，葛爷爷年纪也越来越大，才不得已摘了招牌。如今只有多年的常客会偶尔来葛爷爷这里坐一坐，重温一些熟悉又常常怀念的口味。”

萧程没想到葛爷爷一家还有这样的境遇，表情稍稍变得严肃，接着问道：“葛爷爷的儿子当年为什么杀人？”

苏左的神情有些落寞，回答道：“好像是因为做生意的事，被身边最亲近的人坑害了，结果知道真相后，恼怒之下，错手杀了对方。当年小葛叔叔杀了人后，是葛爷爷亲自带着他到警队去自首的。为小葛叔叔戴上手铐的人，是当时的刑警队长，也就是现在的任局。”

“哦……”萧程沉沉地应了一声，心里多少明白了几分苏左为什么会对葛爷爷十分敬重。能在亲生骨肉犯下重罪后毅然选择带他去自首的父亲，内心一定有常人所不及的正直和强大。

只听苏左接着幽幽地说："小时候，我家就住在隔壁的一条街，经常来葛爷爷家吃甜品。有几次，我还碰见过被杀的那个人，记得小葛叔叔每次都称呼他为'师兄'……"说到这里，苏左故意停顿下来，打量着萧程的反应，随即又故作轻松地解释道，"据说他们在上中学时曾一起跟一位老师学过书法。"

萧程手里的瓷勺与瓷碗碰撞出"叮"的一声，他看着眼前已经喝了大半碗的白果糖水，迟疑了几秒，干脆端起碗来将剩下的一饮而尽，随后平静地注视着苏左，又轻轻地"哦"了一声。现在他终于明白过来苏左为什么会主动提起葛爷爷家的往事了，在他的判断里，苏左本不是个喜欢八卦别人伤痛的人。

苏左并不满意萧程只说一个简单的"哦"，但现在对邵毅平的怀疑毕竟没有实证，况且警方查案的进展不能外泄，所以她也无法再多说什么，只是锁紧了眉头。

萧程仿佛看穿了对方的心情，轻轻揉搓着脸颊，苦恼道："最近发生了太多事……而有些事，我还没有想明白，我需要一些时间，然后慢慢地去看得更清。"

在苏左的印象里，萧程之前对任何事都是一副胸有成竹的样子，可是刚才说这些话时，却明显带着犹疑。苏左想起曾在书里看到过一句话："当你对一个人失去了信任，实际上最难过的是你自己。"她想，当下的萧程恐怕正徘徊在滑向难过的边缘，他应该很想多做些什么，来彻底拉或推自己一把。

果然，萧程接着小心翼翼地试探着说："其实我今天来找你，就是想请你允许我跟你一起查案。原先戴老师的命案，我觉得我插不上手，但现在接连出现了与'兹扎'相关的案件，我想或许我帮得上忙。当然，我也有我自私的考虑……"萧程越说声音越低，到最后竟显得难以启齿。

苏左则不像萧程那般迟疑，而是将近来的想法一吐为快："不管你怎么想，我希望你清楚，近来发生的这些事每一件似乎都和你有关，看起来你是这个旋涡的中心……”

萧程紧张地聆听着苏左的话，生怕对方找理由推脱，可意外的是，苏左竟然毫不犹豫地接着说：“不过，我答应你。”

萧程一时没能反应过来，愣住了。

“怎么，你的样子倒像是没想到我会答应？”苏左眨着眼睛反问道。

萧程赶紧摇了摇头，“不是，只是没想到你会这么爽快。毕竟……这里面有命案，而且还关系着‘兹扎’病毒，牵扯范围比较大……”

苏左满不在意地摆了摆手，“这有什么好奇怪的？再大的案子，也得从小地方一点一点找线索。再说，我相信你。”她看着萧程坏笑起来。

萧程不明所以，过了好半天才鼓起勇气问道：“你为什么总是会相信我？”

没料到苏左想都没想就直接回答：“因为我觉得你脑子不够用。”

“啊？”萧程不禁大惊，他生平第一次被人说“脑子不够用”，这会儿脑子竟然真的有些转不过来了。

“我的意思是说，人的脑力和精力都是有限的，你脑子里装的都是别人不会去想的问题，而对于那些别人都会去想的，你的脑子反而装不下了。这不是不够用是什么？！”

萧程皱着眉头努力想了想，还是没能明白苏左的意思。苏左看着他一脸迷茫的样子，笑得更欢。

一阵微风拂过，两人不约而同抬起了头。一片银杏叶刚巧被风拂着，从上方轻柔地飘落至木桌上。随着“吱呀”的开门声，只见葛爷爷提着一个大大的扫把，正摇晃着身躯从里屋走出来。

苏左见到这情景，立刻像只小兔子一样从木椅子上跳起来，冲葛爷爷喊道：“你这老头儿，是不是看见我来了，故意拿笤帚出来要扫院子？！”

葛爷爷丝毫没有推脱的意思，任凭苏左抢过手里的扫把，麻利儿地退到一边“嘿嘿嘿”地笑起来。

扫把在苏左“野蛮”的挥动下与地面摩擦出“沙沙”的声响，满地的银杏叶在扫把前乱舞开来。

“你轻点儿，我扫把还要呢！”葛爷爷故作心疼地叫起来。

“知道啦，你这老头儿真啰唆！”苏左不甘示弱地边扫边顶嘴。

“葛爷爷，我还想要一碗白果糖水！”萧程抓住时机，赶紧大声说着自己的需求。

一时间，小院内充斥着满满的笑语欢声。

萧程体会着眼前这和谐的一幕，心中涌上了久违的豁然和快乐。

几天后的早晨，苏左疾步如风般穿行在车水马龙之间，她一早就接到了一个爆炸性的消息，此刻心急如焚，恨不得立即跳上警车，冲向目的地。

可还没踏入警局的院门，一个瘦削笔挺的身影就吸引了她全部的视线，萧程正站在警局门口。今天他身穿一件浅驼色的薄风衣，系着同色系的羊绒围巾，在阳光下看起来暖暖的。

“你怎么来了？”苏左跑到他面前站定，语气显得惊讶又焦急。

“送给你的礼物！Surprise！”萧程神神秘秘地从身后拿出一个有着小把手的透明箱子，笑得像孩子般灿烂。

苏左好奇地定睛一看，立刻吸了口凉气，结结巴巴地问：“这……这就是你送给我的礼物？一只青蛙？！”

“你可不要小看它哦。”萧程一副就知道苏左不懂得欣赏的表情，得意地说，“它可是世界上独一无二的青蛙！”

听到萧程这样说，苏左不禁打量起箱子里的小家伙。这是一只翠绿色的青蛙，周身滑溜溜的，像是浮着一层水珠。它长着一双又大又亮的眼睛，看上去十分灵动。苏左记得生物课上老师曾经教过，青蛙的眼睛比较特殊，并不像人类的眼睛那样，可以如照相机般拍下眼前全部的景物，它们只能看到处于运动状态下的昆虫，再从那些能被它们看到的昆虫中锁定自己偏爱的吃下，如苍蝇、蚊子等。因为有了上一次花纹小白鼠的经验，苏左特意仔细观察了一番，可眼前这只小青蛙正乖乖地趴在箱底的松土和绿叶中，实在看不出有什么特别。

萧程见苏左一脸迷茫，忍不住炫耀道：“你要看它的眼睛！我对它的眼部基因进行了改写，现在它的眼睛比一般的青蛙要强上千倍，不仅能够迅速识别任何移动中的小昆虫，甚至能看到静止状态下的小虫子，像什么苍蝇、蚊子、蟑螂、潮虫、蜘蛛……只要有了它，你以后就再也不用担心家里有这些讨厌的小虫子了！”

“照你这么说，我要把它放养在家里才算是让它发挥了最大的用途？”苏左不禁暗暗流汗，心里直打哆嗦，“一只青蛙在家里的地上乱跑，我万一踩到它怎么办啊？”

“嗯……”萧程看起来压根儿就没想过这个问题，努力思考了一会儿说，“你可以每天上班前把它从小箱子里放出来，然后晚上回家再把它抓回小箱子里去，就当它是你家里的‘自动昆虫清扫机’，怎么样？”

苏左哭笑不得地问：“你让我用手抓它吗？你怎么知道我会害怕小虫子，而不是更害怕小青蛙啊……再说它不冬眠吗？”

这个问题萧程早有把握，拍了拍小箱子说：“这个箱子是用特殊材料做的，能保持恒温，只要你家里冬天有暖气，它就不需要冬眠了，每天都能精神饱满地为你抓虫子！”

苏左心里直犯嘀咕：“眼瞅着冬天了，哪儿来的虫子啊，搞不好自己还得特意去给小青蛙买小虫吃……”可是看见萧程满心欢喜的样子，又不忍心拒绝，只好从对方手里接过了小箱子，挤出一个自己都知道恐怕不怎么好看的笑容。

萧程似乎完全没看出苏左这一系列的心理活动，看起来心情极佳。突然他眼光一闪，发现了苏左另一只手里的东西，不好意思地指着说：“那个……”

“红豆奶茶。”苏左立刻反应过来，无奈地将手里还温热的奶茶举到萧程面前，忍着笑说，“给你吧。”

“好呀！”萧程爽快地应了一声，开心地接过奶茶杯大口吸起来。

苏左叹了口气，真希望他在知道了刚刚那个消息后还能这么高兴。

“其实，我也正要去找你……你可能还没听说，现在市面上出现了一种‘兹扎’疫苗！”

萧程正将一粒珍珠吸到一半，顿时呆住了。

20 分钟后，苏左的警车载着萧程，疾驰至市妇产医院“兹扎”门诊台前。

平日里少有人问津的“兹扎”门诊台前此刻却挤满了人，医护人员的数量与问诊者的数量形成了巨大的反差，一个护士扯着大嗓门叫着：“排队、大家排队……”眼看着门诊外已形成了长长的队伍，蜿蜒出去至少三四十米。

小周早已等候在那里，看见苏左和萧程到了，赶紧快步上前来苦着脸说：“情况快失控了，来打疫苗的人越来越多，妇产医院这里据说是注射点之一，照这个情形推断，不到中午，就会有至少几千人前来接受‘兹扎’疫苗注射，这还只是一家医院，据说另外还有五家医院从今天开始提供这种疫苗。”

“怎么会一下子就变成这样？”苏左也被眼前的状况搞蒙了，没好气地问。

小周撇撇嘴道：“我粗略查了查，至少有二三十家媒体今天一早便发出了重磅新闻，将‘兹扎’疫苗已出和哪些医院可以注射的消息发布了出来，至于网上转发的次数，那就更不可预计了。”

苏左偷偷瞄了萧程一眼。他从知道了此事后便一直没有开口，苏左觉得这个“疫苗”显然不是萧程的实验室研制出来的，而原京当下居然还有人在同时做“兹扎”疫苗的研究，且捷足先登，再看到眼前的情景，萧程的心里肯定不好受。

不过令苏左稍有些诧异的是，萧程只是在听说出现了疫苗的那一刻显得有些吃惊，下车后则一直在默默观察着医院里疫苗注射的情况，并没显得特别慌乱或沮丧，居然还在津津有味地喝着手里的红豆奶茶。

苏左茫然地望了望排队的人群，突然发现了《前沿日报》的采访车正停在人群的外围，立刻走过去，刚好看见陈欣欣穿着一套出镜的正装，面对着一名摄像师的镜头正在滔滔不绝地介绍着医院的情况。

“我说你们还嫌不够乱吗？！先别拍了。”小周知道队长的用意，赶上来冲着陈欣欣喊道。

陈欣欣看到他们，立刻停止了录像，冲了过来，“萧程来了吗？我得问问他！”她看见萧程就在苏左身后不远，二话没说就跑到萧程面前大声责问道，“萧博士，这是怎么回事儿？‘兹扎’疫苗研制成功，你为什么不通知我？”

苏左听了她的话一愣，难道这么大的事，《前沿日报》没有得到消息，反而是其他媒体捷足先登？

陈欣欣因为采访落后于人，非常生气和委屈，望着萧程的样子少了许多先前的暧昧和造作，反而显得真实。萧程也是一副无奈的神情，不知该如何向她解释。

“漏了这么大的新闻，估计她被他们头儿批得很惨。”小周在一旁幸灾乐祸地评论道，“这回她在社里的地位尴尬了，不知她老爹这次怎么没帮她。”

小周的话让苏左心下更加狐疑，她直觉这里面一定有文章，只是现在没时间去细想。

“苏队长……”

苏左转身一看，是杨海璐。

只见杨海璐身穿白大褂，露出一截焦糖色的西服裤腿和黑色高跟鞋，镇定地站在门诊台外向这边招着手。

“杨医生，见到你真是太好了。”苏左和萧程在杨海璐的引领下，穿过重重人群，终于进入了疫苗注射的中心区域。

杨海璐没有多说，只是微微笑了笑，随即小心地拿起一支未开封的疫苗针剂，递到萧程眼前，“萧博士，你看一眼，这是今早送来的。”

萧程仔细地打量起这支疫苗。

一次性针剂被密封在医疗专用的袋子中，针管里流淌着呈淡淡乳白色的液体，大约只有2.5毫升，整支疫苗非常小巧，袋子上除了印有“ZIZA”的英文字样，其余什么也没有，一片空白，未免给人感觉太过简易。

“什么人送来的？”苏左问道。

对这个问题杨海璐也表示不清楚，她脸上难掩担忧的神色，“我只知道是省卫计委紧急派发的，只提供给了6家重点医院。按规定，一种医用针剂投入使用之前必须经过严格的临床试验，还需要许多道手续，但听说是高层早已达成共识，只要研制出‘兹扎’疫苗就尽快应用，所以董副省长给了特批。”

“董明申副省长？”苏左记起前期调查中就曾出现过这个人，不禁脱口而出，随即望着杨海璐说，“如果我没记错，邵毅平正是他的秘书，那你今天见到邵秘书了吗？他有没有对疫苗的出现说过什么？”

杨海璐看着苏左，缓慢又肯定地摇了摇头。

“我在报道中看见，这疫苗还在试用阶段，不强制注射，说是完全采取自愿原则，而且想要注射的民众，还需花钱购买。我刚才也问过那边诊台的医护人员了，疫苗价格十分昂贵，要900元一支，但还是有很多人争先恐后来打。”小周将了解的信息向苏左汇报着。

“900块？这种针医保一般不给报销，如果老百姓自己掏腰包，可当真不便宜。”苏左思索着疫苗定价会不会有什么玄机。

“跟大部分民众对‘兹扎’的恐惧比起来，这个价格不算什么。”杨海璐客观地说。

“我打一支。”突然，萧程开了口，只见他举着手里那支刚刚被细细观察过的疫苗，果断地示意杨海璐为自己注射。

“你……你疯啦？”小周瞪着眼睛，不安地喊起来。

苏左显然也很诧异，她与萧程短短相视了几秒，感觉萧程的眼神里充满着一种难以名状的自信。

“给我也打一支。”苏左说着竟也卷起袖管，然后冲萧程笑笑，“如果你想要证明什么，还可以多我这一份参考数据。”

杨海璐愣了一下，但很快便喊来旁边一个看上去机灵能干的小护士：“再拿两支针剂来。”

“不是打一支就够了吗？”苏左有点儿意外地问。

“我不能打吗？我也是萧程实验室的一员，有义务为实验提供数据。”

“你们……”此时小周站在一边显得格外尴尬。苏左知道他心里怕得很，可还是一把将他拉过来按在桌子上，喝道：“你别想躲，一起打！”

萧程见眼前这架势，并未出言阻拦，只是向苏左投来感激的目光，轻轻点了点头。

不一会儿，四个人的针都打完了。

“杨医生，卫计委下发这个针剂时，确定说的是‘兹扎’疫苗吗？”萧程整理好袖口，似乎想到了什么，向杨海璐确认起来。

大家一时都没能明白他这话的意思，难道刚刚打的不是“兹扎”疫苗吗？

杨海璐显然理解萧程在问什么，“其实我也正想提醒大家，卫计委在下发时只说这种针剂对‘兹扎’病毒有一定的防护作用，的确没有明确这就是‘兹扎’疫苗。想来是媒体并不理解其中的区别，就在报道的过程中草率地给定性了，毕竟这样说更能吸引大众的眼球。”

“所以董明申只用了一道特批，这针就能发下来。可是省委直到现在也没人出面澄清这件事，就好像是故意要在文字上弄出这种模棱两可的效果，误导民众以为这就是‘兹扎’疫苗。”

“他们想干吗？”小周按着胳膊上的针眼儿，龇牙咧嘴地喊道。

苏左耸耸肩，“想要大家都来打这种针，人越多越好。”

“这是为什么？”小周还是不明所以。

“赚钱。”杨海璐思考了片刻，笃定地说出了自己的推断。

苏左表示认同地补充道：“这是最有可能的理由。”

小周想了想，也觉得有道理，但依然不解，“可就算人人都来买这种针打，获利者又是谁呢？”

“医药公司。”杨海璐微蹙着眉解释道，“这种针剂的销售额在扣除一部分运行成本费后，实际上最终的利润都会流入医药公司的口袋。”

“医药公司？医药公司……”萧程之前没有想到会出现这样的名词，喃喃重复着这几个字。

杨海璐进一步分析道：“现在不少医药公司都有自主研发临床药物的资本和能力，一旦成功研发出了新的特效药，利润往往大得惊人。”

“照这么说，这款‘兹扎’针剂，现在被当作‘兹扎’疫苗来卖，岂不就是一棵摇钱树？”小周终于明白过来，一语中的。

苏左不由得思考起另一个问题：这款伪“兹扎”疫苗出现的时机未免也太巧了，恰好就在萧程的实验室失窃后不久，如果说两件事之间没有关联，苏左认为断然不可能。可究竟有什么关联呢？

听起来董明申这位副省长对这款伪“兹扎”疫苗的推行持过分积极的态度，说不定与可能因此而获利的这家医药公司私下存在什么勾当，可根据实验室失窃当天的监控录像推断，黑影邵毅平并未窃取到实验成果，那么董明申又是基于什么跟医药公司合作的呢？唯一的解释就是，如果萧程的实验成果真的是被欧阳书盗走的，那么这家生产了伪“兹扎”疫苗的医药公司就很可能与欧阳书存在什么牵扯，可这样一来，董明申和邵毅平在这里扮演的又是什么角色呢？莫非……这些人的背后还有一只更大的黑手？

苏左只感觉一片混乱，理不出清晰的头绪。看来当下对伪“兹扎”疫苗的探查，只能从医药公司入手。

苏左刚要张口，就听萧程在一旁幽幽地提出了同一个问题：“能不能查到这款针剂到底出自哪家医药公司？”

小周一听要调查，立马来了精神，抢先拿起针剂包装仔仔细细查看了一遍，然后失望地撇着嘴道：“这上面一个多余的字也没有啊！这种针剂就是这样单个儿分装的吗？运来时有没有包装盒？”

“有盒的。”刚才负责给他们打针的小护士突然插话道，“送来的是12支一盒，还有很多没开封的整盒针剂在冷藏室里。”

十来分钟后，小周跟小护士一起捧着个盒子走了回来。小周一路有说有笑，小护士被哄得挺兴奋，俨然一副立了大功的表情。

小周走近苏左，立刻收敛了嬉笑，一脸严肃地递上药盒，“苏队，这上面写得清清楚楚：楚康医药。”

“从来没听说过这家医药公司……”杨海璐拧着眉低语起来，“我们平时跟很多医药公司的代表有往来，可我第一次听到楚康这个名字，不知道这家公司的主营药品是什么。”

“快让在队里的人查查这家医药公司的背景。”苏左命令道。

又过了十几分钟，小周手里拿着一份关于楚康医药大致情况的传真文件，向苏左报告说：“这家公司果然有问题！文件上说，这家医药公司刚刚注册了几个月，至今没有过任何医药产品上市。”

“那就很可疑了，看起来这家公司根本没有自行研制出这款‘兹扎’防护针剂的能力。如果我的推断没错，这款针剂正是根据你的实验数据做出来的，这一点，你有没有办法确定？”苏左看着萧程问道。

萧程早已有这样的怀疑，“过几日，只要对我们几个刚刚注射过疫苗的人进行一下监测，我就可以下定论。”

“好。”这正是苏左希望听到的回答。

只听小周继续介绍道：“文件里还说，楚康医药隶属于一个叫‘天满’的不孕不育专科医院，那家医院在业内还是挺有口碑的。”

“天满不孕不育医院？你说‘天满不孕不育专科医院’？”这时，杨海璐略显惊慌地叫起来。

“那家医院有什么不对吗？”苏左直觉杨海璐知道些什么。

杨海璐自知失态，但已无从掩饰。她稍稍环顾了一下周围，见小护士已经去诊台忙着给其他病人注射了，此时这里除了萧程，只剩下苏左和警员小周，于是她深深吸了口气，稳下心神，迎着众人疑惑的眼神，坚定地说道：“我想有些事……到说出来的时候了……”

第十七章 秘密

月色正好，月牙弯弯地挂在黑而透亮的夜空。星星一闪一闪，像极了伙伴们眨着的大眼睛。

"邵珑珑，你好吗？"

"邵珑珑，你什么时候回来上学？"

"邵珑珑，我们等着你一起玩哪！"

…………

在寂静无人的小山顶上醒来，邵珑珑看见月光洒在自己的运动鞋上，如一层薄雾般朦胧。

可以动了！

他惊喜地发现四肢能够活动了，那层缠在身上的厚厚纱布也不见了，小腿和手臂自如地伸展及弯曲着，一点儿也不疼。

他欢快地小跑起来，忘记了这是如水的夜，直感觉身边如白昼般光明。

"珑珑……"突然，从遥远的角落里传来一声轻唤。

他渐渐停下脚步，心中紧张万分：那个女人又来了……

"珑珑……"幽灵般的声音越来越近，仿佛已经可以感受到她黑色长发的气息。

女人穿着一条烟紫色的长裙，赤着脚，总是这样轻飘飘地、毫无征兆地出现在他身边。

“珑珑，我的孩子……”女人温柔地伸出一双手，将他的头拥入怀里。

女人的手绵软有力，他每次都本能地想要拒绝，可女人的话就好似一句咒语，他的心，便也瞬间潮湿起来。

“妈妈……”他十分艰涩地从喉咙深处挤出这两个字。

女人的身体微微一颤，开始变得僵直。

“不！我不是你妈妈——”女人霎时尖叫起来，一把将珑珑推开，十根手指紧紧扼在珑珑纤细的脖颈上，力道大得惊人。

“就是因为你，我永远无法得到自由——”女人几近疯狂地叫喊着。他感到有泪珠从女人飘散的长发间喷射出来，一开始是炙热的，顷刻间便冰冷刺骨。

“为什么每次都这样？！”他也大声哭喊起来，本能地拽着女人一同向脚下的深渊滑去。

“孩子——”女人惊慌失措，在倾落的刹那一下子翻转过身体，用尽全力将他向上方推去。

“你到底是谁？！”他重重地摔在山顶边缘，发出最后一声痛苦的呼喊。女人的身躯在模糊的视线里越来越远，直至慢慢消散。这时他才猛然惊觉，依然没能看清女人的脸。

一身大汗。

“珑珑，醒醒，快醒醒……”

邵珑珑努力睁开酸胀的双眼，眼角还是湿湿的。头顶是一盏泛着黄光的床前灯，室内白花花的一片，眼前出现了一张熟悉又满怀关切的脸庞。

“杨阿姨……”

“做噩梦了？”杨海璐轻轻地问，并帮他摇高了床头。

邵珑珑吞了下口水，喉头干涩难耐。“嗯。”

杨海璐耐心地用小勺将温水喂进他嘴里，虽然就是普通的白开水，但他觉得甜丝丝的。

“我听见你喊‘妈妈’，可梦见妈妈为什么会哭呢？”杨海璐坐在床头，看见邵珑珑恢复了平静，缓缓地问道。

邵珑珑望向天花板，迷茫地回答："我不知道她是不是我妈妈……"

杨海璐轻叹口气。是啊，这孩子并不记得母亲的样子，师涵去世时，他还是个婴儿。

"你梦里的妈妈是什么样子的？"杨海璐尽量用一副轻松的口吻问。

没想到邵珑珑忧郁地摇了摇头，脸上丝毫看不到提及妈妈时应有的甜蜜，甚至有点儿害怕地说："我看不清她的脸，我只记得，她总是用长发挡住脸，故意不让我看到……"

杨海璐皱起了眉，在她印象里，师涵一直留着可爱利落的短发，这孩子想象中的妈妈似乎与现实差距很大。

"那她穿什么衣服呢？"杨海璐继续柔声问道。

"她始终穿着一条紫色的长裙子，而且没有穿鞋，每次都突然出现在我身边……"邵珑珑回忆着梦中的情节，表情复杂地回答。

杨海璐心中的疑虑更重了。师涵几乎从来不穿紫色，也不喜欢长裙子，她一向更偏爱短裙、短裤一类俏皮活泼点儿的装扮。

不知道母子之间是否存在心灵感应，虽然学的是唯物的西方医学，但杨海璐对此还是持不完全否定态度的。她认为这是人与人之间存在的一种微妙的磁场作用，她也的确亲眼见过或听说过不少孩子与母亲间有着无形的默契的案例。最简单的例子就是，幼童期的孩子总是习惯在母亲身边熟睡，而有时候如果母亲本身并不感到困倦，孩子则也很难入睡，或是入睡了不久便会再次清醒过来。但邵珑珑的话，却令她陷入了一种令人恐惧的迷惑和不安。

"你梦见妈妈离开了你，所以才哭了是吗？"

邵珑珑反应了一会儿，艰难地点了点头。

"你爱妈妈，妈妈也爱你，所以你舍不得她离开。"杨海璐安慰道。

邵珑珑对这个问题思考了一会儿，最终痛苦地说："杨阿姨，我知道妈妈的爱应该是怎样的，就像你对我的关心一样。可梦里的那个女人，我觉得她爱我，但她也恨我。她好像……根本不希望这个世界上有我。”

杨海璐惊讶地微张着嘴，一时不知该如何回应，很难想象这是一个孩子说出的话。

更难以想象的是，邵珑珑竟然又说道：“我感觉她真的来过。”

“你说谁？”杨海璐诧异地瞪大了双眼，“‘真的来过’是什么意思？”

“那个女人，她来过医院，来过这里，就曾站在我的病床前。”

邵珑珑说得十分认真，完全不像是编造的，更何况，一个孩子不可能也没有任何必要编造这样的故事。

杨海璐愣了许久，还是不太相信地问：“你说什么？”

邵珑珑能理解对方的不解，将视线投向病房角落的窗台，幽幽地说：“那晚，正是因为感觉到她来了，我才醒过来。”

“那是什么时候的事？深夜吗？”杨海璐不禁怀疑起珑珑的话，毕竟那天她接到医院的来电，已经超过凌晨两点了，如果珑珑说的那个女人是真实存在的，怎么可能深更半夜跑到医院来看孩子呢？如果是这样倒是一切都说得通了，珑珑躺在病床上，难免胡思乱想，或许根本没有什么女人。

“不，杨阿姨，那天你和爸爸赶到的时候，其实我已经醒来很久了。”

不到三天，萧程就给出了肯定的回复：楚康医药的伪“兹扎”疫苗正是基于萧程实验室前期的关键研究成果才得以制造出来。只是该针剂注射后对人体是利是弊，还有待进一步验证。

苏左立刻制定了下一步的调查重点：楚康医药。但这次她决定暗访，因为这件案子调查至今，早已偏离了戴林钟死亡这一事件，而是向着黑暗的深处一点点延伸着，可警察的身份却好似一道强光，对黑暗久了的地方束手无策。这就恰如一处幽深的洞穴，太强烈的光芒反而容易照不全洞穴里的每个角落，最好的办法是拿着手电，慢慢摸索着前进，才能最终了解到整个洞穴的全貌。

杨海璐在伪“兹扎”疫苗注射当天提供的信息帮助刑警队锁定了天满医院的创始人，一个与许多现有线索都存在关联的人——郑诗聪，并且杨海璐认为郑诗聪正是邵珑珑的母亲师涵的亲哥哥，而“师涵”应该只是一个化名。但两人已经去世多年，即便围绕郑诗聪的疑点重重，如今也只能从与他有关的人身上寻求突破。于是很快，另一个名字浮出水面：蓝美倩。

经查，蓝美倩系郑诗聪的遗孀，是天满不孕不育专科医院现在的所有者，也是楚康医药的法人代表。换句话说，在萧程实验室失窃和伪“兹扎”疫苗出现这一系列事件中，楚康医药是否存在问题，就要从这个蓝美倩身上着手调查。

郑诗聪曾是郑氏集团最年轻有为的领导者，他在骨骼怪疾发病前风度翩翩，是许多年轻姑娘心中的白马王子，而最终能与他结为连理的，一定也是位不凡的女子。果然，苏左发现蓝美倩就具有与富家公子两相匹配的典型特征：她是一位颇有名气的小提琴演奏家。

欣赏交响乐演出的确不是苏左的强项，她强撑了一个半小时，终于在最后二十分钟里睡着了。可能多少跟音乐的舒缓悠扬有点儿关系，苏左这一觉睡得特别美，直到萧程拿着一张纸巾在她嘴角擦来擦去，她才警觉地睁开眼。

“出什么事了？”苏左下意识地从座位里弹起来，手向腰间配枪的地方摸去。

萧程在一旁抱着手臂，强忍着笑意。

手感不对！今天腰间滑溜溜的，脚上也挤挤的，很不自在。苏左愣了两秒，这才缓过神来：这是在暗访。而为了看这场演出，她破天荒地穿了一条连衣裙和一双高跟鞋。

“演完了？”苏左看了看空旷的舞台，诧异地问。

萧程不置可否地撇撇嘴。这时苏左才惊觉连观众席上都已是空空如也，只剩下自己和萧程。

“你怎么不早点儿叫醒我？”她瞪大眼睛责怪道。

“演出太精彩了，我刚刚回过味来，谁知道人这么快就都走光了。”萧程无辜地摊着双手回答。

“那怎么办？我们到哪儿去找蓝美倩？”苏左有点儿懊恼。她本来是想在蓝美倩退场时悄悄跟着，找机会堵住对方进行突然询问的，这样可以打对方一个措手不及，不给对方准备的时间。

萧程貌似从一开始就对她的这个计划不太感兴趣，这会儿只是用手指轻搓着鼻尖，“少安毋躁。”他小声对苏左说。

萧程话音刚落，就见舞台下方侧边的一扇小门里走出一个西装革履的男子，他的目标很明确，正是朝着二人所在的方位走来。

“请问是萧先生和苏小姐吗？”男人面带微笑，礼貌地问道。

苏左不明所以地眨着眼，萧程则礼貌地朝男人点了点头。

“蓝女士请你们到里面谈。”男人说着，做出“请”的动作，便在前面带路。

“照你的吩咐，我可没说你是警察哦。”萧程抓住时机，悄悄地在苏左耳边说道。

“那你说我是什么？”苏左好奇地小声问。

萧程笑笑，没有回答。

不一会儿，男人便将他们领至一间休息室门前。

“蓝女士，您的朋友到了。”

门开了，首先出现的是一个年纪在40岁左右的男人，他留有一头齐肩的长发，剑眉皓目，看起来英气逼人，身穿一件质地考究、版型挺括的燕尾服，脖颈上还打着领结。

苏左好歹也看了大半场演出，一眼便认出，这是刚才场上的指挥家，介绍里提到过，名叫沈豪，与蓝美倩是多年的老搭档，也是这家交响乐团的创办人之一。

“蓝，你有客人，我先走了。”沈豪见到萧程和苏左，用露骨的眼神仔细打量了二人一番，随即很自然地说了一句，便拉开门走了出去。

苏左看到在这间休息室的尽头，一扇精美的屏风背后，有一截紫色的裙角从屏风下方露了出来。

由于蓝美倩是这家乐团的灵魂人物，名气最响，所以通常都是压轴出场，刚好演出中最精彩的部分苏左睡着了，所以没能得见这位小提琴演奏家的真容。但仅仅看到这一截裙摆和那双金色的演出鞋，就可以想到，蓝美倩必是人如其名，是位兼具美貌和艺术气质的女性。

尽管已有这样的心理准备，但当真正与蓝美倩面对面时，苏左还是不禁暗暗赞叹：大美女！

“萧先生是诗涵的朋友？”蓝美倩似乎不喜欢拐弯抹角，上来便问了一个苏左完全没想到的问题。她的声音也很美，说起话来就像小提琴拉出的优雅音符。

萧程却并不意外，沉稳地答道：“是的，我也是刚刚知道，师涵竟然有一位同胞兄长……就是您的先生。”

苏左不禁在一旁紧张地观察着蓝美倩脸上的表情。毕竟郑诗聪和师涵的兄妹关系目前并未得到确认，只限于几个人的猜测，她着实没想到，萧程竟然会直接用这种方法来引起蓝美倩的注意。

蓝美倩稍稍侧过脸，精致的五官并没有因为萧程的话产生任何变化，淡淡地纠正道：“是先夫，诗聪去世已经十几年了。”

“蓝姐姐。”苏左这时插起话来，她故意装出一副小女人的姿态，实则暗暗观察着蓝美倩的一颦一笑，“这么多年过去了，我们一说是师涵的朋友，您依然热情地接待我们，看来当年您和诗聪哥哥感情笃深。”

蓝美倩脸上依然是恬淡的神色，似乎这个话题对她来说就像是一场天气预报，不管本人想不想关心，总会有旁人忠实地提起。

蓝美倩没有正面回答苏左的问题，而是伸手拿过一大捧百合花，微笑着赞道：“萧先生送的花真香，卡片我收下了，花，不如就转送给苏小姐吧。”说话间，她的目光直直地落在苏左脸上。

苏左只感觉鼻腔突然被一阵浓烈的花香充斥，手里也变得沉甸甸的，耳边响起美妙的声音："你们很般配。"

原来萧程在演出开始前就给蓝美倩递送了鲜花和卡片，难怪他刚才慢条斯理地一点儿也不着急。想必那卡片上一定提及了师涵，并且写了他们两个的名字，对方肯定以为两人是恋人。

想到这里，苏左更加觉得蓝美倩看自己的眼神里别有深意，不禁一阵脸红。萧程则是一副得意扬扬的样子，根本没想要解释。

蓝美倩转动着美丽的眼睛问道："你们今天来找我，不会只是为了诗涵的事吧？"稍顿了顿，她又感慨道，"她也去世很久了……"

既然对方都这样问了，萧程决定开门见山："楚康医药最近推出了一种'兹扎'防护针剂，请问您知道这件事吗？"

"楚康医药……"蓝美倩一脸茫然，看样子就像连"兹扎"都不曾听说过。

"楚康医药是天满不孕不育医院旗下新注册的一家医药公司，天满医院不是在您的名下吗？听说一直经营得很好，您平时都不关心的吗？"苏左在一旁解释起来，语气有点儿急切。

蓝美倩好像才反应过来两人在说什么，皱着眉回答："虽然那家医院自从我先生去世后就被留给了我，但我根本不懂医，更不懂经营，平日里基本上从不过问。"

跟预想得差不多。苏左暗忖，蓝美倩果然不会在医院的经营管理上亲力亲为，这一点，她确实不像在说谎，更何况，她的身份和知名度也不允许她抛头露面地去管理和经营一家医院。

"原来二位来找我是为了这样的事，那真的很抱歉，我给不了你们什么有用的信息，天满医院及楚康医药的事，还请你们直接去问医院的人吧。"蓝美倩礼貌地补充道，并且不经意地挺直了脊背，流露出一种知名人士惯有的傲慢姿态。

苏左感觉她一开始的态度虽然表面上亲热，实则内心是警惕的，现在这样，反而证明她放松了下来。

萧程却明显没有苏左那么细腻的心思，还在顺着自己的思路发问："那么欧阳书教授您应该认识吧？"

没想到蓝美倩在听到欧阳书的名字后再次警觉起来，虽然她努力不动声色，却难掩局促不安，但她还是尽力装作自然地说："当然认识，他曾为先夫治过病。"

"那您最近见过欧阳教授吗？"萧程直白地追问着。

"没有。"蓝美倩看向地面，僵硬着唇角回答，"他和先夫曾是医患，也是朋友。先夫去世后，我没有任何理由再跟他保持联系。而且据我所知，欧阳教授平日里非常忙碌，没有特别的事，他又为何要跟我见面呢？"

萧程静静地盯着蓝美倩的脸庞，不再开口。

"哇，这花真的好香！你都没有送过我这么高品质的百合！"突然，苏左娇嗔地推了萧程一把，随即笑盈盈地望着蓝美倩，亲昵地问，"蓝姐姐，你还这么年轻、这么美，就没想过再找个人结婚吗？"她这问话过于突兀，在当前的气氛下显得格外不合时宜。

蓝美倩即便修养再好，此时也有些不悦，板着脸问道："你们……还有什么别的事吗？"言语间逐客之意已然非常明显。

"我觉得她在说谎。"

走出休息室的大门，两人沿着走廊向外走，见四下没人，萧程小声在苏左耳边说。

"哪一句？"苏左反问道。

"她应该见过欧阳书。"萧程直视着走廊尽头，肯定地分析，"她回答'没有'的那个时候，瞳孔明显在放大，而且刻意躲避开了与我目光的接触，看向右边的地面，心理学上这些都是说谎的表现。"

"这一套，是不是在美国FBI教你的？"苏左却笑着揶揄起来，露出满脸不屑，"哪儿用你说得那么复杂，我一眼就看出来了。"

"哦？"

“说到欧阳书的话题时，她的一只耳环刚巧被头发缠掉了，可她完全没注意到。”苏左自信地撇撇嘴，“美丽的女人最在意这些，况且她还是个有名、有身份的美丽女人。耳环掉了都没感觉，只能说明当时她的注意力全都放在如何编造说辞应付咱们俩上了。不过她是个谨慎的人，说话滴水不漏。”

萧程心悦诚服地点了点头，突然假装害怕的样子笑道：“你可太厉害了，要是做你男朋友，恐怕一句谎话都不能说。”

“为什么要说谎？”没想到苏左站定脚步，严肃地看着他问。

萧程心里一紧，不禁愣了几秒，然后正色道：“好在……我不太会说谎，我脑子不够用嘛。”

苏左被他一本正经的样子逗笑了，刚才还打算就卡片的事跟他理论一番，此时也打消了念头。

过了一会儿，萧程又问道：“对了，你刚刚那样问她的感情问题，会不会有点儿没礼貌？”

“我故意的。”苏左无所谓地摊了摊手，“你不觉得她其实很不愿意别人提起郑诗聪吗？而且一再强调郑诗聪已经死了很多年。”

萧程抱起胳膊，不置可否。

“我猜，那个指挥家一定在追求她。”苏左轻描淡写地接着加了一句。

“你说沈豪？”萧程立刻回想起刚刚与身穿燕尾服的指挥家打照面的情景。

“你没听见吗？他叫她‘蓝’，真受不了那个矫情劲儿。”苏左翻着眼睛，有点儿坏坏地评价道，“而且蓝美倩在这个沈豪面前高傲得像个公主一样。”

萧程耸耸肩，趁机取笑道：“我发现你对别人的感情问题倒是比对自己的敏感。”

“咳……咳……”突然，从走廊的拐角处传来几下响亮的咳嗽声。

苏左和萧程立刻收起言笑。

慢慢地，走廊的另一侧走出一个修长的人影。

“是您？”萧程略带惊讶。

人影走近，身上的黑色燕尾服僵硬笔挺，使他看起来独具一种诡异的气质。沈豪的目光先是从惊讶的萧程脸上滑过，继而冷冷地凝固在苏左身上，一字一顿地说：“这位小姐，其实是警察吧？”沈豪的语调缓慢，每个字都带着一种尖刻的味道，听起来令人极不舒服，虽然脸上挂着笑容，却让人只觉得冰冷。

他目不转睛地望着苏左，幽幽地抬起了手。

苏左下意识地又去摸腰间，旁边的萧程却从背后轻轻握住了她的手腕，苏左感觉手臂上登时传来一阵温暖。

这时苏左才看清，沈豪手里拿的，是一件黑色的女士风衣。那是自己在观看演出前寄存在音乐厅衣帽间里的。

“你的警官证掉出来了。”沈豪依然面带微笑，擎着风衣的手已经举了好半天，悬在空中纹丝未动。

苏左强作镇定地挤出笑容，从他的手臂上小心地接过风衣。果然，自己的警官证正牢牢握在沈豪藏在风衣下的手掌里。于是苏左又从他的手上将警官证收回，装进了风衣的内侧口袋。这一连串动作下来，苏左已判断出对方定是一个深藏不露的人。

既然已被戳穿身份，苏左索性换了口吻犀利地恭维道：“沈先生不愧是一流的指挥家，手臂和手腕对力度的掌控绝对有别于常人。”

沈豪不以为意地笑了笑，严肃地说：“我想和二位谈谈。”

“好啊。”萧程抢在苏左前面答道。听得出来，他对这个沈豪充满了好奇。

“请二位随我来。”

沈豪带着苏左二人来到了一个他们意想不到的地方——舞台中央。

“就是在这个位置，我平生第一次看到她。”沈豪站在舞台左侧靠前的一处地方，突然就陷入了深深的回忆。

谢幕后的舞台上早已没有了聚光灯，只靠着观众席间的一排地灯投射上来些许微光，他的脸在光线的交界处忽明忽暗，眼角挂着一点能够穿透黑暗的晶莹。

“那一刻我愣住了，我正准备挥舞指挥棒的手停在了半空足足有十几秒钟，直到她也像其他人一样，拿诧异的目光望向我，我才不至于完全忘记自己正在演出。后来我才知道，那天乐团里的一位小提琴家突然缺席，她是临时被找来补位的。那天她表现得很好，她的演奏悠扬沉稳，和乐团其他人的配合也十分默契，当然，也包括我这位指挥。我看到她目不转睛地盯着我的双手，一丝不苟地服从着我手中指挥棒的引领。她是那么美，美得让人陶醉。我彻底沦陷了，从那天以后，我就无法自拔地爱上了她。”

“直到现在？”苏左轻声打断他。

沈豪在阴影里点了点头，“那个时候，我就暗暗在心里发誓，我将用一生来守护她。”

“可是她却嫁给了郑诗聪。”

“那有什么关系？”沈豪轻蔑地发出“哼”的一声，“只有狭隘的爱才想着占有，我爱她，从来都是为了让她自由。”

“自由？”苏左蹙起眉头，沈豪的逻辑里出现了意外的词。

“你们不会懂的。”沈豪缓缓摇着头，语调开始变得疯狂，“自由做自己，是这个世界上最难的一件事。凡夫俗子都喜欢弄一些条条框框来约束自己，而对于我们这样的人来说，那就是地狱。只有自由，才能让我们的灵魂彻底得到释放，去与飞扬的音符契合。”说着，他将纤长的手指以有力的姿态伸向半空，在奇妙的光影映衬下竟别有一番震撼力。

苏左不禁心中一动。

可萧程却失去了耐心，看来他极不欣赏沈豪这种艺术家的逻辑，原先的好奇也被逐渐消磨，他不客气地问道：“你觉得她现在不自由吗？”

沈豪突然安静下来，只见他收起下巴，从阴影里走到光亮处，眼神中也不见了先前的那种肆意和放纵。

“去年，她得到了一个赴奥地利演出的机会，演出大获成功，她的演奏技巧和风格得到了业界的高度认可和瞩目，使她一跃成为当今国内顶级的小提琴演奏家之一。”

苏左和萧程悄悄对视了一眼，都不知沈豪突如其来的这番讲述究竟用意何在。

沈豪继而用一种恶狠狠的语气说：“而同样的机会，十一年前她就该拥有。”

“那她当时去哪儿了？”苏左诧异道。

“她失踪了。”

“失踪？”又是一个让苏左始料未及的词。

萧程也感到困惑，不禁再次与她对视了一眼。

沈豪并没有意识到“失踪”这个词带给两人的震撼，兀自沉浸在回忆里说：“回来后，她就变了。她不再像原来那样专注。我常常觉得，她演出时虽然依然望着我手里的指挥棒，可心里却空荡荡的，就好像，她失去了灵魂。直到近几年，她才又逐渐找回那个原来的自己……”

苏左问道：“她从来没有向你提起过在那段时间她去了哪里，以及做过些什么吗？”

“嘘！”沈豪突然冲到苏左身前，举起一根手指竖在嘴唇中央，压低声音说，“这是一个秘密。”

他的举动吓了苏左一跳。“沈先生，请你不要故弄玄虚。”她厉声质问道，“你知道她去做了什么对不对？”

“我能看出她身体上的任何变化，everything！”沈豪竟然大笑起来，双手在空中比画着女人身形的曲线，笑声十分干瘪，“或许你们会觉得我不过是个一直活在意淫中的猥琐男人，但我相信，这个世界上只有我，发现了这个秘密。”

“身体上的变化？”萧程一时没搞懂对方的意思。

沈豪则轻轻瞥了苏左一眼，讪笑道：“苏警官，你应该还没有这方面的经验。我曾经亲眼看到她在失踪回来后偷偷喝了很长一段时间的麦芽水，女人什么时候需要喝麦芽水，你回家随便问一位长辈就清楚了。”

“麦芽水吗？”苏左将这个词用力记在心里。直觉告诉她，沈豪说的这个秘密，一定非同小可。

“我有个问题，”这时萧程终于无法再忍耐与沈豪这种被动的交流方式，决定主动出击，只听他问道，“沈先生，最近有没有什么人来找过她？我不是说平时她就能接触到的人，而是故人。”

“有啊，那个教授嘛。”没想到，沈豪只稍稍转了下眼珠，就斩钉截铁地回答。

“你认识那个人？”苏左立刻追问起来。

“不认识。”沈豪耸了耸肩膀，“或者说我知道他是谁，他也应该知道我，但我们从来没说过话。”

“他们聊了什么你知道吗？”

沈豪用鄙夷的目光看着她说：“苏警官，你恐怕是有点儿误会了，我不是跟踪狂，更不会偷窥别人的隐私。我再说一遍，我爱她，不是像人们以为的那样自私地想占有，我希望她永远做她自己，得到真正的自由！”

“还是那个问题，你为什么会觉得她不自由呢？”苏左试图去理解对方的逻辑，但依然对沈豪口口声声的自由不明所以。

“因为直到现在人们还在不断提及她的另一个身份——郑诗聪的妻子。”沈豪瞪着眼睛，一本正经地回答。

苏左不甘示弱地说：“可据我所知，这对整个乐团是有利的。你们乐团的经营一度陷入绝境，而郑诗聪给她留下了天满医院和大笔遗产，正是这些钱将处于危机之中的乐团挽救回了舞台，可以说如果她没有这个身份，也许这家乐团都已经不存在了。”

“啊，天满医院！”沈豪却根本不在意苏左话中的原意，他捕捉到了更加重要的信息，迅速强调道，“就是这家医院，让她没办法摆脱。”

随后，沈豪突然郑重地说：“苏警官，萧先生，我找你们来就是想要告诉你们，那家医院一定有问题。”

“天满医院究竟有什么问题？”苏左逼视着他的眼睛，想要从他口中套出更多线索。

“这个，我真的不知道。如果我知道，我一定会告诉你。我恨不得她立刻摆脱。我只知道，她无法真正得到自由的原因，就在那家医院里。”

“请你们调查出真相之前，不要再来打扰她。”最后，他生硬地甩下这句话，头也不回地走出了演出厅，将苏左和萧程两个与乐团毫无关系的人留在了舞台上。

“他好像……情绪不太稳定。”苏左目送着沈豪消失在门后，还在回味他话中的深意。

“我最怕接触两类人，一类是小孩子，一类是艺术家。”萧程被搞得有些摸不着头脑，无奈地说。

苏左和萧程再次四目相对，两人都有些愕然。回想起适才沈豪说的那么多话，着实有不少信息都值得静下心来好好推敲。

“他刚才说的‘她’，是蓝美倩吧？”萧程脱口问道。

“哈哈哈……我知道你为什么讨厌小孩子和艺术家了，因为一碰到他们，你的智商就降到零了。”苏左闻言大笑起来，萧程也不好意思地挠着头笑了。

突然，一阵手机铃声回荡在演出大厅里，突兀刺耳，苏左只觉原本松了的一口气又瞬间提到了嗓子眼儿。

“是杨医生。”苏左按下接听键，“海璐姐，我现在和萧程在一起，刚刚看完蓝美倩的演出。”

萧程隐约听到电话彼端杨海璐的语速比平时快了一些，苏左也渐渐板起了面孔。

“好，我知道了。”接着，苏左又急急地追加了一句，“正好有个问题想请教你一下，你知道女人什么时候会喝麦芽水吗？”

没过几秒，苏左脸上的表情僵住了。

“原来是这样！我有一个大胆的猜测！”只听苏左同时冲着手机和萧程大声喊起来，“我怀疑邵珑珑并不是师涵生的，十月怀胎产下他的，是蓝美倩！”

第十八章 卵子

秋冬之交的午夜，接连几天的冷雨令室外阴暗无光，气温比白天时又骤降了许多，窗户上凝结出一层水汽。室内燃烧的炉火正旺，红彤彤的火苗在老式的煤炉中跳跃着，偶尔发出“噼里啪啦”的乱响。

每人面前放着一碗热气腾腾的白果糖水，苏左和杨海璐分别蜷缩着身子，一小口一小口地喝着，慢慢体会着糖水的热气在体内渐渐将寒意驱逐。小周对这碗甜食不怎么感兴趣，只是一个劲儿地摆弄着炉中的火苗，像个在打电子游戏的小孩子。萧程这会儿一碗糖水已经见底，看到小周碗里的糖水一点儿没动，干脆一下拿到了自己身前，又津津有味地喝起来。

面对扑朔迷离的现状，这四人之间存在着一种微妙又坚固的信任。

“榴莲甜品店太惹眼，警队又不方便你俩经常进出，你们的实验基地显然已经不安全，所以如果是我们四人的会面，就暂时来葛爷爷这里碰头吧。”苏左看着杨海璐和萧程。二人都没有意见。

“我觉得你的猜测是对的，虽然这事实不太容易接受。”杨海璐神色凝重地看着苏左，幽幽地说，“我曾经查阅过几家医院的就诊记录，没有找到关于师涵和邵珑珑的半点儿信息，当时我就已经察觉出事情不对。因为从妇产科医生的角度来看，师涵的身体状况是绝对不具备怀孕生产的条件的。而如果是蓝美倩，一切就都说得通了。珑珑出生在 2006 年 11 月，蓝美倩失踪则刚好是从那年的二月开始，时间上也是吻合的。”

“她老公就是开医院的，想偷偷在里面生个孩子，完全可以做到让外面所有人都毫不知情。”小周补充道，随即又觉得着实难以置信，“可是她为什么要这样做呀？”

“如果她是被逼的呢？”苏左猜测道，“那个沈豪一直在强调：蓝美倩没有自由。”

杨海璐定定地思考了片刻，说：“也可能是出于某种责任或使命感。蓝美倩是师涵的嫂子，没有自己的孩子，郑诗聪去世后，郑氏家族就等于失去了血脉，也许她认为生下一个身体里流淌着师涵骨血的孩子，也能算是对郑家的一个交代？”

小周显然不能理解这种想法，嗤之以鼻地说：“我看她八成是为了钱，说不定不生这个孩子，郑家的钱她一分也拿不到。”

但苏左和萧程在听完杨海璐的话后都没有反驳，双双沉默着。不过也没人对小周的话加以反驳，因为蓝美倩的乐团的确是靠着郑家的钱在维持，她是有图财的可能的。

“只是现在还不能够确定一个技术问题，就是基因改写。”苏左说着向萧程望去，“师涵身上的遗传病基因究竟能不能被改写？或者换句话说，邵珑珑的基因是不是在胚胎状态下就被改写过？”

他们心里都明白，真正值得关注的，不是蓝美倩生下了不属于自己的孩子这样一个单纯的问题，而是另外一个更重要的层面——邵珑珑的基因是不是被改动过？

“准确地说，应该是在受精卵状态下就被改写了。人体所有的细胞都是由最初的一个细胞，也就是受精卵分裂而来。受精卵含有一个人来自父母双方最初始也最完整的 DNA 链条，所以如果要对一个人进行基因改写，最佳的时机便是从受精卵下手。”萧程向众人解释道。

苏左吞了下口水，在她的认知里，如果没有征得个人同意，就随意改变一个人，比如从人身上摘取器官，或者毁容、下毒、造成肌体伤害等，就是不容宽恕的罪行。可萧程口中“改写受精卵”这一行为，却颠覆了上述所有罪行，完全可以说是对一个人最可怕、最彻底的侵犯。但她竟然不知道这算不算得上犯罪。

“在受精卵早期的发育过程中，来自父本和母本的遗传物质大多分布在受精卵的两端，像邵珑珑这种情况，罹患骨骼疾病的基因来自母本，在受精卵阶段接受基因改写，是比较聪明的选择。”萧程继续阐释着，一遇到这种专业话题，他浑身就闪耀着一种异于常人的锋芒。

“那邵珑珑的基因改写，会不会是利用了基因剪刀技术呢？”杨海璐提出了一个半专业的问题。

萧程抿着嘴，缓缓摇了摇头，“邵珑珑出生的时候，基因剪刀技术还没有研发成功。那时的基因改写还处于萌芽期，改写过程更繁复，效果也更慢、更差。我想这也正是邵珑珑的疾病基因没有能够被彻底改写成功的原因。很明显，有人在他携带疾病的基因上动了手脚，却失败了，而且可能这个人自己也没想到，他的改写，致使该疾病基因在邵珑珑身上的临床表现走向了另一个极端。”

“就是弄巧成拙了呗！”小周这时不屑地插话道。

萧程很认真地赞同了他的话：“没错，你总结得一语中的。但有一个事实却是我们不能忽略的，就是即便这个人失败了，可是在 11 年前就能够将基因改写应用到这个程度的人，也是十分厉害的。我自认，起码那时的我，做不到这一点。”

“是他！一定是他……”杨海璐的身躯微微颤抖着，声音里带着哭腔，脸上却依然保持着执拗的坚强。

在场的另外三人当然都知道她说的是谁。一时间没有人说话。萧程板着脸孔，镜片后透出深邃的目光。

“但是据我跟邵珑珑的接触，我感觉这个孩子很特别，不只是他患的病特别……”苏左偏着头，有了新的想法，“他好像比一般的同龄孩子逻辑思维能力更强。现在邵珑珑只有 11 岁，也许还不太明显，但说不准将来，他的这种能力会越来越强。我认为改写邵珑珑基因的人，还对他进行了其他方面的改造，而且成功了。可是这样一来就产生了一个疑问：11年前的邵毅平真的具备这样高超的能力吗？可以同时改写受精卵内的疾病基因和智力基因？”

她这句话并没有特别在问谁，可是能回答的人只有萧程，但萧程紧闭着嘴，丝毫没有要给出回应的意思。

反倒是杨海璐踌躇了几秒，不确定地回答：“虽然他已经离开了基因学研究领域很多年，可那时的他，还是戴老师的得意门生，说不定，他在这方面的天赋不比萧程差……只是这些年一直深藏不露。”虽然她的话听起来有一定主观情愫，但也的确不是没有这种可能。

“我们现在说这些有什么用？”小周突然盯着大伙喊道，“还是没有证据啊！只要邵毅平和蓝美倩都咬死了不承认，我们能有什么办法？再说，这件事跟戴林钟教授的命案真的有关系吗？”

苏左望着小周茫然焦急的神色，不禁也有些动摇。一直以来，她始终认为最近发生的一系列离奇事件都是因萧程而起，所以只要每一件都循着线索追查，最终一定会查到蛛丝马迹，破案是早晚的事。可眼下查到蓝美倩这一步，竟然发现手头的事件或许在11年前就已经埋下了伏笔，这就很难判断是否还与萧程有关了。

的确，有没有必要再往下追查呢？追查下去又是为了什么呢？戴林钟的死亡案件又会不会因为眼下的追查而获得突破呢？

“有！”突然，萧程肯定道。

苏左不禁诧异地将目光落在他脸上。萧程脸上的线条此时显得格外坚毅，“你忘了吗？欧阳书曾经找过蓝美倩，这就说明这件事至少与‘兹扎’有关！”

萧程说完这句话，期盼地看向苏左。苏左望着他，觉得他说出的这个理由只是最表面的原因，他心里其实还隐藏着什么，那才是他此刻极力想要说服苏左继续追查下去的真正原因，可他却不愿直白地表露出来。

苏左重重地点了点头，“说得对，其实这件案子查到现在，早已不是一件命案那么简单。而且邵毅平还涉嫌操控了对郭旻和蒋小夕的绑架事件，他的动机是什么？他又在为谁这样做？我依然认为我的直觉没有错，真正的操纵者，其实还没露面。”

苏左说完又望了萧程一眼，只见对方正用赞赏的目光回望着自己。她立刻有种感觉——萧程就是希望她能得出这样的结论，而且保持追查出真相的斗志。

小周仿佛也被苏左的气势感染了，应声道：“好吧，苏队，我听你的。”

杨海璐则心事重重地紧锁着眉头。究竟是怎样的巨大诱惑，能够让她心中那个几近完美的男人甘愿冒如此大的风险？其实她比谁都更想要追查下去。

既然下定决心，苏左便不再犹疑，开始关注起下一步行动的重点。既然由楚康医药牵出了蓝美倩这个线索，又推断蓝美倩很可能就是在天满医院生下的邵珑珑，她脑海中灵光一闪。“我听说天满医院最开始的卖点是试管婴儿？”

杨海璐肯定道：“当年郑诗聪创立天满不孕不育专科医院的初衷，就是为了让那些想要拥有孩子的夫妻可以生下健全、健康的宝宝。而试管婴儿技术那个时候已经发展完善，正处于广泛应用的开端期。”

“这么说邵珑珑肯定是试管婴儿喽？”小周挠着脸颊问。

萧程回答道：“邵珑珑在受精卵状态下被改写了基因，通常需要至少一周左右的观察期，培养至胚胎后，再经过移植管放入蓝美倩的子宫内。我想当初他们应该不止改写了一只受精卵，一般试管婴儿移植入母体的胚胎数量都会在 2 到 3 个左右，而最终存活的数量往往只有 1 个，邵珑珑就是当年有幸存活下来的那 1 个。”

“你是说他们不止改写了邵珑珑一个？”小周从萧程的话里听出了弦外之音，惊讶地叫起来，这是他之前没想到的。

“有没有这种可能……”苏左却冷静很多，显然对这个问题有更深入的思考，“他们在别的受精卵上做了跟邵珑珑不一样的改写，比如现在我们看到的邵珑珑表现为逻辑思维能力超群，也有可能另外的受精卵被改写成体育健将，或有卓越的艺术天赋等，只不过那些受精卵没能成功存活，所以我们看不到罢了。”

萧程十分严肃地回应了她的猜想：“虽然你说得过于天真，但我可以以一名科研工作者的经验告诉你，他们一定这样做了。因为在科研界，‘尝试’才是唯一永恒不变的法则，一切变化和进步都不过是一个‘尝试’的结果，而在这一个‘尝试’的背后，一定有千千万万个‘尝试’被埋没了起来。没有人能保证某一个‘尝试’一定会得到预期的结果，甚至会得到什么样的结果，其实都算是‘尝试’本身。”

“或许还不止如此。”杨海璐这时在一旁谨慎地开了口，即便是令她情绪不稳的话题，也没能阻止她作为一名优秀医者的客观思考，她冷静地分析道，“如果他们真的在从事基因改写方面的秘密研究，必须有条件获得大量的人类受精卵，你们想想，有什么地方会比一间不孕不育专科医院更便捷呢？”随即，她似乎又想到了什么，赶紧补充道，“而且我之前有所耳闻，听说天满医院好像经常游说做试管婴儿的母亲多贡献卵子，认为这样的成功率更高，可实际上并没必要这样做。”

“天满医院一定有问题。”苏左看着杨海璐，喃喃低语道。

“你的口气很像沈豪。”萧程冷不丁地瞧着她揶揄起来。

苏左不以为意地说：“其实我们应该感谢这个沈豪，虽然他的出发点只是围绕着蓝美倩，却无意中给我们指明了方向。”

“艺术家脑子里的东西，是没办法用科学解释的。”想起与沈豪的交流，萧程无奈地耸耸肩，还有些心有余悸。

小周撇着嘴，为难地说：“可是天满是一家正规医院，我们无凭无据，也不能大张旗鼓地跑到人家医院里去搜查啊。”

苏左立刻补充道：“我们当然不能贸然去调查，那样只会打草惊蛇。况且现在这一切都还只是我们的猜测，究竟天满医院是否存在秘密基因改写实验，不能仅凭邵珑珑这一个案例就下定论。”

“那我们要怎么调查？”小周陷入了茫然，“我们总不能跑到医院外面拉住患者直接问人家有没有被基因改写吧？而且就算我们能够在网上搜集到一些关于这家医院的报道，也不能确定哪些对我们有帮助，毕竟现在的报道大多言过其实，有些甚至根本就不可信。”

“你不能，有一个人或许能。”苏左转动着亮晶晶的眼珠，嘴角挂起一抹意味深长的微笑。

“谁啊？”小周丈二和尚摸不着头脑地问道。

苏左将目光落定在萧程脸上，萧程这时也似有领悟，两人同时吐出一个名字：“陈欣欣。”

陈欣欣最近爱上了跑医疗口儿的新闻，连社里领导都拿她没办法。前几天闹出“兹扎”疫苗的风波，《前沿日报》没能抢先报道，她的主管领导当时对她批评得很严厉，社长还怕她情绪失控，都没敢出言责怪，毕竟这位大小姐是省委宣传部副部长的亲闺女，谁得罪得起？可没承想陈欣欣反倒气势汹汹地一把推开社长办公室的门，主动上交了一线记者证。社长让她收回去，她非但不要，还提了一个要求：只要“兹扎”一天不灭，她陈欣欣就只跑医疗口儿！

社里人私下议论时得出结论，这位官家大小姐说得好听是因为“兹扎”只跑医疗，其实还不是为了盯死那个叫萧程的海归博士！大有“落花既已有意，根本不在乎流水是不是无情”的劲头儿。不过这位大小姐的喜好变化无常，想来一个整天闷在实验室跟小白鼠打交道的呆板书生，也让她新鲜不了几天。

这天一早，有一档医疗新闻，虽然和“兹扎”没什么直接关系，但也值得一跑，陈欣欣老早便出现在原京市妇产医院的记者见面会现场。

记者见面会由医院院长廖文远主持，他十分自豪地宣布原京市妇产医院创立了全市首个“冷冻卵子库”，这将为那些卵巢早衰或者没有卵子但想要生育的女性带来生育的希望，也为规范捐卵提供了最权威可靠的专业途径。看得出，廖文远将这一举措当作了自己任院长期间一项较大的成绩，讲起话来难掩扬扬得意的神色，还特别提出了几家同类医院拿各种困难当借口，始终没有下定开设“冷冻卵子库”的决心的事。公立医院不好得罪，他就举了私立医院里口碑最好的天满不孕不育专科医院为例子，明里指摘人家只讲钻营，却不愿做这些能够使行业更加完善的事。

廖文远戴着小细腿儿的眼镜，讲话慢条斯理，记者会足足开了一个半小时。陈欣欣到最后完全失去了提问的兴趣，心里直骂廖文远简直像个老太婆一样啰里啰唆，就盼着记者会早点儿散场。

其实陈欣欣心里对这篇报道的定位早已有数。现在国内的情况是许多医院都已经建立“精子库”，且供需基本平衡，对医院和患者来说可谓双赢，但“卵子库”的建立却遇到了诸多困难。首先便是国家卫生部门禁止任何形式的商业化赠卵和供卵行为，捐赠卵子者仅限于接受人类辅助生殖治疗周期中取卵的妇女。通俗点儿讲就是只有自身接受了试管婴儿疗程的患者，才有权力将自己在治疗过程中多余出来的卵子进行捐赠。这样一来，卵子的供给量就很难满足需求。另外冻卵者还需要自行长期对冷冻的卵子负责，冷冻年限、卵子质量等都成了非常现实的问题，致使很多做了试管婴儿的夫妻即便试管失败，也不愿意尝试冻卵，捐卵也就更无从谈起。因此，卵子的来源就成为兴建“卵子库”的最大桎梏，医院即便建立起“卵子库”，库存量也很可能仅为个位数甚至是零。说白了，建“冷冻卵子库”，对社会来说绝对利大于弊，但对医院来说则纯属亏本买卖。真难为廖文远还能如此侃侃而谈，并不忘趁机讽刺一把人家私立医院。

好不容易熬到记者会结束，陈欣欣起身离座，转眼却看见一名身穿白大褂的女医生正向自己走来。她再定睛一看，立刻想起女医生叫杨海璐，正是最初发现了“兹扎”病例的那名产科医生。

“杨医生。”陈欣欣热情地向杨海璐打起招呼，其实她心里始终记得“兹扎”爆出的那天，杨海璐曾经义正词严地告诫过自己注意报道立场。她本就不是个很计较的人，事后想来也觉得杨海璐是对的，所以对杨海璐有几分另眼相看。

“陈记者。”杨海璐礼貌地展露笑颜，没有任何寒暄客套，直接说道，“怎么样？对‘卵子库’的新闻有什么想法？”

陈欣欣稍感诧异，平时都是自己问别人对所报道的新闻有什么看法，这还是第一次有人主动来问自己。

“蛮有意义的！”陈欣欣眨着一双大眼，故意回答得很真切。

“还要看能坚持多久喽。”杨海璐不以为意地微微摇着头，“之前人民医院也建过一样的‘卵子库’，后来因为没有卵子来源，不得不关闭了，前后才坚持了几个月而已。”

陈欣欣对那件事也有所耳闻，所以这次妇产医院的举措，虽然现在自夸得天花乱坠，但其实并不怎么被业内人士看好，不过她还是堆笑恭维道：“是不是因为人民医院是综合医院，看生殖专科的病人数量本来就没有那么多啊？你们医院不同，建个‘卵子库’，势在必行、皆大欢喜嘛。”

杨海璐微笑着说：“说到专科，其实那些私立的专科医院在这方面比我们更有优势，尤其是比较擅长试管婴儿的医院，比如天满不孕不育。他们的强项正是这个，只是不知道他们为什么不建立一个自己的‘卵子库’，他们应该掌握着大量卵源，也不知道这些卵子最后都用到哪儿去了。”

杨海璐好似漫不经心地闲聊着，实则悄悄注视着陈欣欣的侧脸。陈欣欣噘着嘴，俨然已经在杨海璐的点拨下展开思考。

“陈记者，你听没听说过‘地下卵市’？”突然，杨海璐话锋一转，严肃地问道。

出于记者的本能，陈欣欣瞬间眼睛一亮，“那是什么？”

杨海璐没有直接回答，换了个角度解释道：“其实我接触过几例患者，有一位卵巢严重发炎，形成腹积水，我为她做了卵巢穿刺手术才得以控制，如果她晚来几天，很可能造成卵巢严重受损，一辈子都无法再生育；还有一位，阴道和子宫颈及卵巢都出现了溃烂，虽然她自己说是因为不洁的性生活引起的，但我一看便知，这是用于穿刺手术的器具留下的伤口感染，如果她不是及时来到正规医院治疗，现在恐怕已经没命了……大医院是不会进行如此不负责任的手术的，而且卵巢穿刺手术是一种非常特殊的手术，做这种手术只有一个目的，就是抽取患者的卵子。陈记者，你明白我说这些话的意思吗？”

陈欣欣听得心惊肉跳，没过多久便反应过来，“你是不是想告诉我，这些患者都曾经是地下卵市的供卵者，这种地下卵市的取卵手术极其不规范，致使她们留下了严重的后遗症，最终只能再求助于正规医院来救命？”

杨海璐不置可否，表情十分复杂。

陈欣欣心里一阵激动，这无疑是个劲爆的新闻题材，今天当真赚到了！

“其实廖院长讲得没错，如果像我们医院所建立的这种正规‘卵子库’多起来，再寄希望于国家政策做出调整，卵子捐赠迟早能走向良性循环。”杨海璐平静地说。

陈欣欣显然已经蠢蠢欲动，两眼放光，一秒钟都不愿多耽搁。她匆匆说了一句“杨医生，谢谢你！”便头也不回地朝外面走去。

杨海璐望着陈欣欣的背影，轻轻呼出一口气。很好，她果然上钩了。

这是苏左、萧程和杨海璐共同制定出来的引诱方案。

陈欣欣是敌是友，现在还很难判断，所以不能冒险直接拜托她对天满医院展开追查。最好的办法，就是找到一个契机，吸引她主动对天满医院产生追踪和报道的兴趣，而今天这场“卵子库”建立的记者会刚好派上了用场。

从事基因改写研究势必用到人类卵子，试想一下，天满医院如果真在秘密进行受精卵基因改写实验，游说患者骗取卵子也许还不能满足他们的实验需求，说不定会向“地下卵市”索取卵源。如果陈欣欣愿意从这个角度突破，一定能寻到蛛丝马迹！

没想到廖文远院长一心考虑自己的声誉，反倒变相成全了这件事。杨海璐向台上瞥了一眼，廖文远此刻依然被大批记者围着，正声情并茂地回答着各种问题。而陈欣欣的身影，早已消失在会场之外了。

地下卵市。陈欣欣觉得抓到了大新闻，恨不得兴奋地大叫一声。她一头钻进采访车，用手机搜索了相关信息，结果令她大吃一惊。

原来地下买卖卵子已经形成了一条运作成熟的黑色产业链。非法的卵子中介将目光瞄准那些希望在经济上得到帮助的年轻女性，特别是大专院校的女大学生，向她们灌输“卖卵”“捐卵”的概念，号称毫无安全风险。关键是卖卵的回报在大学生们眼里十分丰厚，通常一颗普通的卵子可以卖到3万元左右，而如果是学历高、长相又好，且多才多艺的女生，一颗卵子甚至可能卖到10万元以上。“卖卵”广告在网络上随便就能找到，在大学生群体里流行的社交媒体上，这类广告也是屡见不鲜，女生往往会在利诱下铤而走险。卵子中介有时会直接让购买卵子的“客户”与卖卵的女生来一次“面试”，有时则只要有女生愿意卖卵，就随时可以安排取卵手术。一般手术前几天，中介便会在卖卵的女生腹部注射一种激素，催熟女生体内的卵泡，到手术当天，再通过卵巢穿刺的方法，一次性从卖卵者体内取出18到20颗卵子。即便是平日里身体健康的年轻女性，往往也会在手术后感到虚脱，手术过程也不打麻药，非常疼。而且因为这种地下取卵手术在操作上全无规范性可言，许多卖卵者因此发生器官感染，留下难以治愈的后遗症，甚至终生不能生育。

陈欣欣思考着杨海璐的话，天满不孕不育专科医院按理说应该是最有可能掌握着大量来自正规渠道的卵子的地方，可是却并没有主张建立“冷冻卵子库”，而且杨海璐话里话外还在暗指天满医院的这些卵子最终下落不明，并同时提及了地下卵市。

难道天满医院将这些卵子卖给了地下卵市？陈欣欣首先觉得这是最顺理成章的，可是又感觉哪里说不通。天满医院自从建院以来一直有口皆碑，如果长期从事这样的勾当，不可能从来没被患者发现，正所谓“常在河边走哪有不湿鞋”，患者知道自己的卵子被用于售卖，势必与医院对簿公堂，而这种事情一旦爆出，绝对会成为媒体竞相报道的焦点，自己没理由从来没听说过。可如果不是这样，天满不孕不育专科医院又能与黑市上的卵子买卖存在怎样的联系呢？

陈欣欣觉得与其坐在这里空想，不如去实地收集素材。天满不孕不育专科医院，应该是个能查到些劲爆素材的好地方。看来势必要先去走一趟了。这样想着，她立刻指挥采访车向天满医院方向驶去。

距离医院还有一公里左右，她让采访车停在路边一处隐蔽性较高的地方，自己悄悄走下了车。

前面的电线杆上贴着令人眼花缭乱的小广告，还没走几步，其中几张赫然印着“有偿捐卵、卖卵”字样的小广告立刻映入了陈欣欣的眼帘。她迅速走上前去，想要看个仔细。小广告印得十分简单粗陋，跟其他贴在地上到处都是的修水管一类的没什么分别，除了广告主题，就是一排联系电话。陈欣欣连忙掏出手机，将广告上的电话号码认真记下来。

“这位姑娘……”这时，身后突然响起一个中年妇女的声音，吓了陈欣欣一跳。

妇女穿着极普通的短呢大衣和黑裤子，年纪在 40 岁上下，探寻的目光露骨地在陈欣欣脸上打量着。

陈欣欣本能地警惕起来，“有事吗？”她不太客气地问。

妇女敏锐地看了看四周，见没有旁人，便又向陈欣欣稍稍靠近了些，压低声音说：“姑娘，你要卖卵，没必要到处问，算你运气好碰到我，这事我就能办。”

陈欣欣惊讶地瞪圆了眼，但马上便反应过来：自己刚刚那么认真地看卖卵小广告，难怪会被这女人盯上！她不禁也打量了妇女一番，对方嘴角挂着笑，正期待自己的回应，看起来不像在骗人。

陈欣欣心下暗喜，这正是一个打探信息的好机会，她决定尽可能地多套些妇女的话，于是装出一副的确很关心买卖细节的样子，胆怯地问：“这种事不会有什么风险吧？”

妇女似乎知道陈欣欣会这么问，摆出游说的口吻，熟练地说：“姑娘你又年轻又健康，取卵是个特别小的手术，比做人流都小，保证你第二天就恢复！”

“我不是问这个。”陈欣欣不耐烦地摇起头。

妇女立马心领神会地补充道：“姑娘，你放心吧，我们请来做手术的都是大医院的正经医生，用的药也都是进口的，绝对安全。”

“我还关心，我的卵子究竟捐给什么人，我会知道吗？”陈欣欣点点头，假意被妇女说服，提出了另一个关键的问题。

没想到妇女瞪着眼诧异地反问道：“你真想知道捐给谁？”

陈欣欣立刻明白了，恐怕那些捐了卵的女孩子并不愿意知道自己卵子的下落，甚至害怕将来有一天会被人认作血缘上的母亲。

“不，不，当然不……”陈欣欣赶忙摆着手否认，支吾道，“我只是好奇。”

妇女表情放松了些，瞥着陈欣欣说：“姑娘，实话告诉你，我这里经手的，那都是要送到大医院去的，绝对不像其他人的那样，最后被什么不三不四的人买走。”

陈欣欣一听这话立刻追问道：“大医院？哪一家？”

妇女则讳莫如深地向身后天满医院的招牌努了努嘴。

“你的意思是天满？”陈欣欣有些惊讶，不禁疑惑地喃喃道，“不会吧？”

妇女显得有点儿不耐烦了，催促道：“姑娘，你到底决定了没有？”

陈欣欣赔着笑脸，“姐姐，我想再考虑考虑。”

妇女脸色稍微有点儿不好看，倒也没生气，估计像陈欣欣这样犹豫不决的大有人在。她拿出一张像模像样的名片，塞到陈欣欣手里，说：“一看你就是高学历、高素质的好姑娘，决定好了联系我，姐保证给你个好价！”

陈欣欣礼貌地接过卡片，匆匆瞥了一眼。见上面没有抬头，就印了个简称和电话，俨然一张高级版的小广告，心里不禁好笑，但还是爽快地回答：“好！”

妇女却突然想起什么似的追问道：“你不是处女吧？”

陈欣欣愣了几秒，尴尬地摇摇头。

妇女反倒满意地笑了笑，最后说了句：“处女我们可不要，学历再高、再漂亮也不行，弄破了处女膜，事太大，谁都负不了责！”

望着妇女走远，陈欣欣发了好半天愣。令她意外的是，这个行业居然还挺“讲究”。

而另一个意外的收获，此刻却如一团疑云般萦绕在她心头难以消散：这女人为什么说卵子最终会卖给天满医院呢？难道自己从一开始就想错了方向，天满医院不是卵子的卖家而是买家？

第十九章 证据

就在陈欣欣追查地下卵市的同时，萧程实验室这边对楚康医药推出的“兹扎”防护针剂有了结论。

“疫苗果然是假的！”虽然早有心理准备，不过乍一听到结论，苏左还是略微感到惊讶。

萧程纠正她：“说是假的并不准确。楚康医药推出的这款‘兹扎’预防针，准确来说，应该算作‘兹扎’疫苗的一部分，其实对人体是有一定好处的。”

“那是什么意思？什么叫算一部分？”小周皱着眉，很不满萧程说话绕来绕去。

杨海璐则微微一笑，用通俗易懂的方式解释道：“大家应该都注射过乙肝疫苗吧？乙肝疫苗通常需要分三次注射，第一针打完后，分别还要在一个月后和六个月后再注射一针，只有三针都注射完成，才算成功接种了乙肝疫苗。我想萧程说的就是这个意思。楚康医药的这一针在注射者身上起到的作用，或许就像乙肝疫苗第一针的作用一样，只打这一针是达不到彻底预防‘兹扎’的目的的，但打了这一针，对身体也没什么影响。”

四人此时正围坐在葛爷爷家的四合院里，今日天晴，暖阳透过已呈姜黄色的银杏树叶，刚好投射在院中央的小木桌上，如果不是知道他们所探讨的话题那样沉重，一定会误以为这是一番四个年轻人正在悠然享受午后生活的美好景象。

对于疫苗的话题，萧程比较赞同地冲杨海璐点点头，认为她解释得很到位。随即补充道：“楚康医药的这一针本来就是在我之前研究的基础上做出来的，我对它的作用很了解。你们不需要过于担心，那些打过这一针剂的人也都是安全的。”

苏左和小周此时露出了释然的表情。

“那你现在对真‘兹扎’疫苗的研究到什么程度了？”停顿了片刻，苏左望着萧程直接问道。

萧程也无意隐瞒，“目前来看非常顺利，我想一个月内就能完成了。”

“这么快！我听说很多医疗更发达的国家已经研究了好多年，都还没有研制成功呢！”苏左高声问道。

萧程耸耸肩，“之前就跟你说过，科研有时候要靠运气，我这人一向运气比较好。就像诺贝尔奖从来不是靠计划得来的，那些得了奖的科学家，绝大多数都是在按部就班的研究中，偶然有了惊人的想法和发现。而大部分科学家，终其一生从事重要的研究工作，也不一定为人们所知。”

苏左听了萧程的话，干眨着眼睛一阵无语。小周则开玩笑地讽刺他：“萧大博士，你这种自恋角度还真特别。”

杨海璐思索了片刻，向萧程问道：“跟郭旻他们所感染的‘兹扎’病毒变异程度很高有关系吧？”

“我这么说不算自恋，事实真的就是靠运气。杨医生猜想得一点儿没错，其实我之所以能这么快就将‘兹扎’疫苗研制到接近成功，跟郭旻身上病毒的强度有至关重要的关系。”

萧程觉得要对外行讲解专业的话题有些吃力，组织了半天语言，最后开口说：“目前基因改写的原理，就是像剪刀那样，在长长的基因链条上将一段出错的基因序列剪掉，换上一段人为编辑好的正确的基因序列。但是这段正确的基因序列也需要一种途径才能进入人体细胞内，它进入后还要完成两个步骤：首先成功锁定出错的那一段基因，之后再将对方全部取代。

不知道这样说你们是否能够理解到重点，也就是说这段人为编辑好的基因序列在人体内必须主动活跃地去完成替换过程，它进入人体后需要像一条猎犬那样发挥出敏锐的嗅觉和强劲的攻击力。可是正常的基因序列是不具备这种特性的，除了一种东西，就是病毒本身。”

“我没听错吧，你说病毒？”小周诧异地喊起来。

萧程看着他肯定地点了点头，“你没听错。人们都知道病毒，却很少有人真正了解病毒究竟是什么。很多人以为病毒就是一个细胞，还常常习惯用‘病毒细胞’这样的说法，其实这是极不准确的，如果非要这样讲，也应该说成是‘携带了病毒的细胞’。事实上病毒只不过是寄生在细胞中的一种非细胞生命，它的构成十分简单，就是一层蛋白质包裹着一段核酸链条。它很像寄居蟹，需要找到宿主细胞才能生存。而病毒生存的方式就是利用宿主细胞中的能量，将自身的基因序列复制和增殖，不断生成新的病毒。”

“所以你就想出了‘以毒攻毒’这样的疗法？”苏左已经领会了萧程话里的意思，总结似的问道。

“怎么从你嘴里说出来像在讲武侠小说。”萧程眨眨眼，但也没否定这种说法，“的确是这样，病毒的这种特性恰恰使之成了人为编辑的基因序列的理想载体。现在理想的做法是利用病毒携带正确的基因序列，将携带了此类病毒的细胞注射入人体内，由于病毒还同时具有吸附性，能够拉近细胞间的距离，这样携带了改写基因序列的病毒就能比较轻易地找到它所要替换的病毒，而如果注入的病毒在基因复制、转录、转译等方面的能力比希望祛除的病毒更卓越，最终则可以替换掉真正出错了的基因序列，做到成功的基因改写。其实，‘以毒攻毒’这种说法还是很形象的。”

萧程说完双目炯炯地望着苏左，嘴角挂着微笑。

小周这会儿来了精神，饶有兴致地喊道：“这个我懂了，就是说如果把郭旻和蒋小夕感染的‘兹扎’比喻为‘兹扎’病毒里的欧阳锋，咱们萧大博士只要造出一个郭靖级别的‘兹扎’病毒，就等于在所有‘兹扎’病毒面前都能所向披靡了！”

这时连近来始终眉头紧锁的杨海璐都不禁“扑哧”一下笑出了声，朝小周竖起大拇指。

“小周警官总结得太生动了，幸亏所有的武侠小说里我正巧读过《射雕英雄传》。就是像他说的那么回事儿，我在努力造‘郭靖’呢。”

此话一出，四人不免都会心地笑开来。

“正所谓遇强则强，萧程的‘兹扎’研究从一开始就相当于‘站在了巨人的肩膀上’，省去了很多‘攀登’的时间。”过了一会儿，杨海璐正色道。

“没错。我对郭旻和蒋小夕体内的‘兹扎’病毒进行了全面细致的分析，并尝试在这种病毒的基础上对基因序列加以改写，已经成功制造出了更加强劲的一种类‘兹扎’病毒。这种病毒携带了人为编辑过的正确的基因序列，并且在人体内极易亲近真正的‘兹扎’病毒，当两种病毒相遇，我制造出的这种病毒会胜出的可能性比较大。而事实上这种病毒本身对人体没有任何危害，健康的人注射了这种病毒后，能在生殖系统大量生成拥有改写过的基因序列的强劲细胞，来抵御一切‘兹扎’病毒的入侵。”

“太棒了！”苏左不禁由衷地感叹起来，语气里充满崇拜，话一出口，连她自己都觉得有些不好意思。

萧程有些羞涩地笑了笑，“其实也没有什么，都说了不过是运气比较好罢了。而且据我所知，这种变异度最高的‘兹扎’病毒近期也引起了美国那边的关注，他们一定也会想到这样来做基因改写，说不定那边的疫苗研制已经成功了，只是还没对外公布。”

“那你更要抓紧时间喽，我们国家的‘兹扎’疾控，可还要靠你呢！”小周突然一脸严肃，装腔作势地拍着萧程的肩膀说。

苏左白了他一眼，心事重重地问：“恐怕让疫苗全面上市，并没有这么简单吧？”

杨海璐沉声道：“的确，一种疫苗广泛投入使用之前，至少要经过临床检验。就算是特批的疫苗，这一步也只是缩短时间，而不会被省略。况且之前已经有了楚康医药的假疫苗，民众也一定会对官方一再出尔反尔有所非议。”

突然，苏左想到了什么，向萧程求证道：“我记得你之前提起过，主持全省卫生工作的副省长董明申在病毒研讨会议上对人体基因改写特别激进？”

萧程回想了几秒，点头表示肯定。

“邵毅平正是他的首席秘书吧？”她继而又转向杨海璐求证起来。

杨海璐眼角跳了一下，不知苏左何意，僵硬地点了点头。

苏左偏着头，像是自语般念念有词：“我还听说，董明申正是以‘兹扎’病毒改写计划作为契机，在竭力主张和推进人体基因改写的立法？”

“是有这么回事。”小周开口肯定道，“我们在调查劫持案的幕后操纵者时，跟省委要了上一次病毒研讨会议的相关资料，他们十分配合，还给了我们会议纪要。我记得当时咱们一起简单浏览过，那个董副省长似乎还对萧程不太友好。”他一边说，一边向萧程瞥了一眼。

萧程则是一脸茫然，似乎始终不认为那次会议上自己曾得罪过谁。

杨海璐这时补充道：“楚康医药的那款‘兹扎’疫苗，当初在下发到各医院时，也曾有传言称，董副省长为这个针剂颁布了特批令。”

一个身居要职的省委高官。怎么会把他忽略了呢？早就该注意到他了！

“这个董副省长，是不是与整个事件的交集太多了些？这应该不会只是巧合吧……”苏左眯起双眼，口中呼出的气凝结成一片白雾，久久没有消散。

陈欣欣最近有点儿忙，她从来没像这段时间这样真切地感受过作为一名记者的使命感和冒险精神。这令她十分亢奋。

暗访地下卵市的事情有了惊人的进展，现在她已将报道矛头转向了天满不孕不育专科医院。她隐隐觉得，这家医院绝不像表面上看起来那样光鲜，一定存在某个阴暗的角落，从事着某种不为外人知的勾当。

这主要是因为她的一次微信暗访。

那天在天满医院外与那位自称收购卵子的妇女聊过后，陈欣欣抱着多收集些素材的想法，又试着与几家卖卵小广告上的联系人互加了好友。她模拟着想象中第一次尝试出售卵子的年轻女性的口吻，问了一些她们可能关心的问题。无非都是围绕着“手术安不安全”“具体怎么操作”及“价格如何”等问题。几个联系人都很积极地回应了她，并竭力游说她，只要卵子的质量高，其他一切都好商量，还说很多女孩子卖过一次，尝到了甜头，身体恢复之后便还会来卖。这些人越是这样说，陈欣欣就越强烈地感到地下卵子交易明显还处于供不应求的状态，不禁产生疑惑：真的有那么多人有购买他人卵子的需求吗？

她脑海里浮现出妇女暗指天满医院会收购大量卵子时的眼神，一点点得意，甚至还带着一点点恐怕连那女人自己都解释不清的意外。这一点非常可疑。但这也是一个合理的思路：如果在本市交易的一部分卵子被批量卖给了天满医院呢？那么疑惑就得解了。

这样想着，陈欣欣再次拿起手机，又试探性地向几个联系人问及卵子有可能的去向。

很快，回复便接踵而来：

“我们会负责给你约见买方，买家也想当面跟你沟通，有些话还需要你们双方面对面讲清楚……”

“相信姐，大部分姑娘都不愿意知道自己的卵子卖给谁了，你要是真想知道，哪天姐给你约买家，见见也行，随你！”

“哎呀，这个得看时机哦，取你卵子的时候要是刚好我们这边来了客户，就能让你们见见，没那么凑巧的话也不会影响你这边手术的安排，你的卵子取出来，我们会先保留好，直到有客户了再卖给对方。”

“这位美女，你想知道这个干吗？我们有规定的，你跟买家是一次性交易，以后老死不相往来，所以知道了也没用，何苦给自己添堵？”

“卵子的去处嘛，有两条路可以选。”

最后一条回复非常简短，却立刻引起了陈欣欣的警觉。她迅速向对方发问道：“都有什么路可选？”

没一会儿，那边有了回复，看得出态度还挺认真。

“一条路，你可以选择跟一个买家见面，我们行内也叫‘面试’，主要是让买家看一下你的条件他们是否满意，这样做的好处在于你可以当面跟买家沟通，特别是如果像你自己说的，你的条件那么好，说不定价格方面还有商量的余地，这需要你自己跟买家谈，我们就起到中介的作用。这条路比较适合对自己的卵子特别有自信的女性。”

没等陈欣欣再问，对方便又发过来一段话。

“第二条路嘛，其实更简便，效率也更高。就是按照我们说好的价格，你将卵子出售给我们，我们自有销路。你在整个过程里完全不需要任何额外的付出，做完手术，拿钱走人就行。”

这个口吻跟白天遇到的女人如出一辙，甚至自有一股值得信任的味道。陈欣欣心里一阵激动。为了多套话，她假装傻傻地问：“那我的卵子会生出小孩吗？”

对方似乎没想到她会问得这么直接，犹豫了好一阵，竟然回复了一句意味深长的话：“这恐怕要看缘分了。”

陈欣欣暗暗想笑，这些卵子黑市的人干着见不得人的买卖，居然还自认为做着人道的好事。她继续问：“如果我的卵子不是用来生小孩，那会用来做什么呢？”

另一端耐着性子接着回答道：“这……我也没法儿回答你，我也只是拿钱办事的。但可以向你保证，我们的销路绝对正规。”

陈欣欣决定主动出击，于是直接问：“这方面的正规销路，那只可能是医院喽？”

没想到对方居然打过来一个笑脸，夸赞道：“你其实挺聪明的。”

话已至此，陈欣欣干脆打出了“天满不孕不育？”几个字，激动地等待着对方的反应。

果然，这一次，对方的语气不再和善，而是充满着警惕和恼怒："你到底是什么人？"

这就够了。恼怒就等于承认。

陈欣欣得意地用手机敲打着手掌，看来天满医院从地下卵市购买卵子是事实无疑了。而且陈欣欣还探得，每周中介都会组织至少三四名卖卵者一起接受手术，如果每一位卖卵的女性每次被抽取 18 到 20 颗卵子，仅一家一周就可向天满医院提供至少 50 颗左右的卵子，就算一颗卵子只卖 2 万块，50 颗也要 100 万元，这可不是个小数字。但问题是：天满医院要这么多卵子究竟做什么呢？

接下来的几天，陈欣欣成了天满医院的常客。

她先是自称患病，到天满医院的各个科室都报了个到，几乎每种检查都让医生给自己安排了。结果她发现天满医院拥有所有私立专科医院的优势：就诊便利、服务热情、医生和气、护士周到、价格昂贵。非但没有发现任何与地下卵子交易相关的线索，还搭了万八千块钱，知道了自己是个各方面都十分健康的育龄妇女。

既然大面儿上查不出啥，她便单单瞄准了试管婴儿专科。其实她一开始就想直奔这一科，但无奈国家有规定，必须是结婚两年没能够自然受孕的夫妻才可以申请做试管婴儿。于是她好不容易说服社里一位跟自己搭档得最多的摄影记者同意与自己假扮夫妻，还为此弄了张假结婚证，才敢到医院来一探究竟。可费了这一通周折，结果也还是令人失望。试管婴儿是天满医院最引以为傲的项目，已经做了十几年，各方面都已是流水线操作，每一环节间联系紧密，专业性极强，但分别由不同的医生负责，比如负责催卵的是一个团队，负责抽取卵子的是一个团队，负责试管培养又是另外一个团队……大致了解下来，陈欣欣认为如果有人想在这个过程中动什么手脚，必须全面统筹并打通各个环节，实际操作起来是相当困难的。

无奈，陈欣欣不得不使出最后一招：采访。说是最后一招，可陈欣欣心里清楚，大张旗鼓地去采访，其实是最不可能有什么实质性收获的一招。接待她的人是天满医院的办公室主任，一听说她是《前沿日报》的记者，别提多热情了，有问必答，且回答得犹如教科书一般精彩流利。陈欣欣拐弯抹角地问到“天满为什么不建立自己的‘卵子库’？”及“对现在潜藏的地下卵子市场了不了解？”之类的刁钻问题，这个主任连眉毛都没抬一下，摆出了一大堆冠冕堂皇的理由，并且义正词严地批判私人卵子交易，还大谈美国的经验，最后竟然举出一大堆例子，表明他们医院始终在呼吁前来做试管婴儿的夫妻能够无偿捐献多余的卵子，当真是在用实际行动保证了天满作为行业标杆的表率作用，支持当今国内的捐卵事业！陈欣欣只听得阵阵无语，赔笑到两颊肌肉发酸。

陈欣欣折腾了一大圈，迄今为止的结论是：天满作为一家面向公众开放的私营专科医院，无论从哪个角度看都可谓既专业又完美，简直无懈可击。

但经过半天冷静的思考，她开始察觉到问题：天满太完美了，根本找不出问题，或许这正是最大的问题！因为这样的完美或许还意味着一个事实，那就是邪恶隐藏在普通患者根本触及不到的地方，并且还能够保证让整个医院都做到天衣无缝地配合和伪装。这说明什么？

陈欣欣顿时感到不寒而栗。

“欣欣？”就在这时，卧室门被敲响，陈欣欣一惊，下意识地瞥了一眼墙上的挂钟，时针刚好划过晚上 8 点，自己竟然不知不觉地呆坐在屋里好几个小时了。

她赶紧拉开房门，陈正强穿着拖鞋站在门外，面露忧色。

“爸。”陈欣欣乖乖地打了个招呼，心想他什么时候回家的，都没听见。

“我和你妈都吃过晚饭了，你不吃？”

“算了，减肥。”陈欣欣懒懒地回应着父亲。

陈正强无奈地摇了摇头。他身上虽然穿着家居裤和一件质地舒适的毛背心，可脸上却突然流露出威严的神色，陈欣欣知道，这是爸爸在工作中才有的状态。

“怎么了，爸？”她不禁疑惑地问道。

陈正强似乎还在考虑要不要跟女儿开始这场对话。过了片刻，他锐利的目光捕捉到陈欣欣房间里这么晚了却并没有开大灯，只开着一盏写字台上昏黄的台灯，桌面上的电脑旁杂乱地铺满了各种文件，身上也还是外出时的装扮，显然是连家居服都还没来得及换。一切都在无声地向他说明：女儿为了某件事，正在茶不思饭不想地苦战。

最终，他仿佛下定了某种决心，与陈欣欣对视着，简短低沉地问道：“在查天满？”

陈欣欣被父亲的样子搞得有点儿迷茫，但还是点头承认道：“对。”

她知道爸爸的消息一向灵通，这次的行动，肯定是跟自己搭档的摄影记者说漏了嘴，又指不定被社里的什么人秘密汇报给了陈正强。这早已不是第一次了，她的任何动向在陈正强这里几乎都是透明的。而且不光如此，她觉得社里的高层一定渗透进了陈正强的眼线，舆论或社会上有任何风吹草动都会第一时间与陈正强沟通，为落实到文字上的报道定调。其实大多数时候，陈欣欣不反感父亲的做事方式，反而认为这是必需且值得夸耀的。况且她自己往往是最直接的受益者，没少沾着父亲的光抢到第一手新闻，也因此在社里的地位可谓是说一不二，实际比总编还受宠。但她心里偶尔也会怀着揶揄的情绪认为，要是放在旧时代，陈正强一定会成为最好的情报工作者，说不定为了生计，还会成为情报掮客。

不过她的这些想法，陈正强此时显然没关注到，只见他一脸严肃地继续问：“查到什么了吗？”

“一点点。”陈欣欣缩着脖子小声回答。

“嗯。”这个答案并未出乎陈正强的意料，他依然脸色深沉，无端地问道，“是萧程让你查的吗？”

陈欣欣听到这问题有点儿惊讶，不明白父亲为什么会这样问。随后有些赌气地大声说：“没有人让我查，是我自己发现了问题。”

“哦？”陈正强眼角一动，看向女儿的神情里竟多了几分赞许和期待，“你发现什么问题了？”

陈欣欣心虚地结巴起来：“我怀疑天满医院跟地下卵子交易有关，但我现在并没有证据……他们做得……太隐蔽了……”

“如果找到了证据，你打算怎么办？”陈正强并没放过陈欣欣言辞间的闪烁，咄咄逼人地问道。

陈欣欣毫不畏惧地迎上了父亲的目光，“曝光他们！近来我查了很多资料，卵子不仅可以用于培养试管婴儿，还可以拿来做许多生化研究，就比如……对人类的基因进行改造。”

陈正强意味深长地与女儿对视了几秒，调整了一下呼吸，随后缓慢又坚定地说：“我要给你一些东西，跟我到书房来。”

书房位于二层，陈欣欣默默地跟随着陈正强的脚步，小心翼翼地走进书房。这里是陈正强在家中的办公地点，平日里，除了打扫卫生的阿姨，连陈欣欣的母亲都不会进入。

陈正强径直在书房最靠里的一排书柜下站定，拿过一个专为书柜设计的攀登梯，向上迈了几步，随后熟练地在书柜最顶层的中间位置翻找着。陈欣欣注意到那里并排摆放着几个从外表看不出什么名堂的纸簿。陈正强最终抽出了其中一本，小心地拿在手里后，从梯子上下来。

陈正强将手里的纸簿递给陈欣欣，自己则端坐在宽大的办公椅上，沉声说：“你发现的问题，我两年前就已经发现了，而且我还派人搜集到了这些材料。”

陈欣欣狐疑地从父亲手里接过纸簿，感觉沉甸甸的。纸簿里大部分是打印出来的资料和照片，偶尔会有几篇像是从报刊或杂志上剪下来的报道类文章。她下意识地浏览起来，仅仅几分钟后，她的表情就从一开始的疑惑转变为震惊，颤抖着声音问：“这……这些……都是真的？”

陈正强早就料到女儿会有这样的反应，淡淡地说：“其实最开始，我只是发现副省长董明申对这家叫天满的私人医院格外照顾，怀疑他们之间存在不正当的钱权交易。”

“所以说你只是一门心思在抓董明申的把柄喽？”

面对女儿不留情面的问话，陈正强显得既无奈又有些生气，“当然不全是，不要把你爸爸想成只会在官场上钩心斗角的政客。虽然我的出发点是怀疑董明申滥用职权中饱私囊，但要拉对方下马，我一个宣传部副部长就算掌握了什么资料，也不能亲自去做什么，再说有些资料也不一定能成为证据。”陈正强不打算隐瞒女儿自己的真实想法，这些官场里的道道，他认为女儿有必要了解一些，如果陈欣欣一直像现在这样天真又莽撞，即便对新闻事业抱有再大的热情和再高的天赋，在他眼里也是一件危险的事。

可陈欣欣显然没能明白父亲的苦心，依然皱眉打量着他。陈正强知道眼下的关键并不是这个，他看着面前的纸簿，正色道：“但后来，就像你现在看到的这样，随着收集到的情报和材料越来越多，我发现这里面的事情远不像我之前想象得那么简单。”

陈欣欣觉得材料里提到的事情都太过匪夷所思了，她意识到这些都是百年难遇的大新闻，一旦公之于众，势必会令她一夜之间名利双收，一举跃升为顶尖的记者。

可是父亲将这些材料如此郑重地交到自己手上，仅仅是为了这个吗？以她对父亲的了解，她觉得断不可能。

陈正强看出了她的疑惑，一字一顿地说：“我要你把这些东西交给萧程。”

“萧程？”今天已经是第二次从父亲口中听到这个名字，陈欣欣不禁惊讶地叫出了声。但随即她转念一想：是了，材料里提及的那些看似不同寻常的事情，萧程一定会给出最权威的解答。

“记住，你必须亲手将这些东西交给萧程，不能给其他任何人，尤其是一直帮助萧程跟你们媒体打交道的那个邵毅平。”

陈欣欣转动了一下眼珠，说：“我知道，邵毅平是董明申的秘书。”

“恐怕没那么简单。”

“爸，你是不是还知道些什么？”陈欣欣试探地问道。

可是陈正强却半躺倒在舒适的办公椅里，微微摇晃着身躯，双手交握在腿上，有些事不关己，又有些意味深长地说：“我只知道，邵毅平这个人可谓八面玲珑，他的才干在省委是出了名的。可一般人绝对想不到，他在成为董明申的秘书之前曾经是戴林钟教授麾下最得力的研究人员之一，能力甚至在萧程之上。这样的一个人，让人最想不通的一点就是：他为什么放弃研究工作？”

陈欣欣却不以为然地说：“搞研究很枯燥的嘛，可能是他受不了了，觉得自己在别的领域更有机会大展宏图？”

“科学研究固然枯燥，却最容易守住自我，不需要每天伪装自己。像邵毅平这样聪明的人，搞科研就像一条毫无挑战的平坦大道，走下去，虽不一定有大成，但却是前途无忧，总比走仕途轻松得多。”陈正强交握着的双手食指相互点了点，像是对邵毅平的为人已琢磨过多遍，最后喃喃低语道，“除非，他有了野心。”

“野心？”陈欣欣以为自己听错了，“难不成他还想当省长？”

陈正强立刻笑着否定道：“你这想法太狭隘了，邵毅平可没有你这么单纯。他的野心，八成是一种对科学家来说很危险的野心。他们做科研的人，一旦产生了不该有的野心，同时又具备去实现它的能力，其实是相当可怕的一件事。野心会促使他不择手段，比如，转入仕途。”

“可我还是不懂，转入仕途对实现他的野心能有什么帮助？”

陈正强摊开双手，“这恐怕就要问他自己了，我能想到的是，至少他能够在这条路上找到权力上的同盟者。他需要权力为他提供便利，而那些已经有了权力的人，则往往同时还想要有钱。要知道，所有卓越的科研成果，其价值都将不可限量。”

“我懂了。”陈欣欣恍然大悟地望着父亲。父亲的言外之意已经十分明显，邵毅平在省委接触最密切的官员，不就是董明申吗？

她下意识地握紧了手中的纸簿。

这些至关重要的材料、天满不孕不育专科医院、董明申、邵毅平……所有这一切已经初步形成了一条清晰的锁链。这些材料一旦曝光，这条锁链上的每一环都将无从遁逃。陈正强就像个暗黑者，早已瞄准了必置之于死地的目标，只待时机。

“可是……”陈欣欣这时想到了什么，有些担心地问，“爸爸，你凭什么断定萧程就没有产生科学家的野心呢？我们这么做会不会有些冒险？”

“萧程嘛，上次开会见一面就知道了，根本就不是个聪明人。”陈正强讪笑道，“我只简单地替他解了下围，他就对我毫无戒心。”

陈欣欣立刻不服气地争辩道：“爸，可我觉得萧程的这种简单和专注，才是大智慧。”

陈正强没有否认女儿的观点，撇撇嘴说：“不过他那种自信和执拗却刚好可以利用，而且我安插在‘兹扎’实验基地那边的眼线也说，萧程的确在研究上有过人的天分。你说得也有道理，世间虽然有各种各样的潜规则，但实力还是永远的硬道理。”随即，他眯着眼睛问道，“闺女，你是不是喜欢萧程？”

“一点点啦。”陈欣欣不好意思地低下头。

“唉，你究竟什么时候才能让爸爸省点儿心？萧程是不错，不过还是配不上你。这次的事你们能互利互惠，可以后，他不过就是一个搞研究的学者，在很多方面都不一定帮得上你。”陈正强在女儿的个人问题上一直苦口婆心，可女儿的个性他也很清楚，陈正强对此已完全没有了脾气。

“总之，你要尽快将这些材料交给萧程，相信他肯定知道接下来该怎么做。”

陈欣欣调皮地冲父亲扮了个鬼脸，不耐烦地应承道：“知道啦！”

陈正强却依然不放心，再次用厚实的手掌拍打着桌面上的纸簿，严肃地叮嘱道：“你听着，这次的事很重要，我保证是你做记者以来最劲爆的一次新闻素材，爸爸这是在给你的事业创造机会，你一定要稳妥、谨慎地对待。而且，我还需要你记住，以后不管谁问起来，你都要说你报道的目的，并不是为了针对谁，只是出于一个记者的社会责任感，就算被人发现材料是经你手流出的，也一定要假装不知道这些东西的严重性，将责任全都推到萧程身上，懂了吗？”

陈欣欣听话地朝父亲点了点头，“爸爸，放心吧，我懂，这些东西目前充其量只能算是一些零散的材料，只有萧程，才能将它们变成证据！”

第二十章 瞒天

自从开始注意到省委的重要人物——董明申，苏左这几天来最常思考的一个问题就是：董明申在那股神秘的势力里究竟扮演着怎样的角色？

其实很简单，董明申没有任何科研背景，所以相较于邵毅平，他应该不会直接参与到秘密人体基因改写的实际操作当中，而他能在这个利益集团里为其他人带来的，无非就是特权。特权意味着各种便利。正是因为有董明申在运作，楚康医药的“兹扎”针剂才能够悄无声息地迅速流入市场。而在这之前他还为神秘集团做过些什么，苏左相信，只要接着查下去，总会发现越来越多的蛛丝马迹，直到他无所遁逃。

通常调查一位高官，最容易找到突破口的角度就是财产状况。如果说邵毅平参与秘密人体基因改写还是出于对科研的一种热忱，那么董明申的出发点，只有一种说得通的可能，就是为了金钱。

“可是苏队，我们简单暗查了一下董明申的个人财产，他名下除了自己居住的一套 180 平方米的四居室，还有两张银行卡总计 47 万元人民币的存款以外，就查不出什么别的了。”小周拿着刚刚汇总的调查报告，向苏左皱眉说，“明面儿上，他的这些资产跟他的身份还是非常契合的，没发现任何漏洞。”

“他的家庭状况呢？”

“这倒值得一提。”小周摸着下巴，“他是名副其实的‘裸官’。妻子和一个现在已经在上中学的儿子，几年前就定居加拿大了。”

“‘裸官’里面能有几个是干干净净的？”苏左不屑地撇了下嘴角，“他的收入绝对不足以支撑他妻儿在海外的日常开销。几年前就移民加拿大，看起来，他一早就为自己谋划好退路了。我现在更可以肯定他的目的就是为了钱。”

“不过董明申对自己成为‘裸官’的原因对外解释得天衣无缝，因为他妻子是学财会的，有注册会计师资格，家庭出身也相当不错，他老丈人一家早就移民了，他常说妻子带着儿子定居加拿大不过是为了多跟家人团聚，而且妻子在那边开有税务公司，每到年底、年初时可以给当地华人提供报税服务，一年不需要怎么辛苦，挣的钱也足够生活。他自己要不是以国家为重，心里装着省委的工作，也想有一天能到那里去享清福。”

“听上去还挺像那么回事儿，真难为他编出这套说辞。”苏左摇着头轻哼了一声，“老婆孩子常年在国外，董明申不会有什么个人作风问题吧？”

小周耸了下肩膀说：“底下兄弟们一开始都是这么想的，觉得他肯定养有情人，结果照着这个方向查了一通，没有丝毫发现。”

“可是他总得想个办法把受贿得来的钱财运作出去，虽然情人不一定是唯一的途径，但通常身边比较亲密的人会更容易利用……”苏左分析道，“那这个人平时下班了都干吗？孤家寡人一个，休息时间里总得找些事来做吧？”

“古董。”小周瞪着眼睛，恐怕是他觉得以这种东西为乐趣的人都不太正常。“我们发现董明申热衷于逛古玩市场。我们盯了他几天，其中赶上一个周末，他几乎一整天都在古玩市场里，即便是工作日，他也能起个大早，赶在上班前先到城里一个特别有名的古玩市场去看看。听说那个古玩市场只在某些个特定的清晨，会有带着真‘玩意儿’的卖家出没，去晚了就不赶趟儿了。”

“他在这方面如此舍得下功夫，看来是真感兴趣。”苏左推测道，随即又问，“那他肯定也会买古董来收藏喽？”

“说起来挺奇怪的，我们发现他好像只是喜欢逛和看，从来不买。就算是像其他人那样一大早赶着去碰真货，也没见他真的出过手。”

“哦？”苏左立刻疑惑地竖起眉毛。

“不过我怀疑他家里头应该有不少宝贝。”小周突然神秘兮兮地说，“队里有个小兄弟家里是做古玩生意的，对这方面懂一点儿，那天刚好派他去董明申家盯梢，这小兄弟回来就说董明申家的那扇门可不得了，是什么什么梨木的，虽然被藏在防盗门里面，但懂行的人都能看出来，那是难得一见的好东西！苏队，你想啊，他家连个门都这么讲究，屋里能没有宝贝吗？”

苏左听了这番叙述，意味深长地点了点头。“这几天有没有发现他跟天满医院或者楚康医药的人有什么接触？”

“没有。这些天一切都很平静，看来我们选择不打草惊蛇是对的，还没人发现我们已经注意到他们了。”

“嗯，这就对了。”苏左随即又下令说，“继续派人盯紧董明申，尤其是要留意他在逛古玩市场时有没有什么规律，一旦发现他参与任何古董交易，务必打探出交易的具体情况，我怀疑他很可能利用手中的职权接受‘雅贿’！”

距离葛爷爷的小院还有半公里的路，今天“兹扎”病毒改写基地那边的实验再次取得突破，想到可以第一时间把这个好消息告诉苏左，萧程不由得加快了脚步。

欧阳书拿走了前期的关键数据，随后楚康医药就大力推出了“兹扎”防护针剂，从现在整体的实验结果来看，一切都在预料之中。“兹扎”疫苗将一共分三针注射，而楚康医药的那一针恰恰可以取代整体疫苗的第一针，即便注射了也毫无风险，这一点已经从苏左、杨海璐、小周和萧程自己身上得到了证实。事实上，接受过那一针注射的人越多，越是萧程希望看到的局面。

迎着路灯洒下的一片微光，萧程深深地吸了一口气。他的人生还从未像这段时间以来如此紧张和复杂。

希望这一切尽快结束吧。他在心里祈祷着，嘴角抿出一道坚毅的线条。

今天一路上都感觉怪怪的。一股冷风窜过来，萧程下意识地竖起了风衣的领口，稍稍向斜后方侧了下头。他感觉不远处的地上有一个人影忽地闪了一下。糟糕！被人跟踪了吗？萧程心里暗叫不妙。可是已经来不及了，葛爷爷家的院门此时就在眼前，而他在发现跟踪者之前，便早早无意识地驻足在这里了。如果这时假装走错，对方会上当吗？犹豫了片刻，萧程懊恼地认为，不会有人傻到这个程度，况且自己一向不擅长伪装。

正踌躇间，院门刚巧被拉开了。苏左从门后露出头来。但立刻，她便脸色一肃，厉声喝道："什么人？！"

还没等萧程反应过来，苏左已经一个箭步跨到萧程身前，将他整个拦在身后，再次对着阴影处喊道："你出来！我已经看见你了！"

阴影里传出一阵窸窸窣窣的声音，可以肯定有人正站在那里。

萧程这时已经可以断定，这个人影没有什么攻击性，不然有的是机会对萧程采取行动。现在的问题是，人影对于要不要露出真面目，始终犹豫不决。

苏左却没有萧程的好脾气，她慢慢向阴影靠近，眼看就要逼近那片黑暗的边缘，只见她身子轻盈地一晃一闪，等萧程再看清时，苏左身边已经多了一个跟她身形差不多的女生，而那人此时正在哇哇大叫："你放手，弄疼我了啦！"

"怎么是你呀？"苏左松开了钳住对方胳膊的双手，诧异地问。

"陈欣欣？"进入院内，小周用一种露骨的怀疑目光打量着这位不速之客。

陈欣欣生气地鼓着腮帮子，脸色通红，对他丝毫没有理睬，一双大眼睛警惕地在杨海璐和萧程的身上扫过，最后恨恨地瞪向苏左。

"刚才，对……对不起啊……"苏左轻声向她道歉。

萧程无奈，略带责怪地问："这么晚了，你干吗不叫住我，非要悄悄跟着我呢？"

陈欣欣这会儿还在气头上，根本不打算回答，反而挑衅地问道："你们这么晚了，鬼鬼祟祟地聚在这里做什么？”

还是杨海璐比较细心，她注意到陈欣欣今天并不是往日采访时那副简单利落的装扮，而是穿着棉服，单肩扛着一个大托特包，包里一看就塞着东西，很不轻便的样子，于是问道：“你是不是有什么东西要给萧程，所以才跟着他的？”

陈欣欣闻言一怔，咬着嘴唇没有作答。

“你查到什么了吧？关于天满医院的？”杨海璐接着试探道。

“你怎么知道……”陈欣欣小声嘀咕起来。

小周一看她这个样子，情不自禁乐起来：“嘿嘿，你效率挺高呀，不愧是大记者！我们刚才还在讨论，不知你那里能不能有进展……”不过他很快自知失言，赶紧捂上了嘴。

“原来……那天你是故意的！”陈欣欣立刻明白过来，直视着杨海璐的眼睛确认道。

杨海璐只好点了点头。

“原来是你们商量好的，引导我去查天满医院？”陈欣欣的目光在四个人身上来回游移，语气不善地质问起来。

苏左冷静地开口说：“我想你也没吃亏，应该抓到了大新闻吧？”

“切。”陈欣欣轻挑了下嘴角，依然不配合地说，“就算我查到了什么，也没有告诉警方的义务吧？”说完，她将视线落在萧程脸上，暧昧地眨眨眼，“想知道我查到了什么，也不难，不过我只想……告诉萧程一个人。”

这种情况弄得大家都有点儿尴尬。萧程不知所措，苏左也沉默着，杨海璐兀自低着头。没想到就小周不吃这一套，反而大大咧咧地恐吓她：“嘿嘿，你别打如意算盘了，反正你前脚把东西给了萧程，后脚萧大博士也是会跟我们大家一起分享的。”

陈欣欣气得瞪圆了眼睛，可心知他说的是大实话。她在心里迅速地盘算着。从眼前的情形看，这帮人明摆着是一伙儿的，而且肯定也是在查跟自己手头的资料相关的事。而最令她震惊的是，自己调查天满医院的举动居然早已在萧程的预料之中。看来爸爸说得一点儿没错，这些资料正是萧程目前迫切渴求的。不过有一点却是好事，陈欣欣本以为还要花心思提点萧程该怎样利用这些资料，现在看来，根本不需要再费什么力气了。但比较麻烦的是，刑警队的人也介入了。至于苏左为什么会在这里，陈欣欣一时有些琢磨不透。但她知道警队的人有纪律，绝对不能随意对外泄露调查机密。而且苏左这个级别的刑警队长，事后应该也不会有机会向什么重要的人物说起这些资料的出处，就算说了人家也不一定信。凭一个女人的直觉，陈欣欣最后得出结论：苏左之所以在这里，是因为喜欢萧程。那就彻底不足为惧了，喜欢萧程，自然就会和萧程站在同一阵营。

看来今天资料拿出来给他们也没什么关系，这些人除了萧程，在她眼里都是小角色。可她想起刚才被苏左扭住，又不甘心就这样将资料交出来。

“那我总得有点儿好处吧？”过了几秒，她自己找了个台阶，话没说完，就向站在一旁的萧程冲去，从萧程手里抢过一个蒙着黑布的小盒子，“我早就注意到了，这是什么好东西？你一路像宝贝一样提着。”

“哎……”萧程猝不及防，只能眼睁睁地看着她把盒子抢走，一脸心疼和紧张。可还没等萧程出言制止，陈欣欣已经一把将蒙在小盒子上的黑布掀开了。

“哇！好美！”

霎时，众人都惊呆了。

夜空下，一个小小的盒子格外耀眼地散发着曼妙的荧光，光影变幻着色彩，由黄到红，由红到蓝……像一团正在纵情绽放的焰火，照亮了每一张注视着它的脸庞。

“这里面是……水母？”苏左首先反应过来，她的脸颊被映得发亮，眼神里充满了惊喜和好奇。

“嗯。”萧程点点头，从另一侧透过小盒子的光亮凝视着她，像个孩子一般笑起来，似乎自己也很得意这个作品能有如此震撼的效果。

小盒子原来是一个小型的电动鱼缸，注满了深蓝色的海水，十几只水母正在鱼缸里悠然徜徉，柔软的身躯随着水波优雅地摆动着。最奇妙的是，这些水母周身闪着彩色的光芒，且每一只还在不断变换着自身的色彩，犹如一个个水中的彩灯，形成了一副十分美丽的景象。

“太神奇了！你是怎么做到的？”陈欣欣不禁大声惊叹，目光一秒也没有从小盒子上移开。

萧程习惯性地用纤细的手指轻搓着鼻尖，解释道：“其实很简单，我往这些水母的细胞中注入了各种颜色的荧光剂，并改写了它们的部分基因，使它们在变换动作的同时，可以释放出不同的能量，而每种能量对应一种颜色，这样它们不仅能够发光，还可以随着身体的舞动成为不断变色的水母。”

“它们只在夜晚才亮吗？”杨海璐也不禁提出问题。

“是的。它们体内的荧光剂在白天会吸收自然光，到了夜晚才会释放出来。”他说着，突然不好意思地挠着头，“其实我是希望它们能够起到一个‘夜灯’的作用。”

“夜灯？那是什么玩意儿？”小周翻着眼睛，不明所以地问。

萧程支支吾吾地描绘：“就是比如说你夜里突然想上厕所，如果房子里太暗，就很容易摔跤，有个夜灯是不是会方便很多……”

小周愣了好半天，才憋出一句赞美之词：“真的挺有创意的。真的。”这些天接触下来，萧程这位科学家的思维模式已让他彻底崩溃，每次遇到这种他实在难以理解的情况，他干脆不直接反驳对方了，而是换成称赞。大家都清楚，这已经是小周这种智力级别最高级的讽刺方式了。

是怕我夜里梦游踩到那只小青蛙吧……苏左暗暗想道。

这时，陈欣欣突然自作主张地大声宣布道：“这么有趣的东西，必须归我了！”随后她又意味深长地加了一句，“用我查到的线索交换。”

“这……”萧程闻言，立刻下意识地朝苏左望来，表情里全是无辜。

其他的人都明白，这是萧程准备送给苏左的礼物。陈欣欣自然也是看清了这一点，此时正故意用挑衅的眼神与苏左对峙着。

苏左先是回望了萧程一眼，并没有说什么，眼神倒像是在安慰对方。

随即她便不甘示弱地直直回视着陈欣欣，丝毫不退让地说：“那得看你到底能给我们什么。”

陈欣欣又换上了一贯得意的笑靥，以胜利的姿态从包中取出一份厚重的纸簿，递到萧程面前，“这里面的东西，保证不会令你们失望。”

“你们早就怀疑天满医院有问题了？你们有什么理由？”陈欣欣不可思议地望着萧程。

萧程此时正在仔细地翻阅材料，苏左看出他神色凝重，于是主动解释道：“这件事说来话长，我们怀疑天满医院在秘密进行某种基因实验，但并没有证据。而且我们这些人都不方便直接出面去对天满医院展开调查，就想到了你。”

陈欣欣听后打了个响指，“OK，我可以不介意你们利用我。但我只有一个条件，就是今天我给你们的这些材料，日后如果真的派上了用场，变成呈堂证供，你们可都不许说是我拿给你们的。”

苏左思忖了一下，点头应道：“没问题。”

“等会儿，还有，”陈欣欣赶紧补充道，“这件事一旦事发，必须保证由我第一个报道。”

“哎哟，你就放心吧，我们也不认识其他媒体人，要不犯得上招惹你这位姑奶奶吗！”小周斜眼瞥着她，笑呵呵地说道。

陈欣欣狠狠地白了他一眼，随即转头郑重地对杨海璐说：“杨医生，你预料得没错，天满医院的确在长期、大量地从地下卵子黑市收购卵子。至于他们收购这些卵子的用途，我想正如你们说的，恐怕他们在从事某种与人类基因相关的研究。”当初正是杨海璐出面引导她去调查天满医院的，而关于地下卵市和天满之间的事，也算是这些材料里唯一真正由她自己暗访出来的信息，所以她说得十分肯定。

杨海璐闻言并没有过度意外，“材料里都说了什么？”她察觉出萧程的异样，终于忍不住忧虑地发问。

大家不禁都将目光聚集到萧程这边，萧程终于沉重地将纸簿放在众人面前的圆桌上，他脸上的肌肉在微微颤动。很显然，他的理智在强迫自己压制怒气，可他周身的每个毛孔却仿佛都在向外扩张并宣告着：这个身体的主人已经处于暴怒的边缘。

苏左从未见过他这个样子，不禁小心地问道："是不是很严重？"

"嗯。"萧程从喉咙深处发出一声低吟。

他的样子也把陈欣欣吓到了，"你看到的是哪一个案例，至于气成这样？"

"怎么，这里还不止一个案例吗？"苏左立刻听出了弦外之音，急声问道。

"很多的呀！"陈欣欣理所当然地说。

苏左闻言心中一惊，干脆从桌上拿过材料，迅速地浏览起来。

"这帮畜生！"几分钟后，苏左将全部材料一股脑儿摔在桌上，咬牙切齿地说，"他们不仅从黑市上大量低价购买卵子，居然还向孤儿院、福利院里的女孩儿们下手。材料里说，仅原京郊区，就不止一家福利院联合某私营大医院，诱骗未成年少女出卖卵子！"

闻听这一情况，杨海璐和小周也是惊骇不已，纷纷伸手拿起材料快速浏览起来。

"未成年少女的卵子能卖吗？"小周读着材料，不禁疑惑道。

杨海璐解释说："来了月经就说明卵泡已经成熟到可以排出了，现在的孩子大多早熟，很多女孩儿十二三岁就已经有过月经初潮了。"

"材料里虽然没有指明，可这个位于原京市中心地段的知名私营医院'××不孕不育专科医院'，明显就是天满呀！"小周指着其中一份材料中的名字，笃定地说。

"真的是道德沦丧！"杨海璐紧锁着眉头说，"卵巢穿刺手术实施起来，除非技艺十分高超，不然多半会导致处女膜破裂，这些女孩子还都不到16岁，恐怕都不懂这对她们意味着什么……我查过关于地下卵市的资料，其实这一行也有行规，不接受处女卖卵子，福利院这些受害的女孩子多半是被别有用心的大人蒙蔽了，我猜，天满并没有通过地下卵市，而是直接下手向她们取卵。”

“我看最可恨的是福利院里的大人，女孩子们被取了卵子，甚至可能一分钱都拿不到，全部进了这些福利院黑心人的腰包。”小周摩拳擦掌，一副要揍人的样子。

“可是如果不是天满医院丧心病狂地收购卵子，福利院也不至于会想出这样扭曲的赚钱之道吧？”陈欣欣转着眼珠，自有判断。

苏左深深叹了口气，感慨道：“这些人真是疯了，到底是什么样的力量，会让他们如此热衷于利用人类的受精卵从事基因实验？”

“材料里说的还不止这些……”这时，沉默良久的萧程终于抬起了头，他并没有正面回答苏左的问题，而是沉浸在自己的思路里，幽幽地说，“我想他们疯狂地非法收集卵子就一个目的：做实验。可做实验又是为了什么？当然是希望看一看实验结果是不是符合预期，而结果成功与否，只有等到受精卵真正成了一个人后，才可以看出来。”

萧程的话令所有人都一头雾水，大家面面相觑。

他换了一种更明确的说法：“我认为他们利用大量收购而来的卵子所做的实验不过是拿来做铺垫的，当他们觉得一个实验有望成功时，就会想方设法让一枚被改写了基因的受精卵，真正被孕育出来。”

“怎么孕育？”

“试管婴儿。”萧程惨然一笑道，“你们不会忘了吧，天满医院的招牌项目，就是试管婴儿。”

“你的意思难道是，他们利用自己的患者做试管婴儿的机会，尝试人体基因改写的实验成果，把改写了基因的胚胎注入那些准备受孕的患者子宫内，让患者十月怀胎生下基因被改写了的胎儿？”苏左尝试从萧程的角度去理解他的意思。

萧程面色如土，有气无力地说：“你们再仔细看看后面的材料就不难明白了。”

“我这里最早的一份材料是两年前的，里面提到一个孩子罹患了一种十分离奇的脑神经系统疾病，因为无法治愈，最终去世了。”杨海璐首先从材料里看出了端倪，“材料里说，这个孩子的父母到处求医都找不到孩子的病因，走投无路之下，听人建议为孩子进行了全基因检测，结果发现孩子的FOXG1基因存在严重变异，而那部分基因对控制人类脑神经系统至关重要。这对父母非常疑惑，因为他们两家家族里并没有这种基因变异的遗传史，更是从没听说过有FOXG1基因变异的人，甚至连这种基因的名字都是生平第一次知道。”

“是有人人为改变了这个孩子的FOXG1基因？”虽然答案已显而易见，但苏左还是不禁问道。

萧程进一步解释说：“有研究称FOXG1基因与脑神经系统相关，这个基因属于FOX基因族。如果这部分基因族得到成功改写，会大大增加脑神经间的接触和反应，这样个体就会表现出比常人优秀很多的敏感度、行动力，甚至思维能力。”

“是的，但是一旦改写失败，就会像这个孩子这样。”杨海璐沉痛地补充说，“连正常的智力水平都很难达到，而且由于神经系统遭到破坏，身体呈半瘫痪状态，根本无法自理。”

“这个孩子肯定是天满医院的‘杰作’喽？”这时，小周斜着眼睛问，众人都屏住了呼吸。

杨海璐深深叹了口气，“孩子的父母只是偶然提及当初受孕成功是因为在天满医院做了试管婴儿手术。他们夫妻婚后多年膝下无子，所以能够通过试管婴儿生下孩子已经十分欣喜，压根儿就没想过孩子患了如此罕见的疾病会跟当初做试管婴儿有关。是做这篇报道的记者有心，将这一细节记录了下来。”

“关于这个孩子的事是一篇报道吗？”苏左立刻警觉地问。

杨海璐点点头，将手中的材料往众人眼前递了递，“这应该是一篇刊登在一个不太知名的杂志上的报道，恐怕并没引起太多人的关注。”

苏左简单将报道浏览了一遍，之后说：“这个孩子出生于2006年，比邵珑珑稍早一些。看来在改写这个孩子的基因时，他们的技术还不够成熟，而到了邵珑珑时，他们对FOX基因族的改写已经成功了。”

“啊！我知道我这里这篇报道是怎么回事儿了！”这时，小周突然瞪着眼睛大叫起来，“你们看——”

只见他手里摇着一份材料，一眼便能看出是一篇刊登在报纸上的头条报道，标题醒目地写着：《过目不忘！小小神童的神奇诞生记》。

“这是一个非常成功的记忆基因被改写了的案例。”萧程抿嘴评价道，“这个孩子只有6岁，但可以做到对超过100页的教科书过目不忘，并且能够清晰迅速地识别各种条形码和二维码，眼力和记忆力达到了绝对有如‘超人’一般的水平，所以报道里说他是‘神童’一点儿也不夸张。”

“孩子的父母都是再平常不过的普通人，所以当他们发现自己的孩子居然天赋异禀时都十分吃惊，而由于孩子是在天满医院通过试管婴儿的形式受孕的，自然就对天满医院大加赞扬。”杨海璐看着这篇报道，嘴角嘲讽地挑了一下，幽幽地说，“虽然选择了同一家医院，可生出的孩子竟有如此大的差别……真是讽刺！”

她的话令众人一时间都陷入沉默。

过了片刻，苏左从一堆材料中收回视线，对大家说：“这里还有一些，都是关于患有罕见基因病的儿童的，或许因为全是个例，所以大多是一些比较简单的报道，有几个可能只是网络上的帖子。”

“嚄，这些病还真是五花八门……你们快看。”小周读着材料，不禁出言感慨，“这儿说一位男性患者因为家族有六指，担心遗传给孩子，便去天满医院做试管婴儿，结果他的孩子一只手有7根手指，另一只手有8根手指，而且其中有些手指是相连的，叫作多指并指症；这上面还说一个女孩儿患有一种叫‘巴顿晚期婴儿症’的病，这种病患基因紊乱，自身脑细胞会被自身杀死，引起失明、失聪、肌肉萎缩，最终死亡，她家族里曾有人患过这种疾病，而这个女孩儿是天满医院的试管婴儿，本来家人以为万无一失，却没想到还是罹患了这种疾病，而且基因紊乱没有规律，根本不好说是遗传还是天满的人动了手脚的结果。”

“要不是因为特别，谁会想写成报道呀！”陈欣欣瞥了他一眼，明显在嘲笑他大惊小怪，根本不了解媒体的口味。

“看来改写遗传病基因也是他们的一个重要研究方向。”杨海璐给出结论，向萧程望了一眼。

萧程对此并没有太大反应，依然眉头紧锁，满脸难以释然的神情。“经过基因改写的人不只在出生时面临着巨大的考验，他们未来几十年的人生中都将充满未知的变数，我们现在看到的报道也许只是天满改写的人中的九牛一毛，或许还有很多同样被改写了基因的试管婴儿如今貌似健康正常地存活并成长着，但谁也无法预料几年、十几年乃至几十年后，基因改写会不会对他们造成什么严重的影响。”

小周有点儿不满地顶了顶萧程的肩膀，可能是想要给他打气，语气轻松地说：“萧大博士，你能不能别再愁眉苦脸的？你想想，我们这么快就掌握了天满医院的罪证，只要这件事被公之于众，他们以后就再也不能干这种不人道的勾当了。”

“不，这些还不能算作天满医院随意篡改患者基因的证据。”苏左并没有这么乐观，“我们只有找到这些受害者，先征求他们同意，再对他们的基因进行分析，之后才能真正确定他们的基因是不是被改写过。”

苏左此话一出，杨海璐和陈欣欣不禁都点头表示赞同。特别是陈欣欣，眼里已难掩激动和期待的光芒。

随即苏左又犹豫道：“可这是一个比较复杂的过程，而且必须有专业人士介入。萧程当然是最佳的人选，但……”她话说到一半，欲言又止。

“可是这些患者好多都已经死亡了呀……”小周一下子道出了苏左的话外之音，挠着头说，“就算没有死亡，我们要找到这些患者已经不太容易，更何况还要说服人家提取基因，配合实验分析。”

杨海璐也语气沉重地补充道：“只为了我们的一个怀疑，却让已经身患怪病的孩子和家庭承受更加难以接受的事实，会不会有点儿强人所难呢……”

“你们不会因为这样就打退堂鼓了吧？”陈欣欣有点儿着急了，不满地大声抗议起来。

“当然不！”没想到苏左和萧程几乎同时出声否定道。

苏左说：“我只是在担心，如果这边寻找患者基因的动静太大，容易使对手警觉，影响到我们其他方面的调查。”

萧程却没有过多解释自己坚定地要掌握证据的决心，他只是渐渐收敛起脸上的阴郁，继而流露出常有的锐利神色。任谁都能看出，他其实是最想要立刻揭露天满医院这一罪行的人。

这时苏左发现了什么，从一堆材料底下捻起一个白色的信封。信封有一定厚度，但由于埋在最下面，刚刚没有被大家留意到。

“那里面是一些奇奇怪怪的照片。”陈欣欣撇着嘴主动说。显然所有材料她早都已经看过了，适才大家的讨论，正验证了她此前的怀疑，谁也不知道此时的她其实心里正暗暗欣喜。

“哦。”苏左把信封翻开来，认真地审视着一张张照片。

信封里装了大概 20 多张照片，很容易判断出，这些照片都是偷拍的。一般人如果乍一看到这样的照片，定会感觉汗毛倒竖，因为照片里拍到的人个个奇形怪状。他们基本上都是年龄在 10 岁以下的儿童，但有的眼歪嘴斜、表情狰狞，有的坐着轮椅、目光呆滞，有的身体严重畸形，那恐怖的外貌，甚至叫人不愿再多看一眼。每一张照片背后都有一行简短的备注，标明了照片中的孩子可能罹患的疾病名称。

“咦？这张照片……”突然，苏左惊讶地叫起来。

只见照片背面的备注写着：亨廷顿舞蹈症，基因改写失败，患者症状早发，急需进一步治疗。

苏左将照片举到萧程眼前，眼里闪烁着兴奋的光芒，“你还记得吗？是他们！”

第二十一章 锁定

“这是……”陈欣欣凑过来仔细打量了照片片刻，好像发现了新大陆一般，比萧程还意外地喊起来，“我认得他们，他们是那天在机场就开始跟着你的母子！”

萧程在她的惊讶注视下尴尬地苦笑了一下，表示默认。

“真没想到，他们居然也是天满医院的受害者？！”陈欣欣还没从震惊中回过神来，喃喃自语，随即她又立刻瞪着萧程问，“你留了他们的联系方式吧？你可别说那个妈妈当时都快给你跪下了，你最后还是拒绝了他们！”

萧程不知说什么好，只有继续苦笑。

苏左这时突然以怀疑的眼光望着他俩，冷声问：“你们说的是戴林钟死亡案发生的那一天吧？”

“是啊。”陈欣欣不明所以地回答。

“你果然为萧程做了假的不在场证明。你现在等于承认了。”苏左不动声色地对她说。

陈欣欣立刻反应过来自己说漏了嘴，不太高兴地沉下脸，故作镇定。

苏左没想要跟她过多纠缠，转向萧程，严肃地问：“那天你不愿意说出那 20 分钟你去了哪里，就是为了帮他们母子隐瞒？”

萧程躲避着苏左的视线，故意看了看旁边一脸不爽的陈欣欣，点头“嗯”了一声。

苏左却好像不太相信，继续追问道："真的有必要这样做吗？"

"当然有啦！"陈欣欣没好气儿地替萧程辩白起来，"暂且不说这关系到人家患者的个人隐私，就说萧程私下与有基因改写需求的患者秘密接触，就已经够媒体拿来大做文章了！你到底有没有站在萧程的角度为他着想过？"

苏左被她指责得哑口无言，不甘心地转开了视线，若有所思，并未再多问。

"喂，你做了假证，居然还敢在我们队长面前这么嚣张！"小周看不过眼，冲陈欣欣嚷道。

陈欣欣自知理亏，语气有所收敛："现在追究这些还有什么意义？我有照片可以证明萧程那天下了飞机后跟那对母子在一起，所以我为他作的证也不能算是假的。我们现在应该庆幸，如果从这个生病的孩子身上展开基因调查，说不定就能找出控告天满医院非法从事基因改写的证据！"

苏左渐渐平静下来。陈欣欣虽然做事冲动、不讲章法，但至少有一点说得没错，那就是萧程在那 20 分钟里的去向不再成谜。原本一份假的不在场证明如今变成了真的，这归根结底是一件令人意外也让人松了一口气的事。只有苏左自己清楚，她从来没有真的相信过萧程在那 20 分钟里是跟陈欣欣在一起。但究竟萧程的不在场证明是什么？他又为什么对这件事那么讳莫如深？这些疑问始终悬在苏左心头，从未真正消失过。虽然她还是隐隐觉得萧程不会只为了陈欣欣说的那些原因而故意不与警方配合，但毕竟在戴林钟死亡那关键的 20 分钟里，萧程应该真的不在现场。

况且现在，对天满的调查也出现了曙光。

"萧大博士，如果你还能联系上这对母子，那咱们可就太幸运了。"小周眉开眼笑地对萧程说，"加上邵珑珑的基因分析，我们就至少能拥有两份证据了。"

听到邵珑珑的名字突然被提及，杨海璐心头一紧。

"我可以试试看。"萧程冷静地说，随即把目光投向苏左，"我还记得那个孩子叫瑞瑞。”

苏左向他微微点点头，轻声说：“是个懂礼貌的好孩子。当初我就想不通为什么瑞瑞的亨廷顿舞蹈症会在这么小的年纪就发病，没想到竟然和基因改写有关。”

“那个……”杨海璐这时犹豫地开了口，“珑珑的基因分析，你们要怎么做？”

萧程看出了她的顾虑，说道：“很简单，只需要抽血就可以做全基因测序，不会对他本人造成太大影响。”

苏左也关切地问：“珑珑这些天恢复得怎么样？”

杨海璐微笑着如实回答：“挺好的。他就是四肢骨折比较严重，所以还不能动，其他都已经恢复正常了。”

“那就好。”苏左真诚地说，又补充问道，“珑珑除了醒来后提起过对‘妈妈’这件事的怀疑，还说没说过什么别的？”其实连苏左自己也不知道为什么会突然这样问，她只是有种直觉，珑珑这个孩子洞悉力过人，说不定关注到了什么其他人没有察觉到的细节。

可是杨海璐闻言身子一僵，呆呆地与苏左对视了几秒，有点儿结巴地回答：“没……没有啊。”

苏左将她的反应看在眼里，心中顿时产生了狐疑，却并未声张。过了片刻，她岔开了话题：“有一件事始终令我比较在意，珑珑曾经提到过，他在戴林钟教授的死亡现场闻到过一股福尔马林的味道。我们也的确在案发现场发现了福尔马林溶液的残留痕迹，可是直到现在我都想不通，这些福尔马林溶液来自哪里？又被用来做什么？因为现场并没有被打碎的容器碎渣。更奇怪的是，我们还在现场地面上发现了另一种溶液的残留斑痕，我们甚至连那种溶液是什么都还搞不清楚。”

“是啊！”提起这件事，小周也是满脸苦恼的表情，适时地帮腔道，“鉴定人员说那种溶液里含有脂肪和蛋白质，以及许多种无机盐和钠、钾、镁、钙等电解质，感觉像是一种营养液。”

他说完不由自主地向萧程的方向看去，似乎认为此类问题，在座的人里只有萧程有可能做出解答。可萧程却刻意避开视线，紧闭着双唇，将自己陷在椅子里。

“你说的这种溶液……”杨海璐思索一番后答道，“成分跟人类的羊水很像。”

“羊水？”陈欣欣一脸诧异。

“嗯。”杨海璐点了点头，“只是羊水里多了尿酸和胎儿的上皮细胞、毛发等，那是由于随着胎儿生长成型，自身出现了消化代谢，排出了部分尿液到羊水中所致。而刚刚说的这种溶液，很像羊水没有被污染的原始状态。”

苏左听着杨海璐的解释，心里仿佛开启的闹钟到时了般，“叮”一下豁然明朗起来。

羊水和神秘溶液存在相同之处。这么浅显的问题，他不可能不知道！

苏左观察着萧程的反应，却见萧程始终半垂着眼帘，双手交握在腹部，望着地面一言不发。

这已经是萧程第二次对“溶液”的话题刻意采取一种消极的回避态度，可是为什么？为什么？！他究竟在隐瞒什么呢？

苏左很想甩却心中对萧程逐渐加剧的怀疑，可似乎越接近神秘溶液和神秘容器问题的真相，她就越陷入深不见底的迷茫和慌乱之中。萧程的缄口不言，变成一种恐惧，在她心里无限蔓延。

“哎呀，怎么又扯到戴林钟的案子上去了？”陈欣欣不满地说，“天满医院的罪证到底什么时候可以拿出来？”

“萧大博士，你怎么了？”小周突然向萧程发问。

其他人也感觉到了萧程不自然的沉默，不禁纷纷向他投来疑惑的目光。

萧程抬起眼睛，直视着苏左，突然开口问道：“还记得那个叫田静的女孩儿吧，你不是曾怀疑我导师戴林钟教授经营着一间秘密的实验室，在从事遗传病基因的改写实验吗？”

“对。”苏左吞了下口水，直觉对方即将说出惊人的推断，不禁挺直了脊背。

“我早说过，背后帮助天满医院从事受精卵基因改写的人拥有比我更高超的专业能力。这个人，为什么只可能是我的师兄邵毅平，而不可能是我的导师戴林钟呢？”

苏左好不容易沉沉睡去，再睁开眼，已经是上午 11 点过半了。

昨晚入睡前最后一个出现在脑海中的人名是戴林钟，而此时，她稍一清醒，戴林钟的名字便又浮现出来。

萧程昨晚的话令所有人都目瞪口呆。没错，这是一个思维的盲点。竟然连苏左都没能想到。

苏左一方面对自己之前始终没能跳出思维盲区而懊恼，另一方面又为这一假设备感兴奋。如果长期以来，真的是戴林钟在秘密与天满医院共同从事人体基因改写的实验，那么很多疑问便可以迎刃而解。能够在十几年前便做到锁定致病基因，并开始尝试改写各种受精卵，果然不是仅凭邵毅平一人便可以做到的；之前就田静基因被改写的问题，对戴林钟产生的怀疑也等于得到了证实；而最有价值的是，整件事看似牵扯出了许多人和事，但解开一切谜底的关键，终究还是在戴林钟遇害一案上。如今随着戴林钟从单纯的受害者一步步转变为罪恶的核心人物，这已经成为最合理的思路。

现在唯一扑朔迷离的，依然是戴林钟的死亡动机。

一开始，几乎所有人都认为戴林钟的遇害一定与人体基因改写能否合法化的纷争有关。戴林钟生前以学术泰斗的资历极力反对一切原因的人体基因改写，遭到了激进派敌视。恰在这时省内惊现令人谈之色变的“兹扎”病毒，对人体基因的改写演变成了一种迫在眉睫的需求。虽然由于萧程的意外参与和坚持，人体基因改写合法化的对象将只限于病患，使潜藏在幕后的激进一派并未能全部如愿，但总体来看，在这场派系斗争中，戴林钟的死亡，无疑意味着保守派势力的终结。所以直到现在，也还是不能全盘否定，戴林钟遇害在深层面上与人体基因改写能否合法化的派系较量有关。

在相当长的一段时间里，苏左更倾向于认为戴林钟是因为掌握了某种秘密而遭到杀害，对戴林钟的被害动机产生了摇摆，所以调查方向也着力在戴林钟生前的人际交往和一切与戴林钟有关的人和事上。这主要是因为戴林钟的遇害过程可谓十分复杂，特别是还曾遭受酷刑逼供，显然是有人希望他在死前能够说出些什么。随着调查的逐步深入，欧阳书、田丽梅纷纷浮出水面，也牵出了更多疑点和信息。而且根据田丽梅的交代，戴林钟的遇害过程变得更加清晰。

再之后，苏左几乎可以肯定，戴林钟的确是掌握了什么至关重要的东西。当苏左发现了实验用的金属箱这一线索后，她甚至一度以为案子距离侦破已经不远了。根据这一线索不难推断，金属箱里的东西八成是一份人体基因研究成果，而戴林钟的遇害，则正是因为不愿意将这份成果交给那股隐形的势力。现在已经知道，那股隐形的势力将舞台设置在天满不孕不育专科医院，并且居然还牵出了一宗跨度长达十余年的大型基因犯罪！

还有一点值得关注，就是在基因编辑技术上，邵毅平也是一把好手，如果戴林钟才是这股势力在技术上的最大支持者，邵毅平会是实验的辅助者吗？如果他是，那么在戴林钟遇害当天，拿着小金属箱第一个前来造访戴林钟的人会不会就是他呢？可这样也有一点说不通，邵毅平本就是绿林苑的常客，登记表上常有他的签名，如果是他，有必要买通保安销毁纸质的入门登记表吗？而且假如他们是一伙的，戴林钟又为什么会被害呢？

唯一说得通的一种解释就是：他们的实验完成了，成果很可能就是那件重要的东西。他们从技术上已经不再需要戴林钟，与其留着意见相左的他，不如干脆杀之而后快。

对，这种解释非常完美！睡一觉果然头脑清晰很多，想通了这一切，苏左简直要兴奋地大叫出声。

可是那件重要且神秘的东西究竟是什么？东西在哪里呢？

不排除东西已经落入了邪恶势力的手里的可能，但苏左更倾向于认为他们并没有得手，因为现场还留下了至关重要的证据！并且在昨天的谈话中，苏左还获得了意外的信息，此刻她心里已经有了一种最合理的猜测。

可随即，苏左的表情渐渐变得严肃。

萧程是从什么时候开始怀疑自己的导师的呢？苏左心里一沉，她回想起萧程几次对于溶液的讨论都讳莫如深，那双看起来明亮睿智的双眼偶尔也会流露出深不见底的阴郁。

苏左依然坚信自己的直觉：他，隐瞒了什么。

苏左一向相信自己的直觉，就像萧程不断赞许的那样，她的直觉，是一种做警察的天赋，在她侦破各种案件的时候，都曾起到过令人惊讶的作用。可这一次，她真的希望是自己的直觉出了错。她还是更愿意相信，萧程是值得信任的。

突然，一种冰凉黏腻的触感迅速滑过苏左裸露在拖鞋外的脚面，她不禁“啊”一声从床上跳了起来。

只见一只绿油油的小青蛙此时正蹲在脚边，鼓着眼睛仰视她。

“原来是你。”苏左不由放松地笑了，“家庭昆虫清扫机。”

这时她才记起，前一天出门时她把这只小青蛙从透明箱子里放出来，而昨天回来得太晚，没来得及再把它请回自己的小窝里。这会儿，又一阵“咕噜咕噜”的连续细响从阳台方向传来，是那只后背有花纹的小白鼠。它一定是饿坏了，正在使劲儿蹬踏笼子里的转筒抗议呢。

苏左赶紧起身拿过透明箱子，打开箱门，小心翼翼地放在小青蛙面前，小家伙儿“嗖”地一下就跳进了箱子里，怡然自得地趴在一片绿叶上。随后她又到阳台前，轻轻敲了敲住着小白鼠的笼子，耐心地在小食槽里为它添上一天的水和食物。

说起来，还真挺喜欢那个“水母夜灯”的。苏左噘起嘴巴，心里涌上一股酸酸的感觉。

就在这时，萧程打来电话：“嗨，打电话来，是想问你这几天有没有时间？”

苏左心里有些乱，刚刚的想法还在脑中挥散不去，突然又收到萧程的邀约，她只下意识地轻“嗯”了一声。

“你不会是刚刚睡醒吧？你这么懒，可别饿坏了我送你的小白鼠和小青蛙。”

一下就被他说中了……苏左顿时交织起懊恼和甜蜜的复杂情绪。

“有什么特别的事吗？”

“过两天珑珑就出院了，我想问你要不要一起去看望他？”

苏左沉吟了几秒，果断地答道：“好啊。”

萧程轻笑了两声，随即又说道：“还有件事，我已经联络上了瑞瑞的母亲，他们答应协助我们，提供瑞瑞的基因样本。”

“这……太好了。”苏左愣了一下，马上感叹着说。

“嗯。”萧程也对这一进展感到满意，继续说道，“有了瑞瑞的基因样本，可以让我提前锁定他的基因哪里有问题，这样一旦国内对患病人群的基因改写合法化，我就可以着手为他进行治疗了。我有信心，只要我们努力去做，瑞瑞将成为我国第一批成功得到基因治疗，并最终痊愈的遗传病患者之一。”

苏左听着萧程的话，突然感到温暖和心安。他，果然还是那个他啊。萧程，是个不会令人失望的人。

两人约定了去看望邵珑珑的时间和地点，就依依不舍地挂断了电话。

苏左跑进洗手间洗了把脸，在卧室的穿衣镜前快速整理好仪容。她发现镜中的自己少了几分迷茫，显得神采奕奕。

就在这时，小周发来一条信息，内容很简短：“跟踪董明申有发现，请速回警队。”

“什么情况？”苏左赶到刑警队，急忙冲小周问道。

“苏队，负责盯着董明申的兄弟报告说，董明申昨晚被一辆黑色轿车接出了城，直到深夜才又回到家里。”

“他去了哪里？”

“夜里太黑，市区里还好办，可是那辆车一直在向郊外开，路上车太少了，兄弟们怕继续跟着跟醒了，就没有再跟。”

“郊外？哪个方向？”

“西郊。”

“西郊那里都是山地啊。”

“我听说不少特别有钱的人会把那里的山买下来，自己建别墅。通常这些别墅都极其隐蔽，私密性特别好。”

“车牌号记下了吗？”

“记下了，已经交给交通队去查了。”

“好。这是个重要的发现。能让董明申深更半夜去的地方，一定有问题。”

“还有，苏队，你上次不是让兄弟们盯着董明申逛古玩市场有什么特别的习惯吗，果然这些天下来，我们有些发现。”

“哦？是什么？”

“他好像对三家古玩店特别青睐，每次到古玩城，至少会去这三家店里的两家看一看。”说着，小周拿出一份古玩城布局的草图，指着其中三个店面说，“这三家店分别是‘华淳阁’‘景泰轩’和‘品古苑’。我们派人假扮成顾客，到这三家店里了解了一下。这三家店在古玩城都属于高端店铺，主要客户都不是那种小打小闹玩古董的普通人，而是真正的玩家。这样的店铺，通常不只销售古董，还可以收购古董和代卖古董，从中收取手续费牟利。”

“很符合我们对董明申的猜想。可他这是在跟我们玩狡兔三窟啊，我们光靠跟踪，完全无法确定究竟哪一家店跟他有关系，甚至三家都可能被他利用来进行套现。而且董明申如果真的收受雅贿，他一定不会这么明目张胆地拿着赃物到古玩店里去卖。要想在这上面抓他的把柄，看来必须换个查法！”

小周思索着，突然眼睛一亮，“你还记得吗？上次看出董明申家的大门是宝贝的那个小兄弟，因为家里做古董生意，对这行比较了解。据他说，这些古玩店，都是表面上看着光鲜，实际上真正能成交的大买卖并不多，有时候一个月甚至几个月都不一定能碰到一桩，所谓‘三年不开张，开张吃三年’说的就是这种行当。我觉得只要查他们半年以来一次性超过20万元的交易记录，说不定能发现点儿什么。”

“这是个思路。”苏左托着下巴表示赞同，但转念一想又纠正道，“50万元！董明申不会为了区区20万元就冒着暴露的风险去交易的。时间跨度也要拉长到两年，不然不足以发现规律。”

“可是一次50万元哦！”小周瞪着眼，吃惊地盘算着董明申靠这样的雅贿可能收了多少钱财。

苏左不以为意地撇撇嘴，说：“其实我们并不知道董明申究竟是从什么时候开始跟天满医院勾结的，不过从那天那些材料里看，时间应该不短了。”

“是啊，说起那些材料，其中不少好像是专门冲着董明申去的。”

“那些材料不可能是陈欣欣一个人搜集出来的。盯上了董明申的人，恐怕不只是我们。”

“那有什么不好？”

“我们是执法者，到头来却成了别人手里的枪。”苏左无奈地轻叹了口气，自嘲地说，“不过这恰恰证明了我们的调查方向是正确的，而且越来越接近事情的核心，不然也不会让那些别有用心的人发现我们的利用价值。现在只希望调查能有实质性的收获，最终能将这伙人一网打尽。你想想，董明申在这条利益链上的砝码是权力，而一条完整的链条，总要有人付出金钱才能正常运转。说不定董明申昨晚，就是去与这个金主会面！”

“难道是蓝美倩？毕竟天满医院和楚康医药的法人代表都是她。”小周说完后，自己都不太相信地摇了摇头。

“蓝美倩从某种程度上来说也是受害者。但能够同时控制蓝美倩和邵毅平的人却并不多，我其实已经基本可以猜到这个人是谁了。”

“苏队，你说的是谁啊？”

苏左神神秘秘地眨了眨眼，道：“还是等证据来说话吧。”

一天后，围绕董明申两方面的调查都有了结果。

“苏队，我们在三家古玩店都有发现。两年来，董明申利用古玩店代售的古董至少有十件。而且正如你所料，他并不是本人出面去销售。”小周拿着资料向苏左汇报着。

“那你们是怎么发现的？”

“我们着重调查了三家店一件古董售价超过50万元的销售记录，发现其中有十笔交易的买卖双方都是相同的。卖方是一个叫刘金山的人，而买方的名字显然是化名，叫约翰。而且据古玩店的工作人员说，这个刘金山特别有眼光，拿过来卖的几乎件件都是上乘的物件儿，而这个约翰简直就像跟刘金山说好了一样，每次刘金山一出货，约翰第二天准会来把东西高价买走。”

“那你们一定查清楚了吧，这个刘金山跟董明申是什么关系？”

小周愤愤地说：“刘金山是董明申妻子的一个远房表弟，当过兵，很早之前，董明申还担任处长的时候，他还是董明申的司机，目前无业，专做古董生意。据说这个人在黑白两道都有路子，而且对鉴识古董颇有天赋，在古玩圈子里是个活跃人物，日子过得十分潇洒。他最厉害的是几乎从不打眼，也从来不会告诉别人经自己手的那些宝贝的出处。这么一个人负责为董明申销赃，表面上真的一点儿也看不出破绽。”

“看来跟我们推测的一样，董明申就是用这种方式将“雅贿”得来的东西进行套现。”

“是啊！”没想到小周突然大声叫起来，气愤得直拍自己大腿，“这些个贪官，手里有那么点儿权力，就如此敛财，中饱私囊，真是可恶！你知道约翰平均每次收刘金山的宝贝，起价多少钱？”

“300万元！”还没等苏左问，小周伸出三根手指，举到眼前使劲儿比画了一下，“当初还以为50万元就不少了，真是低估了董明申这个大贪官！”

苏左也着实吃了一惊。这样算起来，董明申在这两年间起码通过雅贿敛财3000多万元，这还不包括他自己十分看好、留在家里等着升值而没有拿去套现的那些宝贝。董明申背后的金主，居然肯在他身上下如此大的血本，说明董明申定为他们带来了巨大到难以想象的商机和利润。

“另外，那天夜里接送董明申的黑色轿车我们查到了。那是一辆纯黑色的别克轿车，车牌号是真的，牌照记录也与车型吻合，不过不是一辆私家车，而是登记在我市非常知名的一家企业名下……”

“郑氏集团。”没等小周说完，苏左就断言道。

郑氏集团是原京市最有名的私营上市公司，纳税大户，业务涉及房地产、金融、外贸、医疗等诸多领域。郑诗聪当年正是郑氏集团年轻的掌门人。

“苏队，你早猜到了？”

“其实我们都早该想到的。从一开始发现邵毅平跟这件事有关，我们就应该揪着不放，深挖下去，说不定就能早一点儿牵出郑氏集团。”

“这也不能全怪咱们，毕竟我们也是后来听了杨医生的话才知道邵毅平的妻子有可能是郑诗聪的亲妹妹。”小周回想着办案以来错综复杂的各种线索，突然感慨道，“再说我们是从戴林钟死亡案查起的，谁想到现在竟然查成了基因犯罪。还有恐怖的‘兹扎’病毒在扩散，我们哪里遇到过这种阵势？要是一伙亡命之徒，让兄弟们冲锋陷阵绝对没说的，可基因犯罪怎么识别呀，当真叫人无从下手。”

苏左不禁想起了与萧程在美国时曾有过的一番对话。萧程认为随着基因科技的发展，基因犯罪会成为高智商犯罪者青睐的犯罪形式，但办案者往往由于缺乏这方面的知识储备和办案经验，而忽略了基因犯罪的可能，使调查走许多弯路。而萧程提出的解决方案，就是在警察队伍里开设基因学普及课程，介绍可能与基因相关的犯罪手法。如今看来，萧程的这个建议相当具有前瞻性，说不定这个案子彻底真相大白以后，真的有必要补习基因学的课程了。

过了一会儿，苏左似又想到了什么，突兀地问道："上次张磊的奶奶是不是向我们上缴了一大包钱？"

"你说有人想要收买张磊，给的那100万元？"

"还在队里吗？"

"在啊。那可是证物，案子还没破，谁都不会乱动的。"

"去证物科办手续，借来看看。"

苏左轻手轻脚地将证物袋拆开，又小心翼翼地拉开旅行包的拉链，里面的一沓沓现金立刻显现出来。

这些钱似乎是经过送钱的人细心挑选过的。应该是故意选了一些比较老旧、编号都不连续的成沓纸币，就算里面偶尔有几张新钱，连号的也不超过十张，拿到银行去查，是根本不可行的。

苏左皱着眉头，仔细打量着眼前的旅行包，随即，她眼睛一亮，"钱不好查，包可以查呀！"

小周惊讶地看了看旅行包，立刻明白了苏左的意思，"我们之前怎么都没想到！这个包很轻松便能装下100万元钱，并且一点儿也不走形，一看就是高档货。这种品牌包只有专卖店里才能买到，我们顺着这个线索去查，说不定能查出是什么人买的这个包！"

苏左认为小周说得没错，但她其实更加乐观，"你想啊，张磊的个性非常谨慎，想要收买他，恐怕陌生人是不行的，一定要是一个他够熟悉，而且在他看来有一定权威的人。我曾怀疑戴林钟死的那天，第一个用小金属箱打伤他的就是邵毅平，而且杨海璐说过，邵毅平因为工作原因，需要经常进出绿林苑小区，小区保安跟他很熟。种种迹象都说明，出面收买张磊，邵毅平应该是最合适的人选。"

小周想了想，马上发现了问题："可是邵毅平当天案发后一直跟萧程和杨海璐在一起，根本没有机会去收买张磊啊。"

苏左嘴角却浮现出一抹笑意，"或许他早就知道那天戴林钟会出事。"

"这……"小周从来没有这样考虑。

“恐怕他也是见到了戴林钟之后才确定的。”苏左继续猜测道，“我们可以试想这种可能，他那天带着小金属箱，去向戴林钟索要一件十分重要的东西，可是出于某种原因，东西没能拿到，两人随即发生了激烈的冲突，邵毅平出手打伤了戴林钟，随后逃离。在这个过程中，他或许是发现了什么，认为戴林钟当天一定会出事。之后他迅速做出了两个决定：叫人来逼迫戴林钟交出那件东西；收买小区保安，销毁自己曾经到过绿林苑的入门记录。我想当时他其实并没有想到萧程会出现在案发现场，也没有计划要嫁祸给萧程。之后的事，他只要假装自己毫不知情，按照正常的逻辑去处理就可以了。因为萧程回国是他们希望看到的，萧程对他们也存在某种利用价值，他们并不愿萧程卷入戴林钟死亡事件之中。所以，我们看到的情况反而是事发后，邵毅平极力在替萧程洗清嫌疑。”

“可给戴林钟下毒的人到底是谁呢？”小周虽然觉得苏左的推测十分合理，但依然未能解释这个最关键的问题。

苏左也陷入了沉思，又回到了原点上的这个问题，可依然找不到答案。

过了一会儿，小周似乎放弃了，指着旅行包说：“总之你是想要查到能直接指向邵毅平的证据。”

“嗯。”苏左坚定地点点头，“虽然我们有很多间接证据都表明邵毅平在这一系列事件中扮演着至关重要的角色，但始终没有直接证据能够证明他参与了这些事。”

“可这样查是不是太曲折了？”小周还是对这条线索心存怀疑，“况且说邵毅平早知道戴林钟会出事听起来也有点儿牵强。”

“没办法。”苏左无可奈何地耸耸肩膀，“那份原始的入门登记下落不明，有希望总要试试嘛。”

苏左叹口气，小心摸索着旅行包的各个边缘，希望寻找到包身上的更多特征。突然，她的手停止了移动，整个人都惊讶地僵住了。

只见在包的底部内侧最旮旯的位置，有一块儿方形的突起。由于被同样颜色的细布覆盖并粘贴着，肉眼完全看不出来，除非像刚刚苏左那样一点一点地用手摸，才能感觉到。

苏左小心翼翼地将那块儿突起沿着四边慢慢掀开，一个白色的方形东西随即暴露了出来。

“是一张折叠纸。”小周看到苏左将那个东西拿起来，疑惑地说。

随着白色的纸张被渐渐摊开，苏左的眼中闪现出兴奋的光芒。

“看来这回我们连包都不用查了。”

第二十二章 收网

张磊的病号服不是很合体。他属于高大偏瘦的体形，所以宽大松垮的病号服穿在他身上有些晃荡，裤脚也只能拉伸到脚踝以上的部位，感觉像是吊在他腿上一样。因为已经入冬，张磊的奶奶为他送来了几双保暖的毛袜子，此时他两只脚上的袜子颜色不同，显然是穿混了，并且一只袜子褪到脚跟，另一只却提得老高，边缘甚至钻进了裤管里。

总之，除了脸上还算比较干净整洁以外，在精神病院这样的特定环境下看见此人，任谁都不会怀疑他就是一位地地道道的精神病患者。

精神病院的作息十分规律，每日午休起床后，可以自主行动的病人们会被安排到娱乐室进行自由活动。通常病人们都很期待这段时光，因为可以与其他病人下下棋、聊聊天，就算经常词不达意、驴唇不对马嘴，也比独自被关在病房里更有乐趣。张磊却并不太喜欢，每天从病房到休息室都是磨磨蹭蹭的，总要拖到最后一个。

他时刻警惕地提醒自己：少与一个人交流，就少一分被看穿的风险。

这一天午休后，他像平时那样悄悄听着走廊里的动静，确认其他病人都已经走出病房往娱乐室去了后，他才轻轻拉开房门，假装机械地从房间内探出身。

护士今天没有特意来叫他，偶尔会这样，他反而落得轻松。他呼了口气，定下心神，将眼神放空，缓慢地迈出脚步。

“什么东西？”刚一走出房门，他顿觉脚下踩到了什么，软软的。

张磊先是心中一紧，随后他迅速意识到，对于突发状况，不能反应得太过敏捷，要尽量保持木讷。一个治疗期间的精神病患者，是不会过度关注外界事物的。

张磊故意没有将脚移开，努力感受着脚底的触感，从而判断自己踩到的究竟是什么，好做下一步打算。一两秒钟后，他认为自己脚下踩的应该是一块儿比较硬的布类，呈细长型，宽度大约 5 厘米，很像是背包肩带一类的东西。

可是当他刻意缓慢地低下头，望向地面，他再也无法镇定了……

只见地上躺着一个蓝色旅行包！一个空空如也，却格外眼熟的蓝色旅行包。

张磊下意识地挪开了踩在旅行包背带上的脚，动作快到连他自己都惊讶自己居然还能够如此矫健。

这个包怎么会出现在这里？

张磊大惑不解，心脏“砰砰砰”地一个劲儿狂跳。他抑制不住心里的惶恐，稍稍向四下看了看，确定并没有人后，迅速蹲下身。他首先将鼻子凑到敞开的包口内闻了闻，一股钱味儿。没错，应该就是那个包。于是他缓了缓神，伸出手谨慎地向旅行包底部的一个角落摸去。

没有了！不见了！

张磊的额角瞬间冒起一层冷汗。

“你是在找这个东西吧？”

突然，一个铿锵有力的女声响起，从走廊拐角的隐蔽处走出两个人。说话的女人手里举着一张纸，正紧紧盯住张磊的眼睛。

张磊看清了那张纸，随即又在出现的两人身上打量了片刻，镇定下来，毫不避讳地与女人对视着问道：“你们是警察？”

其中一个男人压低声音说：“这是我们苏队长，我是警员小周。我们是负责调查戴林钟死亡一案的刑警。”

“包是你们放在这里的吧？为了试探我是不是真的疯了？”

“没错。”苏左点点头，“你看到这个包后的反应和我们预料的一样，你的动作已经明明白白地告诉我们这张纸正是你放置在包底的，而且你闻包的举动表明你的逻辑思维始终清晰，你果然一直在装疯。”

张磊却淡然地扬了扬嘴角，“呵呵，你们来得比我想象得要快啊。可是这份记录上面的人你们不可能这么快就已经抓了吧？”

“是的，我们还需要更多证据，而且事情恐怕比你想象中的还要复杂。”

张磊有些失望地垂下肩膀，“那也就是说，我还得继续疯下去喽。”

“不过现在有了你这份东西，我们已经离事实真相又近了一步。”苏左安慰他说，“我现在只有一个问题，就是这份入门登记表是真的吗？”

“当然。”张磊十分笃定地回应道，“不管他们后来给你们看的入门登记是怎样的，我可以百分百肯定地告诉你，这上面写的才是戴教授死亡那天的真实情况。而且你手里拿的这一张，就是原件。”

“也就是说当天下午第一个去戴林钟家的人，不只有邵毅平一个，而是邵毅平陪同董明申共同拜访了戴林钟是吗？”苏左再次确认道。她昨天看到了这份表格后才知道，原来当天去向戴林钟索要那件重要的东西，董明申也有份儿，由此更能看出，这件东西对他们来说当真意义非凡，而且也不难想通，为什么他们一定要销毁当天的入门记录，看来不只要保护邵毅平，更要保护董明申。说不定销毁入门记录、收买张磊，甚至打伤戴林钟，之后又派人来强行要求戴林钟交出东西的人也是董明申。

“是的。”张磊简短地承认道。

“难怪你会跟你奶奶说这事儿牵扯到‘当官的’，你们惹不起。”小周也似有所悟，转头问道，“可这份东西为什么还会在你手上？他们没有要求你交出来吗？”

“我告诉他们我已经销毁了，所以我才必须要装疯，不然迟早会被他们灭口。”

“可是这份原件为什么只有半张？”苏左举着那张纸。从昨天她就发现了，这份原始的纸质登记表依然不完整，只到当天下午第二波人离开，晚上 6 点以后的记录栏则被人撕下了。

张磊无辜地耸了耸肩，“这前半张纸上的记录才是他们想要的，后面的留着也没有用啊，而且我要把它叠起来藏在包里，当然是越小越好了。”

苏左想想他说得在理，接着问：“那究竟是谁出面收买的你？”

“是个很漂亮的女人，之前从来没见过。她气质十分优雅，像个艺术家。”

“难不成是蓝美倩？！”听到这个意外的情况，小周惊愕地与苏左对视了一眼。

苏左也略感惊讶，但很快便觉得其实这也合理。蓝美倩毕竟是郑诗聪的遗孀，又是知道他们所有秘密的危险人物。他们不能杀她，但同时又想要控制她，最好的办法就是让她也卷入到事件之中，不能全身而退。

“看来我们当初怀疑邵毅平，还是想法太简单了。”苏左不禁喃喃道，“女人也的确容易取得别人的信任，特别是蓝美倩那样的女人。”

张磊听到两人似乎已能肯定收买自己的人的身份，觉得说得详细些会更有帮助，于是主动讲述说：“那天晚上邵秘书最后一次进入小区后没多久，这个女人就找上我，要我立刻伪造一份假的入门记录。她说知道绿林苑小区同时有纸质记录和电子记录，让我只要将电子记录篡改了就行，而纸质记录如果有人问起，就说找不到了。当时我并不知道戴教授已经死了，以为他们只是不希望别人知道他们与戴教授的关系。而且这个女人看上去也不像是坏人，邵秘书一直也给人正派的印象。我当时以为这不过是有钱有地位的人之间的小纠葛，我只是做举手之劳的事，就能赚一大笔钱，所以就答应了。”张磊说到这里流露出急切的神情，不像在说谎，“可是后来我才知道，戴教授居然死了！我当时很害怕，想把钱还回去。那女人却说太晚了，大家已经变成同一条绳上的蚂蚱，还要我尽快把原始的登记表交出来。可我当时留了个心眼儿，就骗她那张记录我已经销毁了。她后来也没有再多追究，只是劝我小心点儿，最好自求多福。再后来几天，我心里越想越怕，而且害得奶奶也整天提心吊胆，于是我决定暂时装疯，并且叮嘱奶奶，如果警方查到了我这里，就让她把那个旅行包交给你们，希望你们早一天发现旅行包里的秘密。”

听完这番叙述，苏左点了点头，跟她的预想差不多，只是有一点她没想到，随即问道：“你说那个收买你的女人是那天晚上才找上你的？”

“对啊，就在警方要求绿林苑出具出入证明前。我记得我刚改动了电子记录没多久，小区就出事了。”

“苏队，这么看起来，他们做事如此没有计划，果然不像是早就知道那天戴林钟会出事。”

“的确，他们只有在情急之下才会找蓝美倩来收买证人，而且时间也是在邵毅平发现了戴林钟死亡之后。既然出此下策，就说明他们也没料到戴林钟那天竟然死了，也因为戴林钟的死亡陷入了慌乱。”苏左这样说着，嘴角却渐渐挂起一丝浅笑，“他们越慌乱，或许越能够告诉我们，那件至关重要的东西，还没有落到他们手上。”

“两位警官，其实我也一直在思考，你们说的‘他们’，应该是指邵秘书和董副省长及收买我的那帮人，可是我记得，那天晚上在邵秘书再次进门前，还有一个人去拜访了戴教授，叫什么来着……”张磊挠着头，竭力回忆。

“萧程。”小周懒懒地提醒他。

“对！”张磊眼睛一亮，“现在听你们这样一说，似乎不是邵秘书他们杀了戴教授，那会不会是这个萧程呢？我记得萧程登记的进门时间是 7 点 20 分。不过邵秘书他们事后对我进行收买，可见也与戴教授的死脱不了干系……”

张磊兀自说着，完美没注意到女刑警队长的脸色瞬间变得煞白。

“等等！”苏左向张磊逼近了几步，厉声质问道，“你确定当天萧程是在 7 点 20 分进的大门？而不是 7 点半以后？”

张磊不明白苏左为什么会一下子反应这么大，顿时有些心虚，可他仔细回忆了片刻，又非常肯定地说：“是啊……就是7点20分，事实上可能还要稍早一些呢，因为我们习惯写整数时间。”

“苏队，我们一直以为萧程缺失了20分钟的不在场证明，原来他其实只是缺失了10分钟，可是……可是……”小周面对这一突发状况，也着急地结巴起来。

“可是这10分钟，他却是实实在在跟戴林钟在一起。”苏左冷静地接过他的话，随即闭上双眼，微微颤抖着声音说，“而且还有可能是活着的戴林钟！”

距离戴林钟教授死亡案发生整整35天后，苏左身穿警服，站定在局长室门外。手里的案情汇报和相关材料沉甸甸的，她暗暗运了口气，伸手敲响了房门。

“进来。”任局长如洪钟般的声音在门内响起。

苏左走进局长室，严肃地向上级敬了个礼。

任局长从老花镜的上沿投出目光，随即放下正在阅读的案卷，坐直身躯，将老花镜从鼻梁上缓缓取了下来。

“准备行动了？”

“是！”

“抓谁？”

“中原省委办公室一级秘书邵毅平。”

任局长沉默了几秒，沉声道：“你知道我的规矩，人抓回来，下一站就必须是法院见，绝不能再有被放出去的可能。”

苏左冷静地汇报说：“有人证可以证明邵毅平一伙企图收买及毁灭证据。我们还发现，在郭旻、蒋小夕被劫持一案中，监控视频拍下的作案者与邵毅平十分相似，他还曾出现在‘兹扎’病毒改写实验基地失窃事件的监控录像中，行迹同样十分可疑。技术部对医院和实验室出现的黑衣人的步态分析结果表明，邵毅平有很大的嫌疑。另外，邵毅平之子邵珑珑基因表现异常，怀疑曾经接受过非法基因改写，邵毅平与常年从事此类基因犯罪的天满不孕不育专科医院可能存在某种不为人知的勾结。综上所述，我们有理由认定，邵毅平是一系列犯罪事件的核心人物之一，请求立即拘捕！”

“好吧。”任局长没有再多问。

苏左脸上的严肃神情没消失，再次立正，又像模像样地敬了个礼。

任局长叹了口气，将坐在椅子里的身躯接着挺了挺，“还有什么？接着说吧。”

苏左毫不迟疑，大声说道：“我请求将有关现任副省长董明申收受雅贿的一系列材料证据递交检察机关！”

任局长这回皱了皱眉，轻声问：“这方面的证据你们掌握了多少？”

苏左明白领导的顾虑，回答道：“我们发现了一名有可能协助董明申将雅贿得来的古董进行套现的可疑人员，同时我们有董明申出入古玩市场的跟踪记录。”

“这恐怕不够。”任局长摇了摇头。

苏左着急地补充道：“邵毅平是董明申的贴身秘书，我们查出在戴林钟死亡当天，邵毅平陪同董明申到访过戴林钟家，并涉嫌将其打伤。现在只要先控制住邵毅平，或许就能问出更多董明申涉案的信息，到时候不怕抓不到他的罪证！”

任局长沉吟了片刻，还是摇着头说：“不够稳妥。这种人通常比我们想象得要狡猾，如果证据不足，让他侥幸翻盘，再想要拿到证据，就很难了。”

没想到，苏左突然话锋一转：“其实这一次，我要的就是打草惊蛇。”

任局长饶有兴趣地望着她“哦？”了一声。

苏左解释道：“我们一旦动了邵毅平，董明申必定惊慌，而我们前期的保密工作做得很好，直到现在对方也不知道我们已经查到了天满医院这条线，所以董明申虽然慌乱，却会心存侥幸，一定会去寻求同盟者的帮助。而我希望看到的，是他带领我们找到他的背后金主。”

“背后金主？”

苏左点点头，“其实我对这个人是谁已经有了一定把握，只是这个人才真正狡猾。到目前为止，不仅没有任何线索或证据直接指向他参与了一系列犯罪事件，甚至连他平日里人在哪里，我们都还没能掌握。我们已经查到董明申与他接触会前往西郊一带，原本以为查一下那里的别墅区就能有所收获，结果并没有发现任何一处别墅产权属于这个人或这个人旗下的企业。所以我怀疑他在西郊一定有一处极为隐秘的居所，这个地方几乎不为外人所知。”

任局长认同了苏左的方案，指示道：“如果幕后还有这样一条大鱼，那绝对不能让他漏网。董明申这边，先把你手头现有的材料备齐，你刚才说的那个涉嫌帮董明申销赃的人，一定要严密监视和保护好。董明申落网后，他将是最关键的证人。我找个机会先把董明申的问题向检察院那边信得过的人透露一下，让他们做好随时接手的准备。”

苏左觉得任局长的安排正合心意，干脆地领命道：“好的。”

可是任局长还有顾虑，沉吟了片刻，接着说道：“这个案子比较复杂，涉嫌谋杀、基因犯罪、行贿受贿好几个方面，你们现在能查到这一步，着实不容易。可是依我看，基因犯罪目前立法漏洞很大，怎样算犯罪？怎样量刑？都还无法给出明确的定论。而官员的经济腐败，终归是检察机构的职责，所以就像我之前嘱咐过你的，在整个事件里，我们唯一需要做好的，还是戴林钟死亡一案的调查。”

苏左噘着嘴，可又心知任局长言之有理，无法反驳。

“之前不是抓了个嫌疑人，闹的动静很大，好像是戴林钟家的保姆？”

“对，她叫田丽梅，从半年前开始在戴林钟家担任小时工。据田丽梅交代，戴林钟所中的砒霜之毒正是她自己提炼的，她有化工专业背景，而且我们也在她的出租屋内找到了提炼砒霜所用的器具。可是她对是否给戴林钟下毒缄口不言，在审讯时有所隐瞒，不肯将她知道的全部事实都交代出来。”

“还有这种事？”任局长瞪起眼睛，“那么你觉得她的作案嫌疑究竟有多大？”

“我认为戴林钟所中的砒霜毒的确出自田丽梅之手，但毒不一定是她下的，而且她一定知道什么特别重要的事情，只是现在她还不愿意说。”

“这又是为什么？”

“因为她女儿。她女儿罹患了一种非常罕见的基因变异疾病，她希望有人帮她女儿治病。不过我认为田丽梅一定会说出她知道的一切，通过接触，我感觉她是个识大体的人。所以，我决定等。”

“等什么？”任局长被苏左说得更加疑惑。

“等萧程。”苏左定住目光，十分笃定地说，“等萧程还给她一个健康的女儿。”

任局长在座椅里运了运气，意味深长地说：“你还是相信萧程？年轻人相互欣赏是很正常的事情，但千万不能因为个人情感因素影响破案，这个底线，我相信你能把握得住。如果两个人真的投缘，等事情水落石出之后，有的是时间慢慢接触和了解。”

苏左动了动嘴角，毅然说道：“我明白。”

任局长看了看属下，决定不再就此多言，接着问道：“既然这样，你打算怎么拘捕邵毅平？”

“明天邵毅平会接邵珑珑出院回家，萧程和我约定好了，将一起前去探望。我觉得这是一个抓捕邵毅平的好时机。”看她的样子，俨然已蓄势待发。

任局长再一次坐直身躯，用充满威严和鼓励的口吻对苏左说：“好，就按你的计划，明天开始收网吧！”

邵毅平居住的小区十分规整，苏左只简单步行了一周，便已对各种进出路线和在抓捕过程中可能存在的隐患了然于心。其实对付邵毅平这样文质彬彬的知识分子，苏左相信自己一个人就足够了。更何况邵珑珑刚刚出院，虽然这个孩子比一般的孩子要机敏和懂事，但她还是希望能够不在邵珑珑面前逮捕他的父亲。所以苏左特意安排小周和其他警员不要露面，而是悄悄分布在小区周边，自己只身一人去会邵毅平。

苏左站定在灰白色的住宅楼下，抬头迎着微微刺眼的初冬暖阳，下意识地挺直了脊背，只感觉腰间沉甸甸的。今天的行动，事先严格对萧程和杨海璐进行了保密。她不想去考验信任，这本就是一个是非观、价值观人皆不同的世界。如果赤裸裸地将一个抉择的路口设置在他人眼前，无异于在对方的心灵上挂了一把沉重的枷锁，因为无论怎样选，都难以心安，太多人甚至在做出选择的下一秒就后悔了，以至于终生迷失在自责和悔恨的泥沼中。

况且现在，萧程身上还有未解开的谜团。

萧程准时出现在小区入口处。他一眼便见到已站在单元门前的苏左，径直朝苏左走来。

见他走近，苏左才注意到，萧程整个人显得十分疲惫，两腮和下巴上也冒起了细小的胡楂儿，眼白上布满了红血丝，可精神却意外地好。

“告诉你一个好消息！”没有丝毫客套的问候，萧程一开口便兴奋地说。阳光从身后照亮了他的发尖，使他整张脸看起来又暖又朦胧，“田静的基因突变已经控制住了。”

“你把她治好了？”苏左心下一动。这的确是个绝好的消息，特别是在这一时间点。

“也不能这样说。”萧程稍稍迟疑了一下，“我们只是暂时改写了她的部分突变基因，让她不像从前那样容易发病，但我想她上大学的梦想，这回一定可以实现了。”

“这对她们母女来说，就已经足够了。”苏左重重呼出一口气，心里轻松了一点儿。

萧程看着苏左释怀的样子，不禁被感染，温柔地伸出一只手帮苏左将散落在面颊旁边的一缕碎发挽到耳后，笑着责怪道：“你怎么总是这个大大咧咧的样子？头发要不就好好梳起来，要不就全部散下来，现在这个样子总是让我忍不住想要帮你把它们‘归位’放好。”

苏左无奈地将脸转向一侧，脸上掩不住笑意，嘴里却小声嘟囔了一句：“有强迫症的怪胎。”

萧程对这个评价满不在意，转而问道：“喂，上次送你的那个礼物，你其实很喜欢吧？”

苏左一时没能明白萧程指的是什么，“那只青蛙？”

萧程摆摆手，纠正道：“那个荧光水母夜灯。”

“被陈欣欣抢走了呀！”苏左没好气地反驳起来。

“你其实很喜欢吧？”没想到，萧程穷追不舍地问了一遍同样的问题，好像这个答案对他来说有什么特别的意义。

苏左有点儿难为情，但还是含含糊糊地“嗯”了一声。

“很好，我知道了。”萧程托着下巴，格外认真地回答。

苏左只觉得有点儿莫名其妙，但看着萧程一副难以释怀的样子，心想“这个家伙不会是想要再做一个一样的东西给我吧？”，随即涌上一股既温暖又悲凉的感觉。

他还不知道今天我来做什么。

“你……”沉默了片刻，萧程似乎发现了苏左的异样，用关切和狐疑的目光注视着她，问道，“今天带着枪？”

苏左一愣，看到萧程正手指着自己腰间。

“啊……”苏左一向不擅长说谎，况且面对萧程锐利的目光，她更加紧张，但还是硬着头皮说，“今天临时有个任务，需要配枪。”其实这也不算说谎，只是任务不是临时的。

萧程看起来并没有释然，而是默默地收紧了眼角。

“你为什么这么疲惫的样子？昨天没有休息好吗？”苏左故意岔开话题。

萧程摆了摆手说：“是根本就没有休息。”他的语气既感受不到兴奋，也感受不到低落，“我想要尽快将‘兹扎’病毒改写的核心技术难题攻克，只要这部分改写完成，后续制作成疫苗的工作，就不一定由我亲自来做了。”

萧程说完这句话，淡淡地笑了笑。

“不一定由我亲自来做”，苏左听到这句话心里一紧。他是什么意思？

“案子没了结之前，你哪儿都不许去。”苏左听见自己生硬地说了这样一句。虽然像在命令对方，其实流露出一种不安。

萧程闻言愣了一下，他回望着苏左，眼神里掺杂着一些难以捉摸的复杂情绪。但很快，他露出一个温和的笑容。

“我们上去吧。”萧程接着说了一句，便迈开脚步。他走起路来依然背脊笔直，苏左无声地跟在他身后，不知为何，内心一下子感觉空空的，竟有点儿想哭。

不出所料，来开门迎接他们的是杨海璐。

“快请进。”她俨然一副女主人的姿态，笑着将二人请进屋内。

苏左第一时间环顾了一下室内，一目了然的一套三居室，布置简单整洁。

“邵秘书呢？”她故作轻松的口吻确认道。

“他……他出去了。”杨海璐背着身回答，随后又补充了一句，“好像是省委有急事。”

“什么时候走的？”苏左下意识地扫了一眼墙上的挂钟。

“大概一个小时之前。”杨海璐说话时始终没有转身，手里拿着茶叶罐，却并没有在沏茶。

苏左知道今天邵珑珑出院回到家应该大约在一个小时前，所以有意现在才来家中探望，也是希望能够留给邵毅平和邵珑珑安顿的时间，而警员在邵毅平家楼下的布控也只是提前半小时进行的。谁也没想到，邵毅平竟然是一回到家，就又出去了。

“那他什么时候能回来？”苏左追问起来。

杨海璐这次终于缓缓回过了头，表情漠然地回答：“不知道。”

苏左突然涌上一股奇怪的感觉，可杨海璐下一秒便转开了视线。一旁的萧程仿佛也注意到了什么，望着杨海璐的眼神中满是不解。

“萧叔叔，苏阿姨，你们好。”这时，从卧室的方向传来邵珑珑问候的声音。

邵珑珑坐在轮椅里，只有四肢上还缠着层层纱布，手腕和手指看起来已可以活动，脸上挂着天真烂漫的笑容。

苏左和萧程随即也微笑着走到他的房间，关心着他的身体情况。

“阿姨，听说你是刑警？太帅了！”说话间，从邵珑珑的房间里冒出一个笑嘻嘻的男孩儿，眨着一双大眼睛冲苏左兴奋地说。

男孩儿皮肤黑亮黑亮的，一看就是热爱户外活动的孩子，身形也比邵珑珑健壮许多，都已经是冬天了，还只穿着一条运动短裤，脚上蹬着双只有在草地上跑步时才会穿的运动鞋。

“他是我的同学，叫孙博。”邵珑珑笑着介绍道。

孙博满脸崇拜地望着苏左，伸出一只胳膊，使劲儿捏出肌肉问道：“阿姨，我以后也想当警察，你看我行吗？”

“哈哈，”苏左在孙博的胳膊上用力拍了拍，笑道，“一定没问题！”

“他可是我们全校体育最棒的学生！”邵珑珑适时在旁边笑着帮腔。

“你说得太夸张啦。”孙博假装责怪邵珑珑，实际脸上洋溢着得意，也不忘替邵珑珑吹嘘道，“你才是天才学霸，每次数学考试都拿满分。”

没想到，邵珑珑话锋一转，突然道：“还是你厉害，上次你到医院看我，不是从窗户爬上来的？”

孙博不好意思地挠着头，见苏左和萧程疑惑地望着自己，只好“嘿嘿嘿”地笑着解释道：“那次不是探视时间啦，护士姐姐不让进，所以只好爬窗户喽。”

“当时吓我一跳，还以为是蜘蛛侠呢！”邵珑珑表面上打趣，目光却落在苏左和萧程脸上，像讲解一样说道，“你们应该也注意到了吧，我的病房在二楼，是走廊尽头的一个房间，病房的窗户外就是医院的围墙。如果是像我这样身高的小孩儿想要从窗户爬进爬出恐怕很费劲，但是以孙博的身手就完全不是问题了。我想成年人，应该更没有问题。”

成年人？难道他是在暗指谁吗？

听了邵珑珑的话，苏左的笑容僵在嘴角，迅速和萧程对视了一眼，发现萧程也正用饶有深意的目光回望着自己，两个人显然想到了一起。

“病房外墙附近有没有摄像头？”苏左突然转向孙博问起来。

“好像没有。”孙博回忆着说，随即懊恼道，“不过后来我从走廊出去的时候还是被护士姐姐逮到训了一顿，还不如等到天黑之后再从窗户爬下去，那样只要动作够快，就肯定不会被人看到了，真正来无影去无踪，那多帅！唉……”他说着还摇了摇头，像是极度后悔。

邵珑珑则迎合着他干笑了两声。

而此刻苏左和萧程心中都在思考着同一个问题：如果邵珑珑苏醒当天，邵毅平按照这样的步骤如法炮制，那么就可以在护士看见自己进入邵珑珑病房后，神不知鬼不觉地从病房消失，去改写库偷取实验数据，之后再从窗户爬回病房，制造完美的不在场证明。邵毅平正值壮年，而且他也自夸过保持着坚持锻炼身体的好习惯，攀爬二楼对他来说应该不在话下。

那一晚，在邵珑珑的病房里究竟是否发生了这一幕，之前无人能够证明，似乎只有邵毅平自己才知道。可是……如果邵珑珑当时是清醒的呢？苏左之前并不是没有这样的设想，可是一来她认为邵珑珑早醒的可能性太小，二来就当天改写库失窃事件的结果来看，邵毅平并未得手，就算坐实了他的不在场证明是假的，用处也不大。因为其实所有人都已经可以肯定，那个黑影就是邵毅平。

不过此刻令苏左暗暗心惊的是，为什么总觉得邵珑珑像是故意提起这些的呢？虽然知道不能把邵珑珑当成普通孩子看待，但这个孩子的心思之细之深，还是大大出乎意料。

这时邵珑珑却跟个没事儿人一般指着桌子上的一叠书本说：“孙博，这些作业我下周就能写完，到时还得麻烦你来我家取，再带到学校去帮我交给老师。”

“那有什么问题，只要下次的作业你让我打打小抄就行！”孙博满口答应，随后看了眼表，潇洒地说，“珑珑，我先走啦，跟人约了一场足球赛，我踢左前锋呢，拜拜。”

“嗯，再见。”珑珑应了一下，目送着同学矫健的身影走出屋外，眼中难掩深深的羡慕。

苏左这会儿才有机会留意，邵珑珑的房间里贴满了体育明星的海报。可珑珑是不能参加任何体育活动的，这个房间里的体育海报越多，越说明这个孩子心中对体育活动的向往。她不禁涌上一阵心酸，向邵珑珑多看了两眼。

作为一个拥有特殊能力和体质的孩子，他是快乐还是苦恼呢？或许没有人能真正体会到邵珑珑的心境吧。苏左突然冒出这样的想法。

“珑珑，阿姨有件事一直想再次向你求证，你上次说在戴爷爷的书房里闻到过福尔马林的味道，还记得吗？”过了一会儿，苏左注视着珑珑的眼睛，一字一顿地问，“你能肯定那是福尔马林，而不是其他液体的味道吗？”

萧程在旁边目睹着这一切，嘴唇微微动了一动。

珑珑却立刻回答道：“是的，我确定是福尔马林，那种味道很刺鼻，不过我闻到时味道已经很淡了，只是我比较敏感才察觉到了。”

“那你当时还有没有注意到别的什么不同寻常的事情呢？”苏左继续追问并引导道，“比如说地上有没有玻璃碎片或者水迹？”

珑珑很认真地回想了片刻，缓缓摇了摇头。

苏左冲着珑珑笑了一下，安慰道：“没关系，你已经帮助我们很多了。”

“嗯。”珑珑也笑着点了下头，随即转向萧程，“萧叔叔，正好你在，我现在在自学生物学方面的课程，有样东西想拿来给你看一下。”

说着，珑珑从自己的书桌上拿出一个画本翻开来，里面每一页都画着各种不同的物体，看起来全部跟数理化相关，许多都像是设计草图。珑珑翻到其中一页，指着说：“就是这个……”

萧程注视着那张图纸，交握在胸前的双手不经意间产生了微小的颤抖。

苏左盯着画面上那个类似于漏斗形状的器皿，瞬间睁大了双眼，“这是？”

“这是我设想中培养受精卵细胞的容器，也可以算作一种胚胎培养器，功能与试管婴儿的培养器类似，但这种用来培养基因被改写过的受精卵更加适合。”

苏左无声地轻捂住嘴巴。设计图上的容器造型精巧，甚至有一种无法言喻的美感，大小也与苏左设想中的差不多，刚好可以装在实验专用的小金属箱中，普通的背包更是绝对可以装下。难道眼前这幅图里的容器就是她一直在苦苦追寻的答案吗？

萧程的双臂在胸前又握紧了一些，过了好半天才缓缓地问道：“珑珑，你研究这些做什么？”

珑珑放空目光，脸上的表情平静得可怕。“我只是想知道自己是怎样被创造出来的。”

萧程此时冷静下来，沉声问道：“你知道你爸爸对你做了什么？”

珑珑无声地点了点头。

苏左悄悄在旁边侧过头去，萧程则一时无言以对。

“苏阿姨，我爸爸不会回来了。”突然，珑珑的声音再次响起，这一回铿锵有力。

“什么？”苏左本能地回应道。

珑珑毫不回避地凝视着苏左的眼睛，肯定地说：“爸爸他，跑了。”

珑珑的话音刚落，只听房门处传来“咣当”一声，苏左和萧程迅速回过头，惊讶地看到杨海璐手中的托盘应声落地，她正呆呆地站在房门外，平日里沉稳干练的身姿此刻仿佛萎缩了一大圈，脸上已是泪流满面。

第二十三章 信仰

邵毅平潜逃，使这一次的抓捕行动被临时打乱，苏左措手不及。她立刻着手部署新的行动方案。

首先，杨海璐需要带回警队详细问询。她的一系列反常表现已充分说明，邵毅平闻风潜逃，一定是从她这里获知了警方的调查讯息。不过偏偏在即将收网的时候发生这样的事，究竟是巧合还是有更深层次的原因，则需要进一步了解。

其次，调取邵毅平家周边所有路口的监控视频，看他的车开向哪里，重点是西郊方向。苏左认为邵毅平或许是预感到了今天苏左到他家中，不仅仅是单纯的探望，所以才会突然逃跑。既然是临时决定的，那么他一定没有计划，最可能的去处就是他们经常秘密会面的西郊别墅，然后再做下一步打算。可是到目前为止，警方仍没能掌握这处别墅的具体位置。它就像一个黑洞，隐藏在最阴暗、最深远的角落，却蕴藏着巨大的能量，是一切罪恶的源头。

最后，既然邵毅平逃跑了，董明申一定也已惊醒，与其留给他时间去销毁自己涉案的证据，不如先主动出击，把他控制住。但苏左担心哪怕即刻申请抓捕董明申，也为时已晚。她有种预感，他们可能低估了董明申的狡猾程度。

果然，坏消息很快便接连传来。

小周从交警队拿回了路面监控的调查记录。“苏队，不出我们所料，邵毅平的确是向西郊方向逃逸的。他家门口的监控和前往西郊主干道上的四段路面监控都拍下了他驾车经过的画面，时间也与我们估算的相吻合。不过……”小周说到这里顿了顿，似乎很恼火，“没想到他平日里一个坐办公室的秘书，具备这么强的反侦查能力。他居然跑到半道儿换了车。”

“换车？”苏左听到这里也有些惊讶。

“估计是他中途意识到我们可以通过路面监控追踪到他的目的地，所以在第四段监控拍下他驾车经过的画面后，他的车就从监控里消失了。我们在接下来他可能经过的监控画面里都没能再看到他的车经过，所以唯一的解释就是，他在第四段监控和第五段监控之间更换了车辆。目的就是为了摆脱我们的追踪。”

苏左点点头，也皱眉道：“这的确不难做到，只要他的同伙再开一辆车中途接上他就行了，可我们对这辆凭空冒出的车完全没有线索，根本无从查起。”

这时小周的电话响起，他接听后说了几句，随即叹着气对苏左说：“交警队那边的兄弟说在石翠路和军庄路之间的路段上发现了邵毅平的车。那段路一侧临山，路上没有监控，平时人烟稀少，发现时车里是空的。”

“居然就让他这么金蝉脱壳了！”苏左握着拳头，感觉相当窝火。

当务之急就是尽快锁定秘密别墅的位置，赶在邵毅平一伙反应过来之前，警方也许还能扭转事态。可目前不仅抓捕邵毅平出师不捷，连顺着邵毅平这条线揪出别墅所在地的希望也落空了。

“苏队，还有更糟的情况……”小周垂头丧气地接着说，“刘金山那边也出了岔子。”

“刘金山？那个给董明申销赃的古董商？”

“是。而且我们的兄弟赶到董明申家时，发现他也已经不在了。”

“董明申也跑了？！”苏左的声音瞬间提高了八度。

小周苦着脸，很勉强地点了点头。

“他是怎么跑的？”

“具体的还不知道，但很可能是被刘金山接走了。”

苏左厉声问道：“不是派了人一直盯着刘金山的吗？”

“我们之前都大意了，还一厢情愿地想要保护刘金山的安全，却忽略了他当过兵的事，实际上他身手特别好，很轻易就把我们两个兄弟打伤，然后跑了。照时间推算，应该是刘金山先打伤了我们的人，然后接上董明申一起逃跑。而且他们根本没开自己的车，我怀疑刘金山劫持了一辆车，估计是怕我们顺着监控查出他们逃跑的目的地。”

“什么？！”苏左竖起眉毛，这一情况真正大大出乎了她的意料。出现了“袭警”和“劫车”，事件陡然上升到了恶性犯罪的程度。

苏左万万没有料到，这一次警方的突然出动，竟会将歹徒逼至穷凶极恶的程度。可她冷静下来细细一想，之前的保密工作一直天衣无缝，对方甚至连他们查到了天满医院都不知情，况且警方手中并没有太多实质性的罪证，这伙人从事非法活动多年，势力盘根错节、根基极深，不应该如此轻易就走极端。突然，苏左想到了另一种可能——莫非，是这伙人内部因为什么事情出现了裂痕，自成危机？这样就不难解释为什么董明申也会闻风而逃了。

随后小周的一句话更令她震惊：“被打伤的兄弟说，刘金山手里有枪！”

夜，每一次，这里都被如水的夜色包围。

黑暗再怎样深不见底，也终究深不过人心里的贪婪。

“爸爸，不能答应他！”邵毅平用尽全力发出一声呐喊，此时他双手被反扣在身后，面朝下被压倒在沙发上，后脑处顶着一把黑黢黢的手枪。

刘金山的身材可以用魁梧来形容，这人头发上抹着一层厚厚的发蜡，脸上和手臂上的肌肉都紧绷出冷硬的线条。“老实点儿！”他不客气地又扳了扳邵毅平的肩膀，粗鲁地喝道。

董明申悠然地摸着下巴，站在整间起居室的中央，脸上收起了平日里那副拘谨讨好的假笑，显出几分震慑他人的气势。

“大家少安毋躁，这是何必呢？”一个穿着褐色中式开衫的微胖身躯“腾”一下从沙发上站起，为双方打着圆场。

董明申向他投来不屑的目光，撇了下嘴角，“欧阳教授，老家伙把那件东西给了你，你最终选择跟我们合作，不就是也想要分一杯羹吗？对此我没意见，谁让东西在你手里。而且上次‘兹扎’疫苗的事你出了大力，我们也趁机捞了不少。可是现在的情况你看见了，不是我随便翻脸，而是有人要过河拆桥，我不来点儿狠的，恐怕迟早会被踢出局的！”

欧阳书被他吼得哑哑嘴，一只眼睛使劲儿向另一端的沙发上瞄了几眼，嘴里说：“哎呀，郑老板也没说要散伙儿啊，只是想再考虑一下。”

客厅的主沙发上正不动声色地端坐着一名老者，正是这栋别墅的主人，欧阳书口中的“郑老板”。他身材精瘦，发色雪白，一双鹰眼隐藏在两颊深深的皱纹之下，射出两道刺骨的视线。只听他沉着嗓音说：“董明申，真没想到我小心谨慎，自信这栋别墅不会被外人侵入和发现，却唯独算漏了你。看来长久以来，都是我小瞧了你。”

董明申从鼻子里“哼”了一声，斜视着别墅主人，以一种豁出去的口吻说：“郑老板，你别忘了，兔子急了还咬人呢！况且我董明申堂堂副省长，这么多年对你唯命是从，我图什么你比谁都心知肚明。大家若是可以好好合作，我就敬你好歹年长我几岁，可是如果合作不下去，我反正早就没有退路可走，呵呵，就别怪董某人不客气了！”

别墅主人冷冷地注视着董明申，脸色辨不出阴晴，只是十分难看。他虽然不言不语，却不怒自威，使周围的空气都仿佛凝滞下来。

董明申看到他这副样子也有些心虚，语气稍显缓和地追问道：“郑老板，本来一切说得好好的，我是真搞不懂，你怎么突然就变卦了呢？”

欧阳书来回观察着对峙的双方，也适时小心地插话道：“是啊，郑老板，这东西我也不能拿太久，我也急着脱手，那边既然是早就说定了的交易，没理由现在放弃啊。”

别墅主人继续沉默了片刻，终于冷声道：“如果我告诉你们，我恐惧了，想来你们是根本无法理解的。”

董明申闻言先是一怔，随即干瘪地大笑起来：“哈哈哈，郑老板你可真会开玩笑，在你们商人眼里，金钱和商机不是应该轻易就能战胜一切吗？”

别墅主人鄙夷地掸了掸裤脚上沾着的雪茄烟灰，“我不像你，其实我早已经不在乎那些身外之物。”

“你说什么？！”董明申恼羞成怒，瞪着眼不满地大喝起来。

“董明申，贪婪让你变得无畏。这也是我从前选择你作为合作伙伴的原因。”别墅主人丝毫没有退却，轻描淡写地说，“我承认，作为一名商人，我理应无利不起早。事实上几天前我还与你有着共同的目标和欲望，如果我们成功了，这也将成为我商业版图中最具野心和实力的一个成果，说不定全世界人民都会记住我、感谢我。可是，你却一直忽略了我做这一切的初衷，你甚至从来都不了解这份初衷是什么，我却不曾有一天放弃过对这份初衷的追求。而更不幸的是，此时此刻的我已经彻底改变了想法。”

董明申恶狠狠地道：“你莫名其妙地说什么屁话？”

别墅主人深深呼出一口气，凝住视线，“因为我最近知道了一些事，也想通了一些事。”说完他向邵毅平缓缓转过头，眼神中布满复杂的情感。

“爸爸……”邵毅平与他对视了几秒，顷刻间双目通红，再次喊道，“当初是我不该……全是因为我放不下小涵……”

见邵毅平不住挣扎，刘金山不耐烦地把枪又往他的脑袋上顶了顶，厉声喝道：“再废话信不信我一枪崩了你？！”

别墅主人见此情形，终于有些坐不住了，冲董明申说道：“董明申，大家合作了这么多年，毅平也始终为你鞍前马后，真的有必要这样吗？”

董明申不甘示弱地嚷道：“郑老板，你真是说得比唱得还好听。你也知道大家合作了这么多年，可你拍拍良心，这么多年，所有和交易相关的信息你向我们透露过一丁点儿吗？只有你掌握着对方的联络线，不然我干吗在这儿跟你多费口舌？！我们筹谋了这么久，现在成果就在这个小箱子里，只要把它拿给美国人，后半生就可以安安稳稳坐在家里数钞票，你却偏偏这个时候说你恐惧？你当我是三岁小孩儿那么好骗吗？”

别墅主人无奈地摇了摇头，正色道：“董明申，就算我们不跟美国人合作，我依然可以保证你和你全家后半生都在国外衣食无忧，安逸度日，怎么样？况且这些年，我给你的好处一直不少。”

“你果然还当我是三岁小孩儿啊。”董明申邪笑道，“你以为我只是为了那几个破瓶子烂碗的钱吗？再说你的钱就用不完吗？要是哪天你公司倒闭了，也要我全家老小跟着你喝西北风吗？你别以为我不清楚这个东西的价值，它根本就是一棵摇钱树。你跟美国人的合作绝不会是一锤子买卖那么简单，这棵摇钱树说不定够我们几代人吃香的喝辣的，别以为我不知道‘兹扎’的事你拿了多少好处，结果你还不是一个破瓶子就把我打发了？！这次你甭想再甩开我，告诉你，做梦！我早就想好了，这次的交易，我必须亲自参与！”

说着，他再次望向别墅主人和欧阳书，摆出一副破釜沉舟的气势，“你们一个有的是钱，一个手里有东西，当然不怕。可我踏上这条路，早就没有别的好想，眼里只有钱。现在既然事情已经败露，我自然要安排好我和我全家的后半辈子。我劝你们最好认清楚形势，摆在你们眼前的只有一条路，就是大家合作好这最后一次，各取所需，好聚好散！否则，嘿嘿……”

董明申向刘金山使了个眼色，刘金山立刻会意，二话不说朝着邵毅平的大腿就开了一枪。

“啊——”邵毅平随即发出一声惨叫，但他很快咬咬牙，两眼直勾勾地瞪视着董明申，仿佛要喷出火来，“董明申，真没想到你竟然贪婪至此。”

“你给我闭嘴！”董明申厉声喝道，“一切还不是因为你，当初要不是你把这桩生意介绍给我，我能有今天？！”

“那个东西是魔鬼，我现在终于看清了。它不但能让拥有它的人丧失理智，还能让无数梦想得到它的人陷入疯狂。”别墅主人心疼地望着半跪在地上露出痛苦表情的邵毅平，竟好像一下子苍老了十岁，他痛苦地面对着窗外的一片虚无，像是在与幽灵对话般说道："对不起，我终究还是做不到……不应该是我们，我们没有权力把它带到这个世界上！"

可是董明申已然红了眼，别墅主人的举动激怒了他，他一个字也听不进去，他见别墅主人冥顽不灵，便冲着欧阳书说："喂，欧阳教授，你还是清醒的吧？你不会也和郑老板一样，变成缩头乌龟了吧？"

欧阳书被眼前的情景吓得够呛，说起话来直打哆嗦："我现在总算知道老戴为什么会把东西交给我，宁死也不肯让你们拿到了。"

董明申嘲讽地拍着自己一边的脸颊笑道："哈哈，你们有学问的人果然不一样，还真会往自己脸上贴金。可惜啊戴老，临死还看错了人，你最后还不是跟我一样坐在郑老板的别墅里了吗？"

"哎呀，董副省长，这个事儿本来也是你们找上的我嘛……"欧阳书转动着眼珠，好像挺迫不得已，"我本来是打算把东西交给萧程的呀，可我又不甘心就这么成就了他。刚拿到他的实验成果，想着当个砝码，看看能不能从他那里换取些国外的人脉资源，谁想到你们就找上门了。"

"哼，没想到你们搞研究的人，心里的小九九一点儿也不比别人少。你这样的投机主义者，我见多了。"

董明申的视线不屑地从他脸上滑过，最终还是定格在别墅主人身上："郑老板，时间有限，警察早晚会找到这里。我该说的也已经都说了，不想再多费唇舌，你今天必须与美国那边取得联系，告诉他们我们明天就把东西送过去！"

别墅主人阴着脸，嘴唇因为愤怒而微微发紫，却紧闭着一言不发。

董明申渐渐失去了耐心，又一声枪响，这一回邵毅平整个儿身体一下瘫倒在地板上，两条腿都被赫然打上了血淋淋的枪眼儿。

"啊——"

"住手！"别墅主人发出有力的低吼，令所有人都闻之一愣。

董明申立刻眼睛一亮，脸上现出得逞的诡笑。

“爸爸，不要答应他……”邵毅平带着哭腔，强忍着剧痛恳求道，“11 年前我们就错了，我们不能再错下去……”

而别墅主人被打败了般呢喃道：“我老了，已经失去了一双儿女，无法承受再失去你……”

董明申得意地吹了下口哨，眼前这一幕在他看来相当精彩，令人满意。

欧阳书有些不忍地别过脸去，皱着眉厌恶地对董明申说：“我们要走是不是应该抓紧时间？你就真不怕警察找上门来吗？”

刑警队的问询室内只放置着一张简洁的长方形桌子和三把座椅，一把在桌前，两把在桌后。整个房间显得拘谨又空旷，给人一种心理上的压迫感。

苏左拿过问询记录本，轻轻对小周摆了摆手，“你出去吧。”

小周面露难色，因为按规定，不管是问询还是审讯，至少要两名警察在场，一人负责问询，一人记录。但他望了望坐在方桌另一边的人，神情变得复杂和无奈，没有多言，转身走出问询室，并默默带上了房门。

“老实讲，我近来一直在忧虑会不会有一天像现在这样，与你面对面坐在这里。如今这一情景成真，我却彻底轻松了。”说话的是杨海璐。此时的她正坐在桌前，虽然与苏左同样独自占据着桌子的一边，可她却显得孤零零的，仿佛被抛弃在空荡荡的房间中央，整个人看起来也小了一圈，脸上却挂着若有若无的浅笑。

“可我却从来没有这样设想。但我也并不意外。”她说的是实话，预想之外，意料之中，“只是非常惋惜，失去了一个能够在这件事上一起走到最后的朋友。”

说完后她注视着杨海璐的双眼。这双眼睛因为刚刚哭过，此刻有些浑浊发红，可是眼底的自信和坚定始终没有消散。

“你认为我这样做，完全是出于对他的爱吗？”沉默了片刻，杨海璐冷静地开口问。

苏左顿了顿，同样冷静地说："我相信你这样做，一定有你的理由。而且你直到今天才最终做出这样的选择，一定也不是偶然的。"

听了苏左的话，杨海璐低下头，嘴角微微抽动着，看不出是哭还是笑。

"我是直到今天，才知道了一些事情。"过了大约半分钟，杨海璐再次抬起头。

苏左不想打断她，知道她会继续说下去。

"这些事情，也是你一直苦苦追寻的答案。"杨海璐一字一顿地说。她的情绪似乎已经在苏左和萧程发现邵毅平潜逃的那一刻起便宣泄殆尽，如今讲述起来，口吻十分平静和客观。

苏左抓住时机问道："你可不可以先回答我，戴林钟教授也是他们中的一员吧？"

"没错。"杨海璐肯定道，"戴教授和邵毅平是他们当中的核心技术成员。可惜邵毅平没有萧程的天赋，如果戴教授不参与，完成那件东西对于他们来说不过是一份奢望。所以萧程此前的判断非常准确。还记得他曾经质疑对邵珑珑进行基因改写的人不可能是邵毅平吗？其实他心里早就知道，在 11 年前唯一能够做到这件事的人，只可能是他们的导师——戴林钟。"

苏左心中一紧。是啊，当初在田静出现时，她就已经怀疑戴林钟私下进行着秘密的人体基因改写实验。当时她还为此感到震惊，而萧程的反应却不温不火，十分不明朗。现在想来，说不定从戴林钟一死亡，萧程就意识到事件与人体基因改写有关。可他并没有声张，而是希望警方介入，把案件当成一宗普通的命案从头查起，这是为什么？最合理的解释就是，他希望借助警方的信息和力量来挖出什么。

难道萧程早就知道戴林钟的死亡一定能牵出背后隐藏着的更大的罪恶？可是萧程又为什么会知道呢？他在这里面又扮演着怎样的角色呢？

杨海璐似乎洞悉了苏左的苦恼，幽幽地说："怀疑他是一件很折磨人的事情吧？真庆幸我现在解脱了。我的他，如今已经没有什么好让我怀疑的了，只剩遗憾和理解。”她说完目光如炬地望着苏左，眼里闪现出炽烈的光芒。

苏左听出话外之音，追问道：“你是不是早就发现了邵毅平在为他们做事？”

杨海璐点了下头，“还记得郭旻和蒋小夕被劫持的案子吗？其实从第一次在监控录像里看到那个穿着黑色帽衫的劫持者，我就怀疑是他。他的身影我太熟悉了，即使穿着平日里从来不会穿的运动衣，也瞒不过我的眼睛。后来我用我的方式证实了自己的判断。”

“但是那个时候你并没有说出来。”

“我想过要告诉你的，就在改写库失窃的那一天。可是没有证据，即使当时立刻就将我的怀疑告诉你，警方不是一样没有任何办法吗？”杨海璐陷入短暂的焦急，但很快便又冷静了下来，“况且发生了‘兹扎’改写库的失窃事件后，我发现你也开始对他产生了怀疑。当时我心里既紧张又释然，担心你和萧程终有一天会找到证据抓捕他，可是又觉得这样才对，他做了不可原谅的事，就应该受到应有的惩罚。”

“改写库失窃的时候，在监控视频里也发现了穿着黑衣的邵毅平，这你是什么时候知道的？”

“那天晚上，他利用珑珑的病房在医院二楼尽头的便利，为自己制造了假的不在场证明。当天警方来调查时我并不确定这件事是不是与他有关，但后来……是珑珑告诉了我。”

“珑珑果然不是那天半夜才醒来的？”

“没错。他看到了邵毅平进出的全过程，只不过他假装自己还昏迷着，所以邵毅平丝毫没有察觉。”

苏左暗暗抽了一口凉气。邵珑珑这个孩子做事总是这么出人意料，就好像一切他都看得通透，并且洞悉了所有人的行动和想法。

“可是珑珑为什么要这样做？通过跟他交谈，我发现他知道自己是一个基因被改写过的孩子，甚至知道自己不是母亲亲自孕育到这个世界上来的。”苏左难以掩饰自己的不解，“这对于一个 11 岁的孩子来说应该是巨大的刺激，可是珑珑却表现得比成年人还要镇定。况且他是怎么知道这一切的呢？”

杨海璐蹙着眉，对此也捉摸不透，“当初在锁定蓝美倩之前，珑珑好像就意识到是蓝美倩生下了他。我想他在昏迷的过程中实际上意识是清醒的，或许在那期间蓝美倩曾经去探视过他，对他说过什么吧。珑珑的逻辑思维能力那么强，也许通过一点儿蛛丝马迹，就能大致推测出事情的全貌。邵珑珑……的确是一个与众不同的孩子。”杨海璐在说最后这句话时故意加重了语气，并向苏左投来意味深长的目光。

苏左下意识地挺直了脊背，声音里透着明显的迫切和焦急：“你刚才说，你知道了一些事。你是不是知道了那件东西是什么？”

杨海璐无声地一笑，但她远没有苏左那样急切，而是定了定神，缓缓地问：“苏队长，他们花费了十几年的心血，做了那么多在我们看来伤天害理的事，就是为了终有一日得到那件东西，你想没想过究竟是什么样的力量在支撑着他们？”

苏左本想冲口而出“金钱”或“财富”这样的字眼儿，可杨海璐炯炯的目光却令她一瞬间退却了。

不可能这样浅薄和简单。至今为止牵涉到事件之中的人一一从苏左脑海中闪过：田丽梅为了女儿，张磊为了保命，欧阳书为了名誉，如果说董明申是真正的为财者，那么邵毅平和戴林钟能为什么？

“信仰。”沉默了半晌，苏左有力地说出这两个字，她坚信这是唯一的解释。

杨海璐抬了抬眉梢，“什么是他们的信仰呢？”

“科学。”

当这两个字一出口，苏左竟发现自己的语气和萧程格外相似。

有好大一会儿，杨海璐始终半张着嘴巴，最终露出不可思议的笑容，“苏队长，你真的很聪明。这个答案，如果不是从他的嘴里说出来，我或许一辈子也想不到，可你却只思考了一分钟就想到了。”

苏左将身体靠向椅背，淡淡地说：“这也是萧程告诉我的。”

回想这些天以来与萧程经历的事，苏左不得不承认，那个人虽然没有亲口说过，但他的身上总是有一种气息，让人情不自禁地去相信科学。

“我清清楚楚地记得在发现‘兹扎’后的第一次会议上，戴教授曾以毋庸置疑的语气说过‘科学永远走在人类的控制之前’这样一句话。”杨海璐再次开口，仿佛陷入遥远的回忆，“当时他极力反对将基因改写应用到人体上，我还站出来与他对峙，心里暗暗认定他迂腐。现在看来，我对科学的信念和了解是那么幼稚。只有真正把科学当作信仰的人，才会说出这样的话，并且理解这句话的分量。”

“你说的我不太明白……”苏左收回遐思，困惑地望着她。

“我也是直到知道他们做到了，才明白这句话的含义。我们会理所当然地认为，一种新的科学技术既然出现，就应该被广泛应用，造福人类。而且像我这样标榜相信科学的人，还会天真地坚信，只有在应用的过程中，这种技术才能得到不断的发展从而越发完善。”

“这难道有什么不对吗？就像基因剪刀，我相信它的出现可以帮助很多饱受遗传病折磨的患者，甚至治愈他们。只要制度完善，将人体基因改写的使用范围控制得当，这项技术对人类来讲无疑是一种福音。”

“你不是也说了吗，只要‘制度完善’。”杨海璐轻蔑地撇了一下嘴角，“制度就是为了在使用中对极具发展潜力的技术加以控制，可是怎样才算‘完善’地‘控制得当’？你口口声声说的遗传病患者又应该是哪类人群？近视眼算不算遗传病？现在医学家们普遍认为连高血压、糖尿病这些常见病都是存在遗传因素的，那得了这些病的人又可不可以用基因剪刀来治？你会理所当然地认为不行，或许现阶段 90% 以上的人都会认为不行。可如果有一天，随着技术不断发展，利用基因剪刀来治疗那些罕见的遗传病已经到了炉火纯青的地步，甚至连普通医院的外科医生都可以操作时，你是不是就会认为‘拿基因剪刀来治疗近视眼’成为理所当然的事情，也是造福人类？你又有没有想过，总有那么极少数人，永远无视规则，甚至自以为享有凌驾于法律之上的特权，他们会不会想要用金钱或权力来钻法律的空子，尝试把‘基因剪刀’用在自己身上？说不定在他们看来，自己身上会长痦子都是巨大的基因缺陷，应该想方设法治愈。”

苏左艰难地张了张嘴，很想反驳，可怔了半晌，竟发觉自己无言以对。

杨海璐的双眼已恢复神采，敬畏地说：“真正视科学为信仰的人早就预见了科学能够达到的高度，而不信任人为的所谓‘控制’。他们看穿了这两者之间微妙的平衡都不过是暂时的，正是这一点让他们深切地感受到恐惧。因为人心真的深不见底，欲望更是随时会失控。他们恰恰是因为做到了，才更要把一切可能的萌芽扼杀在摇篮里！”

苏左忍不住大声问道：“他们到底做到了什么？”话出口时，她感觉自己的声音都在颤抖。

杨海璐收回视线，定定地望着苏左，一字一顿地说：“他们创造出了‘超完美胚胎’。”

“你是说，他们通过改写受精卵，制造出了一个基因没有任何缺陷的胚胎？”

“不仅如此。”杨海璐似乎早料到苏左一下子无法完全理解，思考了片刻，眼光发亮地解释道，“或许这么说你更容易理解，你看到珑珑了吧？邵珑珑其实是他们创造出的第一个‘超完美胚胎’，但当时他们失败了。可即使是这样，珑珑依然在很多方面表现出了超常的才能。这一点，你甚至比我还深有感触。”

“的确，珑珑敏锐、智商高、记忆力超群、逻辑思维能力强，这些方面都远远超过同龄人。”

“所以相较于‘基因没有缺陷’这种说法，不如说‘超完美胚胎’是在所有基因表现上格外优异。换句话说，‘超完美胚胎’就是一个无可挑剔的超完美人类。他拥有普通人梦寐以求的一切优点。长寿、高智商、不可思议的记忆能力、缜密的逻辑思维能力、最佳的人体机能构造，以及符合绝大多数审美标准的俊美相貌，甚至连他的声音都可能如播音员般动听。他还具备无懈可击的超强免疫系统，任何病毒都将无法入侵，即便是‘兹扎’这样的病毒都对他无能为力。同时在他的生命长度中，每一个细胞的活力都将得到最充分的释放，这也就意味着他终生与疾病无缘，即便有一天他死亡了，也纯粹是一种自然力量的结果，而人类自然的寿命长度，至少有170岁！”

苏左下意识地用双手轻捂住嘴。

而杨海璐接下来道出了更加惊人的事实：“这样的‘超完美胚胎’一旦被创造出来，就意味着通过同样的基因改写，任何一对普通夫妻的受精卵都有可能被改造到如此完美的程度。到那个时候，人类将不再是人类，而是造物主本身！”

苏左沉吟半晌，恍然般说道：“我明白了。所以戴教授改写出的这种‘超完美胚胎’越成功，他就越要竭力阻止基因改写在人体上的广泛应用。哪怕他知道最终什么也阻止不了，但即便只能延长一天，他也觉得是有价值的。他的目的，是想要尽可能地拉长人类演变为造物主的进程。”

“就是这样。现在我才真正理解了戴教授的苦心和他当初的那句话：科学永远走在人类的控制之前。”

苏左沉重地补充道：“就像人类创造了核武器，顷刻间便可将地球的文明毁于一旦，但人类达成共识，小心地约束着彼此，才使这种事情在当今世界不至于发生。所以当科学发展超出了人类所能控制的极限，道德就会成为捍卫这个世界，确保其不会脱轨的最后一道防线。”

杨海璐肯定地点点头，凄然又犀利地质问道：“苏队长，作为警察，你是人类秩序的捍卫者。试问你是不是坚信，规则或者道德在基因改写面前真的靠得住呢？”

苏左仰起头，深深地吸进一口气。她使劲儿甩了甩头，感觉脑仁儿生疼。

这个问题真的有答案吗？谁又有勇气来回答这样一个问题呢？

杨海璐则静静地面对着她，似笑非笑。

片刻之后，苏左回过神来，决定暂时抛开这些深奥的科学和伦理问题，先把眼前紧要的问题搞清楚。她看着杨海璐的眼睛大声问道："你究竟是怎么知道他们做出了'超完美胚胎'的？你又为什么要放跑邵毅平？"

杨海璐摊开双手，平静地坦白道："我听到了邵毅平和蓝美倩的对话。蓝美倩那天偷偷跑到医院来，希望在珑珑出院前再见他一面，刚好碰到了邵毅平。而我当时也正巧到了医院，无意中听到了他们谈话的内容。我从暗处走近，他们一开始并没有看到我。"

苏左沉默地听她叙述，直觉会出现预料中的名字。

果然，杨海璐接着说："我想你也猜到了吧，一直以来为戴林钟教授的实验提供资金支持和向董明申行贿的幕后金主，就是郑氏集团的总裁——郑锦鸿。他是郑诗聪和郑诗涵的亲生父亲。"

苏左缓缓地吞了一下口水。

杨海璐淡然一笑，"你果然猜到了，看起来一点儿也不意外。其实当我知道蓝美倩才是珑珑生理上的母亲后，我就开始怀疑郑锦鸿了。因为能够在财力上支持他们这样做，还和邵毅平及蓝美倩都有着紧密关系的人只有他。郑锦鸿的妻子携带了严重的家族遗传病，一种非常罕见的骨骼畸形病。不幸的是，她将携带了这种遗传病的基因也带给了她的两个孩子。郑诗聪和郑诗涵都在风华正茂的年纪，双双患病去世了，他们的骨骼畸形症甚至比他们的母亲还要早发和致命。"

杨海璐说着轻轻叹息一声。她想起了郑诗涵，那个她曾经没能打败的朋友和情敌。原来竟在那么久以前，就早已失去了再次一较高下的机会，也使她注定成为一生的失败者。

"郑诗聪当年创办天满不孕不育专科医院，率先在中国推行试管婴儿，除了帮助先天难以自然受孕的夫妻能够怀孕，最重要的目标就是为了让那些罹患遗传疾病的夫妻能够有机会挑选健康的胚胎来孕育，不再生出饱受病痛折磨的孩子。"杨海璐突然话锋一转，"可是这还远远不够。"

震惊。

“邵毅平要见到郑锦鸿，一定会去郑锦鸿一直隐居的西郊别墅，你到底知不知道他们的别墅在哪里？”

“别墅？我……我真的不知道……”杨海璐焦急万分，声音里已带着哭腔。

就在这时，小周冲进来说道：“苏队，萧程把田静带来了，田丽梅见到女儿之后，就让我把这个交给你。”

苏左立刻从小周手里接过田丽梅转交来的东西。她微微惊讶，因为那东西看起来是一团卷在一起的硬布。

小周观察着被扯开了边角的布团，突然欣喜地惊呼起来：“这……这是西郊别墅的地图！”

第二十四章 追捕

晚了一步。

夜空下的别墅一片死寂，静静地盘踞在山坳中，仿若一座坟墓。

苏左不甘地握紧双拳，直到身后小周的声音响起，她才发觉手心已被陷进肉里的指甲抠得生疼。

“苏队，从现场的情形初步判断，董明申和刘金山应该是自大门进入，看起来刚进入的时候，他们和别墅里原有的人员还没有发生冲突。但没过多久，刘金山便突然持枪袭击，一口气打死了别墅管家和三名保安，并挟持了邵毅平。”小周一边说，一边在别墅内比画演示，他走到沙发边，那里还残留着一摊殷红的人血，“应该就是这个位置。邵毅平被按倒在沙发上，双腿呈跪姿。他们之间一定是出现了内讧，谈了没一会儿，邵毅平的左腿就中了第一枪，造成了这里的血迹。之后邵毅平进行了一定程度的反抗，使得这里出现了大面积的擦蹭痕迹，大约几分钟后邵毅平右腿中了第二枪，于是他整个身体趴倒在地面上，最终晕了过去。”

苏左环顾了一下室内，看到法医和技术鉴证人员正在忙碌地往外搬运尸体和进行现场取证。

“现场只有邵毅平一个伤者？”

“嗯。其他人都是当场就死亡了。”小周沉重地点点头，然后指了指大门的方向，“外面树林里还发现了一具尸体，死亡时间比现场受害者要早，已经证实了是个与案件无关的人员。我们有理由推测董明申和刘金山就是挟持了他的车来到这里的，应该是一抢到车就把他杀害了。”

“车呢？”

“他们又开走了，所以临走前把尸体扔在了外面。”

“尽快确认受害人身份，查车牌号码。”苏左果断地下着指令，随即喃喃自语道，“警方很快便能查到被抢的车牌号，这一点他们应该可以想到。但他们依然开着这辆车潜逃，说明他们有一个短时间内就可以抵达的目的地，不担心我们会追车阻截。”

“这里离机场不远。杨海璐不是听邵毅平说过，那个幕后的大买家在境外吗？”小周最先反应过来，大声喊道。

“糟糕！对董明申的调查申请检察院那边还没回复，恐怕并没有限制他出境。”苏左立刻意识到了什么，“快派人到机场去追！”

“苏队，恐怕来不及了。”小周担忧地看了眼表。

据刚才法医老沈在现场给出的初步结论，枪击发生的时间距现在至少已经过去了两个半小时。

“追不上就查出入境记录！”苏左咬着牙，狠声说，“一定要知道他们往哪儿逃了，大不了我们到国外去追！”

这时，从地下室的方向急匆匆地跑上来一名警员，他一见到苏左立刻说：“苏队，你快到地下室看看，有重大发现！”

还没等苏左一行走进地下室，就从幽暗的地下走廊深处传来一个年轻女孩儿急切的声音：“是这里！就是这里……”

一旁的警员马上汇报道：“是田静带我们发现的。”

见到苏左，披着一头长发的田静立刻跑到她身前。她看起来比之前第一次见面时要自然大方了许多，一双乌黑透亮的大眼睛闪烁着自信的光芒。

“苏姐姐，这里我来过！虽然每一次来都被蒙着眼睛，但我感觉得到，就是这里不会错！”

苏左轻轻拍了拍她的肩膀，表示相信她的话。之后猛然发现萧程正默默站在不远的后方，无声地注视着面前从阴暗角落里透出的一点微光。

循着他的视线，苏左看到那里开启着一扇隐蔽的黑色大门，而门内的景象才真正让人震惊，完全就像是另外一个世界。

苏左脑海霎时间冒出一个念头：找到了，戴林钟的秘密实验室！

整个实验室好像是一间被置于真空中的屋子，一切都是透明的。实验台是用坚硬而透明的特殊材质打造的，置物架、桌椅也全部没有一丝色彩，强到刺眼的白炽灯光自屋顶直直地投射下来，毫不留情地蔓延至每一个角落，唯有悬在墙壁上的几件实验人员穿的白大褂尚能让人感受到一点儿人间的气息，可冷不丁地映入眼中几条惨白，却不免让人心里更加紧张。而最使人头皮发麻的是，在实验室的置物架上整整齐齐地摆放着成百上千个透明的瓶瓶罐罐，每一个里面都充盈着满满的液体，在液体的中央，全部漂浮着各种各样奇形怪状的东西。其中大部分苏左虽然能认出或猜想到是什么，却从未亲眼见过。可在几个较大的瓶子中静静漂浮着的，分明是几个已经成型了的胎儿！

萧程的脸色十分凝重，但目光始终没有停歇，一直不住地打量着实验室内每一个细微之处，特别是那些装有东西的瓶子，他正全神贯注地一个不漏地进行查看。

这时苏左戴上白手套，拿起其中一个瓶子仔细打量起来。这个可以称为某种容器的漏斗状东西，跟邵珑珑那天展示的画上的几乎一模一样。

“不错，那是装胚胎的。”萧程冷静的声音从置物架的另一侧传来，只见他的眼睛锐利地扫过苏左手上的容器，随即转向一边，不带任何情绪地说道，“因为在做受精卵基因改写时要不断对受精卵的状态进行监测，所以做实验用的容器和一般试管婴儿使用的胚胎培养器不同，可以说是非常独特的设计，别的地方根本不会用到。你不是一直都在找它吗？”

苏左不动声色地将那个容器在手中掂了掂。容器的质地看不出与普通的实验用器皿有太大区别，似乎很容易敲碎。一旦容器破损，里面的液上一次就是在这里，她与萧程阴差阳错地合作制伏了连环杀人犯乔伊森，那也是她第一次接触到与基因有关的恶性犯罪。当时她无论如何也想象不到，她和萧程会像今天这样埋伏在礼堂二层狭小的放映室内，再次等待着罪犯的现身。

这一次的跨境追捕很快得到批准。由于涉嫌基因犯罪，美国方面收到消息后，也特别派出 FBI 小组与苏左小组联合行动。任务就是瓦解这宗非法、跨国的巨大基因交易，抓捕董明申、刘金山等回中国接受法律制裁，并揪出美国方面的幕后买家。

董明申等人乘坐的航班比苏左一行提前一日，美国海关的出入境记录清晰地留下了他们入关的时间和地点，证实是波士顿无疑。但人一旦入境，再想查到行踪就非常困难，特别是如果这边有人接应，更是可以从一走出机场开始便隐匿在偌大的城市中，真可谓无迹可寻。正在苏左对抓捕计划一筹莫展的时候，美国 FBI 小组的负责人贾斯汀探长却意外地带来了好消息，称他收到线报：交易双方将在今晚午夜时分在麻省理工学院的克雷斯吉礼堂碰面。

“喂，萧大博士，我看见你昨天和贾斯汀探长私下沟通过，之后他就跑来找我们制订今天的行动方案，让大家今晚在这里埋伏布控。难道你知道他们今晚会来？你是怎么知道的？”小周歪着脑袋，突然低声冲萧程发问道。

萧程没有回答，兀自望向讲台上那片空无的黑暗。

苏左冷冷地注视着萧程的侧脸。她昨天也注意到了，萧程和贾斯汀探长悄悄说了什么，才有了今天的埋伏行动。萧程一定有所隐瞒。此刻他故意躲避苏左的视线，更是充分说明，他心里藏着某些难以向苏左言明的隐情。

苏左只觉得心中的疑问在不断冲击着胸膛：他还值得相信吗？为什么直觉总是告诉自己一定要相信他？萧程究竟是不是一个不会让人失望的人？

想到这些，苏左不禁心跳加快，握着枪的手心已渐渐湿热起来。

“来了。”正目不转睛盯着讲台的萧程突然严肃地说。

苏左立刻向场内望去，果然演讲台两侧的幕布出现了不正常的晃动，像是有人正从那里偷偷探出身来。苏左注意到埋伏在观众席下的贾斯汀探长也向他们的方向点头示意了下，仿佛在说："随时准备行动。"

演讲台上随即亮起了一盏灯光，一开始很弱，但伴随着越来越清晰的说话声在礼堂内回荡，几个不自然的人影也在逐渐增亮的光线中呈现出来。苏左立刻辨识出了董明申和欧阳书，而在董明申身侧的一名膀大腰圆的壮汉，应该就是出手凶狠的刘金山，另一位站在稍靠前的位置，显然在四人里占据主导地位的身材瘦削的老者，自然是苏左素未谋面却早已如雷贯耳的商界巨贾郑锦鸿。

"马丁诺教授？！"当已能从放映室这边看清讲台上正在发生的一切，苏左立时听到从萧程处传来一声惊呼。虽然他极力压低嗓音，却还是能听出声音里掩饰不住的震惊。

苏左很快便明白了萧程口中的"马丁诺教授"，应是此刻站在讲台一隅对着郑锦鸿和董明申等人侃侃而谈的一位金发碧眼的白人。他的年纪看上去应介于郑锦鸿和董明申之间，留着稀松中分的金色短发，发色已经黄里透白，但一双蓝色的眼珠却格外犀利，即使中间隔着几十排观众席，苏左依然从那双眼睛里看到了深深的诡谲和寒意。

"这个马丁诺教授是什么人？"苏左轻声问萧程。

"他是当今世界基因学界最具争议的学术大佬，天才基因学家，美国科学院终身院士。"萧程流利地介绍着。听得出，他对马丁诺教授相当熟悉。照目前的情形看，他们埋伏在此苦苦等待的美国买家，很可能就是这个马丁诺教授，可想而知他的惊讶会是多么巨大。

可是萧程随即皱眉道："我听说马丁诺教授已经失踪很久了，没有人知道他去了哪里，我上一次见到他还是两年前，真没想到今晚他会在这里出现。"

只听马丁诺教授操着一口流利的美式英语说着什么，他身旁一名看起来与刘金山扮演着类似角色的台湾人正用中文与郑锦鸿一伙交流。

“等一下，你们好像忘了什么重要的事情吧？”这回说话的是欧阳书。他之前一直冷眼旁观着发生的一切，此时却昂起头，气定神闲地挺直了腰板，使得他原本略显圆润的身材一下子被拉长了些，再配上一身中式唐装，远远望去别有一番气势。

“这位是？”马丁诺被他的气势所慑，虽然疑惑却小心地问道。

欧阳书自然地摆了摆手，“我是谁并不重要，重要的是现在装着‘超完美胚胎’的这个小金属箱，只有我才能打开。”

马丁诺闻言登时向欧阳书射来带刺的目光。

欧阳书则不卑不亢地说：“研发出‘超完美胚胎’的戴林钟老教授是我的挚友，他在临终前将这份重要的研究成果交给我，我自然要谨慎对待。这个小金属箱经过了特别的打造，需要密码才能开启，而密码只有我一人知道。如果有人想要强行打开箱子，箱子内置的微型炸弹便会被引爆，箱子里的一切便也从此灰飞烟灭了。”

“你真狡猾。”马丁诺脸上的肌肉抽动了一下，从牙缝里挤出这句话。

欧阳书轻松地笑了一笑，随即突然收敛笑容，冷声质问道：“马丁诺教授，我们做交易的基础是双方坦诚相见。在你拿到这个东西之前，有义务让我们知道，你要‘超完美胚胎’准备做什么？你的背后究竟还有没有更大的阴谋和组织？”

马丁诺用一种近乎厌恶的目光注视着欧阳书，嘴唇翕动了两下，却并没有作答。

就在这时，一声有力的呼喝从观众席后方响起，仿若一声惊雷：“都别动，你们被捕了！”

“是FBI！”马丁诺身边有人惊叫起来。

站在讲台上的众人立时如受惊的兔子般弹开，纷纷陷入紧急戒备状态。

不知是谁率先开了一枪，震耳欲聋的声音瞬间扯断了在场所有人紧绷的神经，“砰砰砰”的枪声随即如鞭炮般响了起来。

“贾斯汀探长他们行动了！”小周将枪举过头顶，急切地问，“苏队，我们怎么办？”

苏左目不转睛地盯着讲台方向，炯炯的双目也显出紧张的情绪，迅速判断道：“不要去！我怀疑有诈。”

混乱中，苏左见到欧阳书反应极快，一把扑倒郑锦鸿双双匍匐在地。而刘金山挡在董明申身前，被逼退至讲台一角，下腹部中了一弹。

马丁诺一方很自然地形成了枪战的主力，但由于FBI的探员们处于暗处，所以在对峙初始便抢占了上风，跟随马丁诺而来的多名黑衣人纷纷被击倒。贾斯汀探长趁机矫捷地在枪林弹雨中穿梭上前，直逼躲避在黑衣人身后的马丁诺而来。

“喂，喂，贾斯汀探长！别激动！”随着马丁诺的一声尖叫，枪声也戛然而止。

只见贾斯汀探长一只手擒住马丁诺的双手，一只手将枪洞顶住马丁诺的额头，狠声道：“马丁诺，你这个美国的败类！居然为恐怖组织效力，我们盯了你很久了，现在人赃俱获，这回你逃不掉了。”

马丁诺在他的钳制下痛苦地扭动着身躯，嘴里却狡辩道：“贾斯汀探长，我只是从中国朋友手里买些东西，你却污蔑我与恐怖组织勾结，小心我告你诽谤！”

贾斯汀探长被他的言辞激怒，手上的力道又加重了几分，马丁诺登时疼得哎哟乱叫。

可就在这时，苏左却皱眉喊了一句：“糟糕！”

她话音还未落，就见演讲台上发生了意想不到的剧变。一名身穿FBI警服的探员以迅雷不及掩耳之势朝着自己的同伴连开数枪，几乎所有原先对马丁诺一伙呈合围之势的FBI探员们都还没反应过来发生了什么，就纷纷中枪倒地。最终，这名探员将黑洞洞的枪口对准了贾斯汀探长的前额。

“探长，抱歉，请你放下枪。”

“肖恩？！你……”贾斯汀探长不可思议地望着这位突然叛变的探员，

惊讶得无法言语。

肖恩的脸上挂着轻蔑的笑容，又向贾斯汀探长逼近了一步，“探长，还记得行动前你说今天将是大家立功的时机吗？你说得没错，不过不是大家，而是我一个人在马丁诺教授面前立功的机会。”

而在他身旁，几个跟随着马丁诺而来的黑衣人也举枪走了上来，将贾斯汀探长团团围在中间。见此情景，贾斯汀探长眼里的怒火渐渐无奈地熄灭。

“果然有诈。”小周惊恐地望着眼前的苏左和萧程，将手里的枪握得更紧。

苏左低声解释道：“刚才贾斯汀探长行动时，那个肖恩最后一个出击，并且直奔马丁诺的方向，却始终没有开枪，期间我还注意到马丁诺与他交换过眼神。”

“幸亏你洞察力强，如果刚才我们也贸然出击，就彻底被动了。”萧程也惊魂未定，用敬佩的眼神望着苏左说。

“可我们现在怎么办？”小周急切地问道。

“准备行动。趁他们还没发现，我们绕到后面去！”苏左果断地部署。说完她意味深长地望了望小周，只见小周毅然冲她点了点头。

萧程本能地意识到，他们两人之间达成了某种危险性很高的默契。

“注意安全。”苏左冲小周叮嘱道。

“放心！”小周自信地拍了拍胸脯，“窝在这里这么久，终于轮到我出手了，那个叫肖恩的混蛋就交给我了！”他说完头也没回，很快消失在黑暗里。

苏左和萧程随后也悄悄从放映室内走出，向着演讲台的方向小心行进。

演讲台上，马丁诺以一副胜利者的姿态来回踱着步。

郑锦鸿、董明申和欧阳书也纷纷从刚刚躲避着的地方站起身。刘金山因为受伤严重，经过几分钟的挣扎，已永远站不起来了。董明申失去了保护者，又受到刚刚枪战的惊吓，此时垂头丧气，整个人仿佛矮小了一号。

倒是郑锦鸿依然保持着先前不怒自威的身姿，轻轻拂去粘在两只手臂上的灰尘，对马丁诺说道："马丁诺教授，你的能量我算是见识到了，我们不妨打开天窗说亮话。令我改变交易决定的其中一个重要原因，就是我用我的方式和渠道调查过你，发现你根本不像你对我们所说的那样，致力于打造'超完美胚胎'是为了消除人类基因上的缺陷，实现人类可以自由定制完美胎儿的梦想，而是另有不可告人的目的，甚至与世界上最危险的'那卡'恐怖组织有关。由此我预感到如果把'超完美胚胎'交到你手上，将造成毁灭性的灾难！"

"呵呵呵呵，郑先生，你终于承认了，你的调查做得真深入，看来我们之间脆弱的信任早已分崩离析。"马丁诺发出一阵令人汗毛倒竖的怪笑，"我也不妨告诉你，我在世界上许多国家都拥有像你一样的合作伙伴，大家做着同样的实验，都是为了有一天制造出'超完美胚胎'。你说对了，我骗了你们所有人。你们都天真地以为我的目的是定制完美胎儿，并且梦想着有一天能将这种定制商业化，为自己带来无穷无尽的财富。"

马丁诺边说边用轻蔑的眼神向董明申扫了一下，随即又迸发出一阵刺耳的邪笑，"没错，用这套说辞已经足够欺骗这个世界上绝大多数人，因为大多数人的欲望都庸俗地泛着铜臭。可是我，却绝对不会满足于此……"

马丁诺的话还没说完，就听见站在他身边不远处的肖恩发出"啊"的一声惨叫，待众人反应过来时，肖恩原本握着枪的手臂上已是鲜红一片，一条深入骨髓如蛇般的伤口爆裂开来，手上的枪也应声落地。众人全部被这景象吓蒙了，但肖恩瞬间便意识到发生了什么。他大吼一声，向身后阴影中一个快速移动着的人影扑去，随即便和那个人影扭打成一团。

"不许动！"苏左严厉的呼喝响彻礼堂，她如一阵风般奔至马丁诺身前将他牢牢擒住。

苏左带领的警员小组也纷纷从阴影中飞速冲出，不待更多人反应过来，便已将场上马丁诺带来的黑衣人一一钳制。

“Don’t move!”贾斯汀探长见机也立刻捡起原先被强行卸下的手枪，与苏左形成了统一战线，并朝苏左竖起大拇指，“苏，好样的！”

而这一边，肖恩本来在FBI的探员中就属于人高马大的，论力气显然胜过小周一筹。小周在肖恩冲上来时本能地开枪制止，可肖恩飞起一脚，正踢中小周拿枪的手腕，子弹射歪了。肖恩狂吼着伸手欲抢下小周手里的枪，小周用力护住，另一只手上的匕首再次发力，朝着肖恩的腰部猛刺下去。

“啊！”肖恩再次发出惨叫，他已经被彻底激怒，眼里杀意腾腾。他使出蛮力冲撞，小周不敌，形势急转直下，肖恩已将小周整个儿压制在身下，紧握的重拳高高举起，照此架势，一拳下去就能将小周击晕。

突然，欧阳书从肖恩身后纵身而起，他微胖的身躯此时却显示出强大的攻击力，只见他也高举着手臂，手中闪闪发亮的金属箱照着肖恩的头顶，毫不迟疑地狠狠砸了下去。

肖恩甚至连呻吟都没来得及发出便翻起白眼儿，向一旁重重摔倒。

“欧阳教授？！”小周死里逃生，错愕地回味着刚刚发生的一幕。

“这个东西打起人来果然好使。”欧阳书掂量着手里的小金属箱，满含嘲讽地感叹道。

可他话音刚落，就听见面前的小周突然瞪圆了双眼一声大喊：“小心啊！”

几乎在同一秒钟，小周死死抱着欧阳书圆润的身体快速滚向一边，强大的惯性将两人转着圈甩出老远。

“砰、砰”，礼堂内爆发出连续两声枪响。

欧阳书手里的金属箱在猛烈的旋转中不慎脱手，向外横飞而去。马丁诺眼疾手快，趁机挣脱了苏左的桎梏，在混乱中朝着金属箱飞落的方向狂扑，他眼看着自己的指尖从箱子的外沿急速划过，一个瘦削矫健的身影与他在电光石火间擦身而过，小金属箱在空中翻滚了几圈，最终乖乖地落入了那个人手里。

肖恩这一次真正脑袋开花，可手里却牢牢握着一把手枪，直指向欧阳书和小周所在的方向。

“小周——”苏左来不及去管已经挣脱的马丁诺，迅速收回还在隐隐发烫的配枪，焦急地快步奔过去。

欧阳书惊觉自己搭在小周后背上的手突然一片温热，他立刻明白了那是什么，也不禁惊呼起来：“小周警官！”

小周躺在地上不断抽搐，大量鲜血从口中涌出。

“小周，振作点儿！”苏左用力呼喊着。

“苏队……对不起……没想到第二次出国……就……就回不去了……”小周含糊不清的呢喃在苏左耳边无力地响起。

苏左紧紧按住小周身上那还在喷涌着鲜血的枪眼儿，用尽全力命令道：“小周！坚持住！我们回去！不要睡……”

可是这一次，小周却没能领命，最终缓缓闭上了双眼。

苏左悲痛地抱着小周的身躯，含着泪的双目毫不游移，如刀般锋利地向马丁诺射来。

而此时，演讲台中央的情况也发生了预想不到的变化。

只见在礼堂光线最集中的地方，郑锦鸿与马丁诺正沉默地相对而立，两人用互相试探的目光彼此打量着。马丁诺脸上带着狰狞的笑容，郑锦鸿则眼角微微缩起，目露狡黠，让人联想到老奸巨猾的黑狐。

唯一不同的是：郑锦鸿手里稳稳地抓着一只小金属箱，而马丁诺手里却多了一个黑色的按钮装置。

“郑先生，你何苦这么固执？”马丁诺扬了扬手里的按钮，像发最后通牒般威胁道，“这座礼堂早就被我的人埋了炸弹，如果今天你不把‘超完美胚胎’交给我，那我们就谁也别想从这里走出去，都去见上帝吧！”

郑锦鸿冷蔑地哼了一声，“我不信上帝，但我想上帝也绝不会想见你。”随后他泰然自若地垂下双臂，沉稳而缓慢地说，“实话告诉你吧，从坐上飞机的那一刻起，我就打定了主意，关键时刻要与‘超完美胚胎’同归于尽。我已经这样一把年纪，有生之年能够看到‘超完美胚胎’实验成功，就已经足够了，我可以给我的一双儿女一个满意的交代了。只是我的路走到尽头，本没想把你也拉进来，可既然你这么急着去跟你们的上帝报到，还能顺便成全我这最后的心愿，我是不是该对你说声‘谢谢’呢？”

马丁诺被他气得双目充血，脸上的表情更加邪恶，胸膛因剧烈的喘息而不住起伏。

“好，好，好！”马丁诺环顾了一周礼堂内的情景，发现自己已是彻底孤立无援，他的眼中有一秒失去了色彩，但随即他再次高举起手里的爆炸装置，将大拇指完完全全地覆盖在那小小的红色按钮之上，歇斯底里地大喊道：“‘超完美胚胎’落不到我手上，我也绝不允许它落到其他人手里！既然如此，那在这里的所有人就都跟着它陪葬吧！”

“住手！”就在所有人都心怀着巨大的恐惧，下意识地闭上眼企图逃避那生死一线的瞬间时，一个铿锵有力的声音取代了爆炸的巨响，“‘超完美胚胎’根本不在那个箱子里！”

“萧程？！”当看清声音的出处和随即跳上演讲台中央的人是谁后，欧阳书最先发出呼喊。

萧程闻声转过头，淡定地对他说：“欧阳教授，你做得已经够多了，接下来交给我吧。”

“马丁诺教授，好久不见。”

马丁诺迷蒙着双眼，却在认出面前的人之后立刻喜出望外般大叫起来：“哈哈哈，萧，怎么会是你？你居然会出现在这里？！哇哦，看来上帝还是偏爱我的。”说到最后，他竟然兴奋地吹起了口哨。

萧程却冷静地注视着他，一字一顿地提醒道：“马丁诺教授，你被骗了，‘超完美胚胎’根本不在这个箱子里。”

稍过了几秒，马丁诺似乎才听懂萧程的话，侧着身摆出凑近聆听的样子，难以置信地问：“你说什么……”

“我说，这个箱子是空的。”说着，萧程从同样一脸惊愕的郑锦鸿手中拿过小金属箱，熟练地翻开箱子一侧的暗锁，将箱子向演讲台旁边的柱子上猛然扔去。

只听“咣当”一声，金属箱被重重摔开，摊在地上，里面果然空空如也。

“这个箱子根本不会自爆，只是一个最普通不过的金属箱，里面也从来没有装过重要的实验数据。”

马丁诺对眼前发生的一切目瞪口呆，在场的所有人都没能立刻明白眼前的事实。

只有站在稍远处的苏左，嘴角悄然浮上一抹恍然大悟的浅笑。

“你们搞什么？！一群骗子！”马丁诺气急败坏地吼道，“你们把‘超完美胚胎’藏到哪里去了？”

萧程嘴角轻蔑地一挑，泰然道：“从来就没有‘超完美胚胎’，我的导师并没有成功。”

此话一出，所有人都不禁呆愣在原地。

“不可能！”董明申突然凄厉地喊道，他此时早已被中国的警员戴上手铐，正颓废地坐在地上，突然听到萧程这么说，情绪终于无法按捺，声嘶力竭地吼叫起来，“老家伙明明说他的实验已经完成了！不然我和邵毅平也不会在出事那天去向他索要。他坚决不肯把实验成果交给我们，为此我还用金属箱打伤了他，之后又让郑老板派手下再去逼问。不可能……不可能什么也没做出来……你们不要相信他！”

萧程漠然地从董明申那里收回视线，依然冰冷又笃定地重复道：“真的从来就没有‘超完美胚胎’，戴老师死亡的那一天，我才是真正最后一个见到他的人！”

萧程微微闭上双眼，那天的情景仍深刻地烙印在脑海，只是他实在没有勇气去想起，但戴林钟最后用力握住他手掌的余温，却随时牵动着他的思绪，仿佛又将他置于那艰难的抉择之中……

“老师！为什么？”

“萧程，原谅我……老师是个懦弱的人，做了自己承担不起的事情，只能选择用死亡来逃避……”

“可是老师，您留给我的这道题太难了……我……我怕我做不好。”

“你可以！你是老师相信唯一可以承担起这份责任的人！不管你的决定是什么，老师都会认为你做了对的选择。”

“老师，您不能死……老师——”

可是这一幕他不能说出来。

萧程的坦白令苏左的身体猛然一颤。

远在演讲台中央的萧程此时强迫自己收回记忆，也向她这边望来，就像是只在对她一人讲述，幽幽地再次开口说：“对不起，我始终没有说出实情。那一天戴老师还没有死，我见到了他最后一面。没有人害死他，老师是自杀的。他为多年来秘密从事人体基因改写的罪行感到悔恨，终于承受不了内心的折磨，又无法摆脱郑锦鸿和董明申等人的制约，所以选择了死亡。”

他的语气平静，可道出的事实却在现场每个人心中敲击出回响。

“那这个小金属箱是怎么回事？”片刻后，马丁诺吊着尖利的嗓音难以置信地发问。

“其实这里除了我和欧阳教授，所有人都被蒙在鼓里。这个声称装有‘超完美胚胎’的小金属箱是我和欧阳教授共同设计的一个局。我们本来的目的是以我导师戴林钟教授留下的‘超完美胚胎’为诱饵，查出在中国从事基因犯罪的人。欧阳教授不惜背负偷盗者的罪名，故意将我对‘兹扎’改写的前期实验数据贡献给对方，终于潜伏进董明申一伙，让他们对他手里握有‘超完美胚胎’深信不疑。可我们却无论如何也没想到，你和你背后的‘那卡’恐怖组织才是‘超完美胚胎’的真正买家。昨天也正是欧阳教授将你们今天在这里见面的消息偷偷发给了我，才有了今天的埋伏行动。”

萧程说到这里，目光刹那间锐利起来，向马丁诺步步逼近，鄙夷地质问道：“你们在那么多国家从事基因犯罪，并且将‘兹扎’病毒肆意传播，到底出于什么目的？”

马丁诺似乎被萧程愤怒的样子震慑到了，原本对着萧程所流露出的那种如饿狼见到小羊般贪婪的眼神里多了几分困惑和恐惧。但他随即露出奸邪的嘴脸，挑衅地说："你猜。"

萧程紧盯他的双目，眼里微光一闪，莫非……可他随即被自己的设想吓了一跳，声音也开始颤抖："难道……你们是想培育'超完美人类军团'？"

"哈哈哈，不愧是我看中的人。"马丁诺从喉咙深处爆发出刺耳的赞美，并得意地在萧程面前如一只丑陋的蜥蜴般扭动着身躯，"但是，萧，你一定想不到，培训出普通军队绝对无法抗衡的超完美人类军团只是我们计划的一部分，我们还将利用人工智能与'超完美胚胎'的强强结合，创造出比完美人类还要完美且强大的'超完美机器人军团'！到那个时候，主宰者将不需要再利用那些极端又愚昧的信仰来操控他们去战斗，而他们被创造出来的使命，就是征服世界！"

马丁诺因自己的言论激动起来，双臂高举着仰天长笑，整张脸连同脖颈都兴奋到充血。而其他所有人此刻却如坠入冰窖般，僵在原地。

萧程一把揪起马丁诺的衣领，狠狠地将他顶向身后的台柱，咆哮着："你们这群疯子！"

马丁诺在他的冲撞下剧烈地咳嗽起来，可是很快他便挂着狡黠的笑容，将手中黑色的引爆装置举到眼前，"萧，既然这里没有'超完美胚胎'，我的任务就还没有完成。但是这一趟我也不算毫无收获，我要你！"马丁诺咬牙切齿地强调道，"萧，你必须跟我走！你是难得一见的基因学天才，相信只要我们联手，一定可以创造出'超完美胚胎'！"

萧程抓住他领口的双手因用力过猛而不住地颤抖，但几秒钟后，那双白皙的手逐渐放松了力道，缓缓垂了下来，"可以。只要你不引爆炸弹，我就跟你走。"

"萧程，你不能走！"这时，苏左冲上前来大声喊道。

马丁诺警惕地朝苏左努了努下巴，"萧，你的女人？"

萧程眼神复杂地向苏左看了一眼，重重点了下头，随即问："走之前我想要再跟她说句话可以吗？”

“当然。”马丁诺暧昧地歪了下嘴角，但紧握着引爆器的手依然没有松懈。

萧程步伐沉重地走到苏左面前，微微倾下身，轻轻捧起苏左的脸颊。

“萧程，不要去……”苏左望着萧程温柔的眼神，突然内心和眼眶都潮湿起来。

“这是目前能够救大家活着出去的唯一办法。”萧程闭了下眼睛，似乎已经下定决心，捧着苏左脸颊的双手突然加强了力道，“苏左，你冷静点儿，听好我下面跟你说的话。”

苏左只感觉自己的眼泪终于夺眶而出，正如断线的珠子般一滴一滴落在萧程白净纤长的手指上。

“苏左，我喜欢你。”

萧程的声音从未像现在这样充满磁性，只见他用炽热的目光凝望着苏左，缓缓从上衣口袋中拿出一只红丝绒布制的小口袋，轻轻塞进苏左手里。

苏左朦胧着泪眼将布袋打开，发现里面是一条做工精巧的项链，镶嵌着钻石花边的吊坠造型好像一把小钥匙，看起来十分昂贵。

“送过你那么多奇奇怪怪的礼物，我知道你其实都不是真的喜欢，这条项链装在我身上好久了，一直想要送给你，看来今天是最后的机会了。你收好它，记得一定要收好！我在原京的实验室里还为你留了礼物，也是你喜欢的，别忘了去拿。”萧程加快了语速，最后认真地叮嘱道，“等我回来！你不是一直都相信我的吗，再相信我一次，我一定会回来！”

“不要……我们杀出去，我可以开枪，我枪法很好……我们一起跑，说不定炸弹没那么快爆炸，我们还来得及……”苏左疯狂地摇着头，断断续续地哭喊起来。

萧程轻柔地为她擦去不住滚落的泪水，眼睛红红地嗔怪道：“说出这么蠢的话，还真像你。”

说完，他一把将苏左拥进怀里，附在她耳畔轻声说：“你听着，等我跟马丁诺出去以后，你们一定要立刻离开，马丁诺绝不会遵守约定，他依然会引爆炸弹，所以你们的时间就等于我和他撤离的时间，是非常有限的，明白吗？！”

苏左用仅存的一点儿理智僵硬地点了点头，却死死抓住萧程的衣角不肯放开。

“事情不是这样的，真相还没有大白，你不能走……不能走……”苏左不知道自己要怎样才能挽留住萧程，颓然又不甘地喃喃说道。

可是马丁诺显然已经失去了最后的耐心，他粗鲁地走上前来，用惊人的力道拽过萧程，同时高举着手中的引爆器，向着舞台幕布下方的出口慢慢退出。他突出的眼珠上布满血丝，仿佛临终的金鱼般狰狞。

“快走！走啊！走！”

只听萧程不顾一切地呼喊起来，身影却在马丁诺粗暴的推搡下，渐渐消失在沉重的幕布之后，他的呼喊声也变得越来越远……越来越远……

苏左像是被挖空了身体，眼睁睁地看着眼前发生的一幕，丝毫挪不动脚步。

“苏，快走！”苏左感觉到贾斯汀探长的大手抓住了自己的手臂，不顾一切地拉着她向礼堂外冲去。她的眼角余光还扫到欧阳书正抱着小周的遗体奋力向礼堂出口狂奔。所有人都在拼命与随时可能发生的爆炸进行着赛跑。

几乎就在他们冲出礼堂的下一秒钟，身后传来巨大的声响，天空一下子亮了起来。苏左艰难地转回头，只看到黄色的火光直蹿向天际，仿佛瞬间便可以将夜空点燃。

“萧程——”

苏左用尽全力，发出撕心裂肺的一声呼唤，耳中却只能听到爆炸带来的无尽轰鸣。

她知道，隔着正燃烧着熊熊烈火的礼堂，萧程不可能再听到这一声呼喊，而他笔直挺拔的身影，也在苏左的瞳孔中凝成了一个斑点，定格在最后与马丁诺就此人间蒸发的瞬间……

第二十五章 真相

北方城市的隆冬有一种肃穆的美感，万物都蛰伏在厚重的空气和土壤里，日复一日，仿佛这个季节漫长得无边无际。可当阳光把堆积在树梢最顶端的那一层积雪悄悄地消融之后，人们渐渐从树杈的间隙中体会到了一股温暖临近的力量。

人世间并不是所有事情的回音都那么冗长，有些事情反而越快越能激起巨大的回响。好比人类对抗病毒的过程。

由官方组建而成的基因改写团队，在经过了将近三个月的艰苦奋战后，终于对外宣称：已成功研制出首例人类“兹扎”疫苗。该疫苗与大众所熟知的乙肝疫苗的使用方法类似，为疫苗针剂，共需要分三次注射，每次注射间隔呈阶梯状增长，全部注射完成需半年，普通门诊即可操作。

官方的宣传介绍是这样的：

实验表明，我国的“兹扎”疫苗具备见效快、定位精准、无不良反应等诸多优点。该疫苗利用当今世界上最先进的基因编辑技术，是全球首例基因类疫苗。疫苗进入人体后，将在体内掀起一场小型的基因改写风浪，携带有防御机制的疫苗基因会迅速锁定“兹扎”病毒最有可能侵入的基因链条，率先完成基因改写和替换，将病毒在您基因里安家落户的美梦彻底击碎！而且疫苗在体内的生效过程不会使您产生任何不适，一切将在悄无声息中完成。疫苗注射也非常简单，即日起您便可在全国各家县级以上医院进行预约。

我们的口号是：护全民体质完善，保后代健康繁衍！

“兹扎”病毒将不再是人类灭绝的噩梦，让我们共同见证这个中国基因学领域的伟大成果！

同时，“兹扎”病毒改写实验室证实，一个多月前市面上曾经出现的楚康医药出品的“兹扎”防护针剂的作用与此次推出的“兹扎”系列疫苗的第一针相同。注射过楚康医药那一针的民众不需要担心，两种针剂的效果完全一样，而且不需要重复注射。接受过上一次注射的民众只需要尽快携带相关注射证明，到目前能够提供官方“兹扎”疫苗注射的医院申请后续的注射程序即可。唯一不同的是，官方“兹扎”疫苗只向注射者收取医疗保险无法全部承担的成本费用，而楚康医药的那一针却曾经卖到900元人民币的高价，已经付过费的民众将无法得到已支付金额的补偿。

此外，由于“兹扎”疫苗只适用于那些并未被“兹扎”病毒感染的人群，而已经不幸感染了“兹扎”的患者，则必须要经过专业的基因治疗才有可能痊愈。对此，中原省专门成立了“兹扎”治疗工作室，地址便设在原先“兹扎”病毒改写实验室的大楼内，患者们无须被转移，这样既降低了病毒传播的风险，也便于“基因剪刀手”们借助已有的手段和成果继续为他们提供治疗。因为事实上，他们其中的大部分人先前都已经接受过萧程的基因改写，并平稳安全地处在逐渐康复的过程中。

但人体基因改写依然是一个悬在科学与道德之间难以平衡的争议性话题，尽管卫计委发布了《关于人体基因改写使用规则》，权威地指出允许在特定人群内实施基因改写，但被改写者被严格限定在“兹扎”感染人群，以及经过权威医疗机构认定的先天基因存在巨大缺陷的人群，即严重遗传病患者。同时此规则还规定，严禁一切以商业为目的的人体基因改写活动，包括对受精卵胚胎的基因编辑。

虽然有许多评论者悲观地认为，这项规则存在某些不完善的漏洞，也必将有不法分子出于各种不可告人的目的借助合法平台从事非法牟利活动，但国际上仍对中国这次能够如此迅速地使用尖端科技攻克“兹扎”病毒，并迅速出台基因改写规范，感到震撼。很多外国的遗传病学专家也在积极推动本国的基因改写立法。全球的基因学者们都瞄准了中国在基因学领域更为明朗的研究前景，纷纷向中国的研究机构递来橄榄枝，许多即将迈入高等学府的学子们也将目光放在基因学专业，新一代基因编辑人才的储备量短时间内大大超出预期。

“基因学”一时之间成为时下最热门的科学，几乎路人皆知。人们提起“基因改写”不再谈之变色，而是就像二十几年前说起近视角膜手术那样，怀着惊叹和好奇。

而那些铤而走险，置法律于不顾的人最终也难逃法律的制裁。

戴林钟的死亡事件，最终定性为自杀。田丽梅最终交代，戴林钟原来早就计划在“超完美胚胎”的实验完成后结束自己的生命。田丽梅是戴林钟身边比较亲近的人，在照料这位学术泰斗的半年里，她逐渐察觉到戴林钟所受的精神折磨，也理解并同情这位老人的挣扎，更何况戴林钟还冒险救治田静。因此，在戴林钟痛苦不堪又难以下定决心了断的时候，她主动提出愿意帮助戴教授完成自杀的心愿，悄悄提炼出砒霜交给了戴林钟。但当戴林钟把她叫到跟前，告诉她将有一位叫萧程的人继续为田静治疗，而自己即将离开这个世界时，田丽梅的内心却开始挣扎难安。戴林钟真的死去后，田丽梅随即陷入了深深的恐慌和自责，直到前去警局。如今案情大白，田丽梅非法制造危险物质罪罪名属实，因有自首情节，判处有期徒刑三年，她对此判决表示服从，不再上诉。郑锦鸿、邵毅平因行贿罪、绑架罪、危害公共安全罪分别判处有期徒刑二十年和十五年。董明申因故意伤害罪、受贿罪被判处有期徒刑二十年。

郭旻、蒋小夕危害公共安全罪罪名属实，但考虑到二人受到胁迫，且蒋小夕犯罪未遂，二人分别被判处有期徒刑五年和三年。他们的身体已完全恢复健康，蒋小夕在丈夫的陪伴下精神也已好转，夫妻俩约定，出狱后再孕育一个健康的宝宝。

张磊因积极配合警方调查，被免予起诉，他回到家愧疚地发现奶奶脸上的皱纹又添了几许；田静报名参加了复读班，准备迎接来年 6 月的高考，志向专业是生物工程；那个伶俐的咖啡店女店员，由于体内被感染到的“兹扎”病毒活性最弱，并且在感染后及时地接受了基因治疗，如今她的“兹扎”检测已呈阴性，幸运地成为全球第一例成功得到治愈的“兹扎”患者！

在舆论领域，《前沿日报》这些日子可谓风生水起。因为在业界率先大篇幅揭露了天满不孕不育专科医院的“受精卵基因改写”阴谋，随后又接连跟踪报道了“‘兹扎’疫苗”“人体基因改写规则的确立”“董明申受贿案”等一系列吸引人眼球的新闻，《前沿日报》牢牢奠定了自身新闻界领军者的地位。旗下首席记者陈欣欣因全面主持并参与了上述系列报道，一举成为全国家喻户晓的“美女新闻人物”，头顶无数赞美的光环，前途不可限量。

同时，中原省现任宣传部副部长陈正强因扶持《前沿日报》客观公正地报道重大事件有功，并且不惜在报道之初力排众议，让人看到了他独到的新闻敏感性和果断卓越的决策能力，已成为接任下一届中原省委宣传部部长最炙手可热的人选。

至此，终于拨开了重重阴霾，这件事似乎已可以画上一个圆满的句号。

似乎所有人都忘记了，但苏左没有忘记，这一切都与一名叫萧程的华裔青年科学家曾经的存在和努力有着密不可分的关系，却也都发生在萧程随马丁诺消失于所有人的视线中之后……

阳光明媚的好天气，苏左手中一捧黄白相间的菊花盛开得正旺，在光线下流淌出一份静谧祥和的美感，不由令她蹬着马丁靴的脚步也随之轻盈了几分。

苏左不明白为什么绝大多数人都认为墓地是个沉重又阴森的地方，她反而每次在这里才能感受到一种真正的安宁和轻松。尤其是看到有些墓碑被擦拭得干干净净，前面摆放着耀眼的鲜花和贡品，她都会从心底洋溢起一阵暖意。

有些人即使离开了这个世界，也依然能为还在这个世界上苦苦求索的人们，带来心灵上的鼓舞和慰藉。

苏左登上墓园旁的石台阶，走到第 9 排向中间的位置张望。此时那里已经站着两个人了，苏左微微一笑，认出是欧阳书和杨海璐。

"这么安静的花，还真不太适合他。"杨海璐看到苏左将花轻轻放在墓前，笑言道。

苏左回以一个笑容，随即站起身，立正身姿，端端正正地向着墓碑敬了个礼。墓碑正中雕刻着几个金色的大字：小周之墓。

"小周虽然表面上大大咧咧的，好像话很多，其实他心里对什么事都有着强烈的责任感。这么多年，被他亲手抓住的罪犯不下几百个，有些罪犯十分狡猾，想尽办法抹灭犯罪证据。我和他一路走来，很多次案子走进死胡同，我都要放弃了，却是小周始终在用他的乐观和执着感染着我继续走下去。"苏左有些哽咽，"他，是我见过最正直勇敢的警察。"

欧阳书穿着一身庄严的黑色西服，虽然半天没有开口，可早已红了双眼，默默地对着墓碑深深鞠下一躬，许久许久后，才缓缓直起身来。

"是小周警官救了我，可我甚至还不知道他的全名，连墓碑上都只有'小周'两个字。"

"他叫周小周。来警队的第一天他就跟我们说好了，反正叫名叫姓都一样，以后大家都只许叫他'小周'，他喜欢别人这样叫他。"

杨海璐淌着两行泪水，却顷刻间破涕为笑，"周小周，这名字真的挺适合他。"

三人又在小周的墓前静默地伫立了良久，才依依不舍地从石台阶上慢慢走下。

“其实有一件事我一直不解，”苏左与欧阳书并排走着，轻声问道，“欧阳教授您去改写库取走‘兹扎’改写的关键数据那天，为什么邵毅平也会出现在改写库现场呢？就算他早就怀疑戴林钟教授将‘超完美胚胎’交给了您，可他也不应该知道您当天会到改写库去吧？”

欧阳书站定脚步，望着苏左说：“是萧程告诉他的。”

猛然听到“萧程”两个字，苏左感觉心在瞬间抽紧了一下。

欧阳书轻叹口气，像是回忆起了令人怀念又久远的往事，继续说道：“萧程虽然早就知道戴林钟教授在从事人体基因改写的实验，却不能确定邵毅平是否也参与其中，并且萧程推测‘兹扎’患儿劫持案也跟邵毅平有关。所以那天萧程故意透露给邵毅平‘欧阳教授要将戴老师留下的重要东西放到改写库’这个讯息，实际上就是想要看看他会有什么反应，从而验证对邵毅平的怀疑。”

“原来如此。”杨海璐在一旁幽幽地说，“那天你们从监控室出来后，萧程的脸色就非常难看，想来他也不愿意接受自己对师兄的怀疑被印证为事实吧。”

“是啊，这是我们都不愿意看到的结果。”欧阳书黯然地垂下目光，“我和萧程的这个计划可谓一箭双雕，将我盗取了实验数据和掌握着戴林钟留下的东西这两大消息放出去，既能引出想要得到‘超完美胚胎’的幕后人物，又锁定了邵毅平的嫌疑。”

“难怪。”苏左不禁恍然大悟，“当天我在监控视频里发现一个黑影早早就躲在走廊的门后，是看见您从改写库出来后，他才进入改写库里的，而那个黑影就是邵毅平。我百思不得其解，他为什么一定要等您离开后再进去，这样一来就很好理解了。”

欧阳书沉重地抿了抿嘴角，转而问杨海璐：“对了，毅平近来在狱中还好吗？”

“他很好。”杨海璐倒是不忌讳谈论邵毅平的现状，似乎心中已经彻底释然，“他的两条腿受伤太重，恐怕后半生只能在轮椅上度过，但因为他以前一直从事文职，所以监狱特别安排了一些案头的工作给他，他做起来很得心应手。上次我去探望他，他的精神不错，人居然比原来还胖了些。他说现在这样的生活反而令他心中格外平静，终于可以好好地松一口气了。”

“你……还是决定要等他吗？”苏左小心翼翼地问道。

杨海璐嫣然一笑，脸上居然全是满足的神情，“等了这么多年，早就习惯了。即便从前我总是有意频繁地出现在他身边，而现在不能常常见面，但我感觉我和他的心，从来没有像现在这样靠近过。”

苏左相信这番话全出自她的真心，不禁从心底为她感到高兴，喃喃道：“如果当初他的选择是你，或许就会拥有另一番人生吧。”

“呵呵，那该会是一段让人感到无聊和漫长的人生吧。”杨海璐自嘲地摇了摇头，随即迎着阳光微眯起双眼，“现在这样挺好，他经历了他的疯狂，我坚持着我的平静。两条看似平行的线，终归还是交集了啊。”

说话间，一阵风轻轻拂过，像一双温柔的手掌，抚平情感碎片所拼出的心灵红毯。每个人都可以踏上这个红毯，成为自己的明星，唯一的代价就是即便伤痕累累，也要坚持下去。

苏左定了定神，继而问道：“欧阳教授，听说您和郑诗聪当年是知己，您又是怎么看待郑诗聪想要制造‘超完美胚胎’的梦想的呢？”

欧阳书顿了顿，意味深长地回答：“是诗聪激发了我作为一名研究者不该只埋首于实验室，而应该将科学普及给更多普通人的理念。但他毕竟不是信仰科学的人，况且那个时候他还很年轻，想法比较理想化。我始终认为，‘超完美胚胎’的设想并没有任何问题，但它的存在应该就像是太阳，照亮着我们前进的道路，是一个高高在上的目标，却最好永远不要妄想抵达。因为它太炙热了，会将试图征服它的一切烧化。”

“所以现在对人体基因改写的立法，也是您希望看到的结果喽？”

欧阳书肯定地点了点头，“我是个遗传病学者，看到过太多先天基因存在缺陷的患者痛苦地挣扎在死亡边缘，很多患者一出生就被判定了死刑的执行日，并且还要在本就短暂的人生中承受疾病的酷刑。所以我和萧程达成了共识：既然基因改写已经被发明出来，就应该得到有价值的应用。一种科学成果能够用来让这个地球上的生命活得更有尊严和质量，是所有科学工作者的原动力。有人嘲讽我们是懦弱的中立派，恰恰错了，不管是出于恐惧还是野心，一味地禁锢或放任都相对更容易，而我们这种追求二者平衡的选择，需要的却是常人无法理解的强大勇气。”

苏左沉默下来，只感觉一股无形的力量冲击着胸膛。这些日子以来听到、看到及经历的所有，都在不断地向她倾诉着：原来那个人，竟承受了这么多啊……

“戴教授、毅平、诗涵、郑诗聪、蓝美倩，甚至郑锦鸿……他们都不是坏人，只是各有各的偏执和局限罢了。”杨海璐淡淡地总结道。

“唉……人都是多面的，越聪明的人，人性越复杂，没有那么容易就能用‘好人’‘坏人’这样的说法来概括……”欧阳书长出一口气，将目光投向远处的山峦，想来经历并目睹了这一切的他在未来的日子里，也将长久心绪难平。

“只是没想到，老戴还是没能做出来啊……”

杨海璐这时也不禁叹道：“‘超完美胚胎’竟然从来没有存在过。这从头到尾都不过是一场悲伤的梦。”

苏左在一旁突然怔怔地说：“真希望能够只是个梦啊！”

杨海璐听懂了她话中的感慨，试探着关心道：“萧程……从那之后，就真的没有一点儿消息吗？”

是啊，那个人，他在哪儿呢？

“兹扎”病毒改写实验室要拆了。苏左听闻这个消息时，脑中霎时一片空白。

那个萧程曾经引领着她参观的实验室，据说将被改建成“危险传染病紧急研究室”，在今后的日子里，用于与“兹扎”类似的突发恶性传染病的控制研究工作。

的确，那么好的实验室，不能就那样空置着，是时候为它请来新的主人了。苏左为这一消息找来一个说服自己的理由。只是，太快了。

萧程在那次跨国抓捕行动之前，应该就预感到了自己会离开。

这些天，苏左反复回想与萧程相识以来的每一个细节：诱捕连环杀人凶手乔伊森、“兹扎”病毒遭到人为扩散、有人在秘密从事人体基因改写、境外神秘组织与事件也有所牵连……似乎所有这一切他都提前一步就想到了。苏左记得格外清楚，在计划抓捕邵毅平的那天，萧程曾说实验的关键部分都已完成，接下来“兹扎”疫苗的研究将很快大获成功，不一定非要有他在了。很显然，那个时候他就想到了，自己可能无法回来亲眼看到研究成功的那一天。

有始无终的家伙！

苏左恨恨地将头深深埋进被子里，两只手臂紧紧环抱住蜷缩起的双膝，待回过神来，牙齿竟已在膝盖上留下一排陷入肉中的印痕。

自从萧程走后，苏左有生以来第一次真切地感受到，长夜里，有一种煎熬叫思念。

良久之后，苏左才从决堤的情绪中平复下来。被子的缝隙中透入一丝微弱的光亮，如果静静地观察，还可以发现那光亮一会儿红、一会儿蓝、一会儿黄，在不断变换着色彩，忽明忽暗，像是夜空中燃起了巨大的礼花。

苏左从床上缓缓坐起。静谧的夜，花纹小白鼠已经在笼中安睡，而号称“家庭昆虫清扫机”的小青蛙正忠实地趴在地板上，瞪着两只圆鼓鼓的眼睛四处环视。苏左最终木然地将视线落在窗台上那个透明的小水箱上，光亮正是从这里而来。

荧光水母夜灯。萧程留给她的最后一个礼物。

望着小水箱，苏左笑着滑下两行热泪。虽然他总夸耀自己的礼物是全世界独一无二的，可这一次他却宁可打破骄傲，做了第二个一模一样的礼物，或许是知道苏左真的喜欢吧。那个傻瓜。

这是世界上最美的一盏夜灯。特别是在黑夜里，水箱中的彩色水母伸展着柔软的躯体，一张一弛，仿佛具备某种魔力，在吸引着苏左情不自禁地向水箱慢慢靠近。

苏左突然觉得，眼前的小水箱似乎和陈欣欣之前抢走的那一个有哪里不一样。

不是水母，水母看起来除了大小和数量，没有任何不同。

更不可能是水。这种海水成分是固定的，否则水母无法在里面存活。

苏左定定地对着小水箱望了足有一分钟，最后将手放在小水箱顶部白色的区域。通常来说，这个区域是跟水箱内部隔离开的，主要用来放置水箱的过滤设备和灯管。但是这个小水箱的白色区域似乎特别厚，苏左伸出拳头在水箱侧边比划了一下，白色的上沿居然比拳头还高出不少。

难道……有什么东西藏在里面？！

苏左急切地想要证实自己的推测，于是尝试了各种打开小水箱白色区域的方法。结果费了半天劲，终于让她发现眼前这个小水箱如果单纯打开白色顶盖儿，看到的就是过滤器和灯管，和一般的小水箱没有什么区别，但是在顶盖这一层和水箱内部之间，却暗藏着一个夹层，被设计成水箱白色区域的一部分，从外面根本看不出来。所以水箱的白色区域会显得比一般的厚一些。

如果有什么东西，显然就是藏在这个夹层里。同时苏左还注意到，在夹层顶端的一个角落里，有一个类似锁眼儿的圆圈，看上去需要配套的钥匙才能将夹层开启。

钥匙？钥匙！

苏左身子一震，立刻想到了什么，急忙跑到梳妆台前，从饰品盒中拿起萧程亲手交给她的那串带有钥匙形挂坠的项链。

严丝合缝。

当苏左颤抖着一只手将钥匙挂坠毫不费力地插入那个小小的锁眼儿后，就听“嘣”一声响，小水箱夹层的上盖儿便自己跳了起来。

一个似曾相识的容器呈现在苏左眼前。苏左瞪大双眼，小心翼翼地将那个容器从水箱中取出。这时她惊讶地发现，在容器的下面，还压着一封折叠得整整齐齐的信件，信封上清楚地写着：致苏左警官。苏左微微皱了皱眉，信封右下角还写有一排日期，定睛一看，竟然是戴林钟死亡之后不久。

苏左竭力按捺住极速的心跳，将信纸徐徐展开，同时她预感到：真正的真相，即将随着萧程笔下的这封自白，悄然浮出水面。

苏左警官：

虽然与你相识并不久，但直觉告诉我，你是一个可以信赖的人。似乎你对我也有一种没有缘由的信任，这让我更加坚定了要将这份东西最终交给你的想法。

我要向你自首，我对所有人都说了谎，并且隐瞒了一个天大的秘密。

在我从美国回来的当天，我见到了我的恩师——戴林钟。我是怀着思念和尊敬的心情前去拜访他的，顺便也想跟他再度探讨一下关于人体基因改写在中国合法化的问题。在这一问题上，我和戴老师长年都没能达成共识，这也正是我始终不愿回到中国发展的理由。外界甚至有传言称我和戴老师针锋相对，因为他在中国的稳固地位，我才转赴美国发展。我从来没有出面澄清，毕竟这些都是与科研没有关系的事，我们这样的人，如果在这种事上浪费太多时间，有时只会适得其反。

我听闻国内这方面的进展正是因为戴老师的竭力阻挠，才始终没能推进。而我这次回来，一方面是想要将目前国际上关于人体基因治疗成功的几个案例跟戴老师分享讨论，并向他介绍美国立法界的最新观点，希望能够再做一次努力，借此来打动他，起码让他的态度可以稍微缓和。其实在我心中戴老师一直是一个拥有开明思想和活跃头脑的科学家，不知为何偏偏在此事上如此固执。另一方面，“兹扎”病毒居然已经在我国出现，这一消息令我十分震惊，即便没有官方的邀请，我也当即便决定要尽早回到中国，协助进行“兹扎”病毒的基因改写工作。当然我还要承认，在做这一决定时我怀有一个小小的私心，就是如果通过这次事件能够推动人体基因改写的进程，就将挽救中国千千万万个被基因疾病折磨着的患者。因为“兹扎”疫苗一旦研制成功，就意味着人体基因改写必须合法化，疫苗才能够得到推行。这是推动人体基因改写的最佳时机，而我对于“兹扎”疫苗的研制，从登上飞机那一刻起，便已经胸有成竹。

可是令我始料未及的是，戴老师——我的恩师，竟然在我回到中国的同一天，在我面前去世了！

现在回想起那一天那紧张的10分钟，我仍然心有余悸。那是我人生中最惊骇、最迷茫、最艰难也最果断的10分钟。至今我都不为自己在那10分钟里做过的事情感到一丝一毫的后悔，反而每每想起，都认为即使是将我再次置于同样的情境之中，我也依然会做出同样的抉择。

事情的经过大概是这样的：

你知道的，那天我和你搭乘同一航班飞回原京。我一下飞机，便打算前往戴老师家拜访，但是瑞瑞母子在中途叫住我，再次请求我为瑞瑞进行基因治疗。我安抚了他们一番，耽误了十几分钟的时间，所以当我赶到戴老师家时，大概是7点20分。可以很肯定地说，那时戴老师还是活着的，只是已经奄奄一息。我可以断言，就算是医术再高超的医生在场，以他当时的情况，想必也无力回天。

我看到戴老师痛苦地趴在书房的地板上，口中吐出白沫，后脑上还有一处新鲜的外伤。我当时就判断他应该是跟谁发生了争执，又中了毒。我既焦急又伤心，虽然我看出他恐怕已经不行了，第一反应还是想要拨打急救电话，可没想到他阻止了我。老师看到我十分激动，原本已经快要闭上的双眼忽然又有了神采，并拼尽最后的力气开始跟我说话。

他告诉我是他自己服食了砒霜，所以不需要叫救护车，他主观意愿上希望可以离开这个世界，但在离开之前，他有一样东西无论如何都想要交给我。他知道我当天会回原京，也算到我一下飞机就会去看望他，他就是在等待我的到来。本来毒药效力应该持续一段时间慢慢发作，他预计的死亡时间要更晚一些，但因为在我赶到之前还发生了许多事，导致他的中毒情况急剧加重，他以为自己撑不到我赶来了，可是显然上天注定，要让他将这份使命交到我手上。

起初我对戴老师要交给我的东西毫无头绪，可是当他指引我从他家极其隐蔽的一处暗格里拿出一个小铁箱的时候，我就隐约猜到了。因为这样的小铁箱，我们只用来存放与人体基因改写有关的实验数据。

果然，小铁箱里装着的东西让我一下子不知所措。戴老师告诉我，那是一个“超完美胚胎”，是他从事有关研究十几年得到的终极成果。

我拿着那个“超完美胚胎”，虽然我见过太多类似的东西，从外观上根本看不出它与它们的区别，但依然觉得它看起来就像来自外太空的一个杰作。我甚至在那一秒钟联想到当今科学界普遍争议的DNA由来的话题，那个认为DNA是来自外太空的说法，在我心里突然变得十分有说服力。

当时我并没有对戴老师居然也在从事人体基因改写而感到惊讶，反而觉得积压在心中多年的一个疑惑终于解开了。因为我相信，真正的科学工作者不会仅仅因为畏惧就停下脚步，而戴老师真正所担忧的其实跟我一样，是人类社会的道德防线太过脆弱。只是他选择悲观地否定人类道德的力量，而我却更乐观地相信人类的自控力罢了。

戴老师说，自从“超完美胚胎”被创造出来之后，他就无一日可以安睡，精神已经接近崩溃的边缘。他很想说服自己，只要将“超完美胚胎”的利用控制在科研领域就不会出现他所担心的结果。可是有些人不会就这样善罢甘休，即使短期内能够勉强忍耐，迟早也会有一天，“超完美胚胎”将被当作商品，成为人类欲望的靶心。他实在没有勇气面对这样一个结果，而且造成那样局面的人，正是他自己。他感到罪孽深重，只求早日解脱。

而他给自己准备好的解脱办法，就是结束生命，并将“超完美胚胎”留给我。

在弥留之际，戴老师紧紧握着我的手腕，我从来不知一个将死之人竟然还可以拥有那么大的力气。他对我说，我是他最优秀的学生，他相信即便没有眼前这个已经完成了的“超完美胚胎”，只要我愿意，在未来的日子，我也一定可以凭借自己的才能创造出同样的“超完美人类”。而他现在把这个东西交给我，就等于将人类社会和基因学十几年甚至几十年的未来交到我手上。是把它公之于众，还是摧毁，全凭我的一个决定。

戴老师看到我认真听完了他所有的话，终于满足地咽下最后一口气。但他或许还是不放心吧，眼睛竟然没有闭上，而是就那样圆睁着，即使我用力帮他合上也办不到。

那之后大概有整整一分钟，我望着手里的“超完美胚胎”发呆。虽然是一分钟，却像一个世纪那么漫长。

其实我很想告诉戴老师，我从来没有想过要制造“超完美胚胎”，我最多只是想要利用基因改写为人类治病。而眼前的“超完美胚胎”却让我再次意识到：当人类将改写的手伸向基因，就已经触碰了这个世界最神秘、最本质的东西，一旦开始，无法倒回。我们到底要不要成为造物主？或许这是年轻的基因学者们在走进这一领域之前，都必须慎重思考和面对的一个艰难问题。

不，不是现在。

我听到自己在心里做出了决定。我看到自己拿着“超完美胚胎”的手几乎不受大脑支配地高高举起，随后重重落了下来。

我把它打碎了。

我杀死了他。虽然我将他扼杀在胚胎状态，但如果他顺利地被孕育，就会成长为一个有血有肉、生龙活虎的人。

而我，亲手杀死了这个世界上最完美的人类！

可那时我来不及细想，一时间理智达到了从未有过的强度。我知道也许很快就会有人来，我的时间并不多。于是我迅速地将已经脱离了营养液的死亡胚胎浸泡在戴老师家平日里就有的福尔马林溶液里，制作成了如今你看到的这个东西，随即将它放进我贴身的背包，并利落地清理了现场。我想现场残留的营养液斑块儿和福尔马林味道都是当时我这一系列的行为造成的，而福尔马林瓶并没有打碎，只是溢出了一些，味道原本就很弱，只有邵珑珑闻到了。

后来你曾在我面前问起胚胎营养液，我只能佯装不知。更糟糕的是，我发觉自己已经开始有点儿喜欢上你，这让我陷入矛盾和无地自容的情绪里，可是我却还要在你面前尽量表现得从容和镇定。其实我心里比谁都能更清楚地感受到，你迟早会查明真相。

我前面说过的，我不为自己的决定感到后悔，只是背负着这样的秘密，实在很沉重。而且随着你们的调查和发生在我身边的事越来越多，我还察觉到，有一股无形的势力在包围着我，这种感觉从我在美国的时候就有了，我直觉他们正是戴老师说的那些“不会善罢甘休的人”。我产生了更加可怕的推测，我认为甚至连“兹扎”的出现都很可能并不是偶然！

我开始不信任身边所有人，除了你和欧阳书教授。但即便是对你们，我也没有勇气面对面地把这个秘密说出来。毕竟我杀了人。也许现在没有任何一条法律可以对我的行为给予制裁，但事实就是事实，我会背负着这个秘密，平静地拭目以待法律完善到可以制裁我的那一天。

如果有一天你看到了这个装有死亡胚胎的容器和这封信，那就说明我已经不在了。或许并不是我死了，而是我离开了，在一段时间内无法继续守护这个东西。这个东西虽然没有还处于存活状态的“超完美胚胎”有价值，但依然可以作为研制“超完美胚胎”的重要参考，而且是目前世界上独一无二的参考，绝对不可以落到心怀不轨的人手上！

苏警官，我决定把它交给你，但我也知道前提是必须向你坦白上面的一切。不管你会怎样看待这样的我，我都希望那个暂时代替我来守护这个秘密的人，可以是你。你不需要做任何事，只需要把它原封不动地放在这个小水箱里，保留好世上唯一一把钥匙，等着我回来。

相信我，我一定会回来！

萧 程

尾 声

一年后的炎夏。

苏左走在熟悉的商业街上，擦身而过的店面一间接着一间，橱窗里摆放着琳琅满目的各类商品。这条街热闹是出了名的，人多，车多，岔路口也多，所以苏左片刻也不敢放松，故意拖延着脚步，并向布控区域内不时张望。今天苏左带队负责抓捕一名诱拐囚禁高中女学生并强迫她们从事地下卖淫活动的团伙头目。

路口的小广场上胆怯地站着作为“诱饵”的一名高中女学生模样的姑娘，而不远处的一家甜品店里，另一名高中女生紧张地透过落地窗观察着街道，她是报案人。

据她报案，三天前她和小伙伴晚上 8 点多了还在外面，当时她觉得时间不早了想回家，可小伙伴却说这几天新认识了一个网友，对方约她在一家网吧打联机，并且小伙伴跟对方说好了还要带一个朋友去一起玩。因为她俩在游戏上是最佳搭档，小伙伴十分希望她也能同去，用游戏技巧震那个人一下。可刚巧这时她妈妈打来电话催她赶紧回去，她盘算着，这几天是发零用钱的日子，不敢惹妈妈不高兴，于是只好狠心丢下小伙伴自己先跑回了家。可是她万万没想到，自己的小伙伴从那以后就失踪了，已经连续两天都没有到学校上课。老师和家长也都意识到了问题的严重性，立刻报了警，而她作为最后一个见过小伙伴的人，自然把当天的情况一五一十地告诉了警方。

苏左刚好接手这个案子。经过分析，她认为这与近几个月来多起高中女生失踪的案子可以并案处理。同时扫黄组那边近来也收到线报，说市场上冒出了一个以“高中小鲜肉”为噱头的卖淫组织，常有“新货”，生意做得很火，只是地点十分隐蔽。于是苏左果断地制订了“钓鱼计划”：让队里看着显小的女警通过游戏，故意暴露出自己是高中生，并且喜欢结交网友到网吧联机打游戏，看对方是否会上钩。果不其然，还不到一天就有一个陌生网友邀约“一起切磋游戏技巧”，而对方提出的见面地点正是失踪女生提起过的网吧。女警按照苏左的指示，将见面地点改在今天的商业街，一场抓捕行动就此拉开序幕。报案女生大约是出于极度的愧疚，也软磨硬泡地获得了在一旁“见证”的特权。

距离与嫌疑人约定的会面时间已经过了 10 分钟，由于一般罪犯在与人碰头时都会担心周围有警察设伏，抵达约定地点后通常不急着露面，而是会先观察一会儿，确定安全后才出现。所以这个时间，通常会是嫌疑人最有可能现身的时间。

很快，目标出现了！

当确定嫌疑人是在向着“诱饵”走近，并开始交谈后，苏左立刻从一旁靠近。可嫌疑人的警惕性也非常高，他用眼角余光扫到了苏左，马上皱起眉头，察觉出情况不对。

“站住！不许跑！”

还没等苏左喊完，嫌疑人早已撒腿而逃。苏左二话没说，即刻飞奔着追了上去。

今天是个大晴天，天空中连朵云都没有，太阳直愣愣地照下来，把路面晒得都有些发白。不知跑过了几条街巷，眼看就要追上了，嫌疑人却“嗖”一下闪进另一条岔路口，并回头确定着苏左的距离。其实苏左离嫌疑人也就几步远，嫌疑人八成是没想到，回头看是这种情况，吃了一惊，吓得不禁瞪大双眼。可就在这时，不知怎的，嫌疑人突然身子一歪，脚下拌蒜，竟然一个跟头栽倒在马路上。苏左可不会放过这样的好机会，只见她眼疾手快，趁着嫌疑人还没爬起的空当，飞起一脚，狠狠地将嫌疑人踢翻在地。

“看你还跑！”苏左用膝盖顶着嫌疑人的后腰，粗暴地扳过他的两只胳膊，干脆利落地给他戴上了手铐。

警员们也都纷纷赶到，嫌疑人踉踉跄跄地被从地上拉起，满脸不服气地冲苏左瞪了一眼，狠叨叨地说：“嘿，警花，项链不错。晃死老子了！”

苏左轻蔑地“啐”了一下，随即厉声喝道：“带走！”

“少废话！”警员小贾也跟着大喝一声，在嫌疑人的背上用力推了一把，押着对方向警车走去。这个小贾一向跑得快，每次都跟苏左冲在最前面。苏左记得，一年前他还只是个队里跑腿儿的小警员，经常被小周戏弄，如今已经成长为抓捕嫌疑人的一把好手，立志以小周为榜样，做最优秀的刑警。

跑了几条街，苏左这会儿大口喘着气，只感觉嗓子冒烟。这时定下神来，才发现已经离那里不远了。

不如去坐一坐吧。

苏左决定后，便伸手招来同队的一名警员，吩咐道：“你们先把人带回队里突审。这种人审起来不用客气，你们自行掌握吧。主要是让他交代出囚禁女学生的窝点，等到晚上，咱们趁他们做‘生意’时给这伙混蛋来个‘一锅端’！”

“明白！”警员信心满满地应道。

安排好这些，苏左自己则朝着相反的方向走去，一边走，一边用手轻抚起脖颈上的钥匙挂坠，嘴角挂起浅浅的微笑。挂坠外沿镶嵌的一圈小钻石此刻正在阳光的照射下散发着夺目的光芒。这个挂坠现在她从不离身，没想到偶尔还能派上意想不到的用场。可旋即，她的思绪又被一阵强烈的焦虑和不安笼罩起来。

大约半年前，美国中央情报局与中国警方交换情报，称他们已经连续数月收到疑似“那卡”恐怖组织老巢发来的位置讯息，这些讯息断断续续，并不连贯，而且很难捕捉，不像是通过确切的定位装置发射出来的，反而更像是某种定位追踪装置被安装在了动物体内而发出的。联想到此前马丁诺和萧程的消失，且萧程平日里的研究工作大部分时间会跟动物打交道，美国中情局立刻对萧程在麻省理工学院的实验室进行了搜查，结果惊喜地发现，萧程的实验室里遗留了少量类似定位装置的小型追踪器，这种设备体积微小，就像心脏手术的支架，可以被植入到哺乳类动物的血管中，不会对载体造成任何伤害，唯一的缺点就是信号强度稍弱，必须要强大的接收器才能捕捉。这样的设备不具备太高的保密程度，在美国通过网络即可购买。这些看起来是萧程早在两年以前就批量购置的。

美国中情局分析，萧程很可能是在回中国以前，便发现身边潜伏着可疑的人员，他们应该是觊觎萧程的实验数据。所以萧程将计就计，在被他们转移的实验对象体内植入了追踪器，而这些实验对象有些被运到他们的秘密老巢，正在连续不断地发回讯息。中情局经过对这些发射回来的讯息片段的大量比对和分析，基本锁定了大西洋上的几个半径距离在500海里以内的小岛。

可是就在两个月前，讯息却突然中断了。

没有更多的讯息来源，究竟是哪一个岛屿最终很难断言。讯息的突然中断也令中情局和中国警方都严峻地意识到：萧程有可能正面临着危险！不过中情局乐观地认为，恐怖组织就算发现了萧程的行为，也不会残忍地杀害他，毕竟他们还需要萧程来继续进行实验研究，但萧程的处境一定比较艰难，甚至如履薄冰、危机四伏。现在只有祈祷在中情局准确定位该海岛并采取总攻行动之前，萧程能够凭借他的才能和智慧自行化解重重危机。

念及此，苏左闭上双眼，仰天深深地吸了一口气。

那个人，他还好吗？他承诺会回来，可是此时此刻，他究竟在哪儿呢？

目的地就在前方了。原本属于榴莲甜品店的招牌如今被一块儿质地考究的深棕色木匾所取代，整个店面的风格也焕然一新，现代风的白色塑料座椅换成了老原京胡同儿里才能见到的长条凳。那种时尚跟风式的甜品店果然不如老牌子的店更立得住脚。苏左望着店名展露出笑颜：葛记甜汤。

葛爷爷的儿子年底就要刑满释放了，葛爷爷特意盘下了这间店面，挂起老招牌。儿子也表示出狱后不想再到外面闯荡，而是希望能够踏踏实实继承祖传的手艺，将自家老店好好经营下去。

苏左轻轻推开店门唤道："老头儿，我来喽。"

"苏阿姨！"迎面就听到一声亲切的问候。

苏左微微一怔，随即也笑道："珑珑又在学做甜品呀？"

"是啊。"邵珑珑眨着一双黑亮的眼睛，扮起鬼脸，"今天葛爷爷教我做山楂酪。"

"快尝尝吧，解解渴！"这时葛爷爷从配餐台后举出一碗红澄澄的山楂酪，热情地递到苏左眼前。

"我可是甜品发烧友，不吃点儿甜东西，脑袋转不起来呢！"邵珑珑一边忙活着手里的甜品，一边念叨着。

苏左感觉这句话似曾相识，低下头无声地一笑。那个人就喜欢这样给自己爱吃甜食的习惯找借口。

邵珑珑的身体半年前已彻底痊愈，现在在杨海璐的看护下，学业连升两级，目前就读初中三年级。而且随着开始学习物理、化学这样的学科，珑珑的天赋已经展现出来，老师们都说照这样发展，他 14 岁就可以完成高中的全部课程，报考大学。

看着邵珑珑认真的身影，苏左心里涌上几分感慨。这个孩子长高了些，但身材还是那样瘦弱，脸上也总是显出与年龄严重不符的沉着和敏锐，似乎只有在这里，才能看到他偶尔会心地笑一笑。

"珑珑，"苏左不禁轻声问道，"其实有件事情我一直想不明白，郑锦鸿，也就是你的外公，为什么会突然改变主意，那么坚定地不再想要把'超完美胚胎'公之于众呢？我记得他说是某件事触动了他，让他想明白了什么。这件事，是不是与你有关？"

邵珑珑闻言沉默下来。过了片刻，他抬起眼睛，定定地望着苏左。

“我告诉他，我并不快乐。”

苏左似乎一下子领悟到了。为什么每次看到邵珑珑，都有一种心痛的感觉，现在她终于明白了。

原来这个孩子背负着身为一名有血有肉、有情感需求的人类最恐惧的东西，因为在邵珑珑那永远锐利的目光后潜藏着的是无尽的孤独和无奈。

只听珑珑缓缓地说：“就因为我比一般人完美，生活中大部分本应充满挑战和乐趣的事，我都可以轻松做到。我从来不明白‘成就感’是一种怎样的体会，即使我在小学就懂得微积分，试卷看上一眼就能拿满分，我却从中感受不到一丝一毫的快乐。因为这些事在我看来都太容易了。同学们喜欢我，我甚至不知道他们喜欢的是真正的我，还是那个学习成绩令别人难以企及的我。就算我真心想要去交朋友，也会发现没有人能真正了解我，甚至连我自己都永远不知道我自己的极限在哪里。我感到好累好无助，当我想到我的一生就要这样孤独地走下去，而且还要比一般人活得更长久，便常常会涌起一种深不见底的绝望。苏阿姨，你说完美的人，却有着更辛苦的人生，这难道不是对那些梦想着去制造‘超完美胚胎’的人最大的讽刺吗？”

“原来是这样啊……”苏左幽幽叹了口气，用两只温暖的手掌轻按着邵珑珑小小的肩膀，爱怜地安慰道，“难为珑珑了。”

邵珑珑落寞地垂下头，似乎早已对这一现实无能为力。

“但既然已经这样，那就努力让自己快乐吧！”苏左换上轻松的语气，却格外认真地望着邵珑珑说，“你知道吗？让自己快乐才是这个世界上最难的事，可比什么物理啊、化学啊都难多了，却也是我们普通人每天都在努力去做的事情。而且阿姨告诉你，快乐很多人都可以做到，你看在这件事上，我们普通人不是就做得比你好吗？你已经落后了，要加油赶上来哦！”

邵珑珑怔了几秒，随即露出一个大大的笑容，重重点头应道：“嗯！”

苏左说完故意懒懒地将双臂抬到头顶，扭动着身躯，换了话题：“唉，最近好累啊，我也是时候该给自己放个假了。”

“要出去玩吗？去哪里？”葛爷爷一听来了兴趣，笑着问起来。

“啊……”苏左歪着头，做出一副用力思考的样子，然后不好意思地说，“或许某个海岛吧。”

“哇，海岛度假！听起来好棒！”珑珑竟然拍起手，还冲苏左眨着一只眼睛，坏坏地说，“苏阿姨穿泳衣的样子一定很漂亮。”

苏左立刻嗔怪道：“你这个小鬼在想什么呀！”随即又噘起嘴巴，苦恼地说，“我是不是得先学会游泳呢？”

“啊？”

苏左一句话把两人说得目瞪口呆，笑声顷刻间充满整间店面。

“嗨——”

突然，毫无征兆地，店门外响起一个熟悉又爽朗的声音，那声音好像具备强大的穿透力，瞬间便直接敲击到店内每一个人的胸膛。

葛爷爷见到来人，立刻停止了手里的动作，笑容凝固在脸颊上，眼中闪现出异样的神采。

苏左紧张地屏住呼吸，难以相信地问：“刚刚……有人说话了吗？”

可是葛爷爷和邵珑珑都只是怔怔地望着她，各自挂着复杂的神情，没人回答。

“嗨——”

那声音固执地再次响起。这一次，声音的主人已经推开店门，迈着沉稳的步伐走了进来。

的确有人在说话！

苏左僵硬着身躯，仿佛看到那挺直脊背的身影已静静伫立在后方，正用无比温柔的目光注视着自己。

苏左顿时感觉眼底无法抑制地一片湿热，两滴泪水马上就要滚落下来，可就是提不起回头的勇气。

而此时，邵珑珑笑着露出一口白牙，对来人清晰的一声问候，如同春雨般浸润着苏左的耳膜："萧叔叔，好久不见。"

全文完

2018 年 6 月 1 日 初稿完于美国休斯顿

图书在版编目（CIP）数据

改写 / 朱首末著. -- 北京：法律出版社，2018
ISBN 978-7-5197-2909-7

Ⅰ. ①改… Ⅱ. ①朱… Ⅲ. ①推理小说－中国－当代
Ⅳ. ① I247.5

中国版本图书馆 CIP 数据核字（2018）第 266748 号

改写
GAIXIE

朱首末 著

策划编辑 张发靖
特邀编辑 黄梦梦
责任编辑 王 晗
装帧设计 汪奇峰
版权支持 中文在线

出版 法律出版社
总发行 中国法律图书有限公司
经销 新华书店
印刷 固安华明印业有限公司
责任校对 晁明慧
责任印制 张建伟

编辑统筹 市场研发部
开本 710 毫米 ×1000 毫米 1/16
印张 25
字数 327 千
版本 2019 年 3 月第 1 版
印次 2019 年 3 月第 1 次印刷

法律出版社 / 北京市丰台区莲花池西里 7 号（100073）
网址 / www.lawpress.com.cn
投稿邮箱 / wanghan@lawpress.com.cn
举报维权邮箱 / jbwq@lawpress.com.cn
销售热线 / 010-83938336
咨询电话 / 010-63939796

中国法律图书有限公司 / 北京市丰台区莲花池西里 7 号（100073）
全国各地中法图分、子公司销售电话：
统一销售客服 / 400-660-6393
第一法律书店 / 010-83938334/8335　西安分公司 / 029-85330678　重庆分公司 / 023-67453036
上海分公司 / 021-62071639/1636　深圳分公司 / 0755-83072995

书号：ISBN 978-7-5197-2909-7
定价：68.00 元
（如有缺页或倒装，中国法律图书有限公司负责退换）